Die Affäre
Königsmarc

Das Buch

Hannover, Ende des 17. Jahrhunderts: Als Privatsekretär des Herzogs Anton Ulrich nimmt Antoine de Montagnac an den ausgelassenen Feierlichkeiten des Karnevals teil. Da erschüttert das plötzliche Verschwinden des Lebemannes Graf Philipp Christoph von Königsmarck das aufstrebende Kurfürstentum. Ist er einem eifersüchtigen Ehemann zum Opfer gefallen, oder hat seine Spielleidenschaft ihn ins Verderben geführt? Wer ist der mysteriöse Fremde? Und was verbirgt Aurora, die geheimnisumwitterte Schwester des Verschollenen? Auf der Suche nach der Wahrheit findet Antoine sich bald schon in einem gefährlichen Ränkespiel aus Macht, Gier und Leidenschaft wieder. Doch auch seine Vergangenheit lässt ihn nicht ruhen.

Der Autor

Sargon Youkhana wurde 1967 in Bonn geboren. Nach längeren Aufenthalten in den USA und Großbritannien lebt er heute in Köln und arbeitet als Autor für verschiedene Fernsehserien. *Die Affäre Königsmarck* ist der zweite Band einer Serie historischer Romane.

In unserem Hause ist von Sargon Youkhana bereits erschienen:

Im Labyrinth der Lilien

Sargon Youkhana

DIE AFFÄRE KÖNIGSMARCK

Historischer Roman

List Taschenbuch

Besuchen Sie uns im Internet:
www.list-taschenbuch.de

Originalausgabe im List Taschenbuch
List ist ein Verlag der Ullstein Buchverlage GmbH, Berlin.
1. Auflage Januar 2009
2. Auflage 2009

Umschlagkonzeption: RME Roland Eschlbeck und Kornelia Rumberg
Umschlaggestaltung: HildenDesign, München
Titelabbildung: © ullstein bild – histpics;
Karte: von Matthias Seutter um 1745, © Historisches Museum Hannover
Satz: Pinkuin Satz und Datentechnik, Berlin
Gesetzt aus der Bembo (PostScript)
Papier: Munkenprint von Arctic Paper Munkedals AB, Schweden
Druck und Bindearbeiten: CPI – Clausen & Bosse, Leck
Printed in Germany
ISBN 978-3-548-60763-4

Für Karsten

Cum Gratia et Privil. S.R.I.
Accurata et novissima repræsentatio ichnographica HANNOVERÆ sedis urbis et electoralis BRUNSUICO-LUNEBURGENSIS Æri incidit et excudit MATTHÆUS SEUTTER, S.C.M. Geograph. Aug. Vind.
HANNOVER die Churfürstl. Braunschweig-Lüneburg. Haupt u. Residentz Stadt an der Leine gelegen.
ALT STADT HANNOVER
GERICHT SCHULTZEN AMT
NEUSTADT
HANNOVER
Der Reit Platz
Neustädter Marckt
Der Parade Platz
Der Holtz hof
Maaß Stab von 100 Calenberger
Gebäude
Erklährungs Taffel uber alle in diese

Rheni Sveviæ et Juris Franconici
NEU STADT HANNOVER
Historische und Geographische Beschreibung der Stadt Hannover.
STADT HANNOVER
Georgi
Marckt
Kirch Spiel
S. Aegidii
Altstädter Marckt
Land-schafftliche Haus
Kirche
Die
Aegidien Masch
Apotheker Garte
Vorkommende Buchstaben und Ziffern.
Verzeichnis
Notandum

Dramatis Personae

Ermittelnde Personen

Antoine de Montagnac	Sekretär des Herzogs Anton Ulrich
Marie	seine Schutzbefohlene

Die kurfürstliche Familie

Ernst August	Kurfürst von Hannover
Sophie	seine Gemahlin
Georg Ludwig	Kurprinz von Hannover
Sophie Dorothea	seine Gemahlin
Anton Ulrich	entfernter Cousin der Familie

Der Hof

Philipp Christoph von Königsmarck	Geliebter der Kurprinzessin
Maria Aurora von Königsmarck	seine Schwester
Franz Ernst von Platen	Erster Minister
Klara Elisabeth von Platen	seine Gemahlin
Eleonore von dem Knesebeck	Hofdame der Kurprinzessin
Gottfried Wilhelm Leibniz	Universalgelehrter
Ludolf Hugo	Vizekanzler
Don Nicolò Montalban	Hofkavalier
Ernst	Landgraf von Hessen-Rheinfels

Weitere Figuren

Jasper	ein Wachsoldat
Desgrez	Pariser Leutnant
Hildebrand	Sekretär des Grafen Königsmarck
Fatima	Ziehtochter der Gräfin Königsmarck
Mehmet	Faktotum Georg Ludwigs

Und also liebe ich mein Verderben
Und häge ein Feuer in meiner Brust,
daran ich doch zuletst muss sterben.
Mein Untergang ist mir gar wol bewust.
Das magst: ich habe lieben wollen,
was ich vielmehr anbäten sollen.
(Königsmarck an Sophie Dorothea)

PROLOG

Fünfter Tag des Karnevals

Nacht

Er achtete nicht auf das bunte Treiben, und das bunte Treiben achtete nicht auf ihn. Teilnahmslos blickte der hungrige Bär über den westlichen Hof des Leineschlosses – ein stiller Beobachter des kurfürstlichen Karnevals.

Auf der Seite des Kammerflügels war ein Podest errichtet worden, auf dem Musikanten und Pfeifer zum Tanz aufspielten. Davor sprangen und kreisten, von Fackeln und Pechkränzen beleuchtet, in wildem Durcheinander die Masken. Fabelwesen und mythologische Gottheiten drehten sich im Takt der Musik, Hexen und Harlekine taumelten grölend durch die Menge, und purpurne Soutanen jagten türkischen Sklavinnen hinterher, die, vom Branntwein erwärmt, der eiskalten Nacht ihre gepuderten Brüste präsentierten.

Irgendwo im Gewühl der Feiernden torkelte der betagte Landgraf Ernst von Hessen-Rheinfels im Schafskostüm durch das Spalier seiner Leibwache, blökte wie ein Hammel und ließ sich aus Bocksbeuteln mit Hochheimer Wein abfüllen. Während sich Seine Durchlaucht nach allen Regeln der Kunst besoff, überquerte ein Mann in braunem Regenrock, schlichter grauer Leinenhose und für die Temperaturen gänzlich ungeeignetem weißem Camisol die Schlossbrücke und wollte die Torwache passieren. Da die Soldaten jedoch angewiesen waren, nur Kostümierten Einlass zu gewähren, stellte sich ihm einer der wachhabenden Männer mit seiner Lanze in den Weg. »Halt, nicht weiter! Heute sind nur Masken zugelassen.«

Energisch packte der Angesprochene den Mann bei den Schultern. »Und glaubst du, das gilt auch für mich, Friedhelm?« Verblüfft leuchtete der Wächter dem Mann ins Gesicht und hätte vor Schreck fast seine Lampe fallen gelassen. »Nehmt's mir nicht übel, dass ich Euch nicht gleich erkannt habe, Herr Oberst. Es herrscht einfach zu viel Trubel hier.« Ehrfürchtig verneigte er sich vor der muskulösen Gestalt seines ehemaligen Kommandeurs. Philipp Christoph von Königsmarck schob den Gardisten unsanft beiseite und setzte seinen Weg fort. Mit großen Schritten durchmaß er das Gewühl der Feiernden und postierte sich auf der anderen Seite des Schlossplatzes in der Nähe des Bären, der mit einem Eisenring an die Mauer geschmiedet war. Tief in Gedanken versunken nagte er an seiner Unterlippe und wartete ab.

Kurz darauf passierten vier als Janitscharen verkleidete Männer die Wachen, angetan mit weißer Feldhaube, roter Weste und der kurzen, einschneidigen Jagatane im breiten Gürtel. Niemand wäre auf die Idee gekommen, dass es sich bei den osmanischen Kriegern mit ihren rußgeschwärzten Gesichtern und dunklen Bärten um Hannoversche Hofkavaliere handelte. Es waren dies die Herrn Stubenvol, Klencke, Eltz und Montalban. Unauffällig bewegten sich diese vier durch die ausgelassene Menge und ließen dabei achtsam ihre Blicke gleiten, wobei die Hand des Grafen Nicolò Montalban am Heft seines Krummschwerts ruhte. Sobald die Hofkavaliere ihr Opfer entdeckt hatten, zogen sie ihre Feldhauben tiefer und schlichen sich lautlos heran.

Königsmarck, vollkommen ahnungslos ob der nahenden Bedrohung, blickte unverwandt zu der Durchfahrt, die in den hinteren Schlossbereich führte. Erst als die Männer ihn umringt hatten, wurde er ihrer gewahr. Zunächst schien er verblüfft. Dann lachte er laut auf. »Meiner Treu, Ihr Herren, wollt Ihr mir Angst einjagen? Wisst Ihr denn nicht, dass ich seinerzeit in Ungarn Hunderten von Eurer Sorte den Schädel eingeschlagen habe?«

»Euch wird der Spott schon noch vergehen«, ließ sich eine dunkle Stimme vernehmen. Königsmarck hörte ein schleifendes Geräusch. Er wirbelte herum und konnte noch rechtzeitig zur Seite springen, um der Jagatane zu entgehen, die in diesem Moment auf ihn herabsauste. Die Flammen einer Fackel ließen die Augen seines Angreifers wütend aufblitzen. Ohne Furcht trat Königsmarck ihm entgegen. »Ein Mann von Ehre, Don Nicolò, würde einen Unbewaffneten niemals mit seinem Schwert angreifen. Doch da, wo Ihr herkommt, scheint man auf Ehrgefühl nicht viel zu geben.«

»Da, wo ich herkomme, besteigt man nicht die Gemahlin seines Fürsten, Herr Graf.«

»Dieser Tadel aus Eurem Munde ist wirklich drollig«, entgegnete Königsmarck höhnisch. »Ihr seid ein Mann Gottes, Don Nicolò, und doch möchte ich wetten, dass es in Hannover kaum eine Frau zwischen sechzehn und sechsundsechzig gibt, die nicht im Stande wäre, ein Lob auf Eure Lenden zu singen.«

»Wir wollen Euch warnen«, kam es nun von anderer Seite.

Königsmarck wandte sich dem Sprecher zu, den er ebenfalls sofort erkannte. »Was soll das, Klencke?« Enttäuschung schwang in seiner Stimme. »Waren wir nicht immer Freunde? Und nun gebt Ihr Euch mit welschem Gesindel von zweifelhaftem Ruf und noch zweifelhafterer Gesinnung ab?«

Er deutete auf Don Nicolò, der sofort wieder sein Schwert zückte. Der Erbherr von Klencke stellte sich dem Italiener in den Weg. »Lasst es gut sein. Heute soll kein Blut fließen. So war es abgemacht.« Königsmarck wandte sich dem nächsten Janitschar zu.

»Und was ist mit Euch, Freiherr von Eltz? Glaubtet Ihr etwa, in Eurer lächerlichen Aufmachung würde ich Euch nicht erkennen?«

»Ich bin Euer Freund.« Eltz trat in den Lichtkreis einer Fackel und musterte Königsmarck mit ernster Miene. »Wäre ich es nicht, so lägt Ihr jetzt blutüberströmt auf dem Boden, und das ausgezehrte Vieh dort drüben könnte sich an Euren Innereien schadlos halten. Ihr wisst, dass Ihr in den höchsten Kreisen Missfallen erregt habt. Wir sind nur hier, um Euch daran zu erinnern.«

»Haltet Euch fern von der Kurprinzess'«, hörte er nun eine heisere Stimme sagen.

Alkoholgeschwängerter Atem schlug Königsmarck entgegen, als er sich dem letzten Sprecher zuwandte.

»Eure Beziehung zu ihr beschmutzt die Ehre des kurfürstlichen Hauses.«

»Die Ehre des kurfürstlichen Hauses liegt Euch natürlich besonders am Herzen, Junker Stubenvol«, erwiderte Königsmarck abfällig. »Seid Ihr nicht durch Eure Heirat ein Mitglied der Familie? Man sagt, Eure Gemahlin sei die Bastardtochter des Kurfürsten und einer obskuren Cantrice, die er während einer seiner vielen Italienreisen zu sich ins Bett nahm.«

Stubenvol packte Königsmarck am Kragen. »Schweigt, meine Gemahlin hat nichts damit zu schaffen.«

Königsmarck machte sich los und wandte sich wieder den Herren Eltz und Klencke zu. »Wer hat Euch geschickt? Etwa der Kurfürst? Sein Sohn? Oder war es gar die Gräfin Platen?«

Er drehte sich langsam im Kreis und sah jedem seiner Angreifer tief in die Augen. Verstohlene Blicke flogen hin und her.

»Sie war es also.« In seiner Stimme lag Verachtung. »Eine hübsche Minne nenne ich das. Seid Ihr Euch auch darüber im Klaren, edle Herren, dass Eure Dame eine alternde Säuferin ist, die es einfach nicht verwinden kann, dass ich ihrer verblühenden Reize überdrüssig wurde?«

»Ihr solltet Euch vorsehen«, knurrte Montalban. »Das nächste Mal kommt Ihr nicht so glimpflich davon.«

»Es wird kein nächstes Mal geben, das verspreche ich Euch.«

Die Janitscharen zögerten, dann traten sie den Rückzug an. Voller Häme sandte Königsmarck ihnen einen italienischen Fluch hinterher. Und noch ehe die Herren Klencke und Eltz ihren heißblütigen Kameraden zurückhalten konnten, ging Don Nicolò wieder auf Königsmarck los.

Just in diesem Augenblick kamen aus einer anderen Ecke des Schlosshofes ein paar verschrumpelte Äpfel angeflogen, prallten am Kopf des Bären ab und landeten direkt vor seiner Nase. Nachdem er mit matter Gleichmütigkeit die Äpfel vertilgt hatte, traf sein Blick den des Landgrafen von Hessen-Rheinfels, bevor sich dieser, auf seinen Knien liegend, die Seele aus dem Leib kotzte. Danach kippte der Graf vornüber und schlief, von seinen Männern johlend verlacht, in der Pfütze aus Erbrochenem ein.

Ganz in der Nähe des so verhöhnten Fürsten presste eine purpurne Soutane eine orientalische Sklavin gegen die Schlossmauer und hob ihr priesterliches Gewand, um der leicht bekleideten Odaliske vermittels ihrer Manneskraft etwas Wärme zu spenden.

Plötzlich witterte der Bär hinter dem Dunst von Alkohol und verbranntem Pech, der über dem Schlosshof lag, noch etwas anderes. Ein feiner süßlicher Geruch stieg ihm in die Nase. Er wandte seinen massigen Kopf und schnupperte. Dort, wo vorhin noch Graf Königsmarck gestanden hatte, leuchteten nun auf den eisigen Steinen Spritzer von frisch vergossenem Blut. Langsam erhob sich der Bär und trottete darauf zu, wobei seine Eisenkette scheppernd über den Boden schleifte. Schnaufend machte er sich über die klebrigen Tropfen her, bevor diese zu Eis gefroren. Mit seiner rosigen Zunge nahm er das einzige Zeugnis in sich auf, das vom Verschwinden des Grafen Königsmarck kündete. Die Glocke der Schlossuhr schlug zur elften Stunde.

Irgendwann Ende Januar

Nachmittag

Schräg fiel das Licht einer fahlen Wintersonne durch die Fenster und verfing sich in der goldenen Quaste eines Samtbaretts, das auf der Allongeperücke des Herzogs von Braunschweig-Wolfenbüttel schaukelte. Anton Ulrich saß wie so häufig am Nachmittag über ein graues Heft gebeugt und schrieb an seinem großen Werk, dem Schlüsselroman »Die Römische Octavia«. Das gedankenvolle Grunzen Seiner Durchlaucht verwob sich mit dem Kratzen der Feder und dem gedämpften Lärm, der vom Mühlenplatz heraufdrang, zu einem wohligen Klangteppich, der die zweite Person im Zimmer wie ein Wiegenlied einlullte.

Antoine de Montagnac, Spross aus verarmtem französischem Schwertadel, der sich dem Herzog durch sein Gespür für pikante Geschichten als auch durch seine angenehme äußere Erscheinung empfohlen hatte und nun schon seit zwei Jahren die Stellung eines persönlichen Sekretärs bekleidete, blinzelte mit den Lidern und widerstand nur mit Mühe dem Drang, in Gegenwart seines Herrn laut loszugähnen. Unauffällig streckte er seine müden Glieder und griff gelangweilt nach einem Gänsekiel, um ihn für den Zuschnitt vorzubereiten. Zu diesem Behuf nahm er ein Messerchen, dessen mörderisch scharfe Klinge in einem unschuldigen Elfenbeingriff steckte, und schnitt mit vorsichtigen Bewegungen die Spitze schräg an.

»*Allez dépêches-toi*«, brummte der Herzog. »Du traktierest die Feder wie der Rabbi das Judenpimmelchen.«

Antoine sah auf. Das belustigte Zwinkern in den Augen Seiner Durchlaucht sagte ihm, dass kein Donnerwetter zu erwarten war, wie so oft, wenn der Herzog an einer kniffligen Stelle seines *opus magnum* saß und nicht mehr weiterkam. Heute aber hatte er Glück. Die Musen schienen Anton Ulrich hold zu sein. Der Herzog nahm einen tiefen Schluck Würzbier aus seinem vergoldeten Münzhumpen und beugte sich wieder über das Schreibheft. Antoine musterte ihn voller Sympathie.

Die grauen Locken einer riesigen Perücke fielen in üppigen Wellen auf den blau schimmernden Faltenwurf seines Mantels und erweckten den Eindruck, als schwebe das fein geschnittene Gesicht Anton Ulrichs bereits in himmlischen Sphären. Zwar hatte der Herzog von Braunschweig-Wolfenbüttel das sechzigste Jahr längst überschritten, doch war er immer noch mit äußerster Umsicht auf sein gutes Aussehen bedacht. Antoine mochte diesen dichtenden Fürsten mit dem derben Humor eines Bierkutschers.

Nach seiner nicht ganz freiwilligen Abreise aus Paris vor über drei Jahren hatte er sich ohne Geld und Freunde an einigen unbedeutenden Höfen im Deutschen Reich getummelt und seinen Unterhalt mehr schlecht als recht verdient, indem er Skandalgeschichten über Louis XIV. zum Besten gab. Berichte über den König von Frankreich waren das Einzige, womit er den Prinzen und Landgrafen in ihren schäbigen Provinznestern ein paar Taler entlocken konnte. Alle Welt war begierig darauf, ein Stück vom Glanz des Sonnenkönigs zu erhaschen, dessen sagenumwobener Ruf die europäische Landkarte überzog wie seine Soldateska. Schließlich aber hatte der Herzog von Braunschweig-Wolfenbüttel Antoines Weg gekreuzt und ihn von diesem elenden Broterwerb befreit. Die Besoldung war schäbig, kaum mehr, als ein Lakai verdiente. Aber anders als die meisten Fürsten, die er kennengelernt hatte, war der Herzog unterhaltsam und ein wahrhaft kunstsinniger Mensch. Auch wenn Antoine ihn zuweilen im Verdacht hatte, dass ihn sein unbedeutender Thron irgendwo im Norden des Reiches gehörig am Hintern zwackte. Das kleine Land, über das Anton Ulrich herrschte, fesselte ihn in Grenzen, für die seine Tatkraft und sein Ideenreichtum viel zu groß waren.

Antoine wandte sich wieder seiner Aufgabe zu und schob behutsam das Mark aus der Feder. Dann weichte er sie in einem Wasserbad ein und steckte sie, um sie zu härten, in ein Töpfchen mit heißem Sand. Das leise Zischen des feuchten Kiels bedeutete, dass der Sand die richtige Temperatur hatte. War er zu heiß, brach der Kiel und Antoine musste von vorn beginnen. Um die Zeit des Wartens zu überbrücken, zog er eine andere Feder aus dem Sand und prüfte, ob sie hart genug für den Zuschnitt war.

»Dieser Roman lässt mich der Ewigkeit gedenken. Er nimmt und nimmt kein Ende«, ließ der Herzog sich nun seufzend vernehmen.

Antoine straffte die Schultern. Das war sein Zeichen. Jetzt galt es, mit einer scherzhaften Bemerkung den Schreibfluss des Autors wieder in Schwung zu bringen.

»Vielleicht, Durchlaucht, schickt Ihr eine Schar Pretorianer in die Katakomben. Eure Heldin Neronia könnte sie bekehren. Vielleicht fängt sie auch den lüsternen Blick eines blond gelockten Soldaten auf und schickt Tyridates in die Wüste.«

Der Münzhumpen sauste an Antoines Kopf vorbei und landete mit lautem Krachen vor dem Kamin.

»Gemach, gemach. So schlecht war diese Idee nun auch wieder nicht«, sagte Antoine beschwichtigend.

»Dort drüben liegt eine Maus.« Der Herzog deutete anklagend auf den Kamin, vor dessen heimelig tanzenden Flammen ein recht zartes Exemplar dieser Gattung mit blutendem Kopf sein Leben aushauchte.

»Verfluchtes Drecksloch«, fluchte Anton Ulrich und griff nach einer Glocke, um zu läuten. »Solltest du jemals nach Frankreich zurückkehren, so kannst du deinem König erzählen, wie schäbig man beim Kurfürsten von Hannover logiert.«

Amüsiert sah Antoine sich um. Die Gemächer der Königin von Dänemark im Leineschloss als Drecksloch zu bezeichnen, kam ihm ein wenig übertrieben vor. Sicher, es waren nicht die königlichen Appartements von Saint-Germain und Versailles. Dennoch ließ es sich in den Räumen, die mit üppigen Stuckarbeiten, gewebten Tapeten und Böden aus indianischem Holz ausgestattet waren, recht gut aushalten. Im Übrigen war der Befall von Ungeziefer ein lästiges Problem, das an allen Höfen Europas auftrat. Wie die Schranzen pflegten die Mächtigen dieser Welt auch Ratten, Mäuse und anderes Getier um sich herum zu versammeln. Er wusste ein Lied davon zu singen, da er auf seinen Reisen schon häufig mit weitaus unerfreulicherer Gesellschaft als Mäusen seine Kammer hatte teilen müssen. Als ein Lakai erschien, deutete Antoine auf den inzwischen verstorbenen Nager. »Kümmere dich darum.« Der Lakai entfernte sich wieder. Kurze Zeit später wurde die Tür ein zweites Mal geöffnet. Ein junges Mädchen trat ein, das sich, mit Kehrschaufel und Eimer versehen, lautlos dem Kamin näherte. Das Mädchen mochte dreizehn oder vierzehn Jahre alt sein. So alt wie Marie, wäre sie noch am Leben. Antoine schob den Gedanken hastig beiseite und griff wieder nach dem Messer. Schweißperlen sammelten sich in seinem Nacken und liefen unter seinem Hemd den Rücken herab. Einmal mehr verfluchte er die unselige Vorliebe des Herzogs für überheizte Zimmer. Anton Ulrich war nicht nur eitel, er achtete auch peinlichst auf seine Gesundheit und fürchtete schon beim kleinsten Luftzug, sich zu erkälten.

Verstohlen wanderte Antoines Blick zurück zu dem Mädchen. Es hatte seine Arbeit inzwischen getan und verließ mit einem Knicks das Zimmer.

»Dir gefällt das kleine Ding, will mir scheinen«, trompetete der Herzog vergnügt. »Dabei dachte ich, du hältst es mit den Buben.«

Antoine, der es vorzog, den Mutmaßungen seines Dienstherrn mit stiller Zurückhaltung zu begegnen, legte die fertige Schreibfeder unter der Andeutung einer Verbeugung in ein Kästchen aus Ebenholz.

»Jetzt siehst du aus wie meine Gemahlin, die Herzogin, wenn ihr Gang zum *privet* vergebens war, was, Gott sei es geklagt, immer häufiger der Fall ist. Glaubst du, ich wüsste nicht, dass ein Männerarsch mehr nach deinem Geschmack ist als der einer schönen Frau? Ich jedenfalls hätte nichts gegen so ein zartes Nymphchen in meinem Bett.« Mit einem schelmischen Augenzwinkern wurde das Thema fallengelassen. Anton Ulrich gähnte herzhaft und nahm seine Schreibarbeit wieder auf, während Antoine sich daranmachte, die Notizen des Herzogs vom Boden aufzulesen und zu ordnen. Obwohl die Dienstmagd das Zimmer längst verlassen hatte, spürte er immer noch ihre Gegenwart. Mehr als drei Jahre waren vergangen, doch Maries Tod schmerzte wie am ersten Tag.

Erster Tag des Karnevals

Nachmittag

Wie jedes Jahr eröffneten Kurfürst Ernst August und Kurfürstin Sophie den Karneval mit einer großen Wirtschaft im Rathaus. Und so tummelten sich an diesem Nachmittag allerlei hochfürstliche Personen, Prinzen, Kavaliere und Hofdamen unter den Messingleuchtern im Huldigungssaal der Bürgermeisterei von Hannover. Antoine schlenderte in Begleitung des charmanten Don Nicolò Montalban durch die Menge. Er war erst seit wenigen Wochen in der Stadt und kannte kaum eine Menschenseele, daher war er froh, in dem italienischen Grafen einen so angenehmen Gesellschafter gefunden zu haben. Obwohl dieser schon bei ihrer ersten Begegnung in einem Wirtshaus versucht hatte, Antoine ein Darlehen abzuschwatzen, mochte er den kleinen windigen Priester, der von seinem geistlichen Stand nur spärlich Gebrauch machte, dafür aber wie ein Magnet Weiber und Schulden anzog.

Antoine hatte sich als Mohr verkleidet und war mit dem Erfolg seines Kostüms äußerst zufrieden. Gut gelaunt wandte er sich Don Nicolò zu, der unter dem Habit eines Mullah ordentlich schwitzte. »Ihr seid ein Mann Gottes, Monsignore. Dennoch tragt Ihr die Kleidung eines Ungläubigen.«

»Der Kurfürst hat dieses Kostüm für mich gewählt; und da es mein Ruf als treuer Vasall erheischt, dass ich Seiner Durchlaucht in allem willfährig bin, würde ich mir auch einen Nachttopf übergestülpt haben, wenn er es von mir verlangt hätte.«

»Ist Euer guter Ruf nicht ohnehin schon ruiniert, Monsignore?«, fragte Antoine vergnügt. »Ich hörte, Ihr stellt einer gewissen Dame nach, die ihrem Eheherren auf recht unrühmliche Weise abhandengekommen sein soll.«

Don Nicolò grinste frech. »Gott achtet mich, wenn ich arbeite, mein Freund. Aber er liebt mich, wenn ich singe.«

Inzwischen waren sie bei den Musikanten angelangt und sahen sich interessiert im Saal um. Antoine erkannte den Herzog, der als Göttervater Zeus verkleidet mit dem Ersten Minister des Landes, Graf Platen, und einem Mann mittleren Alters plauderte, der sich leicht gebeugt hielt und dessen längliches, aber geistvolles Gesicht von einer dunklen Lockenperücke eingerahmt wurde. Hofrat Leibniz war Antoine nicht unbekannt. Sie waren sich schon häufiger im herzoglichen Schloss von Wolfenbüttel begegnet, obgleich Leibniz dort kaum jemals Notiz von ihm genommen hatte. Er leitete die berühmte Schriftensammlung des Herzogs und stand Seiner Durchlaucht auch bei den Recherchen für die »Octavia« hilfreich zur Seite. Nicht selten schon hatte Antoine Skizzen und Notizen des in ganz Europa bekannten Universalgelehrten abgeschrieben und bewunderte seine allumfassende Bildung. Insgeheim aber tat er ihm leid. Eigenbrötlerisch und stets in Selbstgespräche versunken, wirkte Leibniz wie ein Fremdling in den höfischen Zirkeln. Anton Ulrich hätte ihn gerne als ständigen Gast bei sich gesehen, doch seine Verpflichtungen banden den Wissenschaftler dauerhaft an Hannover, wo seine Talente, wie der Herzog nie müde wurde zu betonen, gänzlich verkannt wurden. An einem Hof, der Wissen und Bücher nicht schätzte und an dem nur die *gloire* des Fürsten etwas galt, war der Genius eines Leibniz wie die berühmten Perlen, die man vor die Säue warf.

Antoine lenkte die Aufmerksamkeit Don Nicolòs auf die Gruppe der drei Männer. »Monsieur Leibniz scheint sich großer Gunst zu erfreuen. Sogar Graf Platen bemüht sich um seine Aufmerksamkeit.«

»Leibniz ist ein Narr«, sagte Don Nicolò voller Missfallen. »Er langweilt den Kurfürsten mit seinen gelehrten Ideen. Jetzt hat er sich sogar in den Kopf gesetzt, die Konfessionen wieder zu vereinen.«

»Der Mann ist ein Visionär«, verteidigte Antoine den Gelehrten. »Im Übrigen hat er maßgeblich dazu beigetragen, seinem Herrn am Kaiserhofe ein Erzamt zu verschaffen und so auch die damit verbundene Kurwürde. Mich würde nicht wundern, wenn man ihn bald in den Rang eines Ministers versetzte.«

Don Nicolò schnaubte verächtlich.

Inzwischen hatten sich die Mitglieder der kurfürstlichen Familie mit ihren erlauchten Gästen in der Mitte des Saales versammelt, um den Ball zu eröffnen. Kurfürst Ernst August forderte seine Tochter, die Kurfürstin von Brandenburg, zum Tanz, wohingegen Kurfürstin Sophie ihren Arm Herzog Anton Ulrich reichte. Unter all den Fürstlichkeiten, die sich in ihren farbenprächtigen Maskeraden auf der Tanzfläche versammelt hatten, stach eine Person besonders ins Auge. Sophie Dorothea, die Gemahlin des Thronfolgers, war als Königin von Saba verkleidet und machte mit ihrer gold strotzenden Schönheit sogar den Flammen der Kerzen Konkurrenz, deren Licht sich tausendfach in den Spiegeln an den Wänden brach. Ihren Gemahl, Kurprinz Georg Ludwig, konnte sie mit ihrer prachtvollen Aufmachung jedoch nicht beeindrucken. Als sie ihm die Hand reichen wollte, schritt er mit verschlossener Miene an ihr vorüber und verneigte sich vor seiner Mätresse. Die Entfremdung des Kurprinzenpaares war allseits bekannt, daher wunderte sich niemand über diesen Affront. Schon wollte Prinz Maximilian, der Schwager Sophie Dorotheas, den Platz seines Bruders einnehmen, als er von einem türkischen Großwesir rücksichtslos zur Seite geschubst wurde. Mit einer tiefen Verbeugung reichte Graf Königsmarck der Kurprinzessin den Arm und verschlang sie dabei förmlich mit den Augen. Sophie Dorothea lächelte. Es war ein entrücktes, wissendes Lächeln um ihre Macht über diesen Mann. Ohne den Blick voneinander zu lassen, schritten sie zum Tanz. Ob sie das empörte Getuschel bewusst überhörten oder es tatsächlich nicht bemerkten, vermochte Antoine nicht zu sagen.

»Die Impertinenz dieses Mannes wird immer unerträglicher«, polterte Don Nicolò. »Wie kann er es wagen, Ihrer Durchlaucht in aller Öffentlichkeit nachzustellen.«

»Ihr scheint es zu gefallen«, entgegnete Antoine.

»Ein Grund mehr, sich zurückzuhalten. Hätte dieser blasierte Kerl Manieren, wüsste er das.«

Nachdenklich betrachtete Antoine das illustre Paar, das sich zum Klang der Musik anmutig bog und wie zwei Hälften zu einem schillernden Ganzen verschmolz. Schon vor seiner Ankunft in Hannover hatte er Geschichten über den berühmten Grafen Königsmarck gehört und war begierig gewesen, ihn kennenzulernen. Als der schwedische Edelmann im Schloss erschienen war, um Anton Ulrich seine Aufwartung zu machen, war sein arroganter Blick indes voller Gleichgültigkeit über den Sekretär des Herzogs hinweggeglitten. Auch seine Bemühungen, den Grafen bei anderen Gelegenheiten in ein Gespräch zu verwickeln, hatte dieser mit Desinteresse quittiert.

Insgeheim musste Antoine Don Nicolò zustimmen. Die Impertinenz des Grafen Königsmarck war wirklich unerträglich.

Eine Weile noch sah er den Tanzenden zu, wobei ihm die unkleidsame Maskerade der Kurfürstin Sophie ein gewisses Gefühl der Befriedigung verschaffte. Auch wenn man sich am Hof von Hannover die größte Mühe gab, alles nach französischem Muster einzurichten und dem großen Vorbild Louis XIV. nachzueifern, gelang es dennoch nicht ganz, den Mief der Provinz abzuschütteln. Hannover war eben nicht Paris.

Antoine kehrte dem Tanzkarree den Rücken und sah sich nach seinem Begleiter um, der inzwischen in ein Gespräch mit einem mittelalterlichen Burgfräulein vertieft war. Auf einmal fühlte Antoine sich unwohl. Er verspürte das unbestimmte Gefühl, beobachtet zu werden. Vermutlich lag es daran, dass er als Einziger in diesem überfüllten Saal ohne Gesellschaft war. *Tant pis*? Dann würde er sich eben Gesellschaft suchen. Schließlich war er ein Mann von Welt. Er stieg in das obere Stockwerk und gelangte in einen Salon mit Erfrischungen. Auf riesigen Tabletts wurde italienisches Zuckerwerk angeboten, kandierte Zitronen und Pomeranzen, Limonaden, Zimmetwasser, Bier, Wein und Gebranntes. Antoine nahm sich ein Glas Wein und sah sich unter den verkleideten Gästen um. Doch außer dem ersten Minister, Graf Platen, dem er noch nicht vorgestellt worden war, entdeckte er niemanden, der ihm bekannt vorkam. Die Anwesenden hielten respektvoll Abstand zu diesem schier allmächtigen Mann. Der Graf stand neben seiner als römische Kaiserin gewandeten Gemahlin und nippte an einem Glas Wein. Antoine bemerkte das Missfallen in den wasserblauen Augen des Kurhannoverschen Ministers. Er beugte sich vor und flüsterte der Gräfin etwas ins Ohr.

»*Et alors?*«, erwiderte sie und lachte schrill. »Sie gucken doch schon seit zwanzig Jahren.« Mit diesen Worten nahm sie ihm das Glas aus der Hand und tat einen tiefen Schluck. Interessiert betrachtete Antoine die Dame. Seit seiner Zeit als Fürstbischof von Osnabrück war Klara Elisabeth von Platen Ernst Augusts Mätresse, und die geschwätzige Fama wusste zu berichten, dass ihr Gemahl den Aufstieg zu höchsten Ämtern und Würden weniger seinen nicht unbeträchtlichen Fähigkeiten als Staatsmann verdankte als vielmehr dem Einfallsreichtum seiner in Liebesdingen äußert talentiert geltenden Gemahlin. In der Tat war die Gräfin Platen, obwohl sie bereits im fünften Jahrzehnt ihres Lebens stand und dem Alkohol mehr zuzusprechen schien, als gut für sie war, immer noch eine anziehende Erscheinung. Doch trotz prächtiger Kleider, kunstvoll aufgetürmter Frisur und Schminke war nicht zu übersehen, dass sie den Zenit ihrer Schönheit schon längst überschritten hatte.

Um zehn wurde zur Tafel geblasen, und die kurfürstliche Familie zog sich in Begleitung ihrer Gäste in die Residenz zurück. Danach fiel die Zurückhaltung und auch manches Gewand. Antoine entdeckte Don Nicolò, der sich des mittelalterlichen Burgfräuleins bediente, um mit heruntergelassener Hose am Altar der Venus zu opfern. Voller Bedauern stellte er fest, dass der kleine italienische Geistliche ein äußerst ansehnliches Hinterteil hatte.

Antoine wollte die Wirtschaft gerade verlassen, als er an der halboffenen Tür einer verrauchten Kammer vorbeischritt. Er blieb stehen, als er den Grafen Königsmarck erkannte, der mit einem dunkel gekleideten jungen Mann am Kartentisch saß. »Kommt, ihr Herren«, wandte sich Königsmarck mit einladender Geste an ein paar Kavaliere, die in seiner Nähe standen. »Steht keinem von euch der Sinn nach einem *jeu*?« Dem war offensichtlich nicht so. Mit entschuldigendem Gemurmel zerstreute sich die Gruppe der Höflinge. Antoine schätzte, dass dies an Königsmarcks allzu offen zur Schau getragener Bewunderung für die Kurprinzessin lag. Es war vermutlich unklug, sich mit ihm am Kartentisch sehen zu lassen. Unzufrieden sah Königsmarck sich um, bis sein Blick auf Antoine fiel. »Was ist mit Euch, Monsieur? Hättet Ihr vielleicht Lust auf ein kleines Spiel? Ich überlasse Euch auch die Bank.« Er deutete auf den groß gewachsenen Kerl an seiner Seite. »Unser junger Freund und ich geben die Pointeure.«

Antoine zauderte nicht lange und trat ein. Hier bot sich ihm eine gute Gelegenheit, sein mageres Salär aufzubessern und den interessanten schwedischen Edelmann etwas näher kennenzulernen. Er setzte sich und legte seinen Einsatz in die Mitte des Tisches. Der Graf lächelte herablassend.

»*Monsieur, je vous en prie!* Ich setze vierzig Taler! Haltet Ihr mit?«

»Ich halte und erhöhe.«

Antoine nahm die Spielkarten und mischte sie mit ein paar geübten Handgriffen. Königsmarck musterte ihn unter halb geschlossenen Lidern. »Wir sind uns schon einmal begegnet, Monsieur. Nicht wahr? Bitte helft mir.«

Antoine verspürte einen kleinen Stich. Es ärgerte ihn, dass dieser ungehobelte Junker sich noch nicht einmal an seinen Namen erinnern konnte. Um sich jedoch keine Blöße zu geben, deutete er eine leichte Verbeugung an und lächelte. »Marquis de Montagnac, zu Euren Diensten. Es war in den Gemächern des Herzogs von Braunschweig-Wolfenbüttel.«

»Ach ja, richtig.« Der Graf gähnte gelangweilt.

Antoine deckte links und rechts zwei Buben auf. »*Plié.*«

Die erste Runde ging an ihn. Zufrieden strich er den Gewinn ein. Die Bank war bei dieser Art von Kartenspiel immer im Vorteil, und so versprach die Nacht äußerst interessant zu werden. Während Antoine das Blatt erneut mischte, warf er einen unauffälligen Blick auf seine Mitspieler. Königsmarck schien nervös zu sein. Kleine Schweißperlen tropften auf seinen sorgsam gestutzten Oberlippenbart. Obwohl er verlor, trieb er die Einsätze mit spaßhaften Bemerkungen immer weiter in die Höhe. Der Jüngling an seiner Seite, denn kaum mehr war der hoch aufgeschossene Bursche, weckte Antoines Interesse. Mit gleichmütiger Miene verlor er ein Spiel nach dem anderen, ohne ein Wort zu sagen, wobei der wachsame Blick seiner puppenblauen Augen unaufhörlich zwischen dem Grafen und Antoine hin- und herglitt. Er trug schlichte, dunkle Kleidung, und seine braunen Locken umrahmten wild und ungekämmt sein blasses Gesicht. Dennoch haftete ihm etwas Herrisches an, wenn er die Hand ausstreckte und sich von einem seiner Begleiter mit neuen Münzen versorgen ließ. Sie hatten nun schon eine ganze Weile gespielt und durch die stetig steigenden Einsätze immer mehr neugierige Zuschauer angelockt.

Als Antoine ein erkleckliches Sümmchen beisammenhatte, wandte er sich seinem schweigsamen Mitspieler zu. »Monsieur, nun ist es an Euch, die Bank zu übernehmen.« Zwar hätte Antoine die Vorzüge der Bank gerne noch etwas länger genossen, um Königsmarck auch den Rest seiner Barschaft abzunehmen, doch war es eine Frage der Ehre, die bevorzugte Position nach ein paar Runden abzutreten. Der junge Mann wollte nach dem Kartenblatt greifen, doch Königsmarck kam ihm zuvor.

»Jetzt bin ich an der Reihe. Lasst uns ein neues Blatt nehmen. Dies hier hat mir kein Glück gebracht.« Er griff nach einem frischen Bündel Spielkarten und ließ sie nervös durch die Finger gleiten. Nun war Königsmarck eindeutig im Vorteil, und schon nach wenigen Runden hatte er das Doppelte von dem gewonnen, was Antoine ihm zuvor abgenommen hatte. Als ein weiterer Stich an ihn ging, sprang der bis dahin so zurückhaltende Bursche plötzlich auf. Er griff nach dem Kartenblatt und warf es dem Grafen ins Gesicht. Dabei fluchte er in einer Sprache, von der Antoine annahm, dass es Holländisch war. Königsmarck war ebenfalls aufgesprungen. »Wollt Ihr behaupten, ich spiele falsch?«

Nur mit Mühe konnten seine Kameraden den jungen Mann, der Königsmarck um Haupteslänge überragte, davon abhalten, sich auf ihn zu stürzen. Bebend vor Wut ballte er seine schwieligen Hände zu Fäusten und schimpfte.

»Was sagt er?«, wollte Königsmarck wissen.

Einer der Männer, die den Angreifer zurückhielten, übersetzte. »Er sagt, Ihr hättet einen Herzbuben in das Blatt geschmuggelt.«

»Was? Ihr nennt mich einen Betrüger?« Zornesrot zog er seinen Degen. »Dafür fordere ich Satisfaktion.«

»Aber meine Herren!« Unbemerkt durch den Aufruhr, war Graf Platen eingetreten. »Dies ist doch nur ein Spiel. Bitte beruhigt euch wieder.« Der bestimmte Tonfall des ersten Ministers zeigte schnell Wirkung. Der Jüngling schüttelte die Hände seiner Begleiter ab, machte jedoch keine Anstalten mehr, sich auf Königsmarck zu stürzen. Graf Platen trat dicht an Königsmarck heran. »Wenn ich Euch einen guten Rat geben darf, Herr Graf, so nehmt Euren Gewinn und geht.« Der drohende Unterton war nicht zu überhören.

Wütend schob Königsmarck den Degen zurück in die Scheide. »Ich habe nicht falsch gespielt«, stieß er erbost hervor. Auch wenn Antoine keinen Grund hatte, den Grafen zu mögen, glaubte er ihm. Königsmarck sammelte seinen Gewinn ein und ging grußlos davon. Das Spiel war vorbei.

Auch Antoine hatte genug. Er verließ die Spielkammer und kehrte zu der Gesellschaft in den Huldigungssaal zurück. Da er seinen italienischen Freund nirgends entdecken konnte, beschloss er, das Fest zu verlassen. Er hatte sein gesamtes Geld verloren, und die Aussicht, den Herzog um einen Vorschuss bitten zu müssen, hatte jegliche Lust auf ein erotisches Abenteuer zum Versiegen gebracht. Trotz seiner eigenen Misere ging ihm eine Frage nicht aus dem Kopf: Wieso hatte der mächtige Graf Platen sich dazu herabgelassen, als Schlichter in einem Streit zwischen zwei nicht mehr ganz nüchternen Kartenspielern aufzutreten? Diese Frage beschäftigte ihn noch, während er das Rathaus verließ und die Richtung zum Schloss einschlug. Tief in Gedanken versunken bemerkte er nicht, dass sich eine hagere Gestalt aus einem Winkel der Marktkirche löste und ihm folgte.

Zweiter Tag des Karnevals

Mittag

Der Rat hatte Schausteller in die Stadt gelassen, damit auch das Volk sich divertieren möge, während der Hof im Rausch des Karnevals von einem festlichen Ereignis zum nächsten taumelte. Und so strömten die Einwohner aus ihren wurmstichigen Fachwerkhäusern die winkligen Gassen der Altstadt entlang, an Enten und Schweinen vorbei, die im knöcheltiefen Schmutz schnatternd und grunzend nach Nahrung scharrten, zum Platz vor der Marktkirche, wo das fahrende Volk seine Buden und Zelte aufgestellt hatte. Hier gab es in diesen Wochen allerlei zu bestaunen: Händler breiteten vor der neugierigen Menge ihre Ware aus, Seiltänzer, Feuerschlucker und Zauberer zeigten Kunststücke, und ein alter Orientale erzählte seine Geschichten. Doch von allen Attraktionen hatten es den Bürgern am meisten die seltsamen Kreaturen angetan, die man für ein paar Münzen begaffen konnte. Da gab es einen kraftstrotzenden Riesen, der ein Hufeisen mit seinen bloßen Händen verbiegen konnte. Ein Frauenzimmer mit dem pelzigen Gesicht einer Katze und den geschuppten Basilisk, ein Wesen, halb Mensch, halb Tier, das seinen tödlichen Blick auf jeden warf, der sich nur nah genug an ihn herantraute. Allen wurde in diesen Wochen auf dem Marktplatz etwas geboten, und das sonst so beschauliche Leben in der Residenzstadt an der Leine brodelte über. Von seinem Platz vor der Schlossmauer lauschte Jasper neidisch dem fröhlichen Spiel der Pfeifer, die mit ihren Flöten durch die Straßen zogen und der Bevölkerung Lust machen sollten, ihre Börsen zu öffnen. Auch er hätte gerne die seltenen und seltsamen Sehenswürdigkeiten bewundert, doch er musste vor dem Schlosstor an der Leinstraße stehen und Wache schieben. Wenn in der Stadt gefeiert wurde, schickte der Hauptmann nur die auf Posten, die in der Kompanie am wenigsten zu melden hatten. Das war ein ungeschriebenes Gesetz. Und da Jasper zu den jüngsten Trabanten unter den Schlosswachen zählte, traf es in der Regel immer auch ihn. Es hatte keinen Zweck, dagegen querzuschlagen. Wer neu war und sich auflehnte, dem wurden ganz schnell die Federn gestutzt. Nur ein einziges Mal hatte Jasper zu rebellieren gewagt. Doch nachdem die Kameraden seinen Kopf in die Grube des Abtritts getaucht hatten, war ihm die Lust auf Streit gründlich vergangen. Seither ließen die Männer ihn in Ruhe. Denn obwohl noch jung an Jahren, war Jasper bereits größer und breitschultriger als manch alter Haudegen und taugte nur schlecht für die Schikanen der anderen. Dafür hatten sie den milchgesichtigen Cord. Er war die Schlussleuchte in ihrer Kompanie. Abfällig sah Jasper zu dem schmächtigen Burschen an seiner Seite, der mit knochigen Fingern das viel zu große Bajonett umklammert hielt und unruhig von einem Fuß auf den anderen trat. Mit der Spitze seines Ellenbogens verpasste Jasper ihm einen Stoß in die Rippen. »Hör auf rumzuzappeln. Du machst mich noch ganz rammdösig.«

»Aber ich muss mal.«

»Na und?«

»Bitte«, flehte Cord. »Ich flitze nur schnell rüber.« Er wollte gerade loslaufen, doch Jasper packte ihn am Kragen und hielt ihn zurück. »Nix da. Ich habe keine Lust, die Wache alleine zu schieben, nur weil's bei dir ständig läuft wie bei einer trächtigen Sau. Du bleibst brav hier, bis du abgelöst wirst. Verstanden?«

»Es dauert doch auch nicht lange«, bettelte Cord.

Das wusste Jasper. Trotzdem ließ er ihn zappeln wie einen Fisch an der Angel und genoss das Gefühl seiner Überlegenheit. Der Abtritt für die Soldaten lag gleich hinter der Residenz auf dem Mühlenplatz. Der Weg dorthin war nicht weit. Dennoch war es den Männern zur Gewohnheit geworden, ihr Bedürfnis eben da zu verrichten, wo sie gerade Wache schoben. In der Regel störte sich niemand daran. Doch solange der Hof Karneval feierte und sich die vielen fremden Fürstlichkeiten in der Stadt aufhielten, war es strengstens untersagt, gegen die Schlossmauer zu pissen. Bei Zuwiderhandlung wurde dem Missetäter die Tagesration aus dem Verpflegungskorb des Kurfürsten gekürzt. Eine Strafe, die niemand gerne auf sich nahm, denn die Rationen waren ohnehin schon mager genug.

»Ich kann's aber nicht mehr halten.« Das Gewimmer stachelte Jasper nur noch mehr auf. Doch plötzlich kam ihm eine Idee. Er unterdrückte ein schadenfrohes Grinsen und klopfte Cord begütigend auf die Schulter. »Meinetwegen. Dann geh drüben in die Ecke. Das geht am schnellsten, und ich verrat's auch keinem.«

»Sicher?« Misstrauisch sah Cord ihn an. Es wäre nicht das erste Mal, dass er einem üblen Streich von Jasper zum Opfer fiele.

»Kannst dich auf mich verlassen. Der Dicke hat sowieso noch zu tun.« Beide sahen zum Wachhäuschen am Tor, in dem ihr Spieß saß und Schuhe flickte. Der dicke Christoph war einer der wenigen in der Truppe, die sich alles erlauben konnten, ohne Angst haben zu müssen, von irgendwem verpfiffen zu werden. Wenn der sich mit seinem fetten Arsch auf einen setzte, dann krachte jeder Knochen. Darum war niemand scharf darauf, sich mit ihm anzulegen. Christoph war Schustergeselle und besserte sich seinen Sold mit Flickarbeiten auf. Er nahm weniger als die anderen Schuster und hatte deshalb neben seinem Dienst bei der Schlosswache immer gut zu tun. Jeder, der beim Haufen war und ein Handwerk gelernt hatte, machte es ebenso. Vor allem im Winter, wenn nicht gekämpft wurde, wimmelte es von Uniformierten, die überall in der Stadt ihre Dienste feilboten. Die Soldaten waren deswegen zwar nicht besonders beliebt bei der Bevölkerung, aber was konnte die schon dagegen tun.

»Na los, geh«, drängte Jasper. »Dir passiert schon nichts.«

Cord lächelte unsicher. Lehnte dann aber doch sein Bajonett gegen die Mauer und flitzte los. »Blödmann«, dachte Jasper und richtete seinen Blick wieder auf das dichte Gedränge aus Kutschen, Sänften, Mist- und Fuhrkarren, das sich an ihm vorbei über das holprige Pflaster schob. Zwar war die Leinstraße eine der wenigen befahrbaren Straßen in der Stadt, doch seit der Herzog – Jasper verbesserte sich in Gedanken, man musste ja jetzt Kurfürst sagen –, seit also der Kurfürst Karneval feierte, war sie von Sonnenaufgang bis Sonnenuntergang hoffnungslos verstopft.

In diesem Moment rollten die Räder eines Vierspänners durch eine Pfütze und spritzten Jasper eine braune, stinkende Brühe ins Gesicht. Der Kutscher schrie etwas auf Französisch und trieb mit seiner Peitsche zwei schwitzende Sänftenträger zur Eile an. Verfluchtes ausländisches Pack. Jasper spuckte aus.

Aber nicht nur auf der Straße herrschte Trubel. Auch durch das Tor zu seiner Linken strömten die Massen. Seit es die Schlossbrücke gab, die Alt- und Neustadt miteinander verband, nutzten viele die Abkürzung über den Schlosshof, um auf die andere Seite des Flusses zu gelangen. Seit kurzem gab es aber noch einen anderen Grund, weshalb die Leute kamen. Aus Österreich war ein Bär gekommen, den Kurfürst Ernst August gegen die Schlossmauer hatte schmieden lassen, so dass jeder brave Bürger auf seinem Weg über den Fluss die wilde Kreatur beschauen konnte.

Um den Bären musste Jasper sich kümmern. »Da kannst du stolz drauf sein«, hatte der dicke Christoph gesagt und ihm leutselig auf die Schulter geklopft. »Der Bär ist ein Geschenk vom Kaiser Leopold. Pass nur ja gut auf ihn auf. Und wisch auch immer schön die Scheiße weg.«

In der zahllosen Menge von Menschen, die an Jasper vorübereilten, entdeckte er plötzlich ein Gesicht, das ihm inzwischen nur allzu vertraut war. Lauernd beobachtete er, wie sich ein junges Mädchen unauffällig dem Tor näherte. Sie kam schon seit ein paar Tagen. Jasper war sie sofort ins Auge gefallen, weil sie nicht wie eine schlichte Bürgersfrau gekleidet war und dennoch zu Fuß ging. Nur Damen, die sich in Sänften durch die Stadt tragen ließen, waren so angezogen wie dieses Mädchen. Sie schien auf ihre Kleider aber nicht viel zu geben. Rock und Umhang waren am Saum mit Schlamm und Kot bespritzt. Als er sie zum ersten Mal gesehen hatte, war sie stundenlang die Straße auf und ab spaziert und hatte dabei immer wieder erwartungsvoll zu den Fenstern des Schlosses hinaufgesehen. Dann hatte sie den Bären entdeckt. Seitdem kam sie jeden Tag. Jasper wusste, dass sie unter ihrem Mantel etwas zu fressen für das Raubtier verbarg. Er hatte sie schon einmal verjagt, als sie dem Vieh ein paar Essensreste zugeworfen hatte. Doch das Mädchen tauchte immer wieder vor dem Schlosstor auf und hatte altes Brot, faule Äpfel und Fleischabfälle dabei. Wenn er mit ihr sprach, antwortete sie nicht. Wahrscheinlich war auch sie eine Welsche. Besser sie ging dahin zurück, wo sie herkam, dachte Jasper voller Zorn. Sonst würde sie ihn kennenlernen. Jasper ließ das Mädchen nicht aus den Augen. Jetzt verbarg sie sich hinter einem fetten Kerl. Sie wollte ihn wohl austricksen, um unerkannt durch das Tor zu gelangen, aber da hatte sie die Rechnung ohne ihn gemacht. »He, du da!« Breitbeinig stellte er sich ihr in den Weg. »Wenn du willst, dass der Bär was zu fressen bekommt, dann mach auch gefälligst seinen Mist weg. Aber dafür bist du dir wohl zu fein?«

Das Mädchen sah zu Boden, rührte sich aber nicht von der Stelle. Langes nussbraunes Haar fiel ihr über die schmalen Schultern und verbarg ihr Gesicht vor seinem wütenden Blick. Eine Weile standen die beiden sich schweigend gegenüber. Dann auf einmal machte das Mädchen einen Satz zur Seite. Gerade noch rechtzeitig bekam Jasper sie zu fassen und schubste sie unsanft zurück. »Ich hab gesagt, du sollst gehen, sonst setzt es was.« Er hob die Hand, um ihr zu zeigen, dass es ihm ernst war. Er würde sie schlagen, wenn sie noch einmal versuchen sollte, sich ihm zu widersetzen. Doch anstatt sich zu ducken, hob das Mädchen den Kopf und sah unerschrocken zu ihm auf. Jasper betrachtete sie nun genauer. Die braunen Augen und die dunkle Haut bestätigten seine Vermutung. Die war nicht von hier. Auch das schmale Gesicht mit den leicht ausgestellten Wangenknochen war unter den hellen rosigen Köpfen, die die Einheimischen auf ihren Schultern trugen, auffallend und fremd. Ihre Nase war spitz und der Mund viel zu groß. Jasper fand sie hässlich. Sie war nicht weiß und rund wie die Damen, die in Kutschen durch das Schlosstor fuhren. Sie sah eher aus wie ein verhungertes Reh, braun und mager. Außerdem lief eine Narbe vom Haaransatz die Stirn hinab. Jasper kratzte sich am Kopf und ließ seine Augen an ihrem Körper hinabwandern. Unter den Falten des Mantels lugte ein Korb hervor. »Was ist das?« Er riss ihr den Korb aus der Hand und sah hinein. Ein blutdurchtränktes Leinenbündel lag darinnen. Was es enthielt, konnte Jasper sich schon denken. Doch das interessierte ihn gerade herzlich wenig, denn der aufgeschlagene Umhang gab die Sicht auf einen dunkelgrünen Schnürleib frei. Unter einem Tuch, das ihren Ausschnitt bedeckte, hoben sich klein und rund die Brüste des Mädchens ab. Jasper lief es heiß und kalt über den Rücken. Schon oft hatte er die anderen von mannstollen Weibern reden hören. Vor allem die Ausländerinnen, hieß es, waren heiß wie läufige Hündinnen. Ob das wohl stimmte? Sobald das Mädchen seinen stieren Blick bemerkte, schloss es eilig die Öffnung ihres Mantels. Als er den Ekel in ihren Augen sah, verzog Jasper seinen Mund zu einem hämischen Grinsen und spuckte ihr durch die Lücke seiner Schneidezähne mitten ins Gesicht. Wütend funkelte sie ihn an. Dann drehte sie sich um und rannte davon. So schnell würde die nicht wiederkommen. Und wenn doch, dann konnte sie was erleben.

Cord kehrte auf seinen Platz zurück, ohne dass Jasper etwas davon bemerkte. Immer noch sah er dem Mädchen hinterher, obwohl sie längst seinem Blickfeld entschwunden war. Den ganzen Nachmittag über musste er an sie denken. Auch als der Himmel sich schon dunkel färbte und der dicke Christoph pünktlich zur Ablösung aus dem Wachhäuschen trat, hatte er ihr Bild noch vor Augen. So lebhaft war die Erinnerung an sie, dass Jasper sogar vergaß, dem Dicken zu melden, dass Cord unerlaubt gegen die Mauer gepisst hatte.

Abend

Erwartungsvolle Unruhe lag über der Hofgesellschaft, die an diesem Abend im *antichambre* der Kurfürstin Sophie zusammengekommen war, um einem *spectacle* von nie gesehener

Einmaligkeit beizuwohnen. Auch Antoine war als Begleiter Anton Ulrichs aufgefordert worden, sich in den Gemächern der Kurfürstin einzufinden. Da der Herzog jedoch wegen anhaltender Darmkrämpfe kurzerhand den Entschluss gefasst hatte, sich zu nämlicher Stunde klistieren zu lassen, war Antoine alleine erschienen. Seit zwei Wochen weilte er nun schon im Leineschloss, doch hatte er bisher keine Aufforderung erhalten, sich bei einer Audienz des Kurfürsten oder der Kurfürstin zu zeigen. Wieder einmal wurde ihm schmerzlich bewusst, dass seine Zeit als viel bejubelter Günstling am Hof von Frankreich längst der Vergangenheit angehörte und er in Hannover lediglich der Sekretär eines Verwandten, noch dazu eines äußerst unliebsamen Verwandten, der kurfürstlichen Familie war und somit im Rang kaum höher stand als ein Kammerdiener. Doch er tröstete sich mit dem Gedanken, dass er nach seinem Abenteuer in Paris immerhin noch am Leben war. Er konnte zufrieden sein.

Die Appartements des Herrscherpaares lagen im ersten und zweiten Stock des Leineflügels, einem dem Fluss zugewandten Trakt der weitverzweigten Residenz. Aufmerksam sah Antoine sich im *antichambre* der Kurfürstin um. Es war ein prachtvolles Zimmer mit hohen Decken, deren prunkvolle Stuckverzierung mit Blattgold belegt war. Überall an den Wänden hingen farbenfrohe Wirkteppiche, die geschichtliche sowie mythologische Szenen darstellten und nach Entwürfen italienischer und französischer Hofmaler in den neu gegründeten Gobelinmanufakturen von Hameln und Hannover angefertigt worden waren. Nachdem Antoine dem Interieur die gebührende Bewunderung gezollt hatte, richtete er sein Augenmerk auf eine ältere Dame, die als Einzige unter den anwesenden Personen in einem gepolsterten Armstuhl saß. Kurfürstin Sophie war weit über sechzig, dennoch strahlte sie eine energische Souveränität aus, von der vor allem die aufrechte Haltung zeugte, mit der sie in ihrem Fauteuil Platz genommen hatte. Das Gesicht, auf dem sich Klugheit und Lebenserfahrung widerspiegelten, hatte sie ihrem alten Freund Leibniz zugewandt, den sie gerade mit einem herzlichen Lächeln bedachte. Nicht ohne Erstaunen musste Antoine feststellen, dass der schönste Schmuck der Kurfürstin von Hannover ihre beiden lückenlosen Zahnreihen waren. Ansonsten nahm sich die Gemahlin Ernst Augusts inmitten ihrer reich geschmückten Damen äußerst bescheiden aus. Unter der mattgrünen Robe lugte ein schwarzer Unterrock hervor, der nur sehr spärlich von Silberfäden durchzogen war. Niemand, der sie nicht in ihrer prunkvollen Umgebung gesehen hätte, wäre auf die Idee gekommen, dass diese schlicht gewandete Dame über ein aufstrebendes Fürstentum herrschte und sogar Aussichten hatte, sollte sie nur lange genug leben, dermaleinst den englischen Thron zu besteigen.

Gerade wollte Antoine eine unverfängliche Plauderei mit seinem Nachbarn, einem schmächtigen Männlein mit dem Gesicht einer Spitzmaus, beginnen, als ein gewaltiger Basston der geschwätzigen Erregung im Empfangssalon ein jähes Ende setzte. Fast im gleichen Augenblick verspürte Antoine ein leichtes Vibrieren des Bodens. Die überraschten Reaktionen um ihn herum zeigten ihm, dass er nicht der Einzige war, der das Gefühl hatte, dass etwas die Schlossmauern erschütterte. Dann wurde die Tür aufgerissen, und ein Wirbel aus bunten Bändern und flatternden Tüchern, in deren Zentrum zwei schlanke Wesen in anmutigem Tanz kreisten, erfüllte das Gemach. Fassungslosigkeit breitete sich auf den gepuderten Gesichtern der Damen und Herren aus. Doch es waren nicht die Tänzerinnen, die das grenzenlose Erstaunen bei der Hofgesellschaft hervorriefen. Hinter den Mädchen bewegte sich eine massige Silhouette mit schwankendem Schritt die Stiege vom Innenhof hinauf auf den Eingang des kurfürstlichen *antichambre* zu. Ein Elefant. Auch Antoine war über die Maßen verwundert. Er hatte noch nie einen lebendigen Elefanten gesehen. Und dass nun eines dieser exotischen Wesen, die schon Hannibal auf ihren Schultern über die Alpen getragen hatten, sich hier im Leineschloss in den Empfangssalon der Kurfürstin Sophie schob, war an Erstaunlichkeit kaum zu überbieten. Selbst am Hof des Sonnenkönigs hatte es ein solches Schauspiel noch nie gegeben. Antoine schätzte, dass der Elefant etwa acht Ellen vom Boden bis zu der hohen buckelförmigen Stirn maß. Über das Gewicht der Bestie konnte er ebenfalls nur Vermutungen anstellen. Doch waren es keinesfalls weniger als sechstausend Pfund, was ungefähr sechs oder sieben ausgewachsenen Pferden entsprach. Unter einem vielflammigen Lüster, der wie ein Heiligenschein über den Wülsten seines Schädels schwebte, kam der Dickhäuter zum Stehen. Mit der Spitze seines Rüssels tastete er nervös den blankpolierten Boden ab und hielt dabei den Kopf gesenkt. Antoine empfand Mitleid mit dem Ungetüm. Trotz seiner Größe schien der Elefant in dieser Umgebung höfischen Glanzes hilflos und verloren. Ein paar leichte Stockhiebe seines Führers brachten das Tier dazu, die Vorderläufe zu senken, so dass es aussah, als würde es seiner erlauchten Gastgeberin eine Reverenz erweisen. Antoine sah zur Kurfürstin hinüber. Sophie musterte den Elefanten mit zufriedenem Lächeln. Heute hatte sie ihrem Hof etwas gegeben, wovon man noch in Jahren sprechen würde. Tosender Applaus brandete auf, den sie mit huldvollem Nicken entgegennahm. Die Freude über den Erfolg ihres Schauspiels währte indes nicht lange. Denn plötzlich sprang ein Spaniel vom Arm seiner Besitzerin und attackierte den ungewöhnlichen Besucher mit wütendem Gekläff. Der Elefant, der die Audienz bis dahin klaglos über sich hatte ergehen lassen, schien mit seiner Geduld am Ende zu sein. Er stieß ein wütendes Trompeten aus und zermalmte den kleinen Angreifer mit einem einzigen Tritt seines mächtigen Hufs. Die Besitzerin des Hundes brach in hysterisches Gekreische aus und machte darob sämtliche Bemühungen des Bändigers zunichte, den Elefanten zu beruhigen. Das Tier fegte den Mann beiseite und ging dann, den Rüssel hoch aufgerichtet, angriffslustig auf die Menge los. Augenblicklich brach Panik aus. Mit gerafften Röcken und wehenden Federbüschen strömten die Höflinge auf die Flügeltüren zu. Antoine sah gerade noch, dass Leibniz die Kurfürstin aus dem Gemach schob, dann wurde er weggedrängt und zur Seite geschubst. Er ging zu Boden und spürte fast im selben Moment, wie sich die Spitze eines Absatzes in seinen Handrücken bohrte. Antoine stöhnte vor Schmerz. Als er sich aufzurappeln versuchte, wurde er wieder zu Boden gerissen. Ein Berg aus Seide und Samt begrub ihn unter sich. Er spürte einen Tritt in die Magengegend, dann war er wieder befreit. Antoine sprang auf und wurde sofort von einem Sog aus Leibern zum Ausgang gerissen, als aus dem Gewirr aufgeregter Stimmen mit einem Mal das herzzerreißende Schluchzen eines Kindes an sein Ohr drang. Er drehte sich um und sah einen kleinen Jungen in der Uniform eines Pagen, der den hilflosen Versuch unternahm, sich hinter einem Wandbehang zu verstecken. Angezogen von dem lauten Jammern des Knaben, trottete der Elefant unaufhaltsam auf ihn zu. Antoine wandte sich brüsk ab. Dann jedoch stieß er einen wütenden Fluch aus und erkämpfte sich gegen den Strom der Menge, der ihn mit aller Macht zum Ausgang zog, einen Weg zu dem verzweifelten Kind.

»Keine Angst, mein Kleiner. Alles wird gut.« Er riss den Jungen vom Boden und rettete ihn und sich mit einem Satz nach links, bevor der Rüssel des Elefanten mit einem vernichtenden Schlag auf sie niedersausen konnte. Doch einmal entfesselt, schien die Wut des grauen Giganten ein Opfer zu fordern. Antoine flüchtete von einer Ecke in die nächste, während der Elefant die Verfolgung aufnahm und dabei Tapisserien, Stühle und Wandleuchter mit sich riss. Das Zimmer indes war nicht groß genug, um vor einem Monstrum wie diesem die Flucht zu ergreifen. Schließlich glitt Antoine mit seinen hohen Absätzen aus und fiel, den Knaben im Arm, der Länge nach zu Boden. Den bebenden Körper des Kleinen an sich gedrückt, sah er in stummem Entsetzen, wie der massige Leib des Elefanten Schritt für Schritt näher kam. Dann geschah etwas Merkwürdiges. Aus den Reihen der flüchtenden Höflinge löste sich eine Gestalt und trat zwischen ihn und die riesige Kreatur. Die schneeweiße Hand einer Frau tauchte unter einem blutroten Cape hervor und griff furchtlos nach der Kette, an der der Elefant hereingeführt worden war. Sanft zog sie ein paar Mal daran, um die Aufmerksamkeit des Tieres von Antoine und dem Kind auf sich zu lenken.

»Seid Ihr wahnsinnig!«, rief Antoine verstört. »Was tut Ihr da?«

Ohne ihren Blick von dem Elefanten zu wenden, erwiderte die Frau, so leise, dass Antoine es kaum verstehen konnte: »Ich rette das Leben des Kindes, und da es sich so fügt, auch das Eure. Und nun schweigt.« Wieder zog sie an der Kette und schnalzte ein paar Mal mit der Zunge. Antoine konnte zwar ihr Gesicht nicht sehen, trotzdem war er sicher, dass sie den Elefanten anlächelte. Tatsächlich ging eine Veränderung mit dem Tier vor sich. Es fixierte die Frau mit seinen kleinen, tief liegenden Augen, dann gab es einen dumpfen rumpelnden Laut von sich und senkte das Haupt. Der Elefant schien das Interesse an seiner Verfolgungsjagd verloren zu haben.

Inzwischen waren auch die Reste der versprengten Hofgesellschaft auf die geheimnisvolle Trägerin des roten Capes aufmerksam geworden. Gebannt beobachteten Kavaliere und Hofdamen, wie das Tier die Unbekannte mit der Spitze seines Rüssels beschnupperte. Aufgeregtes Getuschel setzte ein. Die Furcht vor dem Elefanten war einer gespannten Sensationslust gewichen, denn schlimmer noch als die Angst, das Schicksal des unglücklichen Spaniels zu teilen, war die Sorge der Höflinge, etwas Aufregendes zu verpassen. Das neugierige Geflüster der Gesellschaft entfachte die Verwirrung des Elefanten jedoch von neuem. Unruhig warf er seinen Kopf hin und her und hob in drohender Gebärde den Rüssel. Eine einzige, herrische Geste der selbst ernannten Elefantenbändigerin brachte die Anwesenden zum Schweigen. Wieder zog sie sacht an der Kette und trat so dicht an den Elefanten heran, dass ein unbedachter Schritt des Tieres genügt hätte, um sie schwer, wenn nicht gar tödlich zu verletzen. Die Frau wandte das Haupt, so dass Antoine ihr von rabenschwarzen Locken umrahmtes Gesicht nun sehen konnte. Er hatte sich nicht getäuscht. Ein verwegenes Lächeln lag auf den geschwungenen Lippen, während ihr Blick furchtlos dem des exotischen Monstrums begegnete. Die Unbekannte schien sich der Gefahr, in der sie sich befand, nicht bewusst zu sein. Ein weiterer Blick in ihr Gesicht überzeugte Antoine, dass er hierin falsch lag. Die Frau war sich der Gefahr sehr wohl bewusst. Aber sie zeigte keine Furcht. Im Gegenteil. Sie schien die Gefahr nachgerade zu genießen. Fasziniert beobachtete Antoine das weitere Geschehen. Den Knaben in seinem Arm, der immer noch angsterfüllt das Köpfchen an seiner Brust barg, hatte er ganz vergessen. Nun reckte die Frau sich und brachte ihr Gesicht ganz dicht an eines der riesigen Ohren. Antoine sah, dass sie ihre Lippen bewegte, konnte aber nicht verstehen, was sie dem Elefanten zuflüsterte. Ihre Worte zeigten indes eine beruhigende Wirkung. Das Tier wurde ganz still und begann, sich mit den Ohren Luft zuzufächeln. Seinem Bändiger, der durch den Streich des Rüssels einen bösen Bluterguss davongetragen hatte, gelang es schließlich, den Elefanten mit Hilfe der Schlosswachen hinauszuführen. Das Abenteuer war vorüber.

Schweißgebadet richtete Antoine sich auf. Er überließ den Jungen der Obhut einer Hofdame und eilte seiner unbekannten Lebensretterin hinterher. »Einen Augenblick, Madame. Verratet mir Euren Namen.«

Sie wandte sich um und musterte Antoine mit einem amüsierten Blitzen ihrer dunklen Augen. »Verratet mir den Euren, Monsieur.«

»Natürlich. Verzeiht.« Antoine neigte das Haupt. »Marquis de Montagnac. Zu Euren Diensten, Madame.«

»Ah, Ihr seid Franzose. Ich hege eine tiefe Bewunderung für die großartigen Dichter Eurer Heimat. Corneille, Racine, La Fontaine. Diese Männer sind die Einzigen, von denen ich weiß, die es wahrhaft verdienen, geliebt zu werden.«

»Ich bin sicher, sie würden Euch von ganzem Herzen zustimmen.«

»Sagt, Marquis, was führt Euch nach Hannover?«

»Ich gehöre zum Gefolge des Herzogs von Braunschweig-Wolfenbüttel, der in den Wochen des Karnevals als Gast des Kurfürsten und seiner Gemahlin im Leineschloss weilt.«

»Dann sollte Seine Durchlaucht besser auf Euch achtgeben, junger Mann.« Für den Bruchteil einer Sekunde platzierte sie ihre schlanke Hand auf der Spitzenmanschette, die unter dem rechten Ärmel seines Justaucorps hervorlugte. So flüchtig die Berührung auch gewesen war, hatte sie auf Antoines Gemütsverfassung eine ungeheure Auswirkung. Unter seinem Puder lief er rot an und neigte hastig das Haupt.

»Ich werde es ihm ausrichten. Aber nun sagt mir, wie kann ich Euch danken, Madame. Wenn Ihr nicht gewesen wäret, hätte der Elefant den Knaben und mich getötet. Er hätte uns mit einem einzigen Tritt zermalmt.«

»Sie.«

»Wie bitte?« Verwundert richtete Antoine sich auf.

»Er ist eine Sie. Sie trägt kein Elfenbein, die Zierde ihrer männlichen Artgenossen.«

»Ihr scheint Euch in der Welt der Tiere gut auszukennen, Madame.«

»Das mag sein«, erwiderte sie belustigt. »Zumindest weiß ich, wann eine Königin vor mir steht. Eine Fähigkeit, die den meisten Mitgliedern dieses Hofes abhandengekommen zu sein scheint.«

»Was wollt Ihr damit sagen?« Antoine hatte sich inzwischen wieder gefasst und sah der Dame offen ins Gesicht.

»Der armen Kreatur ist für diesen bedauerlichen Zwischenfall wahrlich kein Vorwurf zu machen. Man hat es ihr gegenüber an dem nötigen Respekt fehlen lassen.« Das Lächeln vertiefte sich und hinterließ einen Fächer haarfeiner Linien rund um die Augen. Sie waren in dem sonst makellosen Antlitz das einzige erkennbare Zeichen, das die Jahre hinterlassen hatte.

»Es wäre zumindest eine Erklärung, Madame.«

»Ganz sicher sogar. Mir würde es auch nicht gefallen, in Ketten vorgeführt zu werden.« Unvermittelt raffte sie ihre Röcke. »Doch nun entschuldigt mich. Ich muss gehen.« Hoch aufgerichtet schritt sie durch die Gasse der Höflinge, ohne einen von ihnen auch nur eines Blickes zu würdigen.

Erst als Antoine in seine Kammer zurückgekehrt war, fiel ihm auf, dass sie ihm ihren Namen nicht genannt hatte. Lange nachdem er sich zu Bett gelegt hatte, spürte er noch den sanften Druck ihrer Hand auf seinem Unterarm.

Mitternacht war lange vorüber, als eine zweispännige Chaise die Burgstraße entlangrollte, nach rechts abbog und sich an windschiefen Katen vorbei dem Steintor näherte, dem nördlichsten der vier Tore der spätmittelalterlichen Befestigungsanlage, die die Altstadt von Hannover wie ein Ring umschloss.

»Halt!« Ein Wachmann stellte sich dem Gespann in den Weg und hielt seine Laterne hoch. Der Kutscher, der seine Mütze tief in die Stirn gezogen hatte, wich dem Schein der Lampe aus und verbarg sein Gesicht hinter dem breiten Kragen seines Mantels. »Wer seid Ihr, und was wollt Ihr zu so später Stunde? Das Tor wird erst bei Sonnenaufgang wieder geöffnet.« Der Wachsoldat umrundete das Gespann und versuchte ins Innere der Karosse zu leuchten. Behutsam wurden die Vorhänge angehoben, und mit einer anmutigen Bewegung streckte sich ihm eine samtene Hand entgegen. Zwischen den Spitzen der schlanken Finger baumelte ein prall gefülltes Beutelchen. Ehrfürchtig neigte der Wachmann das Haupt. »Verzeihung. Ich wusste nicht, dass Ihr es seid.« Er nahm den Beutel und ließ die Kutsche passieren. Kaum hatte sich das Tor wieder geschlossen, schwang der Mann auf dem Kutschbock die Peitsche und trieb die Pferde in scharfem Galopp eine unbefestigte Straße entlang Richtung Norden. Sobald die Umrisse des Lustschlosses Herrenhausen in der Dunkelheit aufragten, riss der Kutscher die Zügel jäh zurück. Mit einem Aufbäumen der Vorderläufe verlangsamten die Pferde ihre Geschwindigkeit und kamen schließlich vor der Mauer, die den halbkreisförmigen Vorhof der Sommerresidenz des Kurfürsten von Hannover vor dem Schmutz der Straße abschirmte, zum Stehen. Von den zauberhaften Parkanlagen,. die Kurfürstin Sophie mit so viel Liebe nach französischem Vorbild anlegen ließ, sah man nichts in dieser feuchten, wolkenverhangenen Nacht. Eine Weile war es still. Nur das Schnauben der Pferde störte die nächtliche Ruhe. Dann jedoch erklang aus einer Nische der Mauer eine fröhliche Melodie. Jemand pfiff die *Folies d'Espagne,* wonach zurzeit an allen Höfen Europas getanzt wurde. Eine verhüllte Gestalt löste sich aus dem unförmigen Schatten des Wagens und huschte der Melodie entgegen auf die Mauer zu.

»*Bonsoir, Mademoiselle Krumbugeln*. Ihr kommt spät, aber immerhin, Ihr kommt.« Gut gelaunt hob Graf Königsmarck den Schleier und enthüllte das blasse Gesicht Eleonore von dem Knesebecks, die aus ihren grauen Augen sorgenvoll zu ihm aufblickte. Das Hoffräulein konnte ihre Unruhe kaum verbergen. »War dieses Treffen denn wirklich nötig? Es wird immer schwieriger, unerkannt aus dem Schloss zu gelangen. Gerade jetzt. Überall in den Gängen wimmelt es von Menschen.«

»Ihr zürnt mir? *Que vous êtes cruelle.*« Königsmarck fasste sich an seine linke Brust und verzog in gespielter Entrüstung die Miene. Wider ihren Willen musste Eleonore von dem Knesebeck lächeln.

»Grausame.« Während Königsmarck ihre Hand ergriff, verbarg die Finsternis seine spöttische Miene. »Es bereitet Euch Freude, die Männer leiden zu lassen. Dabei leide ich doch schon genug. Nehmt Euch einen Liebhaber. Mit Eurer Figur dürfte es Euch leichtfallen, einen Dummen einzufangen, der Euch dazu bringen wird, Eure frostige Natur zu überwinden.«

Gekränkt entriss ihm das Hoffräulein die Hand wieder. »Was Ihr immer redet.«

»Nun habt Euch nicht so, edle Jungfer. Heißt es nicht: Blaue Augen Himmelsstern, küssen und poussieren gern?«

»Meine Augen sind grau«, war die steife Erwiderung. »Das solltet Ihr wissen. Ihr habt oft genug hineingeschaut.«

»Ich weiß«, erwiderte Königsmarck besänftigend, wobei er sacht das Kinn der gekränkten Frau anhob. »Und wie teuer mir der Anblick Eurer seelenvollen Augen ist, könnt Ihr gar nicht ermessen, Madame. Denn sie sagen mir, dass all mein Lieb' und Leben in der Nähe auf mich wartet.«

Er sah zur Kutsche hinüber. »Ist sie dort drüben?«

Das Hoffräulein nickte. »Ja. Sie war ganz aufgeregt, schon den ganzen Tag. Ich konnte sie noch nicht einmal dazu bewegen, zum Empfang der Kurfürstin zu gehen.«

»*Ma pauvre confidente*«, lachte der Graf. »Mit Eurer Herrin habt Ihr ein schweres Kreuz zu tragen. Wer wüsste das nicht besser als ich?« Königsmarck ließ das Hoffräulein stehen und eilte zur Kutsche. Stürmisch riss er den Wagenschlag auf und fand sich fast im selben Moment umhüllt von Pelzen, Seide und den Düften von Ambra und Bergamotte. Fordernd suchte sein Mund die vollen Lippen Sophie Dorotheas. Mit ungeduldigen Bewegungen arbeitete er sich durch die Schichten aus Nerz und Stoff, bis er die harten Stäbe des Fischbeins spürte. Ungestüm fuhren seine Hände hinauf bis zum Dekolleté und verfingen sich dabei immer wieder in den unzähligen Schleifen, die das Mieder der Kurprinzessin zierten. Übermütig fing er an zu lachen. Im Dunkeln suchte Sophie Dorothea seinen Blick. »Was ist so komisch? Wieso lachst du?« Königsmarck küsste ihre entblößte Brust und lehnte sich zurück in die Polster. »Ich bitte dich zu nächtlicher Stunde um ein verschwiegenes Stelldichein, und du erscheinst in großer Robe. *Je suis vraiment flatté, ma chère.* Doch vergiss bitte nicht, dass unsere Zeit knapp bemessen ist. Königreiche können fallen, bevor ich deinen Busen freigelegt habe.«

Sophie Dorothea kuschelte sich an die Schulter des Grafen. »Lach nicht über mich. Die Stunden, in denen ich mich für dich schön mache, sind die einzig glücklichen in diesem düsteren Palast. Ach Liebster«, klagte die Prinzessin nach einem Moment des Schweigens. »Wann wird dieses Versteckspiel endlich ein Ende haben?«

»Schon bald.« Königsmarck schlang die Arme um den üppigen Körper der Kurprinzessin. »Es gibt gute Nachrichten. Der Kurfürst von Sachsen hat zugestimmt. August nimmt mich in seine Armee auf und bietet dir seinen persönlichen Schutz an.«

»Oh, Philipp.« Der Glanz ihrer leuchtenden Augen ließ sich selbst im Dunkeln erahnen. »Ist das wahr!«

»Er stellt dir Moritzburg zur Verfügung, bis deine Familie in die Scheidung einwilligt.«

»Endlich. Endlich die Freiheit.« Ein tiefer Seufzer der Erleichterung entrang sich Sophie Dorotheas Brust. »Wie lange haben wir darauf gewartet? Sag mir, Liebster, wann können wir gehen?«

»Gedulde dich noch zwei oder drei Tage. Sobald alles vorbereitet ist, werde ich kommen und dich holen.« Vorsichtig hob er eine der Blenden und sah hinaus in die Nacht.

»Weiß sie es?«

»Nein, sie hat keine Ahnung. Niemand weiß es. Nur du und ich.«

»Das ist gut.« Königsmarck ließ den Vorhang wieder fallen. »Das Gelingen unserer Flucht hängt einzig davon ab, dass niemand davon erfährt. Du musst vorsichtig sein. Versprich mir das. Und lass dir nichts anmerken.«

»Ich tue alles, was du sagst, mein Geliebter.« Die Stimme der Kurprinzessin zitterte vor freudiger Erwartung. »Aber ich flehe dich an, hole mich bald.«

»Ich schicke dir ein Billett, sobald ich meine Geschäfte geregelt habe. Halte dich bereit.«

Von wilder Leidenschaft ergriffen, gaben die Liebenden sich

einander hin. Das herrliche Wissen um ein baldiges Ende der Heimlichkeiten machte diese Begegnung noch köstlicher als alle anderen zuvor. Inzwischen hatte heftiger Regen eingesetzt und begleitete das lustvolle Stöhnen mit einem sanften Staccato.

Das Hoffräulein von dem Knesebeck, das in einer der Mauernischen vergeblich Schutz vor der Nässe suchte, war in diesem Augenblick höchster Wonne gänzlich vergessen. Weder Königsmarck noch Sophie Dorothea ahnten, dass diese nächtliche Begegnung der Schwanengesang ihrer heimlichen Liebschaft war.

Dritter Tag des Karnevals

Später Nachmittag

Antoine überquerte die Innenhöfe der kurfürstlichen Residenz und trat hinaus auf die Leinstraße. Vor dem Schloss herrschte immer noch reger Verkehr. Ohne Rücksicht scheuchte ein schwer beladener Karren Sänften und Fußgänger vor sich her und rumpelte durch Pfützen, die sich mitten auf dem holprigen Straßenpflaster gebildet hatten. Es dämmerte bereits, dennoch hatte der Herzog darauf bestanden, dass Antoine seine Korrespondenz noch an diesem Abend einem Depeschenagenten überbrachte. Obwohl er nur geringe Lust verspürte, durch den feuchten unwirtlichen Abend zu spazieren, war Antoine froh, den Schikanen des Herzogs für eine Weile zu entgehen. Als er am Morgen zum Dienst erschienen war und von der abendlichen *assemblée* berichtet hatte, war die gute Laune des Herzogs schlagartig verflogen. »Ein Elefant!«, hatte er ungläubig ausgerufen.

»Genau genommen war es eine Elefantendame«, antwortete Antoine. »Sie hätte mich im Übrigen beinahe …«

»Verschone mich mit weiteren Details«, bellte der Herzog. »Ich will nichts mehr hören.« Seinen Ärger nur mit Mühe unterdrückend, hatte Anton Ulrich nach der Feder gegriffen, nur um sie im selben Moment wieder sinken zu lassen. »Was sind das für seltsame Sitten an diesem Hof? Glaubt meine Cousine etwa, solche Extravaganzen seien einer Kurfürstin würdig? Ich hätte sie für klüger gehalten als ihren Gemahl.«

Das also war es, dachte Antoine. Der Herzog ärgerte sich, dass er der Einladung der Kurfürstin nicht gefolgt war und sich stattdessen lieber ein Rohr in den Hintern hatte schieben lassen. »Vermutlich wollte Ihre kurfürstliche Durchlaucht den Damen und Herren Ihres Hofstaates eine Abwechslung bieten«, entgegnete Antoine beschwichtigend.

Der Herzog schnaubte verächtlich und rückte seine Hausmütze gerade. »Du kennst diese Herrschaften nicht. Sie sind eitel, der Hoffart ergebene Menschen. Allesamt. Die ganze Hannoversche Bagage! Was gibt es da blöde zu grinsen?«

Antoine presste die Lippen aufeinander. Er kannte diese Tiraden nur zu gut. Dass Kaiser Leopold Ernst August zum Kurfürsten gemacht hatte und nicht ihn, Anton Ulrich, ärgerte den Herzog maßlos. Dabei stammten die Wolfenbütteler, wie er niemals müde wurde zu betonen, von der älteren Linie der Welfen ab. Ihm gebührte der Titel, den sich der verhasste Cousin mit Geld und leeren Versprechungen erschachert hatte. Allerdings hatte diese Ehrenkränkung den Herzog nicht davon abgehalten, auf Kosten des Kurfürsten für mehrere Wochen dem Karneval in Hannover beizuwohnen. Diesen Umstand ließ er in der Flut von Schmähungen, mit denen er seine unliebsame Verwandtschaft in der nächsten halben Stunde bedachte, gleichwohl unerwähnt. Den restlichen Tag hatte der Herzog seine Verärgerung immer wieder an Antoine ausgelassen und ihn davon abgehalten, über seine Begegnung mit der geheimnisvollen Schönen nachzudenken.

Als Antoine nun jedoch den Holzmarkt überquerte und sich nach rechts der Marktkirche und dem Rathaus zuwandte, kehrten seine Gedanken zu den Ereignissen des gestrigen Abends zurück. Eigentlich war er für die Reize der Frauen unempfänglich. Dennoch war ihm nicht entgangen, dass seine Lebensretterin über die Maßen schön war. Zu gerne hätte er ihren Namen gewusst. Ob sie nur versäumt hatte, ihn zu erwähnen, oder sie ihn absichtlich vor ihm verschwiegen hatte, konnte Antoine nicht sagen. Während er darüber nachgrübelte, schritt er an dem gotischen Backsteinbau der Marktkirche vorbei, deren hochschultriger Turm wie ein mahnender Zeigefinger in den immer dunkler werdenden Himmel aufragte. Auch hier auf dem Marktplatz, der von der mächtigen Kirche sowie dem Gebäudekomplex des Rathauses dominiert wurde, herrschte noch reger Betrieb. In aller Hast wurden die letzten Geschäfte des Tages abgewickelt, da jeder bestrebt war, noch vor Einbruch der Dunkelheit den heimischen Herd zu erreichen. Etwas riss Antoine aus seinen Gedanken. Er konnte nicht sagen, was es war, aber mit einem Mal kam es ihm wieder so vor, als würde er beobachtet. Es war dasselbe Gefühl, das sich seiner auch auf der großen Wirtschaft des Kurfürsten bemächtigt hatte. Er drehte sich um und suchte in der Menge der vorbeieilenden Passanten nach einem Hinweis, der seinen Verdacht bestätigte, konnte aber nichts entdecken. Achselzuckend setzte er seinen Weg fort. Wer sollte ihn hier schon verfolgen? Er war überspannt. Sicher lag es an seinem gestrigen Abenteuer; aber auch daran, dass er sich in dem beschaulichen Provinznest mit seinen kaum zehntausend Einwohnern immer noch fremd fühlte. Antoine bog nach rechts in eine schmale unbelebte Straße, die zu beiden Seiten von spitzgiebligen Kleinbürgerhäusern gesäumt war. Hier war die Dunkelheit bereits fast vollständig hereingebrochen. Nur vereinzelt fielen ein paar Lichtpunkte aus den beleuchteten Wohnstuben und erleichterten es Antoine, sich zu orientieren. Obgleich es in der Altstadt von Hannover Pfahllaternen gab, wurden diese ungeachtet der Wetterverhältnisse nur entzündet, wenn im Kalender kein Mondschein verzeichnet war.

Sei kein Narr, schalt sich Antoine, während er vorsichtig einen Fuß vor den anderen setzte, um auf dem glitschigen Boden nicht auszurutschen. Hier lauern keine Spitzbuben in düsteren Ecken, so wie in Paris. Plötzlich aber hörte er Schritte hinter sich und drehte sich um: nichts. Trotzdem war er jetzt davon überzeugt, dass sein ungutes Gefühl ihn nicht getrogen hatte. Er wurde tatsächlich verfolgt. Scheinbar gelassen ging er weiter und tastete unter seinem Umhang nach dem Zierdegen, der an einem Gürtel von seiner Taille herabbaumelte. Obwohl für den Kampf eher ungeeignet, war dieses modische Attribut des Hofkavaliers die einzige Waffe, die er bei sich trug. Er zwang sich, nicht über seine Schulter zu blicken, da er vermeiden wollte, dass sein ungebetener Begleiter Verdacht schöpfte. Er würde schon herausfinden, wer sich ihm da an die Fersen geheftet hatte. Antoine ging in die Osterstraße, die mit Markt- und Schmiedestraße, Knochenhauer- und Köblingerstraße sowie der Leinstraße eine der vier gepflasterten Hauptachsen der Altstadt von Hannover war, und wandte sich nach Norden. Kurz vor der Stadtmauer bog er links ab und schlug sich durch winklige Gassen zurück in Richtung Fluss. Als er an einer Kirche vorbeikam, die von einem Friedhof umgeben war, sprang er kurz entschlossen über die steinerne Einfriedung und verbarg sich im Schutz einer niedrigen Hütte, die direkt dahinter lag. Angespannt lauschte er in die Nacht. Trotz der Eiseskälte, die von der Kirche herüberwehte, spürte Antoine, wie ihm der Schweiß aus allen Poren brach. Er musste nicht lange warten, bis er leise Schritte vernahm, die auf Höhe des Friedhofs jäh abbrachen. Dann hörte er das Knirschen von Steinen und einen dumpfen Aufprall. Wenige Sekunden später trat ein unförmiger Schatten in sein Blickfeld. Ein Mann, etwas größer als er, in einen weiten Wollmantel gehüllt, mit altmodischem Plumagenhut auf dem Kopf, stand vollkommen reglos wenige Schritte von ihm entfernt. Obwohl Antoines Augen sich inzwischen an die Dunkelheit gewöhnt hatten, konnte er das Gesicht des Mannes nicht erkennen, da er seinen Hut tief in die Stirn gezogen hatte. Was er allerdings sah, waren die Umrisse einer Radschlosspistole in der Hand des Mannes. Wie ein Hund, der die Witterung aufnimmt, streckte sein Verfolger den Kopf in die Höhe und sah sich suchend um. Einen Moment lang kam es Antoine so vor, als würde er direkt in seine Richtung starren. Dann jedoch schlich der Kerl zwischen Grabsteinen und Kreuzen auf das Portal zu und verschwand schließlich aus Antoines Gesichtskreis. Nach wenigen Augenblicken hörte Antoine, dass leise an einer Tür gerüttelt wurde. Kurze Zeit später tauchte der Mann wieder auf und schritt an der Ostseite der Kirche die Backsteinfassade der Sakristei entlang. Antoine verharrte im Schutz der Hütte und überschlug seine Möglichkeiten. Er konnte verschwinden und darauf hoffen, dass sein unheimlicher Verfolger die Suche nach ihm aufgab, oder er konnte herausfinden, wem daran gelegen war, ihn in diesem gottverlassenen lutherischen Kaff aufzuspüren. Zwar hatte Antoine nicht die geringste Lust, Bekanntschaft mit einer Schusswaffe zu machen, doch irgendetwas sagte ihm, dass dies nicht die letzte Begegnung mit diesem finsteren Gesellen sein würde, wenn er sich jetzt aus dem Staub machte. Besser, man kannte seine Feinde.

Antoine verließ die schützende Deckung der Hütte und tastete sich lautlos voran. Plötzlich streifte etwas sein Gesicht. Er strauchelte und wäre beinahe ausgeglitten, konnte seinen Sturz aber noch im letzten Augenblick abfangen. Ein Vogel war dicht an ihm vorbeigeflattert und flog auf das steile Satteldach der Kirche zu. Besorgt blickte Antoine nach vorne. Indes war das Einzige, was er in der Dämmerung erspähen konnte, der aufgebauschte Umhang des Mannes, der hinter dem Chor des gotischen Gotteshauses verschwand. Erleichtert atmete Antoine aus und schlich weiter. Auch er umrundete den Chor, an dessen Südseite sich ein eingeschossiger Sandsteinbau erhob, der der Kirche vor nicht allzu langer Zeit angefügt worden sein musste. Die mit Putten und Pilastern aufwändig verzierte Vorderseite entsprach ganz dem Geschmack der Zeit. Da er sein Ziel inzwischen vollkommen aus den Augen verloren hatte, blieb er stehen und lauschte. Aber außer dem heiseren Schrei eines Käuzchens und dem eigenen gehetzten Atem war nichts zu hören. Gerade als er seinen Weg fortsetzen wollte, trat die dunkle Gestalt aus einer der Muschelnischen des neuen Anbaus und wandte sich zu ihm um. Ein leichter Wind hatte eingesetzt und riss die Wolkendecke auf. Blasses Mondlicht fiel auf den Friedhof. Antoine konnte das Gesicht des Mannes zwar noch immer nicht erkennen, was er allerdings sah, war der Lauf der Pistole, die direkt auf sein Herz gerichtet war. Antoine zog den Degen aus der Scheide. »Halt, kommt nicht näher. Auch ich bin bewaffnet.« Seine Worte verhallten, ohne eine Wirkung zu zeigen. »Ich habe gesagt, Ihr sollt stehen bleiben.« Antoine wich zurück. »Wer seid Ihr, und was wollt Ihr von mir?« Das aufgeregte Pochen seines Herzens strafte den festen Klang seiner Stimme Lügen. Ohne etwas zu erwidern, kam der Mann immer näher. Erst als er kaum zwei Schritte von ihm entfernt war, schob er seinen breitkrempigen Hut aus dem Gesicht. Vor Überraschung taumelte Antoine zurück. »Ihr?«

Mit gezücktem Degen und heruntergeklapptem Unterkiefer stand Antoine seinem alten Bekannten, Leutnant Desgrez von der Pariser Polizei, gegenüber.

»Ja, ich«, war die nüchterne Erwiderung. »Dachtet Ihr, der Teufel sei Euch auf den Fersen, um Euch wegen Eures gottlosen Lebenswandels in sein Höllenreich zu holen? Und bitte steckt den Degen weg. Ihr würdet es glatt fertigbringen, mich mit diesem albernen Zahnstocher auch noch zu verletzen.«

»*Mon dieu, Desgrez!*« Lachend klopfte Antoine dem hochgewachsenen Mann auf die Schulter. »Mit allem hätte ich gerechnet, nur nicht damit. Wie geht es Euch?« Antoine war schon so lange von zu Hause fort, dass er fast vergessen hatte, wie gut es tat, ein vertrautes Gesicht zu sehen.

»Ich schlafe auf einem verwanzten Strohsack und bekomme jeden zweiten Abend sauer eingelegtes Kraut vorgesetzt. Aber ansonsten bin ich wohlauf. Danke der Nachfrage.« Die Linien zwischen Nasenflügel und Oberlippe vertieften sich zu kleinen Grübchen, als Desgrez lächelte. »Doch nun erzählt, wie geht es Euch?«

»Bestens, ich kann mich nicht beklagen. Inzwischen spreche ich fast fließend Deutsch und habe eine sehr honorige Anstellung beim Herzog von Braunschweig-Wolfenbüttel.«

»Ich weiß.«

Antoine zog die Stirn kraus. Mit einem Mal kam ihm das Lächeln auf den schmalen Lippen des Pariser Polizeileutnants gar nicht mehr so vertraut und liebenswert vor. Ein besorgniserregender Gedanke hatte die Freude über das Wiedersehen verscheucht. »Weiß der König Bescheid?«

»Welcher König? Ich dachte, in diesem Land der Knackwürste und Schinken regiert ein Kurfürst.«

»Spielt nicht den Ahnungslosen«, blaffte Antoine. »Kommt Ihr im Auftrag Seiner Majestät? Weiß Louis XIV., dass ich hier bin?«

Das Grinsen im Gesicht des Leutnants wurde breiter. »Der König hat keine Ahnung. Und wenn er es wüsste, wäre es ihm einerlei. Glaubt Ihr etwa, Seine Majestät hat nichts Besseres zu tun, als einem in Ungnade gefallenen Günstling seines Bruders hinterherzujagen?«

Trotz der Dunkelheit suchte Antoine in den hageren Zügen des Polizisten zu lesen. Sprach Desgrez die Wahrheit?

Über drei Jahre waren vergangen, seit Desgrez und er den Mord an Henriette Stuart, der Schwägerin Louis XIV., untersucht hatten. Damals wollte der König seinen Bruder, den Duc d'Orléans, vom Verdacht des Mordes reinwaschen und hatte daher seinen ehemaligen Günstling zu den Ermittlungen hinzugezogen. Antoine war in den intimen Zirkel des königlichen Prinzen eingeschleust worden, um dort nach dem wahren Täter zu fahnden. Dann jedoch war Seine Majestät auf die Idee gekommen, politischen Nutzen aus dem angeschlagenen Ruf seines Bruders zu ziehen, und hatte, da ihm Antoine als Zeuge lästig geworden war, seine Verhaftung angeordnet. Einzig dem Gerechtigkeitssinn Desgrez' hatte Antoine es zu verdanken, dass er nicht den Rest seines Lebens auf der Festung Pignerol verschmachtete, so wie Louis XIV. es angeordnet hatte.

Und nun, dreieinhalb Jahre später, stand Desgrez plötzlich vor ihm, auf einem Friedhof in einer kleinen Residenzstadt irgendwo im Norden des Heiligen Römischen Reichs. Das konnte doch kein Zufall sein.

»Wenn Ihr nicht meinetwegen gekommen seid, weswegen seid Ihr dann hier?«

Desgrez musste niesen. »Herrgott, ist es kalt hier. Da friert man sich ja einen ab.« Fröstelnd schlang er seinen Mantel enger um sich. »Weswegen ich hier bin, wollt Ihr wissen? Das kann ich Euch sagen: Ich befehlige die Leibgarde des französischen Gesandten.«

Argwöhnisch verschränkte Antoine die Arme vor der Brust. »Hier gibt es keinen französischen Gesandten. Die Welfenhöfe führen Krieg mit Frankreich.«

»Kriege lassen sich beenden. Im Übrigen wünscht Seine Majestät ein Bündnis mit dem Kurfürsten zu schließen.«

»Und was habe ich damit zu tun?«

»Gar nichts«, war die lakonische Antwort.

»Aber wieso schleicht Ihr mir dann wie ein Dieb hinterher und bedroht mich mit einer Pistole?«

»Eine lästige Angewohnheit von mir. Ich weiß. Aber ich denke, Ihr werdet mir verzeihen, wenn Ihr die kleine Überraschung seht, die ich mitgebracht habe.«

»Was für eine Überraschung?« Aufs Neue war Antoines Misstrauen geweckt.

»Findet Euch in drei Tagen im Palais des Grafen Platen ein. Die Gräfin gibt eine Gesellschaft zu Ehren Seiner Exzellenz. Seid bitte pünktlich. Sonst kostet es mich Kopf und Kragen.«

Bevor Antoine weitere Fragen stellen konnte, hatte Desgrez sich über die niedrige Mauer geschwungen und war in der Dunkelheit verschwunden. Verblüfft sah Antoine ihm hinterher.

Fünfter Tag des Karnevals

Nacht

Über Nacht war das Wetter umgeschlagen. Der Nordwind hatte die Wolkendecke fortgewirbelt und einen zartblauen Himmel von jungfräulicher Frische über Hannover ausgebreitet. Mit den grauen Nebelschleiern waren auch die Ausdünstungen des Bodens gewichen, der übel riechende Kot in den Gassen lag gefroren unter einer zarten Schicht aus glitzernden Eisblumen. Dieser strahlende Tag war einer der wenigen im Jahr, an dem es in der Residenzstadt Hannover nicht stank. Es war, als hätte der Kurfürst den Elementen befohlen, die Stadt zu säubern, bevor er das Volk auf sein Schloss lud. Mit einer Maskerade wollte Ernst August sich für den Kurhut erkenntlich zeigen, den ihm seine Landeskinder um 500000 Gulden und 2000 Mann Kanonenfutter für den Kaiser so teuer erkauft hatten. Den ganzen Tag schon wurde im Schlosshof gefeiert, und alle, die es sich leisten konnten, ein Kostüm zu borgen, waren gekommen. Heute trank man auf das Wohl des Landesvaters, ohne einen Heller dafür zu bezahlen.

Auch Ernst von Hessen-Rheinfels war mit der Absicht, wenigstens für ein paar Wochen die lästigen Sorgen wegen der herandrängenden Franzosen zu vergessen, aus seiner Feste Sankt Goar nach Hannover gereist. Um nicht erkannt zu werden, hatte der Landgraf sich in ein Schafskostüm gehüllt und war mit seinen Männern auf das Schloss gezogen. Die steifen Redouten, zu denen die Fürstlichkeiten einander luden, waren nichts für ihn. Wenn aber die Kanaille feierte, wollte er nicht fehlen, denn da ging es am lustigsten zu. Den ganzen Tag hatte der brave Konvertit mit dem Volk gesungen und gezecht und war dabei von seinen Leuten immer wieder zu neuen Streichen angestachelt worden. Inzwischen war es Nacht und der Landgraf bereits so betrunken, dass er ein Tänzchen mit dem Bären wagen wollte.

»Seht nur das pelzige Ungetüm«, wandte er sich an einen seiner Leibgardisten. »Es sieht genauso verdrossen aus wie die heilige Felicitas, die ich seinerzeit in Rom sah.«

»Dann solltet Ihr das Tier ein wenig aufmuntern, Durchlaucht«, feuerte dieser ihn an.

»Jetzt sind es auf einmal zwei von den Biestern. Siehst du sie auch, Menke? Eines ist für dich und eines für mich. *Eh viens, on s'amuse avec les deux.*«

»*Doucement, mon général.*« Schwer legte sich eine Hand auf seine Schulter. »Wer will denn mit dieser Kreatur tanzen, wenn die schönsten Sklavinnen warten?« Der Landgraf wurde herumgewirbelt und fiel einer orientalischen Schönheit in die Arme, die erschrocken aufschrie.

»Hab keine Furcht, mein Täubchen, und sei ein bisschen nett zu mir«, lallte der alte Recke. Es soll dein Schaden nicht sein.« Gerade wollte er sein erhitztes Haupt auf ihrer weißen Büste betten, als er von ihr unsanft zur Seite gestoßen wurde. Er stolperte und landete in den Armen einer runzligen Hexe.

»Du bist mir auch recht, Gevatterin. Obwohl du hässlich bist wie die Nacht.« Er kniff der Hexe in die lange Nase und umfing mit wonnigem Seufzer ihre bucklige Gestalt. Doch auch sie schien wenig Lust zu verspüren, einen alten Hammel wie ihn an sich heranzulassen. Wieder wurde Ernst von Hessen-Rheinfels zur Seite geschubst.

»Hast du gesehen, Menke?«, rief er vergnügt. »Die garstige Unke will mich auch nicht.« Dann legte er den Kopf an die Brust seines Leibsoldaten und schloss die Augen. »Auch gut. Bleibe ich eben bei dir. Obwohl du stinkst wie ein alter Ziegenbock.«

»Ihr riecht auch nicht gerade nach Rosen, Durchlaucht«, sagte Menke. Der alte Mann wurde wieder aufgerichtet und bekam einen Beutel mit Wein gereicht.

»Trinkt, und Ihr träumt heute Nacht wie ein Neugeborenes an der Brust seiner Mutter.«

Johlendes Gelächter umfing den Landgrafen.

»Macht Ihr Euch etwa über mich lustig?«, rief dieser aufgebracht. »Nehmt Euch nur ja in Acht, Männer. Wenn Ihr mich schlecht bedient, lass ich euch an den Eiern aufhängen.« Gerade wollte der ergrimmte Fürst einen saftigen Fluch hinterherschicken, als eine ihm bekannte Person in sein verschleiertes Gesichtsfeld trat. Der berühmte Graf Königsmarck wurde von türkischen Militärsklaven umringt, die wild gestikulierend auf ihn einredeten. »Seht nur den da!« Er zeigte mit dem Finger in die Richtung des Grafen. »Das ist ein Pfundskerl. Gegen den seid ihr ein Pack von Lumpenhunden. Den werde ich fragen, ob er mir hilft, den Franzmann zu vertreiben.« Er torkelte los und stürzte zu Boden. »*Merde!*« Zwei kräftige Arme zogen ihn wieder empor.

»Spalier gestanden!!«, krakeelte er daraufhin und nahm wankend am Kopf der Zweierreihe Aufstellung. Dann stolperte er weiter und ließ sich von jedem seiner Männer einen Beutel Wein an den Mund setzen. Sobald er am Ende der Gasse angelangt war, fiel er auf die Knie. Keine fünfzig Schritte von ihm entfernt war das braune Höllenvieh, das die ganze Zeit über teilnahmslos an seiner Kette gelegen hatte, zu neuem Leben erwacht. Beleuchtet von Fackeln und Pechkränzen trottete das Tier an die Stelle, an der zuvor noch der Graf gestanden hatte, und schleckte mit seiner Zunge den eisigen Boden ab. Der Bär war das Letzte, was der Landgraf von Hessen-Rheinfels sah, bevor er vornüberkippte und sich die Seele aus dem Leib kotzte.

Spät in der Nacht

Etwas Schreckliches war geschehen. Sie hatte es schon geahnt, als Philipp beim elften Schlag der Schlossuhr nicht in ihren Gemächern erschienen war. Doch nun war die Ahnung zu einer furchtbaren Gewissheit geworden. Wer hatte sie verraten? Niemand hatte von ihrem heimlichen Vorhaben gewusst. Von Verzweiflung getrieben irrte Sophie Dorothea durch ihre Gemächer. Vergeblich lief sie vor der verkleideten Zigeunerin davon, die die goldgefassten Spiegel an den Wänden wie ein Spottbild ihrer selbst überall auf sie herabwarfen.

Nach zwei Tagen endloser Ungewissheit war gestern Nachmittag endlich der heiß ersehnte Brief eingetroffen. Alles war bereit, die Stunde der Flucht gesetzt. Während der Maskerade im Schlosshof wollten Philipp und sie unerkannt entkommen. Die kurfürstliche Familie war an diesem Abend bei einem Ball der Herzogin von Ostfriesland, also würde niemand sie sehen.

Sophie Dorothea hatte am Nachmittag eine Unpässlichkeit vorgetäuscht und ihre Damen vorzeitig entlassen. Ihre Hofmeisterin Catherine de Sacetot hatte das herzförmige Schnütchen unwillig geschürzt, als sie ihren Entschluss vernommen hatte, nicht zum Fest zu erscheinen. Damit ihre Lüge glaubwürdiger klang, hatte Sophie Dorothea sich hingelegt und dabei eine leise Unterhaltung der Sacetot mit der Knesebeck belauscht. »Es ist unklug, wenn sie nicht zum Ball geht. Sie muss sich häufiger an der Seite ihres Gemahls zeigen.«

»Aber sie ist doch krank«, hatte die Knesebeck erwidert.

»Pah! Krank. Ihr wisst genauso gut wie ich, dass sie sich nur verstellt. Sie verabscheut den Kurprinzen und weigert sich, die Pflichten ihrer Stellung zu erfüllen. Wenn sie so weitermacht, wird es ein böses Ende mit ihr nehmen.«

»Wie könnt Ihr es wagen, Madame.« Obwohl die Knesebeck leise sprach, konnte Sophie Dorothea das empörte Beben in ihrer Stimme hören.

»Sie ist Eure Herrin, und irgendwann wird sie Kurfürstin sein. Ihr solltet Euch gut überlegen, gegen wen Ihr Eure Schmähungen richtet.«

Im Stillen hatte Sophie Dorothea die vorbehaltlose Treue ihrer Vertrauten gesegnet, doch war die Hofmeisterin de Sacetot mit ihrer Einschätzung der Wahrheit um einiges näher. Sophie Dorothea wusste allerdings, dass es dieser Dame nicht um das Glück ihrer Herrin zu tun war. Die Sacetot fürchtete lediglich, durch eine Scheidung ihre privilegierte Stellung zu verlieren und nur noch die Hofmeisterin einer geschiedenen Prinzessin von Braunschweig-Lüneburg zu sein. Sie hätte ihr gerne gesagt, dass diese Sorge vollkommen unbegründet war. Sie hatte nicht die Absicht, Mitglieder ihres alten Hofstaats in ihr neues Leben an Philipps Seite mitzunehmen. Sogar ihre Kinder würde sie zurücklassen und vermutlich niemals wiedersehen. Doch was zählten die Kinder, solange sie nur mit Philipp zusammen sein konnte? Nachdem ihre Damen endlich gegangen waren, war Sophie Dorothea aufgesprungen und hatte sich ohne Hilfe in ihr Kostüm gekleidet. Schon vor Wochen hatte sie etliches an Maskierung schneidern lassen, um für den Karneval gerüstet zu sein. Auch Kostüme für ihr männliches Gefolge waren darunter. In eines sollte Philipp sich hüllen, um so unerkannt mit ihr zu entweichen. Doch Philipp war nicht gekommen.

Mit letzter Kraft schleppte Sophie Dorothea sich in ihr Schlafgemach und sank wie betäubt in die seidenen Kissen ihres Bettes. Wie lange sie reglos dagelegen hatte, ob Sekunden oder Stunden, wusste sie nicht. Doch mit einem Mal hörte sie, wie die Tür zum angrenzenden Gemach vorsichtig geöffnet wurde. Sophie Dorothea sprang auf. Plötzlich war sie wieder hellwach. Das Herz klopfte schmerzhaft in ihrer Brust, während sie die Röcke raffte und dem Geräusch entgegenflog. »Philipp!«

Als sie in die stillen Gesichtszüge Eleonore von dem Knesebecks sah, brach sie, von unkontrollierbaren Weinkrämpfen geschüttelt, zusammen.

»Madame.«

Sophie Dorothea spürte, wie sie sanft an den Schultern emporgezogen und zurück in ihr Schlafgemach geleitet wurde. Willenlos ergab sie sich der tröstenden Fürsorge ihrer Kammerfrau. »Er ist nicht gekommen«, schluchzte Sophie Dorothea einer Ohnmacht nahe.

»Na, na, wieso denn gleich weinen? Etwas wird ihn aufgehalten haben. Das kennen wir doch«, antwortete die Knesebeck und fügte mit einem leichten Tadel in der Stimme hinzu: »Also hatte Madame de Sacetot doch recht. Ihr seid gar nicht krank.«

Sophie Dorothea ergriff die Hand der Hofdame, die mit einem Taschentuch behutsam ihre Tränen trocknete. »Ihr versteht mich nicht. Wir wollten fliehen. Heute Nacht. Und er ist nicht gekommen.«

Die Hand wurde zurückgezogen. Verständnislos sah die Knesebeck auf Sophie Dorothea herab. Erst nach einem Moment schien sie zu begreifen. »Ihr wolltet fort?«

»Ja doch, ja. Wir wollten nach Sachsen fliehen. August war bereit, mir Schutz zu gewähren, bis mein Vater, der Herzog von Celle, in die Scheidung eingewilligt hätte. Es war alles geplant.«

»Ihr wolltet nach Sachsen und mich hier zurücklassen?«

Trotz ihrer eigenen Verzweiflung hörte Sophie Dorothea sehr wohl den Vorwurf aus dieser simplen als Frage formulierten Feststellung heraus. Seit sie ein kleines Mädchen war, hatte die elf Jahre ältere Eleonore von dem Knesebeck in ihren Diensten gestanden. Sie war mit ihr nach Hannover gekommen und seit dem Tag ihrer unglücklichen Eheschließung mit Georg Ludwig immer mehr zur Freundin und Vertrauten geworden. Auch hatte die Knesebeck ihre Liebe zu Philipp von einer *petite galanterie à la mode* zu einer *affaire sérieuse* heranreifen sehen. Aber die Knesebeck war viel mehr als nur Zeugin ihres verschwiegenen Glücks mit Philipp gewesen. Sie hatte ihnen auch die Wege dazu geebnet. Sie hatte Briefe befördert und entgegengenommen, zu nächtlichen Visiten Philipps die Hand geboten und sogar, wie vorigen Sommer in Linsburg, mitgeholfen, ihn tage- und nächtelang vor den neugierigen Augen der Dienerschaft in Sophie Dorotheas Gemächern zu verbergen.

»Es gab keine andere Möglichkeit«, schleuderte Sophie Dorothea dem anklagenden Blick der Knesebeck entgegen. »Und was spielt das jetzt noch für eine Rolle? Philipp ist nicht gekommen. Alles ist verloren.« Sophie Dorothea sank in sich zusammen und stöhnte ihre Verzweiflung in die seidenen Kissen.

»Madame.« Die Finger der Hofdame klammerten sich

schmerzhaft um ihr Handgelenk. »Wisst Ihr, was das bedeutet? Möglicherweise hat irgendjemand davon erfahren und ihn aufgehalten.« Unruhig lief Eleonore von dem Knesebeck im Zimmer auf und ab. »Was sollen wir nur tun, Madame? Wir sind verloren. Ich bin verloren. Euch wird man nicht anrühren. Aber was wird aus mir?« Sie eilte zum Lager Sophie Dorotheas zurück und sank davor auf die Knie. »Ich muss fort. Noch heute Nacht. Wenn ich bleibe, wird Graf Platen seine Männer schicken und mich verhaften.«

»Nein, geht nicht!« Wie eine Ertrinkende klammerte sich Sophie Dorothea an die Schultern ihrer Dienerin. »Ihr seid der einzige Mensch in diesem Schloss, der noch Freundschaft für mich hegt. Bitte verlasst mich nicht. Ich flehe Euch an. Vielleicht wendet sich ja doch noch alles zum Guten.« Erst als Sophie Dorothea spürte, dass die Anspannung des inneren Kampfes allmählich aus dem Körper ihrer Hofdame wich, ließ sie sie los.

»Also gut. Ich bleibe. Vielleicht ist der Graf wirklich nur aufgehalten worden. Wir müssen die Ruhe bewahren und abwarten.«

»Ja, gewiss doch. Wir müssen nur die Ruhe bewahren.« Während die Knesebeck ihr aus den Kleidern half, ergriff eine bleierne Müdigkeit von Sophie Dorothea Besitz. »Bitte bleibt bei mir, bis ich eingeschlafen bin«, bat sie und ließ sich wie in Kindertagen im Celler Schloss von ihrer Hofdame zu Bett bringen. Doch noch während Sophie Dorothea ihre Hand hielt und der Schlaf gnädig auf sie herabsank, war sie erfüllt von einer stumpfen Verzweiflung, die mit kalten Fingern ihr Herz umschloss.

Sechster Tag des Karnevals

Vormittag

»Aua! Aua! Aua!« Eine Zofe beugte sich über Maries schmerzverzerrtes Gesicht und zupfte ihre dichten Augenbrauen mit einer Pinzette zu einem kurzen, schmalen Strich. »Kannst du nicht aufpassen? Du tust mir weh.« Die Zofe bedachte sie mit einem ärgerlichen Blick, zupfte dann aber ungerührt weiter. Überhebliche Ziege, dachte Marie. Glaubt sie, nur weil ich keine *duchesse* bin, kann sie mit mir umgehen, als wäre ich ein Huhn? Sie schluckte den Fluch, der ihr auf der Zunge lag, jedoch herunter und ließ die Behandlung klaglos über sich ergehen. Als die Zofe mit der schmerzhaften Prozedur fertig war, griff sie nach einer Hasenpfote und begann Maries Gesicht, Hals und Dekolleté bis zum Brustansatz ihres Mieders abzupudern. Danach bestrich sie diese Körperstellen mit Bleiweiß, einer deckenden Paste, unter der ihr dunkler Teint gänzlich verschwand. Marie fiel es schwer, auf ihrem Schemel stillzuhalten. Seit Wochen schon fieberte sie diesem Tag entgegen. Was würde der Marquis für Augen machen, wenn sie ihm in ihrer ganzen Pracht gegenüberstand?

»Mademoiselle«, entriss die nörgelnde Stimme der Zofe ihr diesen angenehmen Gedanken. »Ihr verderbt die *maquillage,* wenn Ihr Eure Mundwinkel so weit nach oben zieht.« Marie blickte wieder starr geradeaus und versuchte, das Kitzeln in ihren Nasenlöchern nicht zu beachten. Dank der Bekanntschaft mit Leutnant Desgrez gehörte sie zu einer Schar junger Mädchen, die ausgesucht worden waren, die französische Gesandtschaft als lebende *fameuses poupées* nach Hannover zu begleiten. Dort sollten sie den Damen vorführen, was als *grand goût* am Hof von Frankreich galt.

Modepuppen aus Paris passierten selbst in Kriegszeiten die Grenzen, um ganz Europa mit dem Verständnis von Eleganz und Schicklichkeit des Sonnenkönigs vertraut zu machen. Wer zur *monde*, der guten Gesellschaft, gehörte und Geschmack beweisen wollte, war verpflichtet, dem französischen Vorbild in Manieren, Sprache, Kleidung und Kosmetik zu folgen.

Die Tatsache, dass eine der berühmten Modepuppen ein armes Bauernmädchen war, das vor gar nicht allzu langer Zeit einer Bande räubernder Kinder angehört hatte und nur dank eines gnädigen Schicksals anstatt im Gefängnis im Kloster gelandet war, schwand Schicht für Schicht unter dem bleihaltigen Belag der weißen Schminke. Als keine einzige Hautpore von Marie mehr zu sehen war, griff die Zofe nach einem Tiegel, der ein Rouge aus Cochenille und Schweineschmalz enthielt, und zauberte damit einen rosigen Hauch auf Mund und Wangenknochen. Zum Schluss zeichnete sie mit einem feinen Kohlestift Maries Augenbrauen nach und platzierte eine herzförmige *mouche* in Lippennähe, als Zeichen, dass ihre Trägerin einem galanten Abenteuer nicht abgeneigt war. Nachdem die Prozedur des Schminkens beendet war, trat der *peruquier* hinzu und befestigte auf Maries glattem, hochgefasstem Haar eine Perücke, deren aufgetürmte Locken einen Garten mit einem Bach aus kleinen Spiegeln beherbergten, ein winziges kristallbesetztes Uhrwerk mit sich drehender Windmühle sowie Blumen, Seidengras und Satinschleifen. Hingerissen betrachtete Marie ihr herausgeputztes Antlitz. Dann erhob sie sich vorsichtig von ihrem Schemel, um nicht über die Schleppe ihres Kleides zu stolpern. Geziert tänzelte sie ein paar Schritte durch den Raum, wie es ihr der *maître de dance* vor der Abreise gezeigt hatte. Als die Tür sich öffnete und Leutnant Desgrez eintrat, war es mit Maries Eleganz indes vorbei. Aufgeregt stolperte sie auf ihn zu. »Habt Ihr ihn getroffen? Was hat er gesagt? Wird er kommen? So redet doch!« Ungeduldig rüttelte Marie am Ärmel des Polizisten und sah ihn erwartungsvoll an.

Unwillig schüttelte Desgrez sie ab. »Ja, ich habe ihn getroffen. Und ja, er wird kommen.«

»Wie sehe ich aus?« Vor Aufregung verloren sich Maries Finger in den Samtbahnen des Kleides, die über der Hüfte zu künstlichen Rundungen zusammengerafft worden waren. »Findet Ihr nicht auch, dass ich schön bin?«

Mit ausdrucksloser Miene ließ der Polizist seinen Blick auf ihr ruhen. »Wenn du damit meinst, dass du jetzt aussiehst wie die zügellosen Weibspersonen bei Hof, dann bist du schön.«

»Glaubt Ihr, ich werde dem Marquis gefallen?«

»Zunächst glaube ich, der Marquis wird dich gar nicht erkennen.« Desgrez kniff die Augen zusammen und betrachtete Marie in dem schummrigen Licht, das ein grauer Wintertag durch die bleigefassten Scheiben warf. »Als er dich das letzte Mal sah, warst du so groß wie ein Zwerg und dünner als eine Bohnenstange. Jetzt hingegen siehst du aus wie ein gezuckertes Früchtchen mit all diesen Spitzen und Schleifen, die an dir herunterhängen.«

»Könnt Ihr niemals etwas Nettes sagen?« Beleidigt verzog Marie das Gesicht. »Euch wäre es vermutlich lieber gewesen, man hätte mich damals in Paris wirklich totgeschlagen.«

»Ganz so weit würde ich nicht gehen«, antwortete Desgrez

in nüchternem Ton. »Aber wenigstens hättest du mich dann nicht zwingen können, dich nach Hannover zu schleppen.«

»Ich habe Euch nicht gezwungen«, protestierte Marie. »Ich habe Euch lediglich gebeten, mich mitzunehmen.«

»Ja, so kann man es auch nennen, wenn man droht, sich von einem Kirchturm zu stürzen.«

»Nachdem Ihr dafür gesorgt habt, dass man mich zwei Jahre hinter Klostermauern einsperrt, war es Eure Pflicht, mir diesen kleinen Gefallen zu erweisen.«

Ärgerlich verschränkte Desgrez die Arme vor der Brust. »Du solltest etwas dankbarer sein, Mademoiselle. Wenn ich dich nicht von der Straße aufgelesen und in ein Kloster gebracht hätte, würdest du heute angekettet in einer Armenanstalt sitzen und Wolle spinnen.«

Marie wollte eine patzige Antwort geben, schluckte sie aber herunter. Sie wusste, dass er recht hatte. Damals in Paris hatte sie nicht nur einen Mordanschlag überlebt, sondern auch die Pflege straffällig gewordener Prostituierter, nur um nach ihrer Entlassung aus dem Spital festzustellen, dass der Marquis, ihr einziger Freund auf der Welt, verschwunden war. Um überleben zu können, hatte sie sich einer Kinderbande angeschlossen und ein Jahr in ihrem Schutz zugebracht. Die meisten der heranwachsenden Diebe waren Waisen wie sie gewesen. Von ihnen hatte sie alles gelernt, was nötig war, um in einer Stadt wie Paris ohne Geld zu überleben. Doch eines Tages hatte man sie auf dem *Pont Neuf* beim Stehlen von Heiligenbildern erwischt und ins *Châtelet*, den Sitz der Pariser Polizei, gebracht. Dort war sie glücklicherweise Leutnant Desgrez wiederbegegnet, den sie während ihrer Zeit als Page im Haus des Marquis de Montagnac kennengelernt hatte. Als er sie unter einer Gruppe straffälliger Kinder, die für den Abtransport in ein Armenspital zusammengetrieben worden waren, entdeckte, waren dem Polizisten beinahe die Augen aus dem Kopf gefallen. Er hatte sie an den Schultern gepackt und dabei immer wieder gesagt: »Das kann nicht sein. Du bist tot. Du bist doch tot.«

»Bin ich nicht«, hatte Marie trotzig geantwortet. »Sonst würde ich ja wohl kaum vor Euch stehen.«

»Aber du lagst tot vor meinen Augen. Wir haben deine Leiche aus der Seine gefischt.«

»Wen Ihr aus der Seine gefischt habt, weiß ich nicht. Und jetzt lasst mich endlich los, Ihr tut mir weh.« Das war das einzige Mal, dass sie den Polizisten hatte lächeln sehen. Nicht um ihretwillen, wie er immer wieder behauptete, nur aus Freundschaft zum Marquis de Montagnac hatte Desgrez sie vor dem Armenhaus bewahrt und in ein Kloster auf dem Land gesteckt. Hin und wieder war er aufgetaucht und hatte versucht, sie über den Mord an der Duchesse d'Orléans auszuhorchen. Doch seit auch sie dem Mörder der Prinzessin in die Hände gefallen war und nur durch pures Glück seinen Anschlag überlebt hatte, war Marie vorsichtig geworden. Jedes Mal, wenn Desgrez sie danach fragte, gab sie vor, sich nicht mehr zu erinnern. Die Narbe auf ihrer Stirn hatte Desgrez schließlich davon überzeugt, dass sie die Wahrheit sagte. Dennoch kam er sie weiterhin besuchen.

Dann, vor ein paar Wochen, war Desgrez erschienen, um sich von ihr zu verabschieden. Er sollte mit einer Gesandtschaft nach Hannover reisen, wo er vermutlich auch dem Marquis de Montagnac begegnen würde. Obwohl Marie keine Ahnung hatte, was Hannover war, noch wo es lag, hatte sie alles darangesetzt, ihn zu begleiten. Und nun war sie hier und würde den Marquis tatsächlich wiedersehen. So wie sie es sich in den letzten drei Jahren erträumt hatte.

Jetzt würde alles gut werden.

Gleißende Smaragde, funkelnde Brillanten und satt glänzendes Gold warfen im flackernden Licht der Kerzen zitternde Reflexe auf die schimmernden Seidentapeten im Roten Salon des Palais Platen. Die Gräfin hatte geladen, und alle, die sich ihrer Gunst erfreuten, waren dem Ruf der berühmten Maitresse des Kurfürsten gefolgt. Aus einiger Entfernung sah Antoine sie am Arm seines italienischen Freundes durch das Zimmer gleiten, den Gästen wie eine Königin huldvoll ihre Gunst bezeigend. Antoine entging nicht, dass Don Nicolò beflissen darauf achtete, die Gräfin stets mit einem frisch gefüllten Glas zu versorgen. Desgrez, der neben Antoine stand und nervös an seinem Kragen nestelte, schien sich sichtlich unwohl zu fühlen. In seinem zerschlissenen grauen Rock und der billigen Perücke aus Ziegenhaar wirkte er zwischen all der Pracht, die ihn umgab, eingeschüchtert und verletzlich. Antoine winkte einen Lakai herbei und reichte ihm ein Glas Wein. »Trinkt. Ich glaube, Ihr könnt es gebrauchen.«

Desgrez stürzte den Wein in einem Zug herunter und nahm dem Diener ein weiteres Glas ab. »Ich mag diese Gesellschaft nicht. Aber der Wein, den man hier trinkt, ist gut.«

»In der Tat.« Antoine ließ seinen Blick schweifen. »Alles im Palais Platen scheint von erlesener Qualität zu sein. Der Minister nimmt seine repräsentativen Pflichten ebenso ernst wie sein Herr. Ich frage mich, wie er die nötigen Mittel dazu aufbringt.«

Desgrez' Lippen kräuselten sich zu einem kleinen Lächeln. »Der Graf bekommt dreitausend Taler pro Jahr, das ist nicht gerade viel für einen Mann von seinem Ehrgeiz. Aber er verdient ungefähr das Zehnfache an Bestechungsgeldern dazu.«

Anerkennend musterte Antoine den Leutnant. »Ihr seid gut unterrichtet, mein Freund.«

»Das ist meine Aufgabe. Im Übrigen weiß ich, dass eine nicht unerhebliche Summe im Namen Seiner allerchristlichsten Majestät gerade in die Hände des Ministers geflossen ist.«

Antoine sah zum Grafen hinüber, der in ein Gespräch mit dem französischen Unterhändler vertieft war. »Dann hat ihm wohl die Summe nicht gereicht. Denn er wirkt recht unzufrieden.«

Tatsächlich hatte der zweitmächtigste Mann im Kurfürstentum Hannover die Stirn über seinen fleischigen Gesichtszügen sorgenvoll in Falten gelegt. Die Lippen dicht am Ohr des Diplomaten, redete er eindringlich auf ihn ein.

»Vielleicht hat er aber auch eine ganz besonders harte Nuss zu knacken«, antwortete Desgrez. »Wenn die Verhandlungen mit Frankreich scheitern, wird im Frühjahr der Krieg fortgesetzt, und den kann das Land nicht mehr bezahlen.«

Klara Elisabeth von Platen schienen die Staatsgeschäfte ihres Mannes wenig zu bekümmern. Mit munterem Lächeln trat die Gräfin auf die beiden Herren zu, wobei sie sich nicht um die verärgerte Miene ihres Gemahls scherte und ihre ganze Aufmerksamkeit dem französischen Gast widmete. Der klatschte alsbald in die Hände und rief: »*Mesdames et Messieurs, les fameueses poupées de France!*« Ein erwartungsvolles Raunen ging durch die Menge.

»Nun gebt acht, mein Freund«, sagte Desgrez und deutete auf die meisterhaft verzierten Türen, die lautlos aufschwangen.

»Seit wann seid Ihr ein solcher Geheimniskrämer?«, mokierte sich Antoine. »Könnt Ihr mir nicht einfach verraten, weswegen wir hier sind?«

»Abwarten.«

Mehrere Kisten wurden in die Mitte des Salons geschoben

und, nachdem der Gesandte ein weiteres Mal in die Hände geklatscht hatte, von Dienern geöffnet. Darinnen standen, wie in Wachs gegossen, lebensgroße Ankleidepuppen, angetan nach der neuesten französischen Mode. Mit dem Einsetzen eines fröhlichen kleinen Menuetts verließen die Puppen, von den Anwesenden neugierig umringt, ihre Kisten und trippelten in gezierten kleinen Tanzschritten durch den Raum.

»Was für ein gelungener Einfall, um die Kunst des französischen Schneiderhandwerks zu präsentieren«, stellte Antoine anerkennend fest. »Einfach, aber wirkungsvoll. War das die Idee des Königs?«

»Nein, das war meine Idee.«

Verwirrt wandte Antoine sich zu Desgrez um. »Eure Idee?«

»Ja.«

»Seit wann interessiert Ihr Euch für derlei Dinge?«

»Seit sich eine gewisse junge Dame in meiner Obhut befindet.«

»Ihr sprecht in Rätseln, mein Bester.« Allmählich ging Antoine die Heimlichtuerei des Leutnants auf die Nerven. Achselzuckend wich er seinem undurchsichtigen Blick aus und wandte seine Aufmerksamkeit wieder den Kleidern zu, die die jungen Damen mit ihrer Tanzaufführung graziös zur Geltung brachten. Er sah schöne blau-türkis und goldsamtene *manteaus*, die an der Taille knapp zusammengehalten wurden und sich über den Hüften durch verborgene *bouffants* wunderbar luftig bauschten. Darunter trugen die Mädchen eng geschnürte Mieder, die mit Schleifen, so genannten *echelles,* verziert waren. Jede dieser Schleifen hatte eine Bedeutung und trug, ihrer Position am Kleid entsprechend, einen eigenen Namen. Die Schleife am Hals wurde »Mörder« genannt. »Fassmichan« die am Ausschnitt, der »Schäker« saß in der Taille, und vor fremden Blicken verborgen fristete die »Unvergleichliche« ihr Dasein.

Diese modischen Spielereien kannte Antoine noch aus seiner Zeit am Hof von Frankreich. Neu hingegen war, dass man die Ärmel inzwischen wieder länger trug und darunter silberdurchwirkte Spitzen kokett bis auf das Handgelenk fielen. Auch das Dekolleté hatte sich verändert. Es war in den letzten Jahren deutlich kleiner geworden, schloss nun horizontal über der Brust ab und hielt den schönsten Schmuck der Frauen züchtig im Mieder verborgen. Vermutlich, dachte Antoine belustigt, versuchte Louis XIV. auf diese Weise zu vertuschen, was in ganz Europa ohnedies hinlänglich bekannt war: Sein königliches Instrument der Lust beglückte nicht nur die Königin. Es war stetig auf der Suche nach Abwechslung, was Seiner allerchristlichsten Majestät trotz dieses ehrenwerten Beinamens den Ruf eingetragen hatte, ein notorischer Schürzenjäger zu sein.

Antoine war so sehr in die Betrachtung der Kleider vertieft, dass er auf ihre Trägerinnen gar nicht achtete. Daher entging ihm, dass eine von ihnen mit unverhohlenem Interesse zu ihm herübersah und immer wieder aus dem Takt der Musik geriet.

Nachdem Antoine die modischen Neuerungen seiner Heimat gebührend gewürdigt hatte, sah er wieder zu Desgrez. »Ich weiß es zu schätzen, dass Ihr Euch meiner Vorliebe für schöne Kleider entsinnt. Doch da ich immer noch nicht die geringste Ahnung habe, was ich hier eigentlich soll, werde ich jetzt gehen.« Er reichte sein Glas einem Lakaien und wollte auf den Ausgang zusteuern, aber Desgrez hielt ihn zurück. »Schaut doch genauer hin. Dort drüben, das Mädchen, das von der Gräfin Platen und ihren Damen in Augenschein genommen wird. Erkennt Ihr sie nicht?«

»Nein, wie sollte ich sie erkennen? Ich habe sie nie zuvor gesehen.«

»Doch, das habt Ihr. Wartet noch einen Moment.«

Wenige Augenblicke vergingen, dann fiel das Augenmerk der Gräfin auf eine andere Robe, und das Mädchen war entlassen. Desgrez winkte sie heran.

»Lasst sie doch«, flüsterte Antoine. »Sie geniert sich. Seht Ihr nicht, wie zögernd sie sich uns nähert?« Als das Mädchen bei ihnen angekommen war, machte sie einen linkischen Knicks.

»Was sagt Ihr jetzt«, fragte Desgrez und musterte Antoine plötzlich auf seltsame Weise. Antoine warf ihm einen verständnislosen Blick zu, dann sah er mit unverbindlichem Lächeln auf das ausstaffierte Fräulein hinab, das ganz offensichtlich Mühe hatte, bei dem Gewicht seiner Perücke eine gerade Haltung zu bewahren.

»Kennen wir uns?«

»Ja, wir kennen uns«, antwortete sie leise und hob scheu ihren Blick. Antoines Lächeln gefror. Die Stimme war ihm vertraut. Aber sie gehörte nicht zu der Person, die vor ihm stand. Sie gehörte dem kleinen Mädchen, das ihn noch heute in seinen Träumen verfolgte.

»Was soll das?«, fragte er und funkelte Desgrez wütend an. »Wenn Ihr Euch einen Scherz mit mir erlauben wolltet, so ist Euch dies gelungen. Allerdings ist er schlecht und geschmacklos.«

»Beruhigt Euch, mein Freund«, sagte Desgrez sanft. »Sie ist es wirklich.«

»Ich weiß, Ihr dachtet, ich bin tot, Monsieur. Aber das bin ich nicht. Ich lebe.«

Antoine hatte genug. Mit eisernem Griff umklammerte er das Handgelenk des Mädchens und zog sie, ungeachtet der erstaunten Blicke, die sich von allen Seiten auf ihn richteten, mit sich in ein angrenzendes Kabinett. Dort angekommen, zerrte er sein Spitzentuch hervor und wischte ihr damit grob die Schminke aus dem Gesicht. »Wenn du es tatsächlich wärest«, presste er zwischen den Zähnen hervor, »würdest du jammern und mich mit deinem frechen Mundwerk beschimpfen. Aber du bist es nicht. Also, was soll das Ganze?« Dann verstummte er. Unter der Schminke hatte er eine Narbe freigelegt, die sich vom Haaransatz des Mädchens seitlich über die Stirn zog. Verwirrt wich Antoine zurück.

»Ich bin nicht gestorben, Monsieur. Ich lebe.«

Ja, es war ihre Stimme. Doch konnte dies nur ein seltsamer Zufall sein; vielleicht ein teuflischer Trick des Leutnants, um ihn erneut als Spitzel für den französischen König zu werben. Scheu ergriff das Mädchen seine Hand. Aus ihrem verschmierten Gesicht blickten zwei dunkle Augen voll banger Hoffnung zu ihm empor und weckten eine ferne Erinnerung.

Langsam ging Antoine vor dem seltsamen Geschöpf auf die Knie.

»Sie haben mich damals niedergeschlagen und in die Seine geworfen. Aber ich wurde gerettet.« Behutsam, so als fürchtete sie, der zarte Schleier des Erkennens könne wieder verwehen, erzählte das Mädchen ihre Geschichte. Doch bald schon achtete Antoine nicht mehr darauf, was sie sagte, sondern lauschte nur noch dem Klang ihrer Stimme. Die Worte des Mädchens strömten durch ihn hindurch, drangen allmählich in sein Herz und füllten es mit Freude. Erst als sie geendet hatte, fiel ihm auf, dass er die ganze Zeit ihre Hand gehalten hatte.

»Marie.«

Den Rest des Abends sprach man auf der Gesellschaft nur noch über das ungebührliche Verhalten eines französischen Edelmannes, der vor einem Mädchen auf den Knien gelegen und wie ein Bube geweint hatte.

Am Rande des Marktkirchspiels, in einer der engen schmutzigen Gassen, die zur Stadtmauer führten, war Jasper beim Witwer Altrogge und seinen vier Kindern einquartiert.

Der Witwer war Dachdeckergeselle. Er verdiente gerade so viel, dass er einem Soldaten Quartier gewähren musste, aber eben zu wenig, um sich durch die Zahlung einer Steuer dieser lästigen Bürgerspflicht entledigen zu können. Seit der Vorgänger des jetzigen Kurfürsten, der katholische Herzog Johann Friedrich, ein stehendes Heer unterhielt, war jeder Bürger dazu verpflichtet, Waffenröcken den sogenannten Servis zu gewähren: eine freie Unterkunft sowie Licht, Salz und Essig. Sie durften die Küche mitbenutzen und sich im Winter in der geheizten Stube aufhalten. Da aber niemand einen Soldaten freiwillig in sein Haus lassen wollte, war das Zusammenleben von Wirt und Häusling in der Regel angespannt. Das war bei Jasper nicht anders. Als er durch die grob gezimmerte Haustür von der Gasse in die Stube trat, spürte er wie immer den feindseligen Blick des Witwers, und wie immer schlug ihm der Geruch nach Kohl und frischem Stroh entgegen. Der vierschrötige Hausherr saß mit seinen Kindern um einen weiß gescheuerten Tisch und aß zu Abend. Mürrisch sah er auf Jaspers verdreckte Stiefel. »Schuhe aus«, murmelte er mit vollem Mund, bevor er weiter den Eintopf aus Kohl und eingebrocktem Brot in sich hineinschaufelte. Jasper kümmerte sich nicht um die Aufforderung des Wirtsherrn und schlurfte zu seiner Bank, die in einer dunklen Ecke der Stube auf den Boden genagelt war. Dabei ließ er eine Spur von schmutzig braunen Klümpchen hinter sich. Zufrieden registrierte er, dass Altrogge vor Wut mit dem Kiefer mahlte, seinen Ärger schließlich aber mit einem Löffel Kohl herunterschluckte und schwieg. Auch wenn der Witwer in einem Viertel lebte, in dem niemand sich daran störte, wenn Schmutz und Unrat aus dem Fenster geworfen wurden, achtete er in seinem Haus streng auf Sauberkeit. Stube und Kammer waren immer blitzblank und mit frischem Stroh ausgelegt. Als Jasper im letzten Winter bei ihm eingezogen war, hatte es ständig Kopfnüsse gehagelt, wenn er vom Wachdienst tropfnass und mit verdrecktem Schuhwerk nach Hause gekommen war. Eine Weile hatte er sich diese Behandlung gefallen lassen. Sein Wirt war ein kräftiger Mann und verstand es, seinen Willen mit den Fäusten durchzusetzen. Doch irgendwann wurde es Jasper zu bunt, und er beschloss, ihm einen gehörigen Schrecken einzujagen. An einem verregneten Sonntag im Mai, als der Dachdecker mit seinen Kindern nach der Kirche zu einem Besuch bei der Verwandtschaft aufgebrochen war, hatte Jasper sich die Hauskatze geschnappt und ihr mit seinem Hirschfänger den Bauch aufgeschlitzt. Danach hatte er das Vieh blutend und mit herausquellendem Gedärm an die Tür genagelt und sich zu einem Nickerchen hingelegt. Erst als der Witwer mit seinen Blagen nach Hause gekommen war, hatte das Geheule der Kleinen Jasper aus dem Schlaf gerissen. Die Katze lebte noch, und Altrogge musste sie eigenhändig von der Tür reißen, um sie mit einem Stein endlich von ihren Qualen zu erlösen. Natürlich wusste der Witwer sofort, dass sein Häusling hinter diesem blutigen Streich steckte. Doch erst nachdem er seine Kinder getröstet und in der angrenzenden Kammer zu Bett gebracht hatte, nahm er sich Jasper vor.

»Du elender Schuft«, hatte er geflüstert und war ihm mit dem eisenharten Griff seiner Pranken an die Gurgel gegangen. »Das wirst du büßen.«

»Dann geh doch zu meinem Hauptmann und beschwer dich«, hatte Jasper gekeucht. »Glaubst du etwa, irgendjemand schert sich um dich und dein räudiges Mistvieh?« Natürlich hatte er damit gerechnet, dass sich sein Hausherr eine solche Behandlung nicht würde bieten lassen, aber der Witwer hatte nichts gegen ihn in der Hand. Außerdem trug Jasper eine Uniform, die ihn vor der Beschwerde eines einfachen Bürgers schützte. Der aufgebrachte Mann würde nirgendwo Gehör für die Klage gegen seinen ungebetenen Gast finden. Das wusste Jasper, und sein Wirtsherr wusste es auch. Also hatte er zum letzten Schlag ausgeholt und mit Festigkeit in der Stimme hinzugefügt: »Aber wenn du mich noch einmal schlägst, nur weil ich mit schmutzigen Schuhen dein Haus betrete, dann tue ich das, was ich mit deiner Katze getan habe, mit einem deiner Kinder.« Seit diesem Sonntag im Mai hagelte es keine Kopfnüsse mehr, und Jasper behielt die Stiefel an den Füßen.

Nachdem Jasper sich eine Weile an der Wut des Witwers geweidet hatte, setzte er sich auf seine Bank und schlang fröstelnd die Arme um den Körper. Obwohl er den dicken Rock seiner Uniform anbehielt, war ihm kalt. Das kümmerliche Feuer im Herd reichte lange nicht aus, um die kleine Stube zu beheizen. Neidisch sah er zu Altrogge und seinen Kindern hinüber, die im funzeligen Licht einer billigen Unschlittlampe ihr Mahl einnahmen. Auch wenn sie nicht miteinander sprachen, saßen sie immerhin in der Nähe des Feuers und waren nicht allein. Jasper kramte in seinem Beutel nach den Resten seiner Tagesration aus dem Verpflegungskorb. Etwas Brot und Wurst waren noch übrig. Nachdem er gegessen hatte, holte er seinen Hirschfänger und ein Stück Holz hervor und vertrieb sich die Zeit damit, aus dem Span einen Homunkuluskopf zu schnitzen. Als er merkte, dass er beobachtet wurde, blickte er von seiner Schnitzerei auf. Gudrun, die sechzehnjährige Tochter des Witwers, sah lächelnd zu ihm herüber. Jasper lächelte zurück. Gudrun war die Älteste unter den vier Kindern und seit ihrer Geburt blöde. Man sah es an ihren breiten Backen, der platten Nase und den mandelförmigen Augen, deren Blick meist zu Boden gerichtet war. Gudrun war die Einzige im Haus, die etwas für Jasper übrig hatte. Wahrscheinlich lag es an ihrem unsinnigen Gemüt. Die Sache mit der Katze schien sie jedenfalls wieder vergessen zu haben. Tatsächlich hatte sie einen regelrechten Narren an ihm gefressen. Wann immer sich ihr die Gelegenheit bot, rieb sie ihre Wange an dem kratzigen Wollstoff seines roten Waffenrocks und stieß dabei glucksende Laute aus. Auch Jasper mochte Gudrun. Nur wenn sie ihm auf der Straße entgegenkam, versteckte er sich. Es war ihm peinlich, mit ihr gesehen zu werden, obwohl sie hier im Viertel jeder kannte.

Nachdem das Mahl der Familie beendet war, wurde das Licht gelöscht und man legte sich schlafen. Jasper blieb mit dem Witwer Altrogge zusammen in der Stube, während in der winzigen Kammer nebenan Gudrun und ihre jüngeren Geschwister schliefen. An Schlaf war in dieser Nacht jedoch nicht zu denken. Jasper fror unter seiner zerschlissenen Decke und war hellwach. Er wartete, bis er das Schnarchen des Witwers hörte, dann stand er auf und schlich nach nebenan. Dort lauschte er auf das regelmäßige Atmen der schlafenden Kinder und trat leise an die Bettstelle, in der Gudrun lag. Anders als ihre drei kleinen Geschwister schlief sie allein.

»Gudrun«, flüsterte er. »Bist du wach?«

Erst hörte er ein leises unverständliches Gemurmel, dann antwortete Gudrun mit ihrer schleppenden Stimme. »Ja.«

Jasper trat von einem Fuß auf den anderen. Sie fühlten sich wie Eisblöcke an.

»Kann ich zu dir?«

»Gibst du mir was?«

»Hier.« Jasper reichte ihr das Holzmännchen.

Gudrun schlug die Decke auf und rückte zur Seite. Jasper kuschelte sich an sie und presste seine eiskalten Füße gegen ihre Waden. Gudrun kicherte.

»Pst.« Jasper legte seine Hand auf ihren Mund. »Wir müssen leise sein, hörst du? Wenn dein Vater was merkt, kann ich nicht mehr kommen.« Gudrun verstummte und schlang ihre weichen Arme um seinen Körper.

Irgendwann im vergangenen Sommer hatte es angefangen. Der dicke Christoph hatte Jasper zu den Schuttbergen auf den Mühlenplatz mitgenommen.

»Willst du heute mal was erleben?«, hatte er gefragt.

»Was denn?«

»Frag nicht, komm einfach. Du wirst es schon mögen.«

Der Mühlenplatz lag zwischen Alt- und Neustadt auf der Leineinsel, direkt gegenüber vom Schloss. Früher hatten hier die Hütten und Buden der Armen gestanden. Da allerdings der ständige Ausblick auf Not und Elend für Verdruss bei den Schlossbewohnern gesorgt hatte, waren die schäbigen Katen kurzerhand abgerissen worden, was die Aussicht keineswegs verschönert hatte. Heute wurden auf dem freigelegten Gelände zwischen Wasserturm, Klick- und Pulvermühle Baumaterialien, Schamott und Brennholz für das Schloss gelagert. Jasper war keineswegs wohl zumute gewesen, als er dem Dicken durch ein unübersichtliches Gelände aus Müll und Steinbergen zu einem entlegenen Schutthaufen gefolgt war. Sein Argwohn verstärkte sich, als sie dort auf einige Kameraden stießen, die sich im Halbkreis am Rand einer Kuhle versammelt hatten und zotige Sprüche grölten.

»Was machen die da?«

»Komm näher«, hatte Christoph ihn mit dämlichem Grinsen aufgefordert, »dann siehst du's.«

Erst sah Jasper gar nichts. Dann erkannte er die Rockschöße

eines Soldaten, der mit heruntergelassener Hose bäuchlings auf etwas drauf lag und dabei seinen Hintern ruckartig auf und nieder bewegte. Dieses Etwas war Gudrun.

»Das hättest du nicht gedacht, was?«, hatte Christoph gesagt. »Die Tochter deines Wirtsherrn hat zwar ein Gesicht wie 'ne platt getretene Flunder, aber ficken tut sie wie keine andere.« Dabei hatte er Jasper anerkennend auf die Schulter geklopft, als wäre es sein Verdienst, dass Gudrun zwischen all den Abfällen und Steinresten in einem Loch lag und die Beine für seine Kameraden breitmachte.

Neugierig war Jasper näher getreten. So war es also, wenn ein Mann und eine Frau es miteinander trieben. Fasziniert und angewidert zugleich hatte er seinen Blick nicht von den beiden losreißen können und zugesehen, wie der Kamerad sich mit tierischen Grunzlauten in Gudrun ergoss. Die ganze Zeit über hatte Gudrun in den Himmel gestiert und leise vor sich hin gesummt. Dann war der Soldat von ihr heruntergerollt und Christoph war an der Reihe gewesen. Er hatte schon die Hose heruntergezogen, als Gudrun ihre Hand ausstreckte. »Gib mir was.«

»Ja, ja, gleich.« Ungeduldig hatte Christoph in seinem Beutel gekramt und ihr einen Apfel gereicht. Den aß sie leise summend, während er sich in ihr zu schaffen machte. Als Christoph fertig war und sich von ihr gewälzt hatte, packte er Jasper am Kragen und schubste ihn unter dem begeisterten Gejohle der anderen in ihre Richtung. »He, Gudrun«, rief er grinsend, »lass mal unser Küken ran.«

Als sie ihn erblickte, breitete sie ihre Arme aus und strahlte ihn an. »Jasper.«

Eigentlich wollte er gar nicht. Es schien ihm nicht recht, *das* mit Gudrun zu tun. Außerdem ekelte er sich vor dem Gestank, der sich vom Kotgraben hinter der Klickmühle über den Platz verteilte. Jasper wusste aber auch, dass das hier eine Auszeichnung war. Christoph hatte ihn hergeführt, als Zeichen, dass er dazugehörte. Wenn er jetzt kniff, war er bei den anderen für immer unten durch. Also hatte Jasper Gudrun ein Stück Dörrfleisch gegeben und sich auf sie gelegt. Seitdem war er öfter mit den anderen zum Mühlenplatz gegangen. Doch jetzt im Winter war es draußen zu kalt. Und so schlüpfte er manchmal nachts heimlich in ihr Bett.

Jasper presste sein Gesicht an Gudruns Busen. Er war weich und warm. Bald spürte er, dass sich etwas regte. Mit den Knien schob er ihre Schenkel auseinander und zog sein Hemd hoch.

»Keinen Mucks, wenn ich in dir bin«, wisperte er in ihr Ohr. »Hast du verstanden?«

»Keinen Mucks. Ist gut.«

Jasper drang in sie ein und schloss die Augen. Vorsichtig bewegte er sich auf und ab. Während sein Atem allmählich schwerer wurde und es in den Ohren zu rauschen begann, formte sich in seinem Kopf das Bild des fremden Mädchens.

Siebter Tag des Karnevals

Mittag

»Monsieur?«

»Hm.«

»Habt Ihr oft an mich gedacht?«

»Hm … Und du?«

»Nein, gar nicht.« Ausgelassen griff Marie nach ihrem Bierkrug und trank.

»Du hast da was.« Antoine tippte gegen seine Nase.

Undamenhaft wischte sie die Schaumflocke mit dem Ärmel ihres Kleides fort und machte sich dann wie ein verhungerter Wolf über ihr geröstetes Rindfleisch her. Während Antoine sie betrachtete, stützte er sein Kinn in die Linke und beugte sich vor. Er genoss es, Marie beim Essen zuzusehen. Dass er sie gestern noch tot geglaubt hatte, machte sie heute umso lebendiger für ihn. Er labte sich an der sprühenden Energie, die von ihr ausging, und fühlte sich so erfrischt und befreit wie in den letzten drei Jahren nicht mehr. Nach ihrer gestrigen Begegnung im Haus des Grafen Platen hatte er sich vom Herzog einen freien Tag erbeten, um ihn gemeinsam mit Marie verbringen zu können. Er hatte sie zeitig in ihrer Unterkunft abgeholt und war mit ihr, nach einem ausgedehnten Spaziergang durch die Alt- und Neustadt, in einer recht passablen Schenke gegenüber des Marstalls eingekehrt.

»Was ist mit Euch?««, fragte Marie, als sie seinen Blick bemerkte.

»Nichts. Ich freue mich, dass es dir schmeckt. So wie du schlingst, könntest du sicher einen ganzen Ochsen verdrücken.«

Sofort legte Marie ihren Löffel zur Seite und sah sich unsicher um. »Schämt Ihr Euch, mit mir gesehen zu werden?«

»Nein«, antwortete Antoine verblüfft. »Wieso sollte ich mich schämen?«

»Ach, ich weiß nicht. Die anderen Gäste gucken so komisch.«

Es stimmte. Schon bei ihrem Rundgang durch die Stadt hatte Antoine bemerkt, dass Marie die Blicke der Männer auf sich zog. Auch hier im Schankraum war sie bereits aufgefallen.

»Die Leute gucken, weil du so hübsch bist.«

»Bin ich gar nicht.«

»Komm, erzähl mir von dir. Hast du bereits etwas Deutsch gelernt?«

»Aber ja«, sagte Marie voller Eifer und schien den kurzen Moment der Befangenheit schon wieder vergessen zu haben. »Der Leutnant und ich schnappen jeden Tag ein paar Wörter auf, und immer, wenn er zu mir kommt, überlegen wir, welches am seltsamsten klingt.«

»Und welches Wort wähltet ihr gestern?«

Marie legte ihre Stirn in Falten und sagte andächtig: »*Kalbsgekröse.*« Dann prustete sie los. »Wisst Ihr, was das bedeutet?«

»Das sind die Innereien eines Kälbchens. Richtig zubereitet, sind sie köstlich. Der Herzog isst sie am allerliebsten kross gebraten mit einem Püree aus Erbsen und Petersilienwurzel.«

Marie griff erneut nach ihrem Bierkrug und leerte ihn mit einer, wie Antoine fand, beeindruckenden Geschwindigkeit für eine Dreizehnjährige. Vergnügt streckte sie ihm den leeren Krug entgegen. »Ich nehme noch einen.«

»Gut, aber nur mit Wasser verdünnt. Was soll Desgrez denken, wenn er erfährt, dass ich dich betrunken wie ein Strauchdieb in deiner Herberge abgeliefert habe? Er wird den Nonnen erzählen, wie ungeziemend du dich in der großen weiten Welt betragen hast, und dann verschwindest du für den Rest deiner Tage hinter dicken Klostermauern.«

»Aber ich geh doch gar nicht zurück ins Kloster«, erwiderte Marie und sah ihn verwundert an. »Ich bleibe bei Euch.«

Antoine hatte schon damit gerechnet, dass sie etwas Ähnliches sagen würde. Die ganze Nacht hatte er wach gelegen und alle Möglichkeiten abgewogen, bis er im Morgengrauen endlich zu einem Entschluss gekommen war. »Es geht nicht.«

»Ihr wollt nicht, dass ich bleibe?«

Er spürte, dass er unter Maries ungläubigem Blick auf die jämmerliche Größe einer Maus zusammenschrumpfte. Mit einem Mal fehlten ihm die Worte, um auszudrücken, was doch ganz offensichtlich war. Wie konnte es sein, dass er, der es gewohnt war, auf den glatten Parkettböden der europäischen Höfe niemals den Halt zu verlieren, sich plötzlich in Gegenwart dieses jungen Mädchens hilflos und schwach fühlte? Jetzt reiß dich gefälligst zusammen, schalt er sich. Es geht hier nicht um dich, es geht um Marie. »Natürlich will ich, dass du bleibst. Aber … ich kann mich nicht um dich kümmern.«

»Das müsst Ihr auch nicht«, erklärte Marie beleidigt. »Ich bin doch kein Kind mehr.«

»Das ist ja das Problem.« Noch im selben Moment erkannte Antoine, dass er das Falsche gesagt hatte.

Schamesröte überzog Maries Gesicht, und ihr Blick irrte

verlegen durch den Schankraum, nur um dem seinen nicht begegnen zu müssen.

»Hör zu, Marie, es ist nicht so, wie du denkst. Ich würde mich wirklich freuen, wenn du wieder bei mir leben würdest. Aber im Moment ist das einfach nicht möglich. Ich bin der Diener eines launischen Herrn. Meine Zukunft ist ungewiss. Außerdem verdiene ich nicht genug Geld, um uns beide durchzubringen.«

»Ich brauche Euer Geld nicht. Ich kann mir selbst welches besorgen.«

»Wie denn? Willst du auf der Straße stehlen?«

»Wieso nicht? In Paris habe ich das auch getan und bin irgendwie durchgekommen.«

»Du bist durchgekommen, weil du einen Freund bei der Pariser Polizei hattest. Wer weiß, wo du heute wärest, wenn Leutnant Desgrez sich nicht deiner angenommen hätte.«

Marie sah aus dem Fenster und schluckte schwer. »Aber ich möchte bei Euch sein. Nur deswegen habe ich doch die weite Reise gemacht.«

Behutsam nahm Antoine ihre Hand.

»Gib mir etwas Zeit. Ich werde eine Möglichkeit finden, dich zu mir zu holen. Aber im Augenblick bist du in einem Kloster besser aufgehoben als bei mir. Das musst du mir einfach glauben.« Schweigend zog Marie ihre Hand fort.

»Wart's ab. In zwei oder drei Jahren kann sich so viel verändern. Vielleicht kehre ich nach Frankreich zurück, und dann wird alles so wie früher.«

»Ja, vielleicht«, sagte sie leise.

Neunter Tag des Karnevals

Nacht

Das Licht einer einzigen Kerze huschte geisterhaft über die kraftstrotzende Gestalt des Herkules, dessen ruhmreiche Taten die Wände im Salon des Grafen Königsmarck schmückten. Tische, Stühle und Truhen warfen tanzende Schatten auf die Muskeln des Helden und gaben ihm eine Lebendigkeit, die der einzigen lebenden Person im Raum entwichen zu sein schien. Vollkommen reglos stand der junge Sekretär des Grafen, Georg Konrad Hildebrand, hinter der Gardine aus rotem Webstoff und spähte angespannt in die Nacht hinaus. Sein Blick wanderte die menschenleere Osterstraße entlang und blieb schließlich am Ast einer laublosen Linde hängen, der sich ihm, als sei er eine Warnung vor dem drohenden Unheil, wie ein mahnender Finger entgegenstreckte. Wenn er nur ruhig bliebe und inbrünstig betete, dachte Hildebrand, würde die verwünschte Angelegenheit vielleicht doch noch zu einem guten Ende gelangen. Aber die Worte kamen ihm nicht über die Lippen, noch fanden sie einen Weg zu seinem Herzen.

Seit vier Tagen war sein Herr nun schon verschwunden.

Obwohl der Graf zuvor angekündigt hatte, den Abend zu

Hause über seinen Papieren zu verbringen, war er dennoch spät am Abend ausgegangen und seitdem nicht zurückgekehrt. Hildebrand hatte sich zunächst nichts dabei gedacht. Vom Fenster aus hatte er beobachtet, wie der Graf in viel zu leichter Bekleidung aus dem Haus getreten und die Osterstraße hinunter in Richtung Schloss davongeeilt war. Auch dass er am nächsten Morgen immer noch nicht zurück war, hatte Hildebrand keine allzu großen Sorgen bereitet. Es kam häufiger vor, dass Seine hochgräfliche Gnaden über Nacht ausblieb. Niemand wunderte sich darüber. Alle im Hause wussten ja Bescheid. Die ganze Stadt wusste Bescheid. Selbst der Graf machte kein Geheimnis aus seiner Liebesbeziehung zur Kurprinzessin. Dennoch hatte Hildebrand dem Gesinde strikteste Order erteilt, kein Wort über die Gepflogenheiten ihres Herrn zu verlieren, weder untereinander noch hausfremden Personen gegenüber. Es schickte sich nicht, über so etwas zu sprechen. Die ganze Affäre war unerfreulich genug, auch ohne dass sich jeder in Hannover das Maul darüber zerriss.

Als Hildebrand die Stellung beim Grafen angetreten hatte, war er stolz darauf gewesen, dem Spross eines in Europa so berühmten Adelsgeschlechts dienen zu dürfen. Bald schon hatte er jedoch erkennen müssen, dass das Verhalten des Grafen Königsmarck nur selten angetan war, seinem Namen Ehre zu erweisen. Duelle, Spielschulden und heimliche Schäferstündchen gehörten ebenso zum Tagesablauf des jungen Edelmannes wie das Exerzieren auf dem Übungsplatz. Zudem war der Graf wenig geneigt, für die Folgen seines ausschweifenden Lebenswandels Verantwortung zu übernehmen. Stattdessen zog er es vor, andere die Scherben hinter sich forträumen zu lassen. Oft schon hatte Hildebrand Bittsteller vertröstet, Gläubigern die Tür gewiesen und, wie in den ersten Jahren seiner Anstellung, überdrüssig gewordenen Damenbekanntschaften die

Entlassung übermittelt. »Ich bin nur ein armer Soldat und ungeschickt mit Worten«, pflegte der Graf dann zu sagen. »Geh und richt' du es aus. Mit deinem redlichen Gesicht wird's dir schon niemand krummnehmen.«

Bei solchen Gelegenheiten hatte er Hildebrand stets kameradschaftlich auf die Schulter geklopft und ein paar Münzen zugesteckt. Hildebrand hasste es, für seinen Herrn zu lügen. Und er hasste sich dafür, dass er zu schwach war, die Geldgeschenke zurückzuweisen. Auch wenn es den Grafen in all den Jahren nie interessiert hatte, Hildebrands Redlichkeit beschränkte sich nicht nur auf sein Äußeres. Aber mit jeder Münze, die in seine Westentasche geglitten war, hatte er mehr und mehr davon eingebüßt.

Langsam wandte der Sekretär sich vom Fenster ab und sackte kraftlos wie eine Marionette, die von den Schnüren geschnitten wurde, auf einem seiden überzogenen Sesselchen in sich zusammen. Was sollte nun werden? Voller Furcht verfolgte er die zuckenden Schatten, die einen zügellosen Tanz auf den Muskelbergen des Herkules vollführten. Dem Grafen hatte es immer gefallen, sich mit ihm zu vergleichen. Oft hatte er mit entblößtem Oberkörper, eine der Posen des Helden einnehmend, neben den Wanddarstellungen gestanden.

»Was meinst du, Hildebrand«, hatte er einmal gefragt, »könnte ich wohl Herkules im Armdrücken schlagen, wenn er hier leibhaftig vor mir stünde?«

Diplomatisch wie er war, hatte Hildebrand eine kränkende Antwort vermieden. »Herkules war der Sohn eines Gottes, Hochgräflich Gnaden.«

»Und ich bin der Sohn eines Königsmarck.«

Dies war seine Gesinnung. Alles, was den Grafen antrieb, alles, was er war, hatte diese schlichte Feststellung zum Ausdruck gebracht. Und nun schien, ähnlich wie bei Herkules, die Liebe zu einer schönen Frau das Schicksal des Grafen besiegelt zu haben. Dass es so kommen würde, hatte nicht nur Hildebrand schon lange geahnt. Er erinnerte sich an einen Tag im Sommer des vorigen Jahres. Seine Gnaden waren launisch wie ein alter Hund von einem Ausflug nach Linsburg zurückgekehrt. In dieser Zeit hatte Hildebrand immer häufiger beobachtet, dass seinem Herrn die Begegnungen mit der Kurprinzessin aufs Gemüt schlugen. Den ganzen Abend hatte er trübsinnig in seinem Sessel zugebracht und eine Flasche Wein um die andere geleert. Als Hildebrand sich schließlich verabschieden wollte, hatte der Graf ihn zu sich gerufen. »Komm, alter Freund, trink ein Glas mit mir.« Zögernd war Hildebrand der Einladung nachgekommen und hatte sich vorsichtig auf einen Stuhl dem Grafen gegenüber gesetzt. Eigenhändig hatte dieser ihm eingeschenkt, um mit ihm anzustoßen. Andere hätten sich vielleicht geschmeichelt gefühlt, doch Hildebrand mochte diese Art von Vertraulichkeit zwischen Diener und Herrschaft nicht. Jedes Ding in dieser Welt hatte seinen Platz, und so war es auch mit den Menschen. Schweigend hatten sie eine Weile nebeneinander gesessen und die funkelnde Flüssigkeit in ihren Gläsern kreisen lassen. Dann hatte der Graf einen tiefen Seufzer getan. »*La papillion, qui brûle à la chandelle, ce sera mon sort.*«

»Ist Euch nicht wohl, mein Herr?«, hatte Hildebrand gefragt und sein kaum berührtes Glas zur Seite gestellt. »Kann ich irgendetwas für Euch tun?«

Ein trauriges Lächeln war über das Antlitz des Grafen gehuscht. »Niemand kann etwas für mich tun. Bleib einfach noch ein wenig bei mir.«

Und dann, nach einer Weile, hatte er kaum vernehmbar geflüstert: »… Das macht, ich habe lieben wollen, was ich doch nur anbeten sollen.«

Als wären die Worte soeben gesprochen, hallten sie in Hildebrands Ohr nach, und mit ihnen kehrte die bedrückende Frage wieder: Was sollte nun werden?

Würde die Gräfin für den Unterhalt aufkommen, solange das Schicksal seines Herrn ungewiss blieb? Sicher nicht. Auch ihr fehlten die Mittel. Sein Herr lebte auf großem Fuß. Trotz des schwindenden Vermögens seiner Familie hatte er es immer wieder abgelehnt, sich einzuschränken. Sparsamkeit war eines Königsmarcks nicht würdig. Obwohl er nur die Gage eines einfachen Obristen bezog, kam die Aufwendung für seinen Haushalt der eines Fürsten gleich. Für seine Bedienung hatte der Graf neunundzwanzig Personen in Stellung. Ähnlich verhielt es sich mit seiner Equipage. In den Stallungen der Stadt standen zweiundfünfzig Pferde sowie Kutschen, Sänften und anderes Fuhrwerk zu seiner Verfügung. Das alles musste versorgt und bezahlt werden. Dazu kam die Sorge um sein eigenes Schicksal. Von allen Dienstleuten hatte er dem Grafen am nächsten gestanden. Man würde Fragen stellen. Fragen, dessen Antworten ihn ins Verderben stürzen würden. Entschlossen sprang Hildebrand schließlich auf und ging zu einem mit Intarsien reich verzierten Sekretärschrank. Was auch immer geschehen war, er musste handeln. Jetzt sofort. Mit fahrigen Bewegungen klappte er die Schreibplatte herunter und entnahm einem Geheimfach ein Bündel mit Briefen. Auch wenn er sich des Hochverrats schuldig machte, diese Briefe mussten verschwinden, bevor der Sturm losbrach. Sonst war er verloren.

Zehnter Tag des Karnevals

Faktum vom Verschwinden des Grafen Königsmarck:

Es hat sich begeben, dass der Sekretär des hiesigen Obristen Graf Königsmarck beim General-Feldmarschall Podewils vorgesprochen und ihm berichtet hat, dass sein Herr verschwunden sei. Dabei erzählte er die folgenden Umstände:

Fünf Tage zuvor des Nachmittags habe der Graf sich inquiet bezeiget, was ihm, dem Sekretär, seltsam vorgekommen sei.

Selbigen Abends habe er Schreibmaterialien gefordert mit dem Bedeuten, er habe die ganze Nacht zu arbeiten und wolle nicht gestört werden. Er, der Sekretär, habe hernach aber aus dem Fenster gesehen und beobachtet, dass der Graf ohne Begleitung ausgegangen sei. Zunächst habe er sich keine Gedanken darüber gemacht. Auch nicht, als sein Herr am nächsten Morgen nicht wieder aufgetaucht sei. Die Domestiken im Haus seien daran gewöhnt, dass er häufig über Nacht ausblieb. Doch nun sei der Herr Graf immer noch nicht zurückgekehrt, und er, der Sekretär, frage sich, was ihm begegnet sein möge und ob er noch am Leben sei.

Daher bitte er den Gen.-Feldmarschall um Rat. Auch wie er sich bezüglich der Effekten des Herrn Grafen und seiner kostbaren Equipagen zu betragen habe. Der Gen.-Feldmarschall hat solches Sr. chrf. Durchlaucht angemeldet.

Dreizehnter Tag des Karnevals

Abend

Der Besuch der Schlossoper gehörte zu den wenigen Vergnügen, die Antoine in Hannover wahrhaft zu schätzen wusste. Er liebte die heitere Betriebsamkeit, während das Publikum seine Plätze einnahm, die elegante Kleidung der Damen und Herren, ihre funkelnden Juwelen, das fröhliche Geplauder; vor allem liebte er den Moment, da die Gespräche verstummten und einer spannungsgeladenen Stille wichen. Dies geschah jedes Mal, sobald die Leuchter heraufgezogen wurden, um das Licht im Saal zu dämpfen, und die Streicher als Erste die Bühne betraten. Wie in allem anderen eiferte man in Hannover auch musikalisch dem französischen Vorbild nach. Ernst August hielt sich einen italienischen Kapellmeister und hatte seine Residenzstadt durch den Bau der neuen Oper zu einer Metropole der Musik erhoben. Das Opernhaus von Hannover galt als eines der schönsten in Europa und war der ganze Stolz des Kurfürsten. In diesem aus Rausteinen errichteten Musentempel manifestierte sich der gerechte Anspruch seines Hauses auf die Erhöhung durch den Kaiser. Der Zuschauerraum war halbkreisförmig angelegt und fasste mit Parterre und fünf Rängen bis zu tausenddreihundert

Personen. Zwar war die Oper kleiner als die Spielhäuser in Paris und Wien, beiden jedoch war sie durch die Schönheit ihrer Innenausstattung an Noblesse und Vollkommenheit weit überlegen. Der Hofstaat nahm in eleganten Logen Platz, die von vergoldeten Skulpturen flankiert wurden und mit rotgold gestreiften Samtstoffen ausgekleidet waren. Am eindrucksvollsten aber war die Bühne. Mit einer Länge von mehr als einhundert Fuß war sie doppelt so tief wie das Logenhaus und bot mit der Mechanik der Unterbühne und des Schnürbodens ungeahnte Möglichkeiten für Ausstattung und Inszenierung der Aufführungen.

Auch heute herrschte eine spannungsgeladene Atmosphäre, als Antoine neben Anton Ulrich die für den Herzog bestimmte Loge im ersten Rang betrat. Das aufgeregte Getuschel war allerdings nicht wie gewöhnlich der zu erwartenden Aufführung geschuldet. Etwas anderes, ungleich Erregenderes beschäftigte an diesem Abend die Gemüter.

Hinter aufgeklappten Fächern traten geflüsterte Gerüchte und Vermutungen über geschminkte Lippen ihre Wanderung durch das Publikum an. Obwohl diskret weitergereicht, nur bestimmt für das mit Brillanten geschmückte Ohr der Gräfin von Fabrice und von dieser über matten Perlenschimmer in das Ohr der Freifrau von Lemmingen gehaucht, entwich so manche Ungeheuerlichkeit nach rechts oder links, mischte sich mit anderen Spekulationen und Neuigkeiten und erfüllte den Saal mit einer einzigen vibrierenden Melodie: Skandal.

An diesem Abend empfand Antoine weder etwas von der Vorfreude, die ihn gewöhnlich beim Betreten der Oper erfüllte, noch bemerkte er die pulsierende Stimmung im Saal. Seine Gedanken waren bei Marie. In den letzten Tagen hatte er ihr immer wieder kleine Geschenke gebracht oder sie zu einem Spaziergang mitgenommen. Er hatte gehofft, Marie würde, sobald sie ihre erste Enttäuschung überwunden hatte, einsehen, dass er sie nur zu ihrem eigenen Wohl nach Frankreich zurückschickte. Doch obgleich Marie seinen Einladungen stets gefolgt war, hatte sie sich an seiner Seite einsilbig und zurückhaltend gezeigt. Als Antoine am Morgen den Empfangssalon des Hauses betreten hatte, in dem sie untergebracht war, hatte er dort zufällig Desgrez angetroffen und die Gelegenheit genutzt, mit ihm über Marie zu reden.

»Was erwartet Ihr, Monsieur le Marquis«, hatte der Leutnant gesagt. »Das Mädchen ist durch halb Europa gereist, um Euch zu finden, und Ihr schickt sie nun wieder fort.«

»Glaubt Ihr, es fällt mir leicht, sie gehen zu lassen?«, schnappte Antoine zurück. Der vorwurfsvolle Ton des Leutnants gefiel ihm nicht. »Ihr wisst genauso gut wie ich, dass meine Lebensumstände es mir nicht gestatten, ein junges Mädchen in meine Obhut zu nehmen. Ich habe kein Heim und verdiene kaum genug Geld, um mich selber durchzubringen. Wenn ich sie fortschicke, geschieht dies nur zu ihrem Besten.«

»Oder zu Eurem.«

»Was wollt Ihr damit sagen?«

»Nun ja, Mademoiselle Marie ist in einem Alter … einem schwierigen Alter, das lästige Risiken birgt.« Der raubeinige Polizeibeamte sah plötzlich so aus, als würde er sich genieren.

»Wenn Ihr damit auf die Möglichkeit anspielt, dass Marie ungewollt schwanger werden könnte, so habt Ihr verdammt noch mal recht. Zwar hat sie das vierzehnte Jahr noch nicht vollendet, doch ist sie gut entwickelt für ihr Alter und eine leichte Beute für jeden, der es darauf anlegt.«

»Ich bin keine Beute, für niemanden!« Ohne dass sie es bemerkt hatten, war Marie in den Salon getreten. Bebend stand sie vor ihnen und ballte die Fäuste. »Wie könnt Ihr nur so etwas sagen. Das ist widerlich und gemein.«

Dann war sie schluchzend zur Tür hinausgerannt und hatte sich in ihrer Schlafkammer eingeschlossen. Weder seine Entschuldigungen noch die sanften Ermahnungen Desgrez', Vernunft anzunehmen, hatten sie dazu bewegen können, wieder herauszukommen. Nach mehreren vergeblichen Versuchen, sie zu beschwichtigen, war Antoine schließlich in tiefer Ratlosigkeit wieder gegangen.

»*Lève toi.*« Die ungehaltene Stimme des Herzogs riss Antoine aus seinen Gedanken. Er stand auf und verneigte sich wie alle anderen zur kurfürstlichen Loge hin, an deren Brüstung soeben das Herrscherpaar in Begleitung des Kurprinzen Georg Ludwig getreten war.

»Siehst du«, frohlockte Anton Ulrich.

»Was soll ich sehen?«

Mit einem ungeduldigen Fächeln seines Handschuhs winkte der Herzog Antoine an seine Seite.

»Der Platz der Kurprinzessin ist leer. Erst war es Königsmarck, und jetzt ist sie an der Reihe. Ich habe es dir doch gesagt.« Zufrieden lehnte der alte Herzog sich in seinem Fauteuil zurück.

»Was habt Ihr gesagt?«

»Bist du taub, mein Sohn? Wovon rede ich denn schon seit Tagen? Sie waren es.« Abfällig deutete Anton Ulrich mit dem Kinn auf die kurfürstliche Familie. »Sie haben den Königsmarck umgebracht. *Je parie tout ce que tu veux*. Und nun wollen sie die arme Sophie Dorothea auch noch loswerden.«

»Was macht Euch so sicher, dass Königsmarck tot ist?« Antoine wollte seinem Herrn keineswegs den Spaß verderben, doch diese Frage schien ihm durchaus berechtigt. Die Nachricht vom mysteriösen Verschwinden des Grafen hatte erst vor ein paar Tagen die Runde gemacht, doch seitdem war es das Gesprächsthema Nummer eins in Hannover. Natürlich sah die geifernde Hofkamarilla in diesem Ereignis einen Racheakt des betrogenen Ehemanns. Georg Ludwig habe nicht länger dulden wollen, dass man ihn im Hause seines Vaters zum Hahnrei machte. Die leichtsinnige Sophie Dorothea musste inzwischen eingesehen haben, dass ihre heimliche Liebesaffäre keineswegs so heimlich gewesen war, wie sie immer gedacht hatte. Es gab niemanden bei Hof, der nicht schon in mehr oder weniger deutlichen Worten über den Verbleib des Grafen Königsmarck spekuliert hatte. Doch dass er tot war, ermordet gar durch die Hand des Kurprinzen, ließ sich zum jetzigen Zeitpunkt mit nichts beweisen. Die unklare Lage konnte die vorgefasste Meinung des Herzogs jedoch nicht erschüttern. Energisch tippte er sich ans Herz. »Hier drinnen weiß ich, dass ich recht habe.«

Antoine hatte zwar den starken Verdacht, dass das Herz des Welfenfürsten mit der Stimme seines gekränkten Stolzes sprach, behielt diese Vermutung aber geflissentlich für sich. Er wollte sich gerade wieder auf seinen Platz begeben, als der Herzog ihn am Arm packte und zu sich herunterzog. »Du gehst morgen zu ihr und horchst sie aus.«

»*Pardon*?« Verständnislos sah Antoine ihn an.

»Du gehst morgen zur Kurprinzess'. Ich möchte wissen, was sie zu dem Ganzen sagt.«

»Wieso?«

Das leutselige Lächeln des Herzogs ließ ihn wenig Gutes erahnen.

»Du weißt, dass ich stets der Inspiration bedarf. Und was könnte einen Romancier mehr inspirieren als eine tragische Liebesgeschichte garniert mit Mord und Verbrechen.«

»Was soll ich ihr sagen?«, fragte Antoine beunruhigt. »Ich kann nicht einfach in den Gemächern der Kurprinzessin auftauchen und sie nach dem Verschwinden ihres Geliebten fragen.« Antoine verspürte wenig Neigung, seinem Herrn in dieser Sache willfährig zu sein. Er war Ausländer mit einer fragwürdigen Geschichte. Außerdem hatte ihn die Vergangenheit gelehrt, dass es sich leichter lebte, wenn man sich aus den Angelegenheiten fürstlicher Familien heraushielt. Doch trotz der Einwände, die er vorbrachte, war der Herzog entschlossen, sich Antoines zu bedienen, um seine Neugierde zu befriedigen. Begütigend klopfte er ihm auf die Schulter. »Sag ihr ruhig, du kommst von mir. Ich habe ein Verslein verfasst, das ich ihr zueignen möchte. Das wirst du ihr von mir geben und dann deinen berühmten französischen Charme spielen lassen. Glaub mir, alles Weitere ergibt sich ganz von alleine.«

Antoine machte einen weiteren Versuch, sich dieser lästigen Aufgabe zu entledigen. »Ihr entsinnt Euch doch des jungen Mannes, von dem ich Euch berichtet habe?«

»Du meinst den Kerl, der genauso dumm war wie du, sich von Königsmarck ausnehmen zu lassen.«

»Genau den.«

»Was ist mit ihm?«

»Es wäre immerhin möglich, dass er Königsmarck beiseitegeschafft hat.«

»Ein interessanter Gedanke, *mon cher*. Er erinnert mich daran, dass du noch einen weiteren Grund hast, mir diesen kleinen Gefallen zu erweisen. Schließlich war ich es, der für dich einen Wechsel beim Hofjuden ausgelöst hat.«

»Ihr seid ein alter Gauner, Durchlaucht«, stieß Antoine empört hervor. »So etwas nennt man Erpressung.«

»Ts, ts, ts. Mein junger, guter Freund. Das ist eine hässliche Rede, die du führst. Du solltest nicht vergessen, dass eine Hand die andere wäscht. Und nun schweig. Die Oper wird gleich beginnen.«

Antoine kannte den bestimmten Ton seines Herrn und wusste, dass jedes weitere Wort überflüssig war. Er würde morgen bei der Kurprinzessin vorsprechen und versuchen, das Beste aus der Situation zu machen. Also setzte er sich wieder und sah zu, wie der gigantische Kronleuchter einer kreisrunden Öffnung in der Decke entgegenschwebte und die Gesichter des Publikums im Halbschatten verschwammen.

Gerade wollte er sich einen Schlachtplan für den morgigen Besuch zurechtlegen, als er durch einen erstaunten Ausruf des Herzogs aus seinen Gedanken gerissen wurde.

»Ah mon dieu, quelle surprise!« Wenig hoheitsvoll war Anton Ulrich aufgesprungen und beugte sich neugierig über die Brüstung. Gleichzeitig mit seinem erstaunten Ausruf ging ein aufgeregtes Raunen durch die Menge.

Antoine trat neben den Herzog, um den Grund für die Unruhe zu erfahren. Neugierig flogen die Blicke der Opernbesucher zwischen kurfürstlicher Loge und den oberen Rängen hin und her. Antoine sah, dass der Kurfürst und sein Sohn der Bühne den Rücken zugewandt hatten und energisch auf Graf Platen einredeten, während die Kurfürstin mit unbeweglicher Miene über ihre Untertanen hinweg auf einen Punkt starrte, der irgendwo in den Falten des Samtvorhangs verborgen lag. Soeben hatte der gewaltige Lüster die Höhe des zweiten Ranges erreicht, als er sein strahlendes Licht auf den Grund der Unruhe warf. Es war eine Frau, die einsam an der Balustrade ihrer Loge stand. Ein dunkelviolettes Gewand umschmiegte sanft die Rundungen ihres Körpers und erweckte gerade durch seine Schlichtheit den Eindruck exquisiter Noblesse. Der schlanke Hals wurde von einem Samtband geziert, das genauso schwarz war wie die Locken, die in üppigen Wellen auf ihre entblößten Schultern fielen. Sie wirkte wie eine Madonna zu Füßen des Gekreuzigten, während der zuckende Schein der Kerzen an ihrer aufrechten Erscheinung vorbeiglitt und dabei ihr von Schmerz gezeichnetes Gesicht beleuchtete.

Unverwandt hielt sie den Blick auf die Loge des Kurfürsten gerichtet.

»Wer ist das?«

»Das, mein junger Freund«, sagte der Herzog mit echter Bewunderung in der Stimme, »ist das verfluchteste Teufelsweib, das Gott jemals erschaffen hat. Maria Aurora von Königsmarck.«

»Königsmarck?«

»Ja, sie ist die Schwester unseres verschwundenen Grafen.«

Fasziniert blickte Antoine zu seiner geheimnisvollen Lebensretterin hinauf.

Vierzehnter Tag des Karnevals

Vormittag

Der Parnassbrunnen auf dem Neustädter Markt war eine der berühmtesten Sehenswürdigkeiten der Stadt. Er stellte den Berg der Musen dar, dessen Gipfel ein stolz aufgerichteter Schimmel zierte, das Braunschweig-Lüneburgsche Wappen zwischen den Vorderhufen.

Langsam schritt Marie um den Brunnen herum und konnte ihren Blick nicht von den übrigen Steinskulpturen wenden, die das Wasserkunstwerk schmückten. Sie alle waren nackt. Mit der gleichen schaurigen Faszination, mit der sie eine totgetretene Ratte betrachtete oder den Kadaver einer verwesenden Katze, sah Marie auf Scham und Brüste der steinernen Gestalten. Wieso trugen sie keine Kleider? Niemand lief nackt auf der Straße herum. Das gehörte sich nicht. Wieso also mussten die Steinskulpturen nackt sein? Unglücklich senkte Marie ihren Blick. Ihr eigener Busen begann zwar erst zu wachsen, doch war die leichte Wölbung unter ihrem Umhang nicht zu übersehen. Vor allem die jungen Männer schienen unentwegt darauf zu starren. Marie hasste ihre Brüste. Abrupt kehrte sie einer Gruppe von Soldaten den Rücken, die schon seit geraumer Zeit um den Brunnen herumlungerten und sich die Langeweile vertrieben, indem sie mit lautem Gegröle Käufer und Händler verschreckten. Es war Markttag in der Neustadt, und auf dem Platz vor dem Brunnen tummelten sich die Händler hinter ihren Ständen, priesen ihre Ware an oder feilschten lauthals um Preis und Gewicht.

Marie schob sich durch die Verkaufstände und hing weiter ihren trüben Gedanken nach. *Gut entwickelt,* das waren die Worte des Marquis gewesen. Es hatte schrecklich geklungen in ihren Ohren. Ein Freund sollte so etwas nicht sagen. War er denn überhaupt noch ihr Freund? Marie wusste es nicht. Vielleicht mochte er sie nicht mehr, nun, da sie sich verändert hatte und kein Kind mehr war. Diese quälende Frage hatte ihr einen bitteren Nachmittag voller Tränen beschert, bis sie es schließlich nicht mehr ausgehalten hatte und hinunter in den Salon gegangen war, wo Desgrez auf sie gewartet hatte.

»Glaubt Ihr, der Marquis mag mich nicht mehr?«

»Ich glaube, der Marquis mag dich sehr gerne.«

»Und wieso sagt er dann so hässliche Dinge über mich?«

Der Leutnant hatte seine schmalen Lippen gekräuselt und sie über den Rand seines Weinglases so lange gemustert, bis sie vor lauter Ungeduld ganz zappelig geworden war.

»Setz dich. Ich will dir etwas erzählen. Weißt du, was ein Phönix ist?«

Marie hatte den Kopf geschüttelt und ihre eiskalten Hände gegen die Kacheln des Ofens gehalten.

»Der Phönix ist ein Fabeltier. Ein goldener Vogel. Er lebt fünfhundert Jahre, und am Ende seines langen Lebens baut er sich ein Nest und verbrennt.«

»Das ist schrecklich. Wisst Ihr nichts Fröhliches zu erzählen?« Geschichten über brennende Vögel waren wirklich das Letzte, was Marie hatte hören wollen.

»Warte ab. Ich bin noch nicht fertig. Wenn die Flammen verloschen sind, bleibt ein Ei zurück, und aus diesem Ei schlüpft ein neuer Phönix. Und dieser Phönix ist größer und schöner, als der andere es je war.«

»Na und?«

»Verstehst du nicht, was ich dir sagen will?«

Marie hatte den Kopf geschüttelt.

»Dann muss ich es dir erklären: Mit dir verhält es sich ähnlich wie mit dem Phönix. Auch du bist in gewisser Weise gestorben und wiederauferstanden. Und auch du hast das zerzauste Küken, das du früher einmal warst und das der Marquis so gut kannte, in der Asche zurückgelassen. Verstehst du mich jetzt?«

Marie hatte genickt. Es war so, wie sie es befürchtet hatte. Der Marquis sah nur noch ihren Busen. Genau wie alle anderen. Nach dieser Unterhaltung war sie noch deprimierter als zuvor in ihre Kammer zurückgekehrt und hatte sich in den Schlaf geweint.

Während Marie ziellos umherlief, fiel ihr Blick auf den langgestreckten Bau einer Kirche, der, umgeben von einem Friedhof, dem Brunnen direkt gegenüberlag und mit seinem abgetragenen Kirchturm genauso trost- und freudlos aussah, wie sie sich fühlte. Vielleicht war der himmlische Zorn auf dieses Gotteshaus niedergefahren und hatte den Turm zum Einsturz gebracht, da in ihr nur die Reformierten beteten. Es hätte Marie kaum gewundert. Nicht, dass sie je besonders fromm gewesen wäre, was ihr oft den Tadel der Schwestern im Kloster eingebracht hatte. Aber eine Kirche ohne Heiligenbilder und Marienstatuen musste auch den gütigsten Gott erzürnen.

Ganz in ihrer Nähe, zur Linken des beschädigten Gebäudes, hatten die Fleischer ihre Scharren. Der metallische Geruch von geronnenem Blut und die übel riechenden Ausdünstungen der Eingeweide, die in Körben Seifensiedern und Lichtziehern zum Verkauf angeboten wurden, machten Marie jedoch wenig Lust, ihre Ware genauer zu inspizieren. Außerdem hatte sie etwas Geld in der Tasche und wollte sich mit einem Stück Kuchen oder gebrannten Mandeln über das traurige Wiedersehen mit dem Marquis hinwegtrösten. Also machte sie sich auf die Suche nach etwas Essbarem, das ihr mehr zusagte als die blutigen Fleischklumpen, die an Haken über den Verkaufstischen der Metzger und Knochenhauer baumelten. Aufmerksam sah sie sich um und lauschte interessiert dem seltsamen Klang der fremden Sprache. Bald schon hatte Marie erkannt, dass in Hannover ebenso verbissen gefeilscht wurde wie in den Markthallen von Paris. Was jedoch zum Verkauf ausgelegt wurde, kam in nichts dem vielfältigen Warensortiment gleich, das in den Hallen der französischen Hauptstadt zum täglichen Angebot gehörte. Aufgeschichtet zu trostlosen Haufen wurden Rüben, Kohl, Rettiche und Möhren, verschrumpelte Äpfel, Birnen, Eier, Milch und Butter angepriesen sowie an einigen wenigen Ständen auch ein paar struppige Kräuter. Dabei schrien Händler und Verkäufer gleichermaßen und schmissen wild gestikulierend Arme und Beine in die Luft, als hinge vom Verkauf des mageren Sortiments ihre Seligkeit ab. Keine exotischen Früchte, keine Ananas, keine Granatäpfel, wie Marie sie in Paris gesehen hatte, noch nicht einmal das lebendige Leuchten einer Orange unterbrach das Grau und Braun der ausgelegten Ware. Bei den Bäckern war das Angebot allerdings etwas vielfältiger. Auf den Brotbänken lagen zwischen dunklen, unförmigen Laiben grobes Gebäck, Eierschecken, Pfeffer- und auch Rührkuchen. Marie wählte einen Eierkuchen und hielt dem Bäcker ihre Münzen entgegen. Dabei beobachtete sie genau, nach welcher er griff. Der Bäcker lächelte freundlich, während er das größte Geldstück aus ihrer Hand klaubte und ein paar kleinere Münzen wieder hineintat. Zwar hatte Marie das ungute Gefühl, betrogen worden zu sein, doch was konnte sie schon tun? Sie wusste nicht genau, wie viel ihre Münzen wert waren, noch konnte sie sich mit dem Mann verständigen. Als sie weitergehen wollte, wurde sie von einer Bande zerlumpter Kinder umringt.

»Was wollt ihr von mir?«

Auch wenn der helle Singsang der Kinder für Marie vollkommen unverständlich war, beantworteten ihre schmutzigen kleinen Händchen diese Frage, indem sie sich dem Kuchen gierig entgegenstreckten.

»Ach so ist das? Ihr wollt mich bestehlen. Na wartet! Euch werde ich Beine machen.« Marie schnitt eine Grimasse und scheuchte die winzige Meute wie eine Schar Hühner vor sich her. Während die Kleinen auseinanderstoben, jauchzten sie vor Vergnügen und sprangen umher, als wäre die Jagd über den Markt der schönste Feiertagsspaß. Sobald Marie die Kinder eingeholt hatte, teilte sie den Kuchen unter ihnen auf und schenkte ihnen auch noch die restlichen Münzen aus ihrem Beutel. Aus eigener Erfahrung wusste sie, wie schwer das Leben auf der Straße war, und hatte Mitleid mit den mageren, vom Elend gezeichneten Geschöpfen. Wenn man in zerrissener Kleidung und Stofffetzen an den Füßen über den Winter kommen musste, war man dankbar für jede Gabe. Trotzdem verspürte Marie so etwas wie Wehmut, als sie den Buben und Mädchen, die kauend und schwatzend in der Menge verschwanden, hinterherblickte.

Wenigstens hatten die Kinder einander. Sie aber war ganz allein. Während Marie weiter ziellos über den Markt streifte, griff sie eher unbewusst und aus alter Gewohnheit nach einem Apfel und ließ ihn unter ihrem Umhang verschwinden. Als sie noch bei den Straßenkindern von Paris gelebt hatte, waren sie und ihre Gefährten oft auf Beutezug durch die Markthallen gezogen. Damals hatte sie gelernt, dass das Überleben leichter fiel, wenn man nicht auf die Mildtätigkeit seiner Mitmenschen wartete. Anstatt nun aber schnell das Weite zu suchen, ließ sie ihren Blick gelangweilt über die Ware der Marktfrau gleiten, der sie den Apfel entwendet hatte. Neben manch nützlicher Lehre war auch das Stehlen etwas, das sie auf der Straße gelernt hatte. Dabei kam es in erster Linie darauf an, unsichtbar zu sein. Das war das Glück der Kinder gewesen. Sie waren auf einem Marktplatz immer unsichtbar, da sie kein Geld hatten und nichts kaufen konnten. Niemand achtete auf einen armen Schlucker, mit dem kein Geschäft zu machen war. Nur wenn man sich auffällig verhielt, allzu gierig die Ware anstarrte oder hastig davonlief, sobald die Taschen gefüllt waren, erregte man die Aufmerksamkeit der Händler. Wollte man etwas stehlen, galt als oberstes Gebot, die Nerven zu bewahren. Der Dieb musste sich genauso verhalten wie alle anderen. Im Vorbeigehen wählte er etwas aus und griff beherzt zu. Dann blieb er stehen, lauschte einem Gespräch, fragte nach dem Preis, wägte ab und ging schließlich gemächlich seiner Wege. Nur wenn tatsächlich Gefahr bestand, musste er die Flucht ergreifen und um sein Leben rennen. Als Marie sich von dem Stand mit den Äpfeln abwandte, erkannte sie, dass eben dieser Moment gekommen war.

Es war noch nicht Mittag, doch Jasper hatte schon zwei Maß Bier intus, die Tagesration, die jedem Soldaten im Dienste des Kurfürsten zustand, außerdem noch Branntwein, den er für sich und die Soldaten gekauft hatte. Dabei vertrug er gar keinen Alkohol. Doch heute wollten seine Kameraden mit ihm anstoßen, also musste Jasper mitziehen. Christoph war schon richtig besoffen. Schnaufend lehnte er an der Balustrade des

Brunnens und befingerte mit blödem Grinsen eine barbusige Statue. Dann nahm er einen tiefen Schluck aus dem Krug. »Ein Hoch auf den Bärenkackewegputzer!«, schrie er dabei aus vollem Halse. »Ist mächtig anständig von ihm, dass er seine Gage mit den Kameraden teilt.«

Anerkennend wurde ihm von allen Seiten auf die Schulter geklopft. »Bist ja doch ein ganzer Kerl, Jasper. Auch wenn du im Gesicht so picklig bist wie der Arsch eines Säuglings.«

»Ha, ha, ha.«

Zufrieden sah Jasper in die vom Alkohol erschlafften Mienen um sich herum. Auch wenn er wusste, dass die Freundschaft der Männer erkauft war, fühlte er sich gut in ihrer Gesellschaft. Er würde noch eine Runde schmeißen. Sollten die anderen ruhig glauben, er würde seinen Sold mit ihnen versaufen. Ihm konnte das nur recht sein.

Vor ein paar Tagen war den Schlosssoldaten der schon seit Monaten fällige Lohn ausbezahlt worden. Dafür hatte man ihre Schichten verdoppelt und die Wachmannschaften im Schlossbereich verstärkt. Die Brücke vom Mühlenplatz und das Tor zur Leinstraße waren seitdem für einfache Bürger gesperrt. Nur wer einen, vom Geheimen Rat ausgestellten, Passierschein vorweisen konnte, durfte hinein. Es war zwar nicht offiziell, doch alle wussten, dass die scharfe Bewachung der kurfürstlichen Residenz und das Verschwinden des Grafen Königsmarck miteinander in Verbindung standen.

»Was glotzt du denn so?«, pöbelte Christoph ein junges Mädchen an, das gekommen war, um im Becken des Parnassbrunnens Wasser zu schöpfen, und den Soldaten furchtsame Blicke zuwarf. Hastig griff das Mädchen nach ihrem Eimer und lief, so schnell es konnte, davon.

»Wieso hat die es denn auf einmal so eilig?« Christoph rülpste und brach in lautes Gelächter aus, wobei er die Ruinen seiner heruntergefaulten Zähne zeigte. Jasper grinste anerkennend. »Gut gemacht, Christoph. Was fällt der ein, uns so blöde anzustieren? Wenn der Kurfürst feiert, können seine Trabanten ruhig auch ihren Spaß haben. Ist es nicht so?« Jasper sah in die glasigen Augen seiner Kameraden. »Ja, so ist es«, war die träge Erwiderung. Dann wurde weiter getrunken und geflucht.

»Gib mir mal den Krug, Christoph.« Obwohl Jasper das Brennen in seinem Magen nicht mochte, nahm er Christoph den Branntweinkrug ab und trank einen tiefen Schluck. Er schüttelte sich und spie die Hälfte auf den Boden. Aus den Augenwinkeln sah er die missbilligenden Blicke der umstehenden Marktbesucher. Aber keiner sagte etwas. Niemand in der Stadt legte sich gerne mit den Soldaten des Kurfürsten an. Da sie unter dem Schutz der Obrigkeit standen, konnten sich die Uniformierten Freiheiten erlauben, die einfachen Bürgern nicht zustanden, und da die meisten von ihnen weidlich von ihren Privilegien Gebrauch machten, war ihr Ruf kaum besser als der von Tagelöhnern, Kötern und Bettlern.

Als Jasper den Krug weiterreichte, fiel sein Blick auf eine dicke Bäuerin, die sich mit einem Käufer um einen Schock Eier stritt. Dicht daneben stand ein Mädchen und ließ unauffällig einen Apfel unter ihrem Umhang verschwinden. Jasper erkannte sie sofort. In den letzten Tagen war sie ihm immer wieder in den Sinn gekommen. Gebannt beobachtete er, was sie als Nächstes tun würde. Anstatt fortzulaufen, blieb das Mädchen an dem Marktstand stehen, so als wäre nichts gewesen, und betrachtete wie die übrige Kundschaft, was die Bäuerin feilzubieten hatte. Es verging eine Weile, dann wandte sie sich ab und ihre Blicke trafen sich. Auch sie erkannte ihn wieder, das verriet die Art, wie sie ihn angriffslustig musterte. Doch da war noch etwas anderes in ihren Augen. Er hatte das Gefühl, dass sie ihn herausfordern und auf die Probe stellen wollte. Jasper musste sich entscheiden. Ließ er sie unbehelligt davonkommen, war sie verschwunden, und er würde sie vielleicht nie wiedersehen. Ihm war, als würde das Poltern in seiner Brust beinahe den Lärm auf dem Marktplatz übertönen. Eins, zwei, drei. Gewaltsam riss er sich vom Anblick des Mädchens los. »He, Christoph, sieh mal. Die da vorne hat geklaut.« Plötzlich waren Christoph und die anderen hellwach.

»Los, hinterher.« Wie eine Rotte altersschwacher Hunde setzten die betrunkenen Männer sich in Bewegung und nahmen über Hühnerkäfige und Gemüsekörbe stolpernd die Verfolgung ihrer Beute auf. Jasper, der am wenigsten von allen getrunken hatte, lief vorneweg und hatte die anderen bald abgehängt.

Das Mädchen floh über die Calenberger Straße an den neu errichteten Sandsteinhäusern der Beamten und Hofbediensteten vorbei in Richtung Leineinsel. Sie war schneller, als er ihr zugetraut hätte. Wenn sie erst einmal die Insel hinter sich gelassen hatte und durch das Leintor hindurch war, würde er sie in den verwinkelten Gassen der Altstadt nicht mehr aufspüren können. Jasper legte an Tempo zu. Dann aber schlug das Mädchen einen Haken und schlängelte sich an der Uferböschung entlang auf den Mühlenplatz, wo sie hinter aufgeschichteten Steinhaufen, Müllbergen und Bauholzstapeln aus seinem Blickfeld verschwand. Er blieb stehen und drehte sich suchend im Kreis. »Wo bist du? Los, komm raus. Ich kriege dich sowieso.« Ein leichtes Kribbeln in seinem Nacken sagte ihm, dass das Mädchen ganz in der Nähe sein musste. Eben noch hatte er sie gesehen, doch schon im nächsten Augenblick war sie verschwunden. Jasper umrundete eine kleine Hütte und trat ein. Im dämmrigen Licht, das durch die Schlitze der Holzlatten fiel, konnte er nichts außer Werkzeug entdecken, das für die ständigen Reparaturen und Umbauarbeiten am Schloss benötigt wurde. Er verließ die Hütte wieder und kehrte auf den Platz zurück. Langsam drehte er sich um die eigene Achse. Nichts. Wütend trat er gegen einen umgekippten Bottich. Er hatte sie entwischen lassen. Jetzt war sie gewarnt und würde sich bestimmt nicht mehr in seine Nähe trauen. Er sah über seine Schulter. Wo blieben nur die anderen? Sicher hatten sie die Jagd aufgegeben und lungerten wieder am Brunnen herum. Wahrscheinlich warteten sie darauf, dass er eine weitere Runde spendierte, bevor er zum Dienst antreten musste. Er wollte gerade zu ihnen zurückkehren, als über ihm, zart und seidig wie der Staubschlag eines Schmetterlings, eine leichte Dunstschwade hinwegwehte. Jasper hob den Blick. Sie hockte hoch oben auf einem Holzstoß und sah mit einem gefährlichen Funkeln in den Augen auf ihn herab. Ob es die Überraschung war oder der Alkohol, der ihn lähmte, wusste er später nicht mehr zu sagen. Gebannt starrte er zu ihr hinauf, wurde aber schon im nächsten Moment vom Gewicht ihres Körpers zu Boden gerissen. Mehr als dass er mit ihr rang, umfing er sie und klammerte sich am weichen Wollstoff ihres Umhangs fest. Dann traf ihn ein harter Schlag mitten ins Gesicht. Noch im selben Moment spürte er eine warme Flüssigkeit, die von seiner Nase hinunter auf die Lippen tropfte. Obwohl Jasper der Anblick von Blut nichts ausmachte, wurde ihm schwarz vor Augen, als er sein eigenes Blut schmeckte. Dann auf einmal konnte er wieder leichter atmen. Benommen rappelte er sich auf und blickte seiner Angreiferin hinterher. Mit ausgestreckten Armen, die Enden ihres Umhangs fest umklammernd, flog sie wie ein Vogel über den Platz und verschwand. Tränen traten ihm in die Augen. Keine Tränen der Wut, Tränen der Enttäuschung. Nichts im Leben wünschte er sich mehr, als sie wiederzusehen.

In den Gemächern der Kurprinzessin wurde gestickt. Die Kammerfrauen Sophie Dorotheas beugten sich über ihre Rahmen und durchwirkten auf gelbem und rotem Untergrund Löwen, Leoparden und springende Rösser, die Wappentiere des Kurfürstentums Hannover. Jede hochgestellte Weibsperson im Lande ließ es sich in diesen Tagen zur Ehre gereichen, eine Standarte zu fertigen, um sie den Truppen mitzugeben, wenn diese wieder *en bataille* an den Rhein zogen.

Das Frühjahr nahte und mit ihm die Kampfhandlungen gegen Frankreich, sollten die Verhandlungen mit dem Unterhändler Seiner allerchristlichsten Majestät scheitern.

Die Gemahlin des Thronfolgers indes war die Einzige unter den Damen in ihrem Salon, die sich nicht an den Näharbeiten beteiligte. Unberührt von der vaterländischen Emsigkeit um sie herum stand sie am Fenster und starrte in den dämmrigen Nachmittag hinaus.

Antoine, der den Auftrag seines Herrn ausgeführt und ihr ein kleines Gedicht im Namen des Herzogs überreicht hatte, saß eingeklemmt zwischen den Damen Knesebeck und de Brion, trank Tee aus chinesischem Porzellan und lauschte dem einförmigen Geplapper.

»Der Herzog ist ein großer Künstler des geschriebenen Wortes, nicht wahr, Durchlaucht?«, lispelte Louise de Brion und suchte vergeblich die Aufmerksamkeit der Prinzessin auf die Unterhaltung zu lenken. »Ihre Hoheit schätzt besonders die Aramena«, fügte sie an Antoine gewandt hinzu und befeuchtete dabei lüstern ihr kirschrotes Mündlein.

»Es ehrt Ihre Durchlaucht«, sagte Antoine und zwinkerte dabei dem kessen Fräulein unauffällig zu, »dass sie das bedeutende Werk meines Herrn gelesen hat. Die stetige Schaffenskraft Seiner Hoheit verhindert, dass ich mir dieses Vergnügen ebenfalls gönne.« Mit Schaudern dachte er an den Stapel hingeworfener Notizen und Textfragmente, die er in dieser Woche noch in leserliche Schrift übertragen musste. Der Herzog pflegte zwar gewaltige Textmengen zu produzieren, seine Handschrift indes war miserabel.

»Doch sind es vor allem die geistlichen Lieder des Herzogs, die uns Trost und Erbauung schenken«, erklärte die Hofmeisterin von Sacetot, die eingehüllt in schwarze Seide, wie eine alte Krähe, auf ihrem Schemel hockte.

»Ihr seid eine Dame mit Geschmack«, erwiderte Antoine höflich.

»Eines seiner frühen Werke gefällt mir besonders«, fuhr die Sacetot fort. Sie richtete ihren stechenden Blick auf den pfirsichfarbenen Rücken ihrer Herrin und senkte die Stimme zu einem Flüstern:

»Ach es hat mich die schwere last,
der sünden so fest ümbgefast,
dass meine schwache Seel nicht kann,
nach dir sich schwingen himmelan.«

Antoine erkannte in dem Vers eine Strophe aus dem Lied »Verlangen nach Gott«. Es gehörte zu einem Zyklus geistlicher Lieder, den der Herzog in jungen Jahren verfasst hatte und der sich in den norddeutschen Landen großer Beliebtheit erfreute. So wie Madame de Sacetot die Zeilen jedoch vorgetragen hatte, klangen sie eher nach einer apokalyptischen Drohung als nach einem erbaulichen Gesang. Da die Adressatin ihrer kleinen Darbietung nicht darauf reagierte, sondern unverwandt auf die Straße starrte, ergriff Antoine erneut das Wort. »Ihr habt Talent, Madame. Vielleicht solltet Ihr zur Bühne gehen. Sicher würdet Ihr eine wunderbare Nemesis geben.« Er verneigte sich vor der Hofmeisterin, was ihr sofort einen eifersüchtigen Blick Mademoiselle de Brions eintrug. Frau von Sacetot lachte geschmeichelt. »*Vous me flattez, Monsieur.* Ihr versteht es, den Damen schöne Worte zu machen. Eine Kunst, die man Euch sicher am französischen Hof lehrte.«

Eleonore von dem Knesebeck, die erste Hofdame der Kurprinzessin, ließ ihren Stickrahmen sinken und betrachtete die Hofmeisterin nachdenklich. »Nun stehen wir schon so lange im Dienst unserer gnädigen Fürstin, Madame, doch bisher ist mir vollkommen entgangen, dass Ihr der geistlichen Poesie zugetan seid.«

»Worte, die unseren Herrn preisen, lassen mich selbstverständlich nicht unberührt«, war die eifrige Erwiderung. »Vor allem nicht, wenn sie von einem so großen Mann wie dem Herzog verfasst worden sind.«

»*Ah c'est comme ça.*« Eleonore von dem Knesebeck zuckte gleichgültig die Achseln. »Und ich dachte immer, Euer einziges Interesse gelte der Anhäufung von Ämtern und Würden.«

Sie übersah geflissentlich den empörten Blick Frau von Sacetots und nahm ihren Stickrahmen wieder auf.

Touché, dachte Antoine. Die Damen konnten sich ganz offensichtlich nicht leiden.

Antoine warf der Knesebeck einen interessierten Blick zu. Bisher hatte er kaum auf sie geachtet, dabei war sie auf ihre stille unauffällige Art recht hübsch. Ihre grauen Augen passten vorzüglich zu den ebenmäßigen Gesichtszügen, und für ihre klare, glatte Haut hätte so manche Dame einen Mord begangen. *Mais quelle cruauté,* seufzte er im Stillen. Das Schicksal hatte ihr einen verwachsenen Rücken beschert.

»Ich wäre erfreut, Ihrer Durchlaucht eine Schale Tee reichen zu dürfen«, erklärte er schließlich und erhob sich. Er fand, dass er den Damen der Kurprinzessin genug Aufmerksamkeit geschenkt hatte. Es wurde Zeit, sich mit ihrer Herrin zu befassen. Sophie Dorothea nickte unmerklich, worauf Antoine von der Hofmeisterin eine Tasse entgegennahm und an ihre Seite trat. Immer noch sah die Prinzessin hinunter auf die Straße, so dass Antoine ihrem Blick interessiert folgte. Vor dem Schlosstor war eine murrende Menge zusammengekommen, die mit ärgerlichen Gesten Durchlass forderte und von der Wachmannschaft auf recht unsanfte Weise zurückgedrängt wurde. Antoine fragte sich, ob Sophie Dorothea genau wie alle anderen ahnte, dass diese neue Sicherheitsmaßnahme auf das Verschwinden ihres Geliebten zurückzuführen war. Unauffällig betrachtete er sie von der Seite. Die schönen braunen Augen der Kurprinzessin glänzten fiebrig und irrten unstet von einem Punkt zum nächsten. Nervös spielte sie dabei mit einer Bernsteinkugel, die sie zwischen ihren Handflächen hin und her rollte.

»Sucht Ihr etwas, Durchlaucht?«, fragte Antoine so leise, dass nur sie ihn verstehen konnte. Die Kurprinzessin deutete hinab auf die Leinstraße. »Ein junges Mädchen«, flüsterte sie. Sie steht immer dort unten und sieht zu den Fenstern hinauf. Als würde sie auf jemanden warten.«

»Vermutlich ist sie eine Hausangestellte, die darauf hofft, einen Blick auf Eure Hoheit zu erhaschen«, gab Antoine zurück.

»*C'est probable.* Aber jetzt kommt sie nicht mehr. Jasper hat sie vertrieben.«

»Wer ist Jasper?«

»Ein Schlosstrabant.« Sophie Dorothea kringelte abwesend eine Locke um ihren Zeigefinger und erinnerte Antoine trotz ihres tief dekolletierten Prunkgewands an ein kleines Mädchen.

»Jasper ist der Sohn des Jägers auf Nordsteimke, dem Besitz meines Vaters«, erklärte Eleonore von dem Knesebeck und warf der Prinzessin über ihren Stickrahmen hinweg einen merkwürdigen Blick zu. »Ich habe ihm eine Stellung im Schloss verschafft und kümmere mich um ihn.«

»Und wieso interessiert Ihr Euch für diese junge Frau?«

»Sie ist anders als die Menschen, die ich sonst auf der Straße beobachte.«

»Anders? Inwiefern?«

»*Elle est tout à fait comme moi.*«

»Sie ist wie Ihr?« Antoine betrachtete die Frau an seiner Seite und konnte sich ein Schmunzeln kaum verkneifen. Es hatte etwas rührend Komisches, dass sich die Erbin des Herzogtums Celle und zukünftige Kurfürstin von Hannover mit einer Hausangestellten verglich. »Ihr seid eine Fürstin, Hoheit. Euch liegt die Welt zu Füßen. Ihr wollt Euch doch wohl kaum mit einer Dienstmagd vergleichen, die von den Launen ihrer Herrschaft abhängig ist.«

Wie benommen wandte ihm Sophie Dorothea ihr Gesicht zu und versetzte dabei die Perlengehänge an ihren Ohren in sanfte Schwingungen. »Auch ich bin von der Gunst anderer abhängig, Marquis«, hauchte sie. »Heute mehr denn je.«

Dies war der Moment, dachte Antoine. Sophie Dorothea schien willens, ihm ihr Herz auszuschütten. Flüchtig sah er über seine Schulter. Die aufgetürmten Perücken der Hofdamen klappten zu einer Pyramide aus Haarfontänen zusammen, als sie die neugierigen Blicke hastig wieder auf ihre Stickrahmen senkten.

Er stellte die Teetasse beiseite, trat noch etwas dichter an die Kurprinzessin heran und flüsterte: »In der Stadt wird allerlei über den Grafen Königsmarck gesprochen.«

Jäh plumpste die Bernsteinkugel aus den Händen Sophie Dorotheas und kullerte unter die Falten eines goldvioletten

Samtvorhangs. Mit angstgeweiteten Augen sah die Prinzessin ihn an. »Was erzählt man sich, bitte sprecht.«

Antoine überlegte, was ihm seit der Veröffentlichung des Bulletins vom Verschwinden Königsmarcks zu Ohren gekommen war. Die Bürger von Hannover kannten kein anderes Thema mehr und hatten sich, ihrem Geschlecht zugehörig, in zwei Lager geteilt. Die Weiber auf dem Markt forderten, dass die ehebrüchige Kurprinzessin öffentlich gestäubt und dann in Schimpf und Schande davongejagt werden sollte. Mochte sie doch zu ihrer französischen Mutter nach Celle zurückkehren. Hier in Hannover waren mannstolle Huren wie sie nicht wohlgelitten.

Die Männer in den Schenken dagegen hatten Mitleid mit der schönen Sophie Dorothea. Das Schicksal hatte sie an einen gefühlskalten Mann gekettet, der sich noch dazu ihrer schämte, da sie nicht von reinem fürstlichem Blut war. Allein der Hochmut des Kurprinzen, tönte es in den Wirtsstuben der Alt- und Neustadt, hatte seine gekränkte Frau in die Arme eines anderen getrieben. Georg Ludwig erfreute sich in Hannover nicht allzu großer Beliebtheit, da er sich seinen Untertanen gegenüber meist kühl und wenig zugänglich gab. Anders verhielt es sich mit dem Grafen. Fast jeder hatte schon mal ein Wort mit dem schneidigen Oberst gewechselt. Auch wenn er ein Ausländer war, wurde er wegen seiner stattlichen Erscheinung und der vielen Heldentaten, die man ihm nachsagte, von den meisten Bürgern verehrt. Eines aber erzählten sich Frauen wie Männer: Der Graf war zuletzt auf der Schlossbrücke gesehen worden und danach spurlos verschwunden. Beide Parteien waren sich daher einig, dass der gehörnte Ehemann den Königsmarck irgendwo im Schloss gefangen hielt, und forderten, über Bierkrüge gebeugt oder ein Gemüse vorsichtig nach faulen Stellen betastend, dröhnend seine Herausgabe. Das alles konnte Antoine der vor Angst halb ohnmächtigen Geliebten des Grafen natürlich nicht erzählen. Daher flüchtete er sich in eine nichtssagende Bemerkung. »Das Volk ist besorgt, Hoheit, und erwartet voller Hoffnung die baldige Rückkehr des Grafen.«

Sophie Dorothea nickte unmerklich. Das Zittern ihrer Lippen verriet ihre Zerrissenheit. »Kann ich Euch trauen, Monsieur?«

Zu gerne hätte Antoine den Kopf geschüttelt. Er tat es nicht.

»Der Graf ist ein … treuer Freund, und ich bin in größter Sorge um sein Wohlergehen.«

»Das ist nur zu verständlich. Ich wünsche Euch, dass Ihr bald Nachricht von seiner glücklichen Wiederkehr erhalten möget.«

»Eure guten Wünsche sind vergebens, Monsieur«, wisperte Sophie Dorothea. »Der Graf hat mächtige Feinde. Feinde, die danach trachten, ihn zu vernichten. Allen voran ist die Gräfin Platen zu nennen. Sie war stets der dunkle Geist unserer Freundschaft. Ich bin sicher, dass sie um seinen Aufenthaltsort weiß.«

Antoine fand keine Gelegenheit mehr, dieses hochinteressante Thema zu vertiefen, da in diesem Moment die Tür aufflog und ein kleines Männlein gefolgt von einer Handvoll bewaffneter Soldaten das Gemach betrat.

»Was hat das zu bedeuten, Exzellenz?« Verwirrt wandte Sophie Dorothea sich den Eindringlingen zu. Das Männlein verbeugte sich. »Auf allerhöchste Anordnung ist es Ihrer Durchlaucht bis auf weiteres untersagt, ihre Gemächer zu verlassen. Ferner habe ich Order, selbige unverzüglich zu examinieren.«

»Auf allerhöchste Anordnung?« Panisch flog der Blick Sophie Dorotheas zu Eleonore von dem Knesebeck. Instinktiv zog Antoine sich hinter den Vorhang zurück und beobachtete das weitere Geschehen. Die Hofdame war aufgesprungen und trat, den Stickrahmen wie einen Schild in ihrer Hand, der Gruppe von Männern beherzt entgegen. »Was geht hier vor, Herr Vizekanzler? *Repondez! Immédiatement!*« Wütend stampfte sie mit dem Fuß auf. »Ich dulde ein solches Verhalten in Gegenwart Ihrer Durchlaucht nicht.«

Der kleine Mann, unter dessen hoher Stirn zwei schwarze Knopfäuglein grausam glitzerten, verbeugte sich. »Dies ist eine disziplinarische Maßnahme, die unser allergnädigster Herr, der Kurfürst, über Ihre Hoheit verhängt hat. Ich führe sie lediglich aus und bin nicht autorisiert, Erklärungen abzugeben.« Er gab seinen Männern einen Wink, woraufhin diese begannen, den Salon systematisch zu durchsuchen.

»Nein! Nicht.« Wie ein verirrter Falter flatterte Sophie Dorothea umher und versuchte die Männer an ihrem Auftrag zu hindern. Einem riss sie ein Kästlein aus der Hand und flüchtete sich vor ein Gemälde, das sie im Hofstaat mit ihren beiden Kindern zeigte. Im Handumdrehen hatte ihr der Soldat die Schatulle wieder abgenommen und versuchte sie sanft von dem Gemälde wegzuziehen. Sofort war Eleonore von dem Knesebeck an der Seite ihrer Herrin. »Untersteh dich, Bursche! Wie kannst du es wagen, Hand an die Kurprinzessin zu legen?« Sie versetzte dem Soldaten eine schallende Ohrfeige und stellte sich schützend vor die laut schluchzende Kurprinzessin. »Raus mit euch!«, fauchte sie wie eine Katze, die ihr Junges beschützt. »Alle Mann hinaus!« Als niemand ihren Befehl befolgte, wandte sie sich an den Vizekanzler. »Ruft sofort Eure Männer zurück. Oder ich sorge dafür, dass Ihr für das, was heute hier geschehen ist, zur Verantwortung gezogen werdet.« Ihre Drohung verhallte ungehört. Durch ein ungeduldiges Schnipsen mit den Fingern bedeutete der Vizekanzler seinen Soldaten, mit der Durchsuchung fortzufahren. Zwischen Spielkarten, hinter Gemälden, in den Falten der Vorhänge, unter Teppichen und seidenen Kissen förderten sie daraufhin Briefe zutage, die er ihnen gierig aus den Händen riss. Sophie Dorothea hatte sich inzwischen mit ihren Damen in den hintersten Winkel des Zimmers zurückgezogen. Halb ohnmächtig in den Armen Eleonore von dem Knesebecks liegend, verfolgte sie das Geschehen. Diese bewegte in lautlosem Gebet die Lippen, während Louise de Brion zitternd hinter einem hochlehnigen Fauteuil in Deckung gegangen war. Einzig Frau von Sacetot blieb ruhig und gefasst. Plötzlich zog einer der Soldaten den Vorhang zur Seite, hinter dem Antoine die Durchsuchung interessiert verfolgt hatte.

»Wer seid Ihr?«, kläffte der Vizekanzler.

»Ich bin der Marquis de Montagnac, Monsieur. Und mit wem habe ich die Ehre?«

»Montagnac?« Der Vizekanzler trat auf ihn zu und kniff kurzsichtig seine Äuglein zusammen. »Ihr kommt mir bekannt vor.«

»Das ist richtig. Wir sind uns vor ein paar Tagen im *antichambre* der Kurfürstin begegnet. Zu meinem Bedauern wurden wir einander nicht vorgestellt.« Antoine hatte das kleine Männlein, das kurz vor seinem Abenteuer mit der wild gewordenen Elefantenkuh neben ihm gestanden hatte, sofort erkannt.

»Und was habt Ihr in den Gemächern der Kurprinzessin zu suchen«, forschte der Beamte weiter.

Antoine ließ sich mit einer Antwort Zeit und sah gelassen über sein Gegenüber hinweg. »Vielleicht, Monsieur, verratet Ihr mir zuvor, was Euch das überhaupt angeht?«

Im ersten Moment schien der Vizekanzler verblüfft. Anscheinend war er es nicht gewohnt, dass man eine seiner Fragen mit einer Gegenfrage beantwortete. Dann stieg ihm Zornesröte ins Gesicht. Er streckte sich Antoine mit geschwellter Brust entgegen und blitzte ihn wütend an.

»Offenbar ist Euch entgangen, mit wem Ihr sprecht. Mein Name ist Ludolf Hugo, ich bin Vizekanzler und Geheimer Rat im Dienste Seiner kurfürstlichen Durchlaucht.«

»Zudem, Monsieur«, fügte Antoine hinzu, »seid Ihr ein Rüpel, der sich auf unziemliche Weise der Kurprinzessin genähert hat. Aber um Eure Frage zu beantworten, Herr Vizekanzler«, fuhr er in schneidendem Tonfall fort, »ich bin der Sekretär des Herzogs von Braunschweig-Wolfenbüttel, und ich werde mich umgehend in die Gemächer meines Herrn begeben, um ihm zu berichten, wie man soeben mit der Gemahlin des Thronfolgers verfahren ist. Ich bin sicher, Seine Durchlaucht wird den Vorgang, dessen Zeuge ich soeben wurde, auf das Schärfste verurteilen.« Ohne viel Federlesens schob Antoine Ludolf Hugo beiseite und schritt auf seine Gastgeberin zu. »Durchlaucht, ich möchte mich nun verabschieden.«

Sophie Dorothea beachtete ihn nicht. Weinend lag sie an der Schulter ihrer Hofdame. »Es ist alles aus. Nun ist alles verloren. Ich bin verloren.«

Antoine fand kein Wort des Trostes für die unglückliche Frau. Er wollte die Prinzessin gerade ihrer Verzweiflung überlassen, als er ihre Bernsteinkugel entdeckte, die unter einen Stuhl gekullert war. Gemessenen Schrittes ging er darauf zu und hob sie auf.

»Was tut Ihr da?«, donnerte es von hinten.

»Ich bücke mich nach einem Kleinod, das Ihre Durchlaucht soeben verloren hat.« Ohne weiter auf das wutschnaubende Männchen zu achten, kehrte er zu Sophie Dorothea zurück und reichte ihr die Kugel. »Ich wünsche Euch viel Glück, Madame.«

Als er zur Tür ging, versperrte ihm einer der Schlosstrabanten, ein junger pickliger Bursche, der penetrant nach Alkohol stank, den Weg, gab ihn aber auf ein unmerkliches Kopfschütteln Eleonore von dem Knesebecks sogleich wieder frei.

Während Antoine die zugigen Gänge des Klosterflügels entlangschritt und frierend über die Schlosshöfe eilte, ließ er sich die Ereignisse im Appartement der Kurprinzessin noch einmal durch den Kopf gehen. Etwas an der Art, wie Sophie Dorothea festgesetzt worden war, hatte ihn irritiert. Aber sosehr er sich auch den Kopf zerbrach, es wollte ihm einfach nicht einfallen, was.

Spät in der Nacht

Längst hatte eisige Stille den Lärm des Tages verschluckt. Nur die eisenbeschlagenen Stiefel des Wächters, der seine Schritte vom Ägidienkirchspiel nach St. Crucius lenkte, hallten durch die nächtliche Stadt. Auch im Schloss, das wie ein verwinkelter Dachsbau zwischen Leinstraße und Fluss eingeklemmt lag, rührte sich nichts. Mehmet der Türke hob seinen kahlrasierten Schädel, den ein pelzverbrämter Turban gegen die Kälte schützte, und blickte in den sternenklaren Himmel. Dann wandte er sich um und gab seinen Leuten ein Zeichen. Lautlos setzten die beiden Soldaten sich in Bewegung und trieben dabei einen Mann vor sich her, der vor Schmerzen gekrümmt leise wimmernde Laute von sich gab. Die Gruppe überquerte die drei Schlosshöfe und verschwand in einem Pavillon, der an den Querbau des neu errichteten Opernhauses grenzte und die Schlossküche sowie das kleine Hoftheater beherbergte. Trotz der ständigen Brandgefahr durch Backöfen und offene Feuerstellen war beides vom Hofarchitekten des Herzogs Johann Friedrich unter ein und demselben Dach vereint worden. Sogar ein Laboratorium für Feuerwerksarbeiten und alchimistische Versuche war in diesem Teil der Residenz untergebracht. Doch wie durch ein Wunder war das in seinen Hauptteilen aus Fachwerk bestehende Leineschloss bisher von Feuersbrünsten verschont geblieben.

Obwohl auch in der Küche schön längst nächtliche Ruhe herrschte, schlug den Männern noch immer der Geruch von frischen Kräutern, würzigen Brühen und kross gebratenem Fleisch entgegen. Sie blieben stehen und schnupperten gierig wie ausgehungerte Hunde dem Duft der Schlemmereien nach, die an diesem Abend an der Tafel im Rittersaal verspeist worden waren. Mehmet tastete sich voran, bis er bei einer Feuerstelle angekommen war, in der noch etwas Kohle glimmte. Davor lag in Decken gehüllt einer der Küchenjungen. Als Mehmet sich über ihn beugte, fuhr der Kleine erschrocken aus dem Schlaf. Mehmet lächelte ihn freundlich an. »Guten Abend, Paul. Habe ich dich geweckt?«

Der Junge nickte ängstlich.

»Ist mein Efendi schon da?«

»Ich weiß es nicht.«

»Gut.« Mehmet entzündete seine Fackel, beugte sich wieder zu dem Jungen hinab und kniff ihm freundschaftlich in die Wange. »Leg morgen etwas Kalbfleisch für mich beiseite. Aber achte nur ja darauf, dass der Küchenmeister nichts merkt. Und nun schlaf weiter.« Der Türke drehte sich um und gab seinen Begleitern durch einen Wink zu verstehen, ihm zu folgen. Die Soldaten setzten sich wieder in Bewegung und schleppten den armen Teufel in ihrer Mitte an offenen Kaminen, Backöfen und dem langgezogenen Spülstein vorbei in den hinteren Teil der Küche. Vor Schmerz wie von Sinnen stieß dieser dabei gegen einen geschlossenen Weidenkorb. Fast im selben Moment wurde die Küche von dem aufgeregten Psip, Psip unzähliger

Vogelstimmen erfüllt. Mehmet wirbelte wütend herum und versetzte dem gepeinigten Kerl einen unsanften Stoß. »Kannst du nicht aufpassen?« Dann wandte er sich dem Küchenjungen zu. »Was ist da drin?«

»Die Ortolanen für den Kurfürsten. Morgen kommen sie auf den Tisch.«

Mehmet nickte. »Schaff auch davon ein paar für mich zur Seite.« Er lächelte dem Jungen ein letztes Mal zu und öffnete eine Tür, die hinter leeren Mehlsäcken und alten Gurkenfässern halb verborgen lag. Als er sie aufstieß, schlug den Männern der eisige Hauch alter Gemäuer entgegen. Der Pavillon war auf den Fundamenten eines Gebäudes errichtet worden, das vermutlich aus der Zeit stammte, als ein Kloster an der Stelle des Leineschlosses gestanden hatte. Heute wurden in den Zellen und Kammern des alten Gewölbes Lebensmittel und Getränke gelagert.

Mehmet hielt die Fackel in die Höhe und ging voran. Schritt für Schritt tastete er sich über die glitschigen Stufen.

»Seid vorsichtig«, ermahnte er die beiden Soldaten. »Nicht, dass der Kerl sich noch das Genick bricht. Dann hätte mein Efendi kein Vergnügen mehr mit ihm.« Unten angekommen führte Mehmet die Männer einen schmalen niedrigen Gang entlang, dessen Ende sich in der Dunkelheit vollkommen verlor. Schließlich blieb er stehen und steckte seine Fackel in eine eiserne Wandhalterung. »Wartet hier.« Er verschwand durch eine morsche Holzpforte, kehrte aber fast im gleichen Augenblick wieder zurück. »Gut, alles ist vorbereitet.«

Die Soldaten traten in eine muffig riechende Zelle, deren feuchtes Mauerwerk von einer Laterne und einem Becken mit glühenden Kohlen unstet beleuchtet wurde. Wie ein Bündel Stroh warfen sie ihre Last zur Seite und warteten schweigend auf weitere Befehle. Mehmet schloss die Tür hinter ihnen und deutete dann auf den Unglücklichen am Boden. »Los, fesseln.«

»Nicht, bitte.« Das leise Wimmern war kaum zu hören.

Als der Bursche zusammengebunden in kniender Haltung vor den Soldaten kauerte, trat ein breitschultriger Mann in den rot glühenden Lichtkreis des Kohlebeckens und sah verächtlich auf das verschnürte Bündel zu seinen Füßen hinab. Tänzelnde Schatten zuckten auf der teigigen Haut seines Oberkörpers, der über Brust und Bauch von einer ledernen Schürze bedeckt wurde. Der Mann nickte dem Türken zu. »Bring die Tasche«, befahl er, dann ging er neben dem Gefesselten auf die Knie und strich sacht über dessen Wange. »Du wurdest gewarnt. Aber du wolltest nicht von deinem ausschweifenden Lebenswandel lassen und Mäßigung üben. Nun trage auch die Folgen für dein liederliches Treiben.« Der Türke hatte inzwischen ein ledernes Futteral herbeigeholt, das er neben seinem Efendi auf dem Boden auseinanderrollte. In seinem Inneren hingen an Schlaufen und Haken die unterschiedlichsten Instrumente: Zangen, Klammern, Kolben, Spritzen, Brecheisen, Messer der verschiedensten Größe und noch weiteres Sezierwerkzeug. »Sehen wir mal, was wir hier haben.« Bedächtig ließ der Halbnackte seine klobigen Hände über die Gerätschaften gleiten. Schließlich nahm er eine der Zangen und legte sie in das rot glühende Kohlebecken. Für eine Weile sprach niemand ein Wort. Nur das qualvolle Seufzen des Gefesselten, begleitet vom leisen Knistern der auseinanderbrechenden Glut, erfüllte das modrige Gelass. Als die Zange zu glühen begann, nahm sie der Mann mit der ledernen Schürze aus dem Becken und setzte sich damit auf einen einfachen Holzblock, die einzige Sitzgelegenheit in der kleinen Zelle. »Bringt ihn mir jetzt.« Die Soldaten packten den Knienden, der trotz seiner Fesseln so gut es ging Widerstand leistete, und schleiften ihn über den

Boden zu der gedrungenen Gestalt ihres Herrn. Der breitete die Schenkel auseinander und klemmte den Kopf des wehrlosen Mannes fest dazwischen. Mit verzücktem Lächeln sah Georg Ludwig, Kurprinz von Hannover, in die furchtsam aufgerissenen Augen seines verzweifelten Opfers. Die Prozedur begann.

Franz Ernst von Platen hielt es mit dem römischen Feldherrn Lukullus, denn auch er war ein ausgesprochener Freund üppiger Schlemmereien. Feinde des Ersten Ministers behaupteten sogar, an seinem Tisch im Hofmarschallhause am Holzmarkt speiste man fürstlicher als beim Nachbarn im Leineschloss. Bei der Fülle der Gerichte, die der Graf aus seiner Küche zu bestellen pflegte, um sich nach einem Tag voller Arbeit und gesellschaftlicher Verpflichtungen zu einem nächtlichen Imbiss niederzusetzen, konnte dieser Eindruck leicht entstehen. Auf der Tafel bogen sich Platten und Servierschüsseln gefüllt mit Kalbfleisch, Ochsenzungenpasteten, Hirschwildbret, Hammelfleisch, geröstetem Kalbskopf, Leberkuchen, gekochtem Aal, ausgelöstem Krebsfleisch, Karauschen, Salaten und einer Stichbirntorte. Der Graf achtete strikt auf die Anordnung seines Arztes, der ihm geraten hatte, vor dem Schlafengehen eine ordentliche Mahlzeit einzunehmen, da der Körper im Schlaf am besten verdaue. Während der erste Minister mit Genuss aß und sich schon zum zweiten Mal von dem Wild vorlegen ließ, rührte seine Gemahlin keine der köstlichen Speisen an. Auf ihrem Teller lag ein brauner unförmiger Klumpen, den sie in kleinen Bissen zu sich nahm und mit viel Wein hinunterspülte. Die späte Mahlzeit des hochgräflichen Paares wurde nur von wenigen Kerzen spärlich beleuchtet. Die Gräfin, deren Haut im gleißenden Licht öffentlicher Empfänge und Bälle an der Seite ihres durchlauchtigsten Liebhabers vorzeitig gealtert war, zog in der Sphäre ihrer privaten Umgebung den Schutz des Halbdämmers vor. Als Graf Platen von seinem Teller aufsah und seiner Gemahlin einen flüchtigen Blick zuwarf, verzog er angewidert den Mund. Brocken der unappetitlichen Speise lagen auf ihren rot geschminkten Lippen und sahen aus wie geronnenes Blut auf einer klaffenden Wunde.

»So esst doch einen Bissen, Madame. Der Hirsch ist ganz frisch. Gestern noch trug er sein Geweih durch die Eilenriede. Er ist wahrhaft *délicieux*.«

Klara Elisabeth von Platen warf dem Grafen einen abwesenden Blick zu. »Aber ich esse doch.« Sie leerte ihr Glas in einem Zug und ließ sich sofort wieder nachschenken. »Ich esse die Erde meiner Vorväter. Sie bringt mir die Erinnerung an meine Kindheit zurück, denn sie schmeckt nach den Blumen, die ich als Mädchen pflückte, und nach dem Wind, der mein Haar zerzauste, wenn meine Schwester und ich in kindlichem Spiel einander erhaschten. Sie schmeckt nach dem frischen Regen im März, der den Boden lockerte und das nahende Frühjahr ankündigte, und sie schmeckt nach den zarten Wurzeln des Grases, auf dem wir lagen, während eine warme Sonne unsere Haut beschien.«

»Sie schmeckt nach der Pisse Eurer Schafe, Madame.« Unwillig runzelte Graf Platen die Stirn. Er hatte die Sottisen seiner Gemahlin allmählich satt und fragte sich voller Sorge, wie lange er sie in der Öffentlichkeit noch würde kontrollieren können. »Seine kurfürstliche Durchlaucht hat sich bei mir beklagt. Als er Euch das letzte Mal beiwohnte, roch Euer Atem nach Alkohol.«

Die Gräfin lachte schrill. »Ich wundere mich, dass er sich überhaupt noch daran erinnert. Beinahe wäre er auf mir eingeschlafen.«

»Ernst August mag in die Jahre kommen, aber er ist immer noch unser Herr. Seine Gunst ist keine Selbstverständlichkeit. Auch wenn sie Euch in den letzten Jahren umfing wie die Seide Eurer Kleider.«

»Wenn Euch so viel an seiner Gunst liegt, mein Gemahl, wieso teilt Ihr dann nicht das Lager mit ihm und wärmt seinen kalten Leib. Mir ist er zuwider. Ich ertrage die Berührung seiner schweißfeuchten Hände nicht mehr. Mich ekelt sein stierer Blick auf meine Brüste und das jammervolle Wimmern, wenn er mit letzter Kraft seinen Samen in mich hineinpumpt.« In einem Zug stürzte die Gräfin unter den schadenfrohen Blicken ihres Gemahls ein weiteres Glas Wein herunter.

»Mir scheint, Ihr seid eine passende Isolde für Euren siechen Tristan. Oder glaubt Ihr immer noch, es wäre Euer frischer Teint, der die jungen Männer nach Linden lockt?«

Die Gräfin sprang mit einem wütenden Schrei aus ihrem Sessel und wollte sich auf ihren Gemahl stürzen, musste sich aber schwankend an der Tischkante festhalten, um nicht zu stürzen. »Wie könnt Ihr es wagen, so mit mir zu sprechen? Was Ihr seid, habt Ihr mir zu verdanken.« In ihrem schwarzen *déshabillé* sah sie aus wie ein düsterer Racheengel, während sie dem Grafen ihren Hass ins Gesicht spie. »Ich habe Euren Aufstieg mit meinem Leib erkauft, und wenn es mir gefällt, erkaufe ich mit meinem Leib auch Euren Untergang.«

»Redet nicht solchen Unsinn.« Ungerührt griff Graf Platen nach einem Stück Birnentorte und stopfte es sich in den Mund. »Ihr solltet am besten wissen, wer im Kurfürstentum Hannover regiert. Im Übrigen tätet Ihr gut daran, unseren hohen Gast in Euer Lusthaus zu laden. Er hat den Wunsch geäußert, sich ein wenig zu vergnügen.«

So schnell wie der Ausbruch der Gräfin gekommen war, verging er auch wieder. Schwerfällig ließ sie sich in ihren Stuhl zurückfallen und griff eigenhändig nach der Karaffe, um ihr Glas erneut zu füllen.

»Ich möchte mit Euch anstoßen, Monsieur. *A la santé du Comte de Königsmarck.*«

»Taisez-vous!« Ein Glas fiel klirrend zu Boden, als die Faust des Grafen auf den Tisch donnerte. »Ich möchte diesen Namen in meinem Hause nie wieder hören.«

»Ah. Nun habe ich Euch doch noch aus der Reserve gelockt.« Das boshafte Kichern der Gräfin knisterte wie getrocknetes Laub.

»Zürnt Ihr ihm etwa immer noch, weil er Eure Tochter abwies?«

»Sie ist nicht meine Tochter. Sie ist die Tochter des Kurfürsten.«

»Dann seid Ihr vielleicht eifersüchtig? Zu Recht. Eine Stunde in Königsmarcks Armen war mehr wert als ein ganzes Leben an Eurer Seite.«

»Wie schade, dass Euch dieses Vergnügen nun nicht mehr zuteil wird.«

»Was habt Ihr mit ihm gemacht?« Plötzlich klang die Stimme der Gräfin nicht mehr schleppend und vom Alkohol belegt. Sie war klar und schneidend, als spräche sie zu den Aufwartefrauen und Lakaien, um ihnen die Anweisungen für den Tag zu erteilen. »Wo haltet Ihr ihn gefangen?«

»Eure Trunksucht macht Euch unberechenbar, Madame. Je weniger Ihr wisst, umso besser.«

»Ich habe ein Recht darauf, die Wahrheit zu erfahren. Schließlich habe ich Euch von dem Treffen der beiden in Kenntnis gesetzt. Ich war es, an die das anonyme Schreiben gerichtet war. Mir wollte man die Absicht des Grafen kundtun, Sophie Dorothea während der Maskerade im Schloss aufzusuchen. Und nicht Euch.«

»Das ist richtig, Madame.« Der Graf erhob sich. »Ihr habt mir mit Eurer Eifersucht auf die Kurprinzessin einen unendlich großen Dienst erwiesen. Denn nun stehe ich bei Vater und Sohn gleichermaßen hoch in Gunsten.« Achtlos warf der Graf seine Serviette auf den Tisch. »Während Euer Stern mit jeder noch so kleinen Unpässlichkeit des Kurfürsten, mit jedem Ächzen seiner müden Lungen und jedem Knacken seiner alten Knochen mehr und mehr in die Tiefe sinkt, steigt meiner heller und strahlender an der Seite seines Sohnes in die Höhe.« Langsam schritt der Graf die Tafel hinab. »Wer weiß, vielleicht sitze ich dermaleinst in London und lenke die Geschicke eines ganzen Königreichs.« Als er vor dem Sessel seiner Gemahlin angekommen war, umfasste er grob ihren Arm. »Ich stehe tief in Eurer Schuld, Madame.« Ein wölfisches Lächeln verzerrte seine feisten Züge, während er die Hand der Gräfin an seine Lippen führte.

Fünfzehnter Tag des Karnevals

Kurz vor Morgengrauen

Ein leises Rascheln holte sie aus dem Schlaf. Tintenschwarze Finsternis umgab sie, und es dauerte einen Moment, bis sie begriff, dass ihre Augenlider immer noch geschlossen waren. Sie wollte sie öffnen, doch es ging nicht. Sie brachte es einfach nicht über sich. Immer noch stieg ihr der betäubende Geruch des mohngetränkten Schlafschwamms in die Nase. Irgendwann war er ihr vom Gesicht geglitten. Doch wo lag er nur? Glatt und weich quoll die Seide der Decke aus ihren Händen, während ihre Finger träge über das zarte Gewebe tasteten. Da, wieder dieses Rascheln. Ein diffuser Schimmer streifte das tröstende Dunkel ihrer geschlossenen Augen. Nur nicht aufwachen. Nicht bewegen. Wenn sie ruhig blieb, ganz mucksmäuschenstill, war alles vielleicht nur ein böser Traum. Irgendwann würde die Knesebeck mit einer Schale heißer Schokolade kommen und dabei ganz beiläufig ein kleines versiegeltes Zettelchen in ihren Schoß gleiten lassen. Eine Nachricht mit seinem Siegel darauf. Sie würde es sofort erkennen. Es zeigte einen Altar, auf dem, von einem Sonnenstrahl durchbohrt, ein Herz entzündet wurde. »*Rien d'impure m'allume*«, »Nichts Unreines kann mich entflammen«. Sie würde das Siegel brechen und einen zärtlichen Gruß von ihm finden: »*Je vous adore, charmante Brunette*«, einen stürmischen Appell an ihre Liebe, die Bitte um ein Treffen oder einfach nur ein kleines Gedicht.

Hast du mein Herz gestolen
So behalt es jetzunder auch,
Ich mags nith wieder holen
Dieweil ichs nicht mehr brauch …

So wie er war auch seine Sprache. Wild und unberechenbar. In seinen Briefen wimmelte es nur so von Fehlern. »*Cela resamble bien un romang et en le racontemps, bien de jans ne vous croiront pas …*« Wie oft hatten sie und die Knesebeck darüber gelacht? Dabei liebte sie jedes einzelne seiner unverwechselbaren Schreiben. Keines hatte sie fortgeworfen, auch nicht, wenn wieder einmal verzweifelte Raserei seine Feder geführt hatte und sie voll verletzender Vorwürfe waren. Wie einen Schatz hatten sie und die Knesebeck diese geheimen Liebesbotschaften gehütet, sorgsam verborgen vor den neugierigen Augen ihres Gefolges.

Aber nun …

Wieder drang das leise Rascheln an ihr Ohr. Es zerrte sie mit aller Macht aus dem Schutz ihres selbst gewählten dunklen Exils und stieß sie in den Alptraum des Hier und Jetzt.

Sophie Dorothea schlug die Augen auf. Das Geräusch kam ganz aus der Nähe, vom Fußende ihres Bettes. Sie richtete sich auf und versuchte über das flauschige Gebirge aus Kissen und seidenen Überwürfen hinwegzublicken. Jäh schrak sie zurück. Etwas bewegte sich durch das Gemach. Ein Schatten. Der Schatten eines Menschen. Für einen Moment setzte ihr Herz aus. Auf allen vieren kriechend suchte jemand im Schein einer

Lampe den Fußboden ab. Dabei blieb die Person außerhalb des Lichtkreises im Finstern verborgen. Sophie Dorothea konnte noch nicht einmal erkennen, ob es sich um einen Mann oder eine Frau handelte. Wer wagte bloß ungefragt in ihr Schlafgemach einzudringen? Ihre Räume wurden doch nun von den Soldaten des Kurfürsten bewacht. Sie durfte nicht ausgehen und keinen Besuch empfangen. Nur wer zuvor vom Geheimen Rat genehmigt worden war, konnte hinein. So zumindest hatte es ihr dieser windige Rechtsgelehrte mit den kleinen grausamen Augen erklärt, bevor er mit ihren Briefen wieder verschwunden war. Wenn aber die Wachen dieser Anweisung zuwidergehandelt hatten, konnte dies nur eines bedeuten: Eine noch höher gestellte Person als Ludolf Hugo hatte ihnen befohlen, die Türen ihres Appartements zu öffnen. Plötzlich kam ihr ein furchtbarer Gedanke. Hatte die Platen jemanden geschickt? Oder kam der Eindringling gar im Auftrag des Kurprinzen? Wollte Georg Ludwig sie aus dem Weg räumen, um nun endlich Platz für seine Mätresse zu machen? Sie, den Mausdreck im Pfeffer, das unreine Blut. Aber nein, nicht Georg Ludwig. Er würde nicht wagen, Hand an sie zu legen. Es gab ja immer noch die Prophezeiung. Sicher war es die Platen, *la Grosse*, die einen ihrer düsteren Boten gesandt hatte, um sie zu strafen. Dafür, dass Philipps Liebe nicht ihr, der alternden Buhle des Kurfürsten, gehört hatte, sondern der so viel jüngeren Frau seines Sohnes. Wie eine giftige Spinne hatte sie immer wieder versucht, Philipp zu umgarnen. Und tatsächlich war er ihr auch ins Netz gegangen. In ihrem Haus in Linden, diesem Antikloster vor den Toren der Stadt, dem die Platen als Hohepriesterin vorstand. Dort hielt sie sich junge Novizen in Uniform und machte sie sich mit Wein und Glücksspiel gefügig. Ein heißer Strahl der Empörung weckte Sophie Dorotheas Wut und verscheuchte die Furcht vor dem unbekannten Eindringling.

»Wer da! Was habt Ihr in meinem Gemach zu suchen?« Der Schemen richtete sich auf und kam auf sie zu. »Bleibt, wo Ihr seid!«

»Durchlaucht, was ist mit Euch? Ich bin es doch nur.«

Die Stimme der Knesebeck klang gleichermaßen erschrocken und furchtsam. »Habe ich Euch geweckt? Verzeiht! Ich dachte, die Wirkung des Mohns würde länger anhalten.« Die Hofdame stellte das kleine Licht auf ein Tischchen und setzte sich neben Sophie Dorothea auf die Bettkante. Unwirklich, als wäre sie eine Illusion in einem Zauberglas, schwebte ihr Kopf über dem Schein der Lampe.

»Was tut Ihr hier? Wieso kriecht Ihr mitten in der Nacht wie eine Diebin über den Boden?« Immer noch kämpfte Sophie Dorothea mit der Müdigkeit und ihrer Verwirrung. »Ich fürchtete schon, die Gräfin Platen hätte einen Spitzel ausgesandt, um mich zu töten.«

Die Knesebeck schüttelte den Kopf und hielt ihr ein Bündel mit Umschlägen entgegen. »Sie haben nicht alle gefunden. Ich habe die ganze Nacht die Räume abgesucht.«

Wie eine hungrige Tigerin riss Sophie Dorothea ihr die Briefe aus der Hand und drückte sie an ihre Brust.

»Ihr könnt sie nicht behalten.« Sanft entwand ihr Eleonore von dem Knesebeck die Umschläge wieder. »Diese Briefe sind wie Pfeile, die sich gegen Euch richten.«

Aus tränenfeuchten Augen sah Sophie Dorothea sie an. »Die meisten haben sie doch ohnehin schon gefunden.«

»Das ist wahr.« Sorgenfalten zogen sich über die sonst so glatte Stirn der treuen Gefährtin. »Trotzdem ist jeder neue Brief ein weiteres belastendes Beweisstück gegen Euch und auch gegen mich. Wir müssen alles vernichten, was wir finden. Der Kurfürst war Euch stets in Freundschaft zugetan. Wenn Ihr Euch jetzt reuig zeigt, ist es vielleicht noch nicht zu spät.

Er wird seinen Einfluss auf Euren Gemahl geltend machen. Wollt Ihr mir helfen?« Sophie Dorothea nickte. Was blieb ihr anderes übrig? In ihrem zerknitterten Kleid, das sie seit gestern nicht mehr abgelegt hatte, rutschte sie über den Boden ihres Schlafgemachs, hob Teppiche an, tastete Vorhänge ab, ließ ihre Finger zwischen die Ritzen der seidenen Polster gleiten, suchte in Kisten und Truhen der Kleiderkammer, öffnete sämtliche Bücher in ihrem Kabinett, tastete die Böden der Schubfächer ihres Sekretärs ab und fand kaum noch eine Handvoll weiterer Umschläge ihres verschwundenen Liebhabers. Die Männer des Vizekanzlers hatten ganze Arbeit geleistet. Fast alle Briefe waren aus ihren sorgsam gewählten Verstecken entfernt worden. Gemeinsam mit der Knesebeck kauerte sie schließlich vor dem Fayenceofen in ihrem Schlafgemach und beobachtete mit versteinerter Miene, wie die Flammen sich in das Papier fraßen und die Liebesschwüre zu schwarzer Asche zerfielen. Sanft spürte sie die Hand der Hofdame auf ihrer Schulter.

»Ihr dürft die Hoffnung nicht aufgeben, Durchlaucht. Vor allem müsst Ihr einen Brief an Euren Vater schreiben. Er wird Euch helfen, dessen bin ich gewiss. Jasper kann ihn weiterleiten, ohne dass Graf Platen oder der Vizekanzler etwas davon mitbekommen.«

»Und was ist mit Philipp?«

»*Dieu seulement le sait.* Das weiß Gott allein.« Die Knesebeck wandte ihr Gesicht wieder den Flammen zu.

Sophie Dorothea schleppte sich zurück in ihr Bett. »Ich möchte schlafen. Geht und lasst mich alleine.« Sie hörte, wie die Knesebeck die Tür schloss. Dunkelheit umfing sie aufs Neue. Sophie Dorothea wartete einen Moment, dann erhob sie sich und löste das Mieder ihres Kleides mit Fingern, die kalt wie Eis waren. Sie griff in ihren Ausschnitt und tastete die Rundungen ihrer Brüste ab, bis sie das leise Rascheln von

Papier vernahm. Die Männer des Vizekanzlers hatten zwar das gesamte Appartement durchsucht und sämtliche Verstecke gefunden, eines aber, das intimste und geheimste, war ihnen entgangen. Zum ersten Mal seit jener unseligen Stunde, da sie festgesetzt worden war, lächelte Sophie Dorothea. Dann sank sie in die Kissen zurück und fiel in einen traumlosen Schlaf.

Nacht

Wer in Hannover etwas erleben wollte, der ging in den Schusterkrug. Das hatte auch Antoine nach seiner Ankunft schnell herausgefunden. Man störte sich nicht an der Sperrstunde und zechte an umgestülpten Bierfässern bis in die frühen Morgenstunden. Antoine saß an einem dieser Fässer und nahm von einer drallen Schankmagd einen gut gefüllten Humpen entgegen, über dessen Rand eine verlockende Schaumkrone emporragte. Das Beste an Hannover, fand er, war das Bier mit dem unmöglichen Namen, Broy- oder Breyhahn, der eher zu einer Hühnerbouillon gepasst hätte als zu einem alkoholischen Getränk. Er nahm einen tiefen Schluck von dem frisch gezapften Gerstensaft und wischte sich den weißen Schaum von Mund und Nase. Blinzelnd sah er sich um. Der Ruß billiger Talglampen vermischte sich mit Pfeifenrauch und stieg in dichten Schwaden bis unter die Decke des kellerartigen Gewölbes. Antoine zog ebenfalls seine Pfeife hervor, eine kostbare, türkische Handarbeit aus Meerschaum, die ungleich eleganter war als die sonst gebräuchlichen Tonpfeifen, und zündete sie an. Das Tabakrauchen war wie auch das Biertrinken eine Angewohnheit, die Antoine sich erst nach seiner Flucht aus Paris zugelegt hatte. Er hatte Gefallen an dem würzigen Geschmack gefunden, der zwar im Hals kratzte, aber gut gegen Kopfschmerzen war und die Sehkraft stärkte. Schon Jean Nicot, der große französische Sprachgelehrte und Diplomat, war im vergangenen Jahrhundert zu dieser Erkenntnis gelangt. Aus Lissabon hatte er Königin Katharina Tabaksamen geschickt, um die Kopfschmerzen ihres Sohnes zu heilen. Ihm zu Ehren war die Pflanze in Frankreich deshalb auch *herba nicotiana* getauft worden. Antoine bevorzugte holländischen Tabak. Er schmeckte stärker als der übel riechende Knaster, den die Bauern hierzulande rauchten, und hatte auch noch eine gewisse erotisierende Wirkung. Während Antoine den Qualm ausblies und zusah, wie sich die kleinen Kringel im wabernden Dunst des Schankraums verflüchtigten, beglückwünschte er sich zu seinem Entschluss, den Abend mit seiner Pfeife über einem Humpen Bier zu verbringen. Das war genau das Richtige, um seinem angespannten Gemüt etwas Erleichterung zu verschaffen. Interessiert ließ er seinen Blick schweifen. Vielleicht bot sich ja auch die Gelegenheit, eine Bekanntschaft zu schließen.

Viele schmucke Soldaten waren nach Hannover gekommen, um ihre Landesherrn während der Karnevalszeit zu beschützen. Und einige von ihnen waren nur allzu bereit, sich für ein paar Münzen zu verkaufen. Die Zeiten waren hart, seit jeder Fürst in Europa, und wenn er nur über einen Lehmklumpen mit ein paar windschiefen Katen darauf herrschte, sich gebärdete wie der König von Frankreich. Geld war Mangelware in den Kassen der Herzöge, Landgrafen und Prinzen. Das bekamen vor allem auch die Soldaten zu spüren. Sie mussten für ihre Unformen aufkommen und sogar den Feldscher bezahlen, wenn er ihnen nach einer Schlacht die zerrissenen Glieder abhackte. Der einfache Mann konnte zusehen, wo er blieb. Manche plünderten, andere versuchten es mit einem ehrlichen und wieder andere mit einem alten Gewerbe. Die jungen Burschen erkauften sich mit ihrem Körper Branntwein und etwas zu essen für die nächsten Tage.

Diese Begegnungen waren flüchtige Vergnügungen und ließen Antoine meist unbefriedigt zurück. Trotzdem waren sie die einzige Möglichkeit, wenigstens für einen Moment, die Wärme eines menschlichen Körpers zu spüren.

Sein Risiko dabei war relativ gering. Nur wer arm war und nicht von Adel, wurde wegen Sodomie an den Pranger gestellt oder sogar zum Tode verurteilt.

Heute jedoch wollte Antoine keiner der zechenden Landsknechte so recht gefallen. Seine Gedanken kehrten immer wieder zu Marie zurück. Seit seinem verpatzten Besuch am gestrigen Vormittag hatte er sie nicht mehr gesehen. Zwar hatte er in Erwägung gezogen, sie noch einmal aufzusuchen, um in aller Ruhe mit ihr zu sprechen, doch im Grunde genommen wusste er nicht, was er ihr hätte sagen sollen. Er zweifelte keine Sekunde daran, dass seine Entscheidung, Marie ins Kloster zurückzuschicken, richtig war. Wie sollte er sie durchbringen oder ihr gar eine ordentliche Erziehung zukommen lassen, wenn er selbst kaum über die nötigen Mittel verfügte, um standesgemäß zu leben? Auch wenn er dem Kartentisch fernbliebe, würde es schwierig werden, den Unterhalt für zwei zu bestreiten. Das waren durchaus vernünftige Erwägungen, die nicht von der Hand zu weisen waren. Doch immer wenn er zu dem Schluss gelangt war, nur im Interesse Maries zu handeln, meldete sich sein Gewissen und hielt ihm vor, dass das Geld nur eine Ausflucht war. Der wahre Grund, weshalb er Marie nicht bei sich aufnehmen wollte, war schmerzhaft und wog viel schwerer. Antoine hatte Angst. Er fürchtete sich vor der Verantwortung, aber mehr noch fürchtete er sich davor, ihre Achtung zu verlieren. Wie lange würde es wohl dauern, bis sie begriff, dass ihr Held, der strahlende Edelmann von einst, dem sie aus kindlichem Eifer vorschnell und vielleicht auch unverdient, aber doch bedingungslos ihre Liebe geschenkt hatte, zum Faktotum eines exzentrischen Fürsten herabgesunken war? Ärgerlich stürzte Antoine sein Bier herunter und winkte die Schankmagd heran, um sich einen weiteren Krug reichen zu lassen. Er war hier, um seinen Spaß zu haben, und nicht, um lästige Betrachtungen anzustellen. Doch das Bier war an diesem Abend kein Verbündeter. Nach dem zweiten und dritten Krug hatte er Marie zwar aus seinem Kopf verdrängt, dafür aber schlugen seine Gedanken den irritierenden Pfad zu jener Frau ein, die nun schon seit Tagen immer wieder seine Gedankenwelt beherrschte: Aurora von Königsmarck. Wusste sie etwas über den Verbleib ihres Bruders? Vielleicht sollte er sie gelegentlich aufsuchen und danach fragen. Die Aussicht gefiel ihm, obwohl ihn diese lästige Angelegenheit überhaupt nichts anging und sie auch nicht der Grund war, wieso er die Gräfin wiedersehen wollte.

Ärgerlich klopfte Antoine seine Pfeife aus. Es gab viel zu viele schöne Frauen in seinem Leben. Dabei war das Einzige, was er wollte, ein runder kräftiger Männerarsch zwischen seinen Schenkeln. Lautes Gegröle riss ihn aus seinen Gedanken. Um den Schankstand des Wirts hatte sich eine Gruppe von Männern versammelt, die einem stattlichen jungen Kerl zujubelte, der in ihrer Mitte stand und seinen Kreis mit frisch gezapftem Bier versorgte.

»Den Krug in der Hand, haut den Kopf an die Wand. Das Blut lasst spritzen, so haben wir morgen noch einen sitzen!«

»Prost«, fügte Antoine in Gedanken hinzu. Zufrieden stellte er fest, dass seine Kenntnisse der deutschen Sprache inzwischen so weit gediehen waren, dass er sogar die derben Trinksprüche des niederen Volks mitgrölen konnte. An den meisten deutschen Höfen wurde zwar Französisch gesprochen, dennoch hatte er auf seinen Reisen genug von der Landessprache aufgeschnappt, um sich auf der Straße problemlos verständigen zu können. Das machte es leichter, Bekanntschaften zu schließen oder mit den einfachen Leuten ins Gespräch zu kommen. Freilich war das Misstrauen der Bevölkerung gegen Franzosen groß, was Antoine bei den nicht enden wollenden Kriegshandlungen, mit denen Louis XIV. halb Europa überzog, niemandem verdenken konnte, dennoch nutzte er jede sich bietende Gelegenheit, mit Bauern und Handwerkern ins Gespräch zu kommen. Ihn interessierten die Bräuche und Geschichten der Menschen, zugleich waren die zwanglosen Unterhaltungen in Schankhäusern und Kutschstationen eine unschätzbare Informationsquelle, die dem Adel in seinen Schlössern vorenthalten blieb.

Antoine wollte sich wieder abwenden, als der Blick des Bier zapfenden Hünen den seinen kreuzte. Auf einmal ging eine merkwürdige Veränderung mit dem jungen Burschen vor sich. Hatte er gerade noch laut gelacht und gesungen, war er mit einem Mal schweigsam und ernst. Abwesend ließ er sich einen Bierkrug aus der Hand reißen, machte aber keine Anstalten, einen weiteren zu zapfen. Seine Gefolgschaft hatte den Stimmungsumschwung noch nicht bemerkt und feuerte den jungen Mann nach wie vor an. Einen abgerissenen Kerl, der ihn besonders ungestüm bedrängte, stieß er unwirsch zur Seite. Dann wandte er sich an einen Mann mit dunkler Mähne, dessen beeindruckender Bart bis über die Brust fiel, und flüsterte diesem etwas ins Ohr. Beide blickten unauffällig zu Antoine herüber. Und plötzlich fiel Antoine wieder ein, wieso ihm das knabenhafte Gesicht mit den herrischen Augen so bekannt vorkam. Auf der großen Wirtschaft des Kurfürsten im Rathaus war er dem Jüngling schon einmal begegnet. Er hatte Königsmarck des Falschspiels bezichtigt und hitzig Rache geschworen. Nur das Eingreifen des Grafen Platen, davon war Antoine felsenfest überzeugt, hatte verhindert, dass an diesem Abend Blut geflossen war. Wenige Tage nach diesem Vorfall war Königsmarck spurlos verschwunden.

Als Antoine nach seinem Humpen griff und Anstalten machte, sich dem Schankstand zu nähern, kehrte ihm der hoch aufgeschossene Jüngling abrupt den Rücken zu, warf eine Handvoll Münzen in die Menge und steuerte, gefolgt von einigen wenigen Begleitern, mit ausholenden Schritten auf den Ausgang zu. Antoine wollte die Verfolgung aufnehmen, musste aber feststellen, dass es wesentlich leichter gewesen war, die Schenke zu betreten, als sie nun wieder zu verlassen. Zwischen ihm und der Treppe, die hinaus auf die Osterstraße führte, kugelten, rollten und krochen die Wirtshausgäste vereint zu einem einzigen, unentwirrbaren Knäuel aus menschlichen Leibern. Sie griffen mit gierigen Fingern nach den Münzen, die, wie Antoine bald feststellte, keine billigen Mariengroschen waren, sondern Geldstücke aus blankem Silber. Wieso, schoss es ihm durch den Kopf, opferte jemand ein kleines Vermögen, nur um eine Begegnung mit ihm zu vermeiden? Und woher stammte das viele Geld? Hatte der Jüngling seine Drohung vielleicht doch wahr gemacht? Hatte er den Grafen Königsmarck tatsächlich beiseitegeschafft und ihn dabei gleich noch ausgeraubt? An jenem Abend im Rathaus schien es ihm mit seiner Rache durchaus ernst gewesen zu sein. Ohne auf Hände und Füße zu achten, sprang Antoine über den Schutzwall aus menschlichen Leibern – dass es ein solcher war, daran bestand für ihn nicht der geringste Zweifel – und stürmte die Treppe hinauf. Wie ausgestorben lag die Osterstraße vor ihm. Außer ein paar betrunkenen Soldaten wagte sich zu dieser Stunde niemand mehr aus dem Haus. Feine Schneeflocken rieselten vom Himmel und legten sich wie eine Schicht Puderzucker auf die

Dächer und Wege der Stadt. Antoine sah sich um. In südliche Richtung konnte die Gruppe nicht geflohen sein. Wären sie die Osterstraße hinunter zum Aegidientor gelaufen, hätte er im frischen Schnee ihre Spuren entdecken müssen. Also wandte er sich nach Norden und tauchte in das Geflecht engwinkliger Gassen ein, die von allen Hauptadern der Altstadt abzweigten und diese wie ein Netz durchzogen. Hier war es mindestens genauso finster wie auf dem Abtritt in der Schenke. Nur schemenhaft erkannte Antoine die kleinen, heruntergekommenen Häuschen aus Fachwerk, deren spitzwinklige Gauben wie lange Nasen vornüber an den bröckelnden Fassaden hingen und selbst bei Tag kaum Licht durchließen. Vorsichtig setzte er einen Fuß vor den anderen. Dabei achtete er darauf, dass er sich stets in der Mitte des unbefestigten Wegs hielt, um nicht in den stinkenden Abfallrinnen zu versinken, die vor den Türen der Häuser hinabliefen und den Unrat der Haushalte in die breitere Gosse der Osterstraße spülten. Plötzlich schreckte er zurück. Rau und feucht war etwas über seinen Handrücken geglitten. Dann wurde er von einem massigen Körper zur Seite geschubst und hörte fast im selben Moment ein nasales Grunzen. Angewidert wischte er sich klebrigen, stinkenden Geifer von der Hand. Wenigstens darin glich Hannover Paris. Herumstreunende Schweine gab es auch hier. Als Antoine aus der düsteren Gasse hinaustrat und vor sich einen Wehrturm der Stadtmauer aufragen sah, hatte er die Hoffnung schon aufgegeben, die Spur der Flüchtenden aufnehmen zu können. Dann jedoch nahm er aus dem Augenwinkel eine Bewegung wahr. Er drehte sich zur Seite und sah, wie die Männer hinter den Ruinen eines eingestürzten Hauses verschwanden. So flink, wie es der matschige Boden in diesem Armenviertel zuließ, heftete Antoine sich an ihre Fersen und folgte ihnen über ein verwildertes Grundstück, das, wie er bald erkannte, an die Schmiedestraße grenzte.

Weniger als fünfzig Ruten entfernt, ragte die Marktkirche in den Himmel. Genau darauf steuerte die Gruppe zu.

Schlagartig änderte Hannover sein Gesicht. Kaum einen Spuck weit von den Unterkünften der Armen entfernt, wurde das Straßenbild nun, je näher sie dem Marktplatz kamen, von großen mit Giebeln und allerlei Zierrat geschmückten Familienhäusern der alten Ratsgeschlechter und Kaufherrn bestimmt. Dies machte Antoine die Verfolgung leichter. Er verbarg sich hinter Erkern, Zierpilastern und Sträuchern und pirschte sich langsam immer näher an die Männer heran, so dass er schließlich ihre Unterhaltung belauschen konnte. Was gesprochen wurde, wusste er indes nicht zu sagen, da sie sich in einer Sprache verständigten, die er nicht verstand. Es war keine romanische Sprache. Englisch war es auch nicht und auch keine Sprache Skandinaviens. Diese waren Antoine vom Klang vertraut, da fast alle Höfe Norddeutschlands mit den Königshäusern von Dänemark und Schweden verwandt waren. Womöglich stammten die Männer aus Osteuropa. Mit den slawischen Sprachen kannte Antoine sich überhaupt nicht aus. Jedenfalls schienen die Männer nicht bemerkt zu haben, dass ihr Fluchtversuch misslungen war. Allmählich verlangsamten sie ihr Tempo und begannen sogar miteinander zu scherzen. Antoine hörte sie leise lachen und sah, dass sie miteinander balgten und sich auf die Schultern klopften. Auf dem Marktplatz angekommen, nahmen sie sich sogar die Zeit, den prunkvollen Filialgiebel zu bewundern, der das Dach des Rathauses krönte. Antoine zählte fünf Männer, den jungen, der seine bärtigen Begleiter weit überragte, eingeschlossen. Ihn schien die Architektur des weitläufig angelegten Rathauses besonders zu interessieren. Immer wieder wies er seine Leute auf ein bestimmtes Detail hin, klopfte das Mauerwerk ab und ließ sich sogar ein Messer reichen, um die Beschaffenheit der Fugen zu überprüfen. Je länger Antoine ihn beobachtete, umso mehr Rätsel gab dieser Bursche ihm auf. Eigentlich machte er nicht den Eindruck, als sei er ein herumziehender Glücksritter, der seine Tage mit Kartenspiel und Saufgelagen zubrachte und auch vor Mord nicht zurückschreckte. Eher erweckte er den Anschein eines neugierigen Reisenden, der sich mit Kultur und Gepflogenheiten seines Gastlandes vertraut zu machen wünschte. Schließlich zogen die Männer weiter in Richtung Süden. An der Aegidienkirche machte die Gruppe erneut halt, um die Bauarbeiten an dem Kirchturm zu inspizieren.

Als Antoine kurz nach ihrer Ankunft den Herzog auf einem Rundgang durch Hannover begleitet hatte, hatte dieser ihn mit großer Genugtuung auf den Umstand hingewiesen, dass zwei der bedeutendsten Kirchtürme der Stadt vom Einsturz bedroht waren und daher abgetragen werden mussten. Anton Ulrich führte dies auf die Anmaßung ihres Gastgebers Ernst August zurück, der es gewagt hatte, nach Früchten zu greifen, die ihm nicht zustanden, und somit den göttlichen Zorn auf sich und sein Volk geladen hatte.

Antoine versteckte sich hinter einem großen Quader aus Sandstein. Mit wachsender Verwunderung beobachtete er, wie die Männer über den Friedhof auf den Kirchturm zumarschierten, das Baugerüst erklommen und sich in schwindelerregender Höhe einen Eindruck vom Zustand des Turms verschafften. Danach schlenderten sie noch eine Weile über den Friedhof und ertasteten im Dunkeln Grabsteine und Kreuze. Dabei wirkten sie so friedfertig und harmlos, dass Antoine, um seine Wissbegier zu befriedigen, beinahe versucht war, aus seiner Deckung hervorzukommen und sie anzusprechen. Dann jedoch hörte er aus dem Wirrwarr der zischenden und explodierenden Laute, mit denen die fünf Männer sich verständigten, ein Wort heraus.

»Königsmarck.«

Die Männer ließen den Kirchturm hinter sich und bogen erneut in die Osterstraße, diesmal jedoch von der anderen Seite, auf Höhe des Aegidientors. Im Schutz alter Linden, die links und rechts der Straße gepflanzt waren, nahm Antoine die Verfolgung wieder auf. Vor einem Patrizierhaus, dessen Fassade mit kunstvollen Balustraden aus Sandstein verziert war und sich dadurch vorteilhaft vom alten Fachwerk der Nachbarhäuser abhob, blieb die Gruppe stehen und verabschiedete sich voneinander, wobei die dunkelbärtigen Kerle ehrfürchtig das Haupt vor ihrem jugendlichen Anführer neigten. Sie rührten sich nicht vom Fleck, bis dieser im Hauseingang verschwunden war. Offensichtlich wurde der späte Besucher erwartet, denn hinter den roten Vorhängen im Erdgeschoss brannte noch Licht. Anschließend gingen die Männer ihrer Wege, allerdings waren sie nur noch zu dritt. Noch ehe Antoine sich darüber wundern konnte, traf ihn ein Schlag auf den Hinterkopf. Gleißende Blitze zuckten durch seinen Schädel, dann umfing ihn der allzeit barmherzige Mantel der Dunkelheit.

Antoine schlug die Augen auf. »Wo bin ich?«

»Schsch, nicht sprechen. Ihr müsst ausruhen.« Die Stimme hatte den Klang eines Wiegenlieds. Voller Zärtlichkeit und Hingabe drang sie leise an sein Ohr. Etwas kitzelte in seiner Nase. Er griff danach. Dunkle Flechten, nach Rosen duftend und so weich wie frisch gesponnene Seide, flossen durch seine Finger. Sein Kopf fühlte sich zum Zerplatzen an. Durch den dröhnenden Schmerz, der in Wellen über ihn hinwegflutete, spürte Antoine die zarte Berührung einer Hand auf seiner Stirn. Ein Engel hatte sich über ihn gebeugt. Ein Engel mit Augen wie blank polierter Onyx, der Stirn einer griechischen Göttin und einem Mund prall und rot wie aufgeplatzte Kirschen. Der Engel trug eine pelzverbrämte Matinee aus goldfarbener Seide.

Arrête.

Ein Engel hatte Flügel und hüllte sich nicht in kostbare Hausgewänder.

»Seine Stirn glüht. Reich mir den Lappen, Fatima.«

Auch sprach ein Engel zu niemandem mit Namen Fatima. Dort, wo Engel sich aufzuhalten pflegten, gab es keine Fatima.

»Wo bin ich?«

»Bei Freunden.«

»Mhm.« Wieder diese zarte Berührung. Am liebsten hätte Antoine geschnurrt wie ein Kätzchen.

Der Engel, der keiner war, aber wie ein Engel lächelte, tupfte mit kühlenden Tüchern seine Stirn ab. »Ihr habt ein Talent, Euch Ärger einzuhandeln, Monsieur de Montagnac.«

Schlagartig wurde Antoine aus seinem süßen Dämmerzustand herausgerissen. Unter Aufbietung aller Kräfte stemmte er sich in eine sitzende Haltung und versuchte dabei, dem scharfen Schmerz in seinem Hinterkopf keine Beachtung zu schenken. Jetzt erst erkannte er die Frau, die so fürsorglich um ihn bemüht war. »Ihr seid Aurora von Königsmarck.«

Sanft wurde er zurück in die Kissen gedrückt. »Ihr dürft nicht sprechen. Ruht Euch aus.«

»Was ist passiert?«

»Ich weiß es nicht. Ihr wurdet niedergeschlagen und lagt bewusstlos auf der Straße.«

»Aber wie komme ich in Euer Haus?«

»Mein Diener hat Euch gefunden. Er brachte Euch hierher.« Langsam kehrte die Erinnerung an das Geschehene zurück. Die Männer, denen Antoine gefolgt war, hatten ihn anscheinend doch bemerkt und in einen Hinterhalt gelockt.

»Wurde ich bestohlen?«

»Das kann ich nicht sagen. Eure Börse trugt Ihr bei Euch, als man mich zu Euch rief.«

Antoine schob die Decke zurück. »Ich danke Euch, Madame. Aber ich darf Eure Gastfreundschaft nicht länger in Anspruch nehmen.« Sein Kopf schmerzte mörderisch. Auch fühlte er sich immer noch wackelig auf den Beinen, als er sich erhob, dennoch war er entschlossen, Aurora von Königsmarck keinen Moment länger zur Last zu fallen.

»Ruht Euch aus, Monsieur. Ihr seht nicht wohl aus und solltet noch etwas schlafen.«

»Nein. Unter keinen Umständen.« Obzwar die Gräfin ihn drängte zu bleiben, hatte sie im Moment sicher andere Sorgen und war gewiss froh, der Pflege eines ungebetenen Gastes enthoben zu werden. Suchend sah Antoine sich um. Dabei fiel sein Blick auf ein Mädchen, das etwas abseits stand und aus Leinentüchern lange Streifen schnitt. Sie war in einfache orientalische Gewänder gehüllt und betrachtete ihn mit dem undurchdringlichen Blick der Frauen ihres Volkes. Antoine sah an sich herab. Erst jetzt bemerkte er, dass man ihn ausgezogen hatte. »Verzeiht … ich … ich …« Hastig griff er nach seiner Decke und wickelte sie um seine Schultern. »Wo sind meine Kleider?«

»Sie waren schmutzig. Ich gab Anweisung, sie zu reinigen. Nun seid vernünftig und legt Euch wieder hin. Wenn Ihr es wünscht, werde ich Eurem Herrn eine Botschaft senden. Der Herzog ist ein alter Freund. Er wird es Euch sicher nicht übelnehmen, wenn Ihr meine Gastfreundschaft noch etwas länger in Anspruch nehmt.«

Wie schon einmal in dieser Nacht wurde Antoine überwältigt, diesmal jedoch durch die sanfte Berührung einer Frau. Er fiel zurück in die Kissen und ließ sich von der Gräfin das feuchte Haar aus der Stirn streichen.

»Schlaft.«

»Ich kann nicht. Es fällt mir schwer, mich in Gegenwart einer Fremden gehenzulassen.«

»Sind wir einander fremd, Marquis?« Wieder huschte so etwas wie Belustigung über die geheimnisvollen Gesichtszüge der schönen Gräfin. »Ich habe Euer Leben gerettet. Es gehört mir. Wie könnt Ihr da sagen, ich sei eine Fremde?«

Antoine lächelte matt. »Wie viele Männer gibt es wohl, die Ihr mit diesen Worten unendlich glücklich machen würdet?«

Die erhabene Stirn der Gräfin war mit einem Mal von Sorgen umwölkt. »Weitaus weniger, als Ihr zu glauben meint, Marquis.«

Einen kurzen Moment schloss sie die Augen und schwieg. Als sie erneut sprach, umspielte ein melancholisches Lächeln ihre Lippen. »Früher auf unserem Schloss bei Stade habe ich für meinen Bruder gesungen, wenn er nicht schlafen konnte. Soll ich heute Nacht für Euch singen, Marquis? Würde Euch das gefallen?«

»Ich weiß es nicht.« Obwohl in eine Decke gehüllt, fühlte Antoine sich nackt und schutzlos. »Vielleicht würde es mich daran erinnern, was mir als Knabe vorenthalten blieb. Es wäre das erste Mal, dass ein Wiegenlied für mich gesungen wird. Aber ich würde gerne Euren Gesang hören.«

Aurora von Königsmarck gab dem orientalischen Mädchen ein Zeichen. »*Viens, Fatima*, bring die Gitarre.«

Wenig später erfüllte, von einschmeichelnden Gitarrenklängen begleitet, ein warmer rauchiger Alt die Ruhe des Gemachs. So wie ihr Duft umschmeichelte die Stimme der Gräfin seinen Körper, glitt wie eine Sommerbrise über seine Haut hinweg und trug ihn wenig später in einen tiefen, traumlosen Schlaf.

Sechzehnter Tag des Karnevals

Morgen

Es war bereits helllichter Tag, als Antoine erwachte. Die Gräfin war verschwunden, doch hatte sie ihr Mädchen zurückgelassen, das hinter einem zierlichen Tischchen stand und geschäftig mit einem bauchigen Silberkessel herumhantierte. Von dort verbreitete sich ein frischer würziger Duft überall im Zimmer.

»Wie lange habe ich geschlafen?«

Fatima sah auf. Keine Gemütsbewegung regte sich in ihrem Gesicht. »Die halbe Nacht hindurch. Die Gräfin hat einen Boten zu Eurem Herrn gesandt. Er wird Euch heute Vormittag nicht vermissen.«

Obwohl das Französisch des Mädchens klar und fehlerlos war, verriet die harte, kehlige Aussprache ihre Herkunft.

»Was machst du da?«

»Ich bereite einen Kräutersud zu. Er wird helfen, Eure Schmerzen zu lindern.« Antoine richtete sich auf. In seinem Kopf pochte es zwar immer noch, doch fühlte er sich nicht mehr ganz so benommen wie noch vor wenigen Stunden.

»Und wo kocht das Wasser für deinen Heiltrunk?« Fatima deutete auf den Unterbauch des Kessels.

»Dies ist ein Samowar. Das Wasser wird hier unten erhitzt und dann aus diesem Hahn herausgelassen.«

»Ein Samowar?« Antoine hatte noch nie von einem selbst kochenden Wasserkessel gehört, doch fand er ihn ungemein nützlich und dekorativ obendrein. Fatima kehrte ihm den Rücken und wandte sich wieder ihrer Gerätschaft zu. Antoine nutzte die Gelegenheit, griff nach seinen Kleidern, die gebürstet und sauber auf einem Stuhl neben seinem Bett lagen, und kleidete sich in aller Hast an. Auch wenn es unschicklich war, vor Bediensteten Schamgefühl zu zeigen, wollte er dem Mädchen seine Nacktheit kein zweites Mal zumuten.

Sobald er angezogen war, reichte Fatima ihm eine dampfende Schale. »Möchtet Ihr etwas essen?«

Antoine wehrte ab. Der Gedanke an Essen war ihm unerträglich. »Wo ist deine Herrin?«

»Die Gräfin ist nicht meine Herrin. Sie ist meine schwedische Mutter.«

Überrascht musterte er das Mädchen. »Deine schwedische Mutter?«

Fatima nickte. »Ja, so sagen wir.«

Bevor er sie weiter befragen konnte, entbot sie ihm den Gruß der Muselmanen und ließ ihn alleine. Während Antoine seine Schale leerte, sah er sich um. Das alles beherrschende Möbelstück im dem Gemach war das Bett, in dem er gelegen hatte. Zu beiden Seiten hingen schwere grüne Damastvorhänge von den Pfosten. Aus dem gleichen Stoff waren auch die Gardinen am Fenster genäht. Auf dem Boden lag ein prachtvoll gewebter türkischer Teppich, die Wände zierten Genrestücke und pikante Szenen aus der Mythologie sowie Porträts, die allesamt Damen der Gesellschaft zeigten. Unter ihnen erkannte Antoine die junge Herzogin von Eisenach, die Königin von Schweden und seine Gastgeberin. Es gab jedoch ein Bild, das den Blick magisch anzog und alle anderen in den Hintergrund drängte. Eingefasst in einem verschwenderisch verzierten Goldrahmen, war das blumenumkränzte Haupt Sophie Dorotheas abgebildet. Unter halb geschlossenen Lidern blickte sie sinnlich auf ihre Betrachter hinab und suchte dabei mit einer aufreizenden Geste der Hand die Blöße ihres Dekolletés zu verbergen. Nun wusste Antoine, wo er sich befand. Dies war das Schlafgemach des Grafen Königsmarck. Wie seltsam, dachte er. Noch vor wenigen Tagen hätte sich seiner gewiss eine prickelnde Erregung bemächtigt, wäre ihm geweissagt worden, dass er in naher Zukunft hier erwachen würde. Doch nun fühlte er sich wie ein Eindringling. Antoine griff nach seinem Umhang und ging in das angrenzende Zimmer. Hier beherrschten Szenen aus dem Leben des Herkules die Wände und konkurrierten in ihrer Farbigkeit mit den Kissen und Polstern der vergoldeten Sessel. Ein Sekretärschrank, dessen Oberfläche aus kostbaren Intarsien bestand, war das Prunkstück in diesem Salon, der mit viel Geld, aber wenig Geschmack eingerichtet worden war. Die heruntergeklappte Schreibfläche des Möbelstücks war mit Papieren, Umschlägen und gesiegelten Dokumenten übersät. Ohne lange zu überlegen, ging Antoine darauf zu und betrachtete die einzelnen Schriftstücke. Zwischen Waschzetteln, Einladungen, Memoranden und Zahlungsanweisungen fand er ein Schreibheft, dessen Seiten eine gestochen scharfe Handschrift füllten. Zunächst glaubte er, ein Tagebuch gefunden zu haben. Dann erkannte er, dass das Heft Listen enthielt. Es waren Listen über die bewegliche Habe des Grafen Königsmarck. Mit großem Interesse entnahm Antoine dem Heft, dass der Hausherr neben einer etlichen Anzahl an Röcken und Westen siebenundvierzig Pelzmäntel besessen hatte. Gerade wollte er sich einer Aufstellung mit Leibwäsche zuwenden, als ein Räuspern ihn in seiner hochinteressanten Lektüre unterbrach.

»Kann ich Euch behilflich sein, Monsieur?«

In der Tür stand ein baumlanger, magerer Bursche mit hoher, von Sorgenfalten durchzogener Stirn, die aussah, als wäre sie schon seit Wochen nicht mehr auf ein Kissen gebettet worden.

»In der Tat«, erwiderte Antoine mit verbindlichem Lächeln und legte so unauffällig wie möglich das Schreibheft zur Seite. »Vielleicht könnt Ihr mir sagen, wo ich die Gräfin Königsmarck finde?«

»Ihre hochgräfliche Gnaden ist ausgegangen. Wir erwarten sie erst am Abend zurück. Kann ich sonst noch etwas für Euch tun, Monsieur le Marquis?«

»Ihr wisst, wer ich bin?«

Der Mann nickte, vermied es aber, Antoine ins Gesicht zu sehen, so als wäre er es gewesen, den man beim Schnüffeln ertappt hatte.

»Dann seid so freundlich und verratet mir Euren Namen.«

»Hildebrand. Ich stehe im Dienst des Grafen Königsmarck.«

Seine tintenverschmierten Fingerkuppen ließen vermuten, dass er es gewesen war, der die Listen angefertigt hatte.

»Ihr seid der Sekretär des Grafen, nicht wahr?«

»Ja.«

»Habt Ihr eine Ahnung, wo Euer Herr sich aufhält?«

Hildebrand schüttelte den Kopf. Antoine glaubte ihm zwar, dennoch hatte er den Eindruck, dass der Mann hinter seinem scheuen Gesichtsausdruck etwas zu verbergen hatte.

Beim Verlassen des Hauses beschlich ihn auf einmal ein seltsames Gefühl. Als er sich nach wenigen Schritten umwandte, fiel sein Blick auf die von Ornamenten und Balustraden verzierte Fassade des königsmarckschen Domizils. Und plötzlich begriff er: Das Haus, in dem er genächtigt hatte, war ebenjenes, in welchem der geheimnisvolle Fremde in der Nacht zuvor verschwunden war.

Vormittag

In Hannover war das Zentrum der Macht ein kleines muffiges Gelass im Kammerflügel, einem dem Fluss zugewandten Seitentrakt des Leineschlosses. Hier im Kabinett des Grafen Platen schlug das Herz der Regierung. Der sonst auf die äußeren Zeichen von Einfluss und Reichtum so versessene Erste Minister zog die kleine Schreibstube einem repräsentativen Amtszimmer vor, da es in ihr weder verborgene Alkoven noch düstere Winkel gab, die beunruhigende Fantasien heraufbeschworen und seine Gedanken vom Regieren abgelenkt hätten. Auch lag stets eine geladene Pistole in greifbarer Nähe. Diese Vorsichtsmaßnahme war durchaus angebracht, da im Kammerflügel ein ständiges Kommen und Gehen herrschte und die Liste der Feinde des Grafen ebenso wie sein Einfluss stetig anwuchs. Gewöhnlich hielt er sich in dem kleinen *bureau* nur mit seinem Schreiber auf, doch an diesem Vormittag war es mit der imposanten Gestalt des Grafen, der für den bevorstehenden Umzug bereits in das Gewand eines römischen Senators gekleidet war, und seinen beiden Gästen mehr als überbevölkert. Unzufrieden fischte der Graf aus einem Stapel mit Briefen einen heraus und las ihn laut vor.

»120 ist in Agony. Nichts vermag ihn zu trösten, seit er die Nachricht von 214 erhalten, dass das Treffen in Illylinsillyburgilly«, bei dieser Silbenkette verhaspelte der Minister sich und schnaufte verächtlich, »– nicht wie geplant stattfinden kann. Noch viel schlimmer wird sein Schmerz, da er weiß, dass die Rückkehr von 102 der Grund dafür ist. Sicher steckt *la Grosse* dahinter. Sie hat 102 zurückgelockt, um 120 der Freude zu berauben, 201 zu sehen. 120 erträgt den Gedanken nicht, seine Iris in den Armen dieses lästigen Menschen zu wissen. Er stirbt vor Eifersucht, wenn er nicht bald eine Zeile von ihr erhält.«

Graf Platen warf den Brief gereizt auf den Stapel zurück und wandte sich Hofrat Leibniz zu. »Wieso kommt Ihr mir mit diesen unsinnigen Zahlen? Und dann dieses lächerliche *illylinsilly*. Ist damit etwa das Schloss zu Linsburg gemeint?«

»Das ist richtig, Exzellenz.« Leibniz' Stimme klang noch höher als gewöhnlich, während er sich nervös die Stirn tupfte. Ihm war anzusehen, wie unwohl er sich in der Nähe des übermächtigen Ersten Ministers fühlte. »Die Zahlen wiederum sind Namenschiffren. 201 steht für die Kurprinzessin und 120 für Königsmarck.«

»Was Ihr nicht sagt«, polterte der Graf. »Und *la Grosse*, die Widerwärtige, ist gewiss meine Gemahlin. Ich hätte ihr keinen besseren Beinamen geben können. Aber das alles wussten wir doch schon längst. Gibt es denn nicht irgendetwas Neues? Einen handfesten Beweis ehelicher Untreue. Gar nichts, das beweisen würde, dass die Kurprinzessin mit dem Grafen *au crime* verkehrte?«

»Nein«, mischte sich nun die dritte Person im Raum ein. Die blanken Äuglein des Vizekanzlers blitzten voller Schadenfreude. »Glühende Liebesschwüre, Eifersüchteleien, Hofklatsch. Mehr steht nicht in diesen Briefen. Aber daraus ist unserem verehrten Hofrat kein Vorwurf zu machen. Er hat die Briefe lediglich entschlüsselt und nicht geschrieben.« Der kleine Mann trat dicht an Platen heran und musterte ihn unerschrocken. »Im Übrigen stammen diese Schmierereien alle aus der Feder des Grafen Königsmarck. Kein einziger Brief der Prinzessin findet sich darunter.«

»Ist das wahr?«

Leibniz nickte.

»Wieso habt Ihr das nicht gleich gesagt?«

»Ihr habt nicht gefragt, Exzellenz«, antwortete Leibniz und hielt dem wütenden Blick des Grafen regungslos stand.

»Was hier vorliegt«, begann Ludolf Hugo von neuem, »mag reichen, um in Hannover das Scheidungsverfahren gegen die Kurprinzessin zu eröffnen. Aber reicht es auch in Celle? Herzog Georg Wilhelm hängt mit aufrichtiger Liebe an seinem einzigen Kind. Er wird nicht zulassen, dass seine Tochter wegen einiger galanter Zeilen untergeht, die sie von einem Abenteurer mit zweifelhaftem Ruf erhielt.«

Diesem Einwand hatte Graf Platen nichts entgegenzusetzen. Grollend ging er zu dem Stapel mit Briefen und griff wahllos hinein. »Was haben wir denn noch?« Wie ein drittklassiger Schauspieler begann er zu deklamieren: »Niemals wird er einer anderen Frau gehören und, nachdem er eine Göttin kennenlernte, sich nie mehr so gemein machen, um eine Sterbliche zu werben. *Je vous adore, charmante Brunette.*« Achtlos warf er den Brief zurück. »Das muss doch reichen? Auch der wohlmeinendste Vater wird zugeben müssen, dass dies ein eindeutiger Beweis ehelicher Untreue ist.« Graf Platen achtete nicht weiter auf das bedauernde Lächeln des Vizekanzlers und wandte sich erneut an Leibniz. »Meint Ihr nicht auch, Herr Hofrat?«

»Mir kommt es nicht zu, in dieser Sache zu urteilen, Exzellenz. Ich verstehe mich nicht auf derlei Händel.«

»Wie dem auch sei«, brummte Platen unzufrieden, »der Herzog von Celle wird sich gegen ein Scheidungsverfahren nicht länger sträuben können.«

»Leider muss ich Euch widersprechen«, entgegnete Ludolf Hugo. »Der Vater der Kurprinzessin hat sehr deutlich gemacht, dass er eine Klage gegen seine Tochter nur hinnehmen wird, wenn eindeutige Beweise für ihren Ehebruch vorliegen.

Andernfalls …« Statt seinen Satz zu beenden, zuckte Ludolf Hugo nur die Achseln.

»Dann findet mir diese Beweise.« Wütend donnerte der sonst so kontrollierte Graf Platen mit der Faust auf den Tisch. Er wusste genau, was der Vizekanzler sagen wollte. Seine Bedenken galten der komplizierten Erblage in den welfischen Fürstentümern. Diese hatte auch dem Grafen schon viele schlaflose Nächte und manch vergeblichen Gang zum Privet beschert. Während die meisten Herrscher einen Thron bestiegen und diesen erst mit dem Tod wieder freigaben, pflegten die Erben Heinrichs des Löwen Ländereien und Erbschaftsansprüche zu wechseln wie andere die Leibwäsche. Da die ältere Linie der Welfen in Wolfenbüttel jedoch ihr eigenes Süpplein kochte, galt dies vor allem für die Fürstentümer von Hannover und Celle. Diese wurden von den Brüdern Ernst August und Georg Wilhelm regiert. Eine pikante Vereinbarung, die die beiden vor etlichen Jahren getroffen hatten, trug dazu bei, die ohnehin schon vertrackte Familienpolitik zu verkomplizieren. Der lebenslustige Georg Wilhelm war, nachdem er seinen älteren Bruder in Hannover beerbt hatte, zur Ehe mit der pfälzischen Prinzessin Sophie gedrängt worden. Da er sich allerdings vom Ehejoch in seinen persönlichen Freiheiten beschnitten sah und wenig Neigung verspürte, seinem galanten Lebenswandel zu entsagen, überredete der Herzog seinen jüngeren Bruder Ernst August, einzuspringen und an seiner statt die Prinzessin vor den Traualtar zu führen. Mit Brief und Siegel sicherte er als Gegenleistung zu, unverheiratet zu bleiben und seinen jüngeren Bruder und dessen Nachkommen als Erben einzusetzen.

Dieses Versprechen brach er in dem Augenblick, da er auf einer seiner Lustreisen dem Charme der verführerischen Eleonore d'Olbreuse verfiel. Er reichte der jungen Hugenottin, die an Herkunft weit unter ihm stand, zunächst die linke Hand zur Ehe, machte sie dann aber zur Herzogin und ließ schließlich ihr einziges gemeinsames Kind per kaiserlichem Dekret legitimieren. Ernst August, der inzwischen als Herzog über Hannover herrschte, sah nur noch eine Möglichkeit, sein verbrieftes Erbrecht geltend zu machen, und verheiratete seinen ältesten Sohn Georg Ludwig mit Sophie Dorothea, der Tochter seines Bruders. Von Anfang an hatte die Ehe der beiden unter keinem glücklichen Stern gestanden. Georg Ludwig verabscheute die kapriziöse Schönheit, die ihm aus Gründen der Staatsräson ins Ehebett gelegt worden war. Ihm, in dessen Adern das stolze Blut der Stuart rauschte, war es unerträglich, mit der Tochter einer französischen Landadligen verheiratet worden zu sein, deren geradezu skandalös geglückter Aufstieg zur Herzogin von Celle alle gottgewollten Standesschranken durchbrochen hatte. Auf Druck Ernst Augusts blieb ihm aber nichts anderes übrig, als die bittere Pille zu schlucken. Sophie Dorothea war eine reiche Erbin und vielen altfürstlichen Geschlechtern eine willkommene Ehekandidatin.

Nur durch die Weigerung der Väter, in eine Scheidung einzuwilligen, hatte die Verbindung bis heute standgehalten. Doch die Kräfte der Alten schwanden dahin, und Georg Ludwig sah sich nicht mehr an vergangene Zusagen gebunden. Er war die neue Sonne am Himmel der europäischen Politik und sollte als Herrscher über ein geeintes Kurfürstentum eine neue Macht im Norden des Heiligen Römischen Reichs anführen. Um dieses ehrgeizige Ziel zu erreichen, benötigte er zwar die Morgengabe seiner Gemahlin, dennoch wollte er die Scheidung von ihr mehr als alles andere.

Und er, Graf Platen, der ein findiger Kopf war und wusste, wie man einen anspruchsvollen Herrn befriedigt, hatte ihm versprochen, einen Weg zu finden, das eine loszuwerden, ohne auf das andere verzichten zu müssen. Seine ganze politische Zukunft hing davon ab, dass er dieses Versprechen hielt.

Mittag

Obwohl Antoine um die Mittagszeit immer noch recht wackelig auf den Beinen war, hielt ihn nichts in seiner Kammer. Heute würde der Hof wie jedes Jahr im Karneval kostümiert durch die Straßen ziehen. Dieses Schauspiel wollte er sich auf keinen Fall entgehen lassen. Es galt als einer der Höhepunkte der alljährlichen Saison. Aber schon während er das Schlosstor passierte, musste er sich eingestehen, dass es besser gewesen wäre, im Bett liegen zu bleiben. Immer noch wurde er von dumpfen Kopfschmerzen geplagt, und auch sein Magen fühlte sich flau an, da er außer dem Kräutertee des türkischen Mädchens noch nichts zu sich genommen hatte. Doch anstatt umzukehren, bahnte Antoine sich einen Weg durch die Menge, auf der Suche nach einem Platz, von wo er das Geschehen gut überblicken konnte. Auf einem der Wagen, die durch die Stadt zogen, würde Herzog Anton Ulrich mitfahren, und Antoine hätte sich nur ungern wegen einer Unpässlichkeit des Vergnügens beraubt, seinem Herrn von der Straße aus zuzuwinken. Doch eigentlich war der Umzug nur ein Vorwand. Denn wenn er ehrlich war, suchte er lediglich Zerstreuung, um seine Gedanken von der nagenden Frage abzulenken, wieso der *dunkle Fremde* – diesen Namen hatte er dem jungen Mann von gestern Nacht gegeben – einer Dame wie der Gräfin Königsmarck zu nächtlicher Stunde einen Besuch abstattete. Es konnte doch kein Zufall sein, dass er kurz zuvor gegen ihren Bruder beim Kartenspiel verloren hatte und dass dieser Bruder nun spurlos verschwunden war. Was hatten die beiden miteinander zu schaffen? Und warum ärgerte er sich so sehr darüber? Wieso interessierte er sich überhaupt dafür? Er kannte Aurora von Königsmarck nicht. Sie war ihm lediglich durch merkwürdige Zufälle ein paar Mal begegnet. Das war alles. Oder etwa nicht? »Mach dich nicht verrückt«, schalt Antoine sich selbst. Doch wie er es drehte und wendete, die Vorstellung, dass dieser Mann mitten in der Nacht die Gräfin Königsmarck aufsuchte, hatte in seinen Augen etwas seltsam Verstörendes. Antoine war so sehr in Gedanken vertieft, dass er erst nach einer Weile bemerkte, wie bereitwillig die Menge zur Seite wich, um ihm Platz zu machen. Tatsächlich war er eine auffallende Erscheinung unter den schlicht gewandeten Bürgern, die zu beiden Seiten die Leinstraße säumten. Mit seinem pelzverbrämten *brandebourg*, dem Dreispitz unterm Arm, vor allem aber mit seiner neu geknüpften Allonge aus goldbraunen Locken stach er aus der Menge hervor. Die braven Bürger von Hannover, musste Antoine anerkennend feststellen, wussten, wann sie einem Edelmann gegenüberstanden. Anders als so mancher Kavalier bei Hof. Sobald Antoine dem Opernhaus gegenüber einen guten Sichtplatz gefunden hatte, schlug er den Kragen seines Mantels hoch und sah sich um. Schon seit den frühen Morgenstunden hatten die Bürger der Stadt an allen großen Straßen Aufstellung bezogen und harrten trotz des Sonnenscheins bei klirrender Kälte aus, um dem Kurfürsten und seinem Gefolge zuzujubeln. Auch in diesem Jahr war es ein wohl gehütetes Geheimnis, in welcher Verkleidung die Edlen des Landes durch die Stadt ziehen würden. Im letzten Karneval hatten sich die Gäste Ernst Augusts als Hanswürste kostümiert und waren in vier Banden durch die Straßen defiliert. Doch dieses Mal erwartete man etwas ganz Besonderes. Mit Sicherheit würde der Kurfürst es sich nicht nehmen lassen, seiner neuen Würde entsprechend alles, was in

Hannover an Pracht und Herrlichkeit jemals zu sehen gewesen war, noch zu überbieten. Trotz des bevorstehenden Ereignisses war auch heute das Verschwinden des Grafen Königsmarck das vorherrschende Thema auf der Straße. Immer wieder sahen die Leute zum Klosterflügel und zeigten auf die zugezogenen Fenster in den oberen Stockwerken. Niemand wusste etwas Genaues, doch hatte sich inzwischen herumgesprochen, dass die Kurprinzessin in ihren Gemächern festgesetzt worden war. Auch war *communis rumor*, dass Königsmarck irgendwo im Schloss gefangen gehalten wurde. Ein Schneider aus der Neustadt wollte sogar gesehen haben, wie der Obrist mitten in der Nacht über die Galerie des Schlosses geschleift worden war. Um einen Mann vom Kaliber Königsmarcks verschwinden zu lassen, dachte Antoine, war dieses überschaubare Nest, das von einem Kotgraben gesäumt wurde, wahrlich der falsche Ort. In Paris pflegten solche Angelegenheiten diskreter vonstattenzugehen. Auch er hob seinen Blick zu den zugezogenen Fenstern der Kurprinzessin. Die Strahlen der Sonne brachen sich darin, und für einen kurzen Moment sah er ein rubinrotes Funkeln, das gleich darauf wieder verschwand. Sacht bewegte sich der Vorhang. Arme Sophie Dorothea. Wie musste sie sich heute fühlen? Plötzlich spürte Antoine einen spitzen Ellenbogen in seiner Seite. *»Veuillez-vous mettre de côté, s'il vous plaît«*, wurde er in seiner Muttersprache unsanft aufgefordert, zur Seite zu treten. »Ihr versperrt einer jungen Dame die Sicht.« Gerade wollte Antoine protestieren, als er Leutnant Desgrez erkannte, der sich durch die Menge drängelte, um für sich und Marie einen guten Stehplatz zu ergattern.

»Guten Tag, Marie. Wie schön, dich hier zu sehen.«

»Danke, Monsieur.«

»Sicher wird der Umzug ein großes Vergnügen.«

»Ja.« Marie lächelte flüchtig, ließ dann jedoch ihren Blick

schweifen und schien entschlossen, keine weitere Notiz mehr von Antoine zu nehmen. Ernüchtert sah Antoine zum Leutnant hinüber, der ratlos mit den Schultern zuckte. »Wie ich höre«, bemerkte der französische Beamte schließlich, »habt Ihr gestern Nacht ordentlich eins auf die Mütze bekommen.«

»Woher wisst Ihr davon?«, rief Antoine voller Erstaunen.

»Hannover ist ein Kaff. Neuigkeiten wie diese sprechen sich schnell herum. Doch nun erzählt. Was hattet Ihr im Schusterkrug zu suchen?«

»Davon wisst Ihr also auch?« Empört reckte Antoine das Kinn. »Wieso fragt Ihr nicht gleich Eure Spione, da Ihr bereits bestens über alles informiert seid.«

»Meine Spione wissen viel, Marquis, aber doch nicht alles.«

Antoine wollte zu einer weiteren spitzen Bemerkung ansetzen, musste dann jedoch schmunzeln. »Ich sehe schon, alter Freund, Ihr habt Euch nicht verändert. Immer noch steckt Ihr Eure lange Nase in Angelegenheiten, die Euch nichts angehen.«

»Das ist eine alte Berufskrankheit, die sich nur schwerlich ablegen lässt.«

»Nun gut. Weil Ihr es seid. Ich war einem gewissen jungen Mann auf der Spur, den ich im Verdacht habe, am plötzlichen Verschwinden des Grafen Königsmarck nicht ganz unschuldig zu sein.« In kurzen Worten schilderte Antoine, wo er dem *dunklen Fremden* zum ersten Mal begegnet war und wieso sein Herr ihn beauftragt hatte, in dieser Sache zu ermitteln. »Der Graf unterhielt, wie Ihr sicher wisst, ein sehr intimes Verhältnis zur Kurprinzessin.«

»Ich hörte davon«, entgegnete Desgrez gelangweilt. »Doch erzählt mir noch etwas mehr von diesem jungen Mann. Wie sah er aus, was hat er getan, und mit wem hat er gesprochen?«

Antoine rief sich das Bild des *dunklen Fremden* ins Gedächtnis.

»Es fällt mir schwer, ihn zu beschreiben. Ich bin ihm immer nur bei schummriger Beleuchtung oder im Dunkeln begegnet.«

»Versucht es«, forderte Desgrez ihn auf.

»Er war auffallend groß und breitschultrig. Ziemlich jung, würde ich sagen. Anfang zwanzig vielleicht.«

»Was trug er am Leib?«

»Schlichte schwarze Kleidung. Eigentlich erinnerte er mehr an einen rosigen Bauernjungen als an einen Spieler und Mordgesellen. Allerdings muss er ein reicher Mann sein.«

»Wie kommt Ihr darauf?« Der Leutnant musterte Antoine neugierig. »Nun, als er merkte, dass ich mich ihm nähern würde, warf er Geld in die Menge, um mich daran zu hindern.«

»Bemerkenswert. Konntet Ihr verstehen, in welcher Sprache er sich unterhielt?«

»Nein, er …« Antoine unterbrach sich und betrachtete sein Gegenüber voller Argwohn. »Ich werde das Gefühl nicht los, dass Ihr mehr über diesen jungen Mann wisst, als Ihr vorgebt. Wieso interessiert Ihr Euch für ihn?«

Desgrez wehrte ab. »*Mais pas du tout.* Wie Ihr schon richtig anmerktet, Monsieur le Marquis, stecke ich meine lange Nase gerne in Dinge, die mich nichts angehen. Aber seht doch nur, der Zug.«

Tatsächlich kündigten Fanfaren das Herannahen der Wagenkolonne an. Die Vorhut bildete eine Truppe von Fußsoldaten, allesamt als römische Legionäre verkleidet, die von zwei Reitern mit Trompeten angeführt wurden. Fröstelnd sah Antoine auf die Füße der Männer, die in offenen Sandalen steckten. Den Legionären folgte der erste Wagen. Flankiert von Dragonern, ebenfalls in historischen Kostümen, rollte ein rebengeschmücktes Fuhrwerk heran, auf dessen Ladefläche aus Pappmaché und Stoff ein Weinberg errichtet worden war.

Oben auf dem Berg thronte Anton Ulrich im Gewand des Bacchus und hatte die Hand majestätisch zum Gruß erhoben.

Die Menge spendete begeisterten Applaus. Nun war das Geheimnis gelüftet. Der Hof würde die Bürger von Hannover mit einem römischen Triumphzug erfreuen. Antoine schenkte Marie ein unsicheres Lächeln. »Siehst du dort oben? Das ist der Fürst, dem ich diene. Herzog Anton Ulrich von Braunschweig-Wolfenbüttel. Zwar ist er nicht so mächtig wie der König von Frankreich, dafür kann er Bildung und Abkunft in die Wagschale werfen. Er stammt von einem der ältesten Fürstengeschlechter Europas ab.«

»Die Fahrt auf dem Wagen bekommt ihm nicht«, antwortete Marie, wich dabei Antoines Blick jedoch aus. »Er ist schon ganz grün im Gesicht.«

»Ja, du hast recht. Wenn du möchtest, stelle ich dich bei Gelegenheit vor.«

»Dann müsst Ihr Euch aber beeilen, Marquis«, sagte Desgrez und sah Antoine zweifelnd an. »Die französische Delegation reist morgen ab. Die Verhandlungen sind gescheitert. Im Frühjahr kehrt Hannover an der Seite des Kaisers auf das Schlachtfeld zurück.«

»Morgen schon?« Wieder regte sich in Antoine das schlechte Gewissen.

»Der Friede lohnt die Mühe nicht. Es war abzusehen, dass unser Aufenthalt nicht ewig dauern würde«, entgegnete der Leutnant und kehrte Antoine den Rücken, um mit einem seiner Männer zu sprechen, der sich ihnen in der Zwischenzeit angeschlossen hatte.

Die nächsten Wagen fuhren vorbei. Der Applaus des Volkes nahm merklich ab, als Kurprinz Georg Ludwig im Gewand des Vulcanus vorüberzog. An seiner Seite saß Venus, die Gemahlin des Feuergottes. Doch anstelle der Kurprinzessin war der einzigen Schwester des Prinzen, Sophie Charlotte, der übergewichtigen Kurfürstin von Brandenburg, die Aufgabe zugefallen, in das Kostüm der Liebesgöttin zu schlüpfen. Auch Graf Platen, der hoch zu Ross als römischer Senator durch die Menge ritt, erntete wenig Applaus. Die stetig steigenden Steuern machten ihn beim Volk zu einem unbeliebten Mann. Hinter dem Grafen wurden an Seilen zusammengebunden Sklaven aus dem Morgenland durch die Straßen geführt. Die meisten von ihnen waren Kavaliere des Hofes. Besondere Heiterkeit erregte Don Nicolò, dem seine Rolle sichtlich zu gefallen schien. Er riss an seinen Fesseln, jammerte und flehte um Gnade. Als er an Antoine vorüberschritt, blieb er stehen. »Was für ein Spaß. Wieso habt Ihr Euch nicht auch verkleidet?«

»Bei diesem Wetter steht mir nicht der Sinn nach leichtem Schuhwerk, Monsignore.«

»Ach was. Ihr müsst nur ordentlich springen, dann können Euch diese unwirtlichen Temperaturen gar nichts anhaben.« Don Nicolò zwinkerte vergnügt. »Und nun sagt mir, Marquis, wer ist dieses hübsche Kind an Eurer Seite?«

Antoine hätte dem kecken Geistlichen am liebsten den Hals umgedreht, als er sah, wie Marie unter ihrem Puder rot anlief und eilig die Kapuze ihres Umhangs hochschlug, um den lüsternen Blicken Don Nicolòs zu entgehen. »Eine Freundin aus der Heimat, die ich zufällig hier getroffen habe.«

»Nichts geht über eine biegsame kleine Französin«, trällerte Don Nicolò vor Wonne. »Zu schade, dass dies so gar nicht nach Eurem *gusto* ist. Übrigens bin ich im Moment gerade in Verlegenheit. Beim Juden wird ein Wechsel fällig, und der alte Gauner weigert sich, mir das Geld zu stunden.«

»Bedaure, Monsignore.«

Zu Antoines ungeheurer Erleichterung wurde Don Nicolò

in diesem Augenblick von seinen Mitgefangenen gewaltsam fortgerissen und verschwand in der Menge.

»Es tut mir leid«, sagte Antoine. »Dieser Herr ist gelegentlich etwas zu temperamentvoll.«

Marie nickte. »Schon gut. Ihr könnt ja nichts dafür.«

Das Ende des Zuges und gleichzeitig auch sein Höhepunkt war der Wagen des kurfürstlichen Paares. Als er in Sicht kam, brandete der Jubel der Hannoveraner auf und wurde geradezu frenetisch. Dem Motto des Zuges entsprechend, waren die beiden als Jupiter und Juno verkleidet. Ein goldener Lorbeerkranz schmückte das blond gelockte Haupt des Kurfürsten. Dabei wirkte sein Lächeln ebenso erstarrt wie die Schminke auf seinen eingefallenen Wangen, während er die Bürger der Stadt salbungsvoll mit seinem Zepter grüßte. Antoine kam es so vor, als trüge Ernst August eine Maske. Wesentlich volksnaher gab sich seine Gemahlin. Kurfürstin Sophie hatte einen wärmenden Pelz über ihre schlichte Tunika gelegt und warf im Vorüberfahren Münzen in die Menge. Sofort entstand ein Gerangel und Gedränge. Jeder wollte seinen Anteil an der fürstlichen Gabe einstreichen. Obwohl die Pferde der Dragoner Scheuklappen trugen, wurden sie bei dem Durcheinander, das nun entstand, immer nervöser. Unruhig tänzelten sie auf einer Stelle umher, während ihre Reiter darauf warteten, dem kurfürstlichen Wagen folgen zu können. Unmittelbar in Antoines Nähe war ein Pferd zum Stehen gekommen, das besonders überreizt zu sein schien. Als etwas zwischen seinen Vorderläufen hindurchhuschte, bäumte es sich laut wiehernd auf. Fast im selben Moment stolperte Antoine plötzlich nach vorne. Voller Entsetzen sah er die eisenbeschlagenen Hufe des Pferdes über seinem Gesicht. »Monsieur!« Er hörte den angstvollen Aufschrei Maries und wurde noch im letzten Moment zurückgerissen. Keine Elle von ihm entfernt donnerten die Hufe aufs Pflaster.

»*Au diable*, das war knapp!« Besorgt trat Desgrez an seine Seite. »Alles in Ordnung mit Euch?«

Antoine drehte sich um. Kalkweiß stand Marie vor ihm und hielt ein Stück seines Mantels in der Hand.

»Er ist gerissen«, stammelte sie. »Es tut mir leid.«

»Es muss dir nicht leidtun. Du hast mir das Leben gerettet.« Erleichtert zog Antoine Marie zu sich heran und schloss sie in die Arme.

»Ihr zwei seid ein hübsches Paar, wie Vater und Tochter.«

Antoine spürte die Anspannung des schmalen Körpers, der sich zaghaft an seinen schmiegte, und blickte über Maries Schulter hinweg zu Desgrez. Ein seltenes Lächeln erhellte die strengen Gesichtszüge des Leutnants, und sein milder Blick kam Antoine wie eine Aufforderung vor, endlich nachzugeben.

»Also gut. Du kannst bleiben. Ich weiß zwar nicht wie, aber irgendwie werde ich dich schon unterbringen.«

»Danke.« Das war alles, was Marie dazu sagte. Dabei vermied sie es sogar, ihn anzusehen. Es war schon merkwürdig, wie drei Jahre einen Menschen verändern konnten. Nachdem verabredet war, dass ihre Habseligkeiten am Nachmittag in Antoines Quartier geschafft werden sollten, verabschiedeten Marie und Desgrez sich von ihm und gingen davon. Allmählich zerstreute sich die Menge der Schaulustigen. Der Zug war längst außer Sichtweite. Nur von ferne hörte man noch die Jubelschreie der Bevölkerung. Während Antoine durch die Straßen schlenderte, konzentrierte er sich darauf, Pläne für sein zukünftiges Zusammenleben mit Marie zu schmieden. Doch ein listiges Stimmchen in seinem Kopf ließ sich nicht vertreiben und lenkte seinen Gedankenfluss in eine andere Bahn. Ungebeten, wie eine lästige Fliege, kam es immer wieder zurück und raunte ihm zu, dass der Vorfall mit dem Pferd kein Zufall gewesen war. Irgendjemand hatte ihm absichtlich einen Stoß versetzt.

Nachmittag

»Ihr steht nun schon seit Stunden am Fenster, Durchlaucht. Der Zug ist doch längst vorübergezogen.«

»Habt Ihr den Kurprinzen gesehen?« Sophie Dorothea wandte Eleonore von dem Knesebeck ihr von Verzweiflung gezeichnetes Gesicht zu. Die Hofdame nickte.

»Wie er seine feisten Lefzen verzogen hat. Er glich eher einem gemästeten Schwein als einem Menschen. Sonst lächelt er nie. Schon gar nicht für sein Volk. Aber heute hatte er einen guten Grund, fröhlich zu sein. So wie die Gräfin Platen.« Bitter lachte Sophie Dorothea auf. »Als Diana ließ sie sich huldigen. Eine passende Maskerade. Denn eine Jägerin ist sie. Unbarmherzig hetzt sie ihre Beute bis in die verborgensten Schlupfwinkel. Erst dann zieht sie einen Pfeil aus dem Köcher und schießt. Sie genießt das Leid der anderen.«

»Grämt Euch nicht, Durchlaucht, das hat doch keinen Sinn. Kommt lieber zum Ofen und wärmt Euch. Eure Hände sind eiskalt.« Unwillig kehrte Sophie Dorothea ihrer Hofdame den Rücken. »Lasst mich. Ich muss nachdenken.« Rastlos lief sie auf und ab, dabei fegte die gebauschte Schleppe ihres Kleides Kissen und Zierrat von Stühlen und Tischen, die die Knesebeck hinter ihr wieder aufhob. Am Morgen hatte Sophie Dorothea sich frisieren und in eines ihrer Prunkgewänder einnähen lassen. Vergebens hatte sie sich der Hoffnung hingegeben, ihr Schwiegervater würde sich an diesem festlichen Tag erweichen lassen und sie in ihrer Gefangenschaft besuchen. Seit den Morgenstunden hatte sie in großer Aufmachung auf ihn gewartet. Doch nichts war geschehen. Und mit den Stunden, die verstrichen, war ihre Hilflosigkeit allmählich in Wut umgeschlagen. »Habt Ihr gehört, was man sich hier erzählt? Heute früh hat die Sacetot es so eingerichtet, dass ich die Gespräche der Männer vor der Tür belauschen konnte. Sie sagen, dass der Graf im Schloss gefangen gehalten wird; dass er gefoltert wird und man nachts seine Schreie hören kann.« Sophie Dorothea schluchzte auf.

»Das alles sind Gerüchte.« Eleonore von dem Knesebeck beendete die gehetzte Wanderung ihrer Herrin, indem sie ihre runden Schultern umfasste. »Kümmert Euch nicht darum. Ihr müsst jetzt an Euch denken und aus der Situation das Beste machen. Reicht Eurem Gemahl zur Versöhnung die Hand und bittet den Kurfürsten um Vergebung. Dann wird alles gut.«

»Niemals!« Entschlossen entwand Sophie Dorothea sich der Umklammerung ihrer Hofdame. »Ich will zu meinem Schwiegervater gehen, allerdings werde ich ihn nicht um Vergebung bitten. Es gibt nichts, was mir vergeben werden müsste. Stattdessen will ich eine Erklärung fordern. Er muss mir sagen, was mit Philipp geschehen ist. Ich werde keine Ruhe geben, bis ich Gewissheit über sein Schicksal habe.« Sophie Dorothea riss die Tür ihres Salons auf und eilte mit wehenden Röcken durch ein luxuriös ausgestattetes Spiegelkabinett, das ihr als *antichambre* diente.

»Nicht, Durchlaucht. Ihr begeht einen Fehler.«

Sie ignorierte die mahnenden Rufe der Knesebeck und riss eigenhändig die Flügeltür auf, die hinaus auf den Gang führte.

Sofort war sie umringt von Uniformen. »Halt. Nicht weiter.« Erschrocken wich sie zurück. Es waren sechs Soldaten, die zu ihrer Bewachung abgestellt waren. Obwohl keiner der Männer es wagte, ihr ins Gesicht zu blicken, ließen ihre Hände an den Musketen keinen Zweifel daran, dass sie einschreiten würden, sollte sie versuchen, aus ihren Gemächern zu fliehen. Sie war eine Gefangene. Erst jetzt, da sie ihren Wachleuten gegenüberstand, erfasste Sophie Dorothea die volle Bedeutung dieser schrecklichen Wahrheit. »Oh, Philipp!«

Benommen ließ sie sich in ihr Schlafgemach führen. Eleonore von dem Knesebeck entkleidete sie und brachte sie zu Bett. Wie in Kindertagen legte Sophie Dorothea ihre heiße Stirn in den Schoß der Vertrauten und schloss die Augen.

»Ruht Euch aus, Durchlaucht. Heute Abend, wenn es Euch besser geht, werdet Ihr einen Brief an Euren Vater schreiben. Alles Weitere wird sich finden.«

Als die Knesebeck sich entfernen wollte, umklammerte Sophie Dorothea ihr Handgelenk. »Ihr müsst herausfinden, ob etwas Wahres an den Gerüchten ist. Ihr dürft die Gemächer verlassen. Fragt Jasper und hört Euch um. Ich flehe Euch an. Helft mir.«

»Ich werde tun, was in meiner Macht steht, Durchlaucht.« Eleonore von dem Knesebeck erwies Sophie Dorothea ihre Reverenz und ließ sie alleine.

Vor dem Appartement der Kurprinzessin war wieder Ruhe eingekehrt. Jasper hielt sich abseits von den anderen und zählte seine Münzen, wobei er immer wieder argwöhnisch über die Schulter blickte. Zum Glück achtete niemand auf ihn. Leise unterhielten sich die Männer über den Vorfall. Die gedämpften Stimmen der Kameraden klangen ungewohnt in seinen Ohren. Gewöhnlich begleiteten derbe Sprüche und deftige Flüche die Wacheinheiten, zu denen er eingeteilt war. Aber die prunkvolle Umgebung des Schlosses, vor allem aber die Begegnung mit der Gefangenen schien die Männer eingeschüchtert zu haben. Obwohl sie zur Schlosswache gehörten, war keiner von ihnen einem Mitglied der kurfürstlichen Familie jemals so nahe gewesen wie noch vor wenigen Augenblicken, als die Kurprinzessin in glitzerndem Kleid mit wirrem Haar und vom Weinen geröteten Augen vor ihnen gestanden hatte.

»Jasper!«

Unauffällig ließ Jasper die Börse in seiner Jacke zwischen aufgetrenntem Innenfutter und Wollstoff verschwinden. Dann drehte er sich mit schrägem Grinsen um. »Guten Tag, mein Fräulein.«

»Was tust du hier so alleine?« Die Knesebeck hatte ihre grauen Augen auf Jasper gerichtet und schien sich mit ihrem kühlen klaren Blick regelrecht an ihm festzusaugen. »Wieso bist du nicht bei den anderen?« Jasper kannte diesen Blick. Er war ihm vertraut, seit er ein kleiner Junge gewesen war und das Fräulein ihn immer wieder vor den brutalen Schlägen des Vaters gerettet und zu sich ins Herrenhaus geholt hatte. Es schien nichts zu geben, das ihr verborgen blieb. Auf Nordsteimke hatten sich alle, vom Verwalter bis zum Rattenfänger, vor der Gutsherrentochter gefürchtet. Jede noch so kleine Verfehlung hatte sie aus den Angestellten ihres Vaters herausgequetscht und zur Anzeige gebracht. Jasper würde sich vorsehen müssen.

»Die reden miteinander. Aber ich wollte lieber für mich sein und schnitzen.« Aus seiner Weste fischte Jasper das Holzstück heraus, an dem er gerade arbeitete, und zeigte es ihr.

Lächelnd strich die Knesebeck sein zotteliges Haar glatt. »Du bist ein guter Junge.« Dann zog sie fröstelnd ihr Umschlagtuch enger um die Schultern. »Kalt habt ihr es hier draußen. Weißt du, wo der Bierkeller gelegen ist?«

»Ja, mein Fräulein.« Was für eine Frage, dachte er. Wer von der Wachmannschaft wusste nicht, wo der Bierkeller war. Für die meisten war er der wichtigste Ort im Leineschloss.

»Gut. Dann lauf hinunter und bitte den Kellermeister, dir ein paar Kannen zu füllen und auch noch etwas Stärkendes gegen die Kälte mitzugeben. Wenn er dich fragt, sage ihm, die Kurprinzessin hätte dich geschickt. Sie wünscht die Männer zu bewirten, unter deren Schutz sie nun steht.«

»Jawohl.« Jasper machte sich auf den Weg, doch nach wenigen Schritten wurde er leise zurückgerufen.

»Warte einen Moment.« Mit klopfendem Herzen blieb er stehen. Die Knesebeck trat nun ganz dicht an ihn heran. »Vielleicht kannst du dich auch ein wenig umhören. Was erzählt man sich über das Verschwinden des Grafen Königsmarck? Manche sagen, er würde hier im Schloss gefangen gehalten. Woher stammen diese Gerüchte? Berichte mir alles, was du in Erfahrung bringen kannst.«

»Mache ich.«

»Ich meine, wirklich alles. Auch den unappetitlichen Klatsch und Tratsch der Altfrauen und Küchenmägde. Behalte nur ja nichts für dich. Du weißt, ich mag keine Geheimnisse.«

»Ich werde alles erzählen, was ich höre.«

Die Knesebeck lächelte. Dann kehrte sie in die Gemächer der Kurprinzessin zurück. Während sie davonging, raschelte leise die Seide ihres eisblauen Kleides. Mit mulmigem Gefühl sah Jasper ihr hinterher. Als sie weg war, zerwühlte er seinen Haarschopf wieder und ging davon.

Später Nachmittag

»Durchlaucht, ich flehe Euch an. Die Residenz verfügt nur über eine sehr begrenzte Anzahl von Betten. Die Verwandte Eures Sekretärs wird anderweitig unterkommen müssen.«

Die Proteste des Kammerfouriers, der die Schlafstellen im

Leineschloss verwaltete, stießen auf taube Ohren. Herzog Anton Ulrich, immer noch im göttlichen Gewand, wischte die Bedenken des Hofofficianten mit einer herrischen Geste beiseite. »Das Mädchen bleibt. Schaff eine Bettstatt herbei und teile die Kammer mit einem Paravent. Auch soll die Hofküche unterrichtet werden. Solange ich in Hannover weile, gehört Mademoiselle …«, mit fragendem Blick sah er zu Antoine hinüber.

»Marie, Durchlaucht.« Antoine konnte sich ein Grinsen nur schwer verkneifen.

»Gehört Mademoiselle Marie zu meinem Gefolge. Und nun Schluss mit dem Gerede. Stundenlang habe ich mich in diesem Fetzen durch die Straßen karren lassen und mir beinahe die Eier abgefroren. Jetzt will ich mich ausruhen. Sonst bin ich heute Abend bei dem Ball nicht mehr zu gebrauchen. Und du«, bellte er in Antoines Richtung, »sorge dafür, dass mein Münzhumpen mit heißem Bier gefüllt wird.« Unter Bücklingen traten Antoine und der unglückliche Hofbeamte den Rückzug an. Manchmal war der alte Teufel ja doch zu etwas nutze.

Ganz Europa wusste, dass Anton Ulrich seit der Rangerhöhung seiner hannoverschen Verwandtschaft offen mit dem König von Frankreich sympathisierte. Daher wurde die Einquartierung Mademoiselle Maries zu einem Kasus, den es mit äußerster Umsicht zu behandeln galt. Zwar konnte von den über dreihundert Hofbediensteten im Leineschloss nur den wenigsten eine Unterkunft angeboten werden, doch da man Vetter Tönis, so der wenig respektvolle Spitzname des Herzogs, nicht noch mehr gegen sich aufbringen wollte, wurde seinen Befehlen schließlich Folge geleistet.

Keine zwei Stunden später nahm Marie ihre neue Behausung in Besitz. Die Kammer des Marquis, im Dachgeschoss des Leineflügels gelegen, war klein, kaum zehn Schritte im Quadrat. Doch fünf davon durfte nun sie bewohnen. Nachdem zwei Knechte ihre Truhe hineingetragen hatten, folgte sie dem Marquis in die Kammer. »Viel Platz haben wir nicht«, sagte er und zog den Kopf ein, um nicht gegen eine Dachschräge zu stoßen. »Aber für eine Weile wird es reichen.« Er lächelte bedauernd und wischte mit seinem Handschuh ein Spinnengewebe vom Fensterrahmen. Marie hatte fast den Eindruck, als sei es ihm unangenehm, seine bescheidenen Wohnverhältnisse vor ihr zu offenbaren. Dieser Gedanke war absurd. Wieso sollte dem Marquis de Montagnac in ihrer Gegenwart etwas peinlich sein? Wer war sie schon? Dennoch war seine Verunsicherung fast zum Greifen und verstärkte nur ihr eigenes Unbehagen. Um es zu überspielen, raffte Marie mit einer gezierten Geste ihren Rock und knickste, so wie sie es bei den Nonnen gelernt hatte. »Ich bin Euch zu großem Dank verpflichtet, Monsieur le Marquis. Ihr seid sehr gütig.«

Der Marquis hob die Augenbraue und sah sie verwundert an. »Du hast dich verändert.«

»Das will ich meinen. Jetzt könnt Ihr Euch endlich mit mir sehen lassen.« Ihr Lachen, das merkte Marie selbst, klang viel zu laut und unnatürlich. Aber es stimmte. Sie hatte sich verändert. Doch auch der Marquis war nicht mehr der Gleiche wie früher. Vielleicht lag es an der goldbraunen Perücke, die er nun statt einer blonden trug. Vielleicht auch an dem abwesenden Blick, den sie nicht kannte, oder an den zarten Furchen, die sich von den Nasenflügeln abwärts in seine Haut gegraben hatten. Früher waren sie ihr nie aufgefallen.

Noch während sie darüber nachgrübelte, rückte der Marquis seine Schleife, die er wie alle eleganten Herren zu einer Steinkerke geschlungen um den Hals trug, gerade und erklärte gelassen: »Nun siehst du, *ma petite*, als bescheidenes Licht ist es wahrhaft keine Freude, neben strahlenden Girandolen zu flackern.«

Erleichtert sandte Marie ein Stoßgebet gen Himmel. Da war es wieder, das schalkhafte Blitzen seiner blauen Augen. Endlich war er wie früher.

»*Eh bien*«, fuhr der Marquis fort, »ich denke, du solltest dich etwas ausruhen. Vor dem Ball heute Abend habe ich noch etwas für den Herzog zu erledigen und werde eine Weile fort sein. Danach komme ich wieder und zeige dir das Schloss.«

Sobald die Holztür hinter ihm zugefallen war, legte Marie ihr Cape ab und sah sich um. Mit einem Anflug von schlechtem Gewissen stellte sie fest, dass der Marquis ihr den Teil der Kammer abgetreten hatte, in dem die einzige Luke eingelassen war. Hier sah es aus wie in einer Mönchszelle. Die Wände waren rau und unverputzt, auf dem Boden lagen grobe Holzdielen, und außer ihrem Bett gab es als einziges Mobiliar nur noch ein verrostetes Waschgestell mit zersprungener Schüssel. Die klösterliche Kargheit endete jedoch hinter dem Paravent. Marie spähte durch die Ritzen des Wandschirms und erkannte, dass auf der anderen Seite ein farbenfrohes Chaos herrschte. Sie widerstand dem Drang, hinüberzugehen und sich umzuschauen. Instinktiv spürte sie, dass es klüger war, diese Grenze nicht ungefragt zu überschreiten. Stattdessen trat sie unter die Dachschräge und öffnete das Fenster. Die Sonne stand schon schräg am Himmel und sandte ihre Strahlen auf den gefrorenen Lauf des Flusses. Ärmlich gekleidete Kinder schlitterten auf der Eisschicht herum und vertrieben die Kälte, indem sie ausgelassen miteinander Fangen spielten. Dem Schloss gegenüber lag die Leineinsel mit Bauplatz und Mühle. Dahinter ragte ein trutziger Wasserturm auf, von dessen Schornstein Rauchschwaden in den winterlichen Himmel emporstiegen.

Kein schöner Ausblick, dachte sie. Aber das war ihr egal. Leise summend öffnete Marie den Deckel ihrer Truhe und machte sich daran, ihre wenigen Habseligkeiten auszupacken. An der Wand entdeckte sie einen Nagel und hängte ein kleines Bronzekreuz daran, das sie vor der Abreise im Kloster hatte mitgehen lassen. Auch legte sie gut sichtbar eine Bibel auf ihr Bett. Der Marquis sollte sehen, wie weit sie es in den letzten drei Jahren gebracht hatte. Sogar Lesen und Schreiben hatte sie gelernt. Den zerfledderten Roman von Mademoiselle de Scudéry, den der Leutnant ihr geliehen hatte, stopfte sie allerdings unter das Kopfkissen. Dass sie seine Neigung für romantische Liebesgeschichten teilte, musste der Marquis nicht unbedingt wissen. Von den zwei Kleidern, die sie ihr Eigen nannte, trug sie eines am Leib. Das andere, ein rosenrotes Seidenkleid mit apricotfarbenem Unterrock, war ihr ganzer Stolz. Es war unter den Kleiderspenden gewesen, die reiche Wohltäterinnen regelmäßig im Kloster abzugeben pflegten. Natürlich war es nicht so elegant wie das Kleid, das sie bei ihrem großen Auftritt im Palais Platen getragen hatte. Aber es gehörte ihr, und sie hatte es eigenhändig mit Bändern und Schleifen noch etwas herausgeputzt. Marie breitete das Kleid auf dem Bett aus und strich die Falten glatt. Irgendwo hatte sie noch ein Band mit Glasperlen. Wenn sie sich beeilte, ließ sich auch aus dem schlichten Schnürleib noch etwas machen. Zwar war sie im Umgang mit Nadel und Faden keine besonders eifrige Schülerin gewesen, aber für ein paar Schleifen reichten ihre Fähigkeiten allemal. Außerdem würde sich die Mühe bezahlt machen. Marie wollte so hübsch wie möglich sein, wenn sie dem Marquis wieder gegenübertrat. Flink ging sie ans Werk, und schon bald hatte sie das Kleidungsstück ihren Wünschen entsprechend verändert. Zufrieden mit dem Ergebnis beschloss Marie, sich umzuziehen und den Marquis in festlicher Robe zu empfangen. Inzwischen war die Sonne so tief gesunken, dass sie nur noch als glutrotes Orange durch die Luke fiel, daher entzündete sie eine Öllampe und begann sich Schicht für Schicht aus ihren Kleidern zu schälen. Da es in der Kammer weder einen Ofen noch eine Feuerstelle gab, zitterte Marie entsetzlich, als sie schließlich nackt vor ihrer Truhe stand und in ein Hemd aus hauchdünner Baumwolle schlüpfte, das für diese Temperaturen viel zu leicht war. Es war aber das einzige Wäschestück, das sie besaß, dessen Spitzen besetzte Ärmel elegant bis zum Handgelenk herabfielen und daher gut unter ihrem Kleid getragen werden konnte. Marie wollte sich gerade das Schnürleibchen überziehen, als sie merkte, dass eine der Schleifen sich wieder gelöst hatte. Seufzend setzte sie sich im Schneidersitz auf das Bett und machte sich daran, den Schaden zu beheben. Dabei klapperte sie so sehr mit den Zähnen, dass sie das leise Kratzen an der Tür überhörte und nicht bemerkte, wie diese geöffnet wurde. Erst als ein Schatten auf sie fiel, sah Marie auf und sprang fast im selben Moment schreiend vom Bett.

»Hinaus, hinaus!«

Hastig drehte der Marquis sich um. »Bitte entschuldige.«

Marie griff nach ihrem Cape und warf es sich schützend über die Schulter. Dabei wurde ihr auf beschämende Weise bewusst, dass sich ihre Brustwarzen spitz unter dem dünnen Stoff abzeichneten. Tödlich beschämt sah sie auf ihre blau gefrorenen Zehen und wagte nicht, den Marquis anzusehen.

»Es tut mir leid, Marie.« Sie hörte sein verlegenes Räuspern. »Ich hatte an der Tür gekratzt und dachte, das Zimmer wäre leer. Wir werden uns etwas einfallen lassen müssen, damit so etwas in Zukunft nicht noch einmal vorkommt. Einverstanden?«

Marie nickte. »Ich wollte mich für den Ball heute Abend

hübsch machen. Damit Ihr Euch meiner nicht zu schämen braucht.«

»Ball?«

Erst jetzt wagte Marie den Blick zu heben und erkannte die Verblüffung auf dem Gesicht des Marquis.

»Welcher Ball?«

»Heute Abend. Ihr sagtet, es findet ein Ball statt.«

»Das ist wahr. Doch du bist nicht eingeladen. Selbst ich gehöre nicht zu den Gästen und bin dort nur geduldet, falls der Herzog meiner bedarf. Ich kann dich nicht mitnehmen. Das hieße die Freundlichkeit unserer Gastgeber über Gebühr beanspruchen. Das verstehst du doch?«

Marie nickte. Am liebsten wäre sie im Erdboden versunken. Wie hatte sie nur so dumm sein können, zu glauben, sie könnte an der Seite des Marquis zu einem Ball des Kurfürsten gehen?

»Zieh dich an«, sagte der Marquis sanft. »Dann machen wir einen kleinen Rundgang.« Während er hinter dem Paravent verschwand, murmelte er leise: »Du hast dich wirklich sehr verändert.«

Marie sank zurück auf das Bett und begrub sich unter ihrem Umhang. Heiße Tränen der Scham brannten hinter ihren geschlossenen Lidern.

Abend

Während Antoine dem Herzog durch die zugigen Gänge des Leineschlosses folgte, betete er im Stillen darum, dass dieser Tag endlich zu Ende gehen möge. Er war wirklich ein Hornochse. Wieso hatte er sich dazu überreden lassen, Marie bei sich aufzunehmen? Das konnte nicht gutgehen. Schon die wenigen Stunden ihres Zusammenseins hatten es bewiesen. Zudem waren seine Kopfschmerzen zurückgekehrt, und auch der Spott Anton Ulrichs trug nicht eben dazu bei, sein Unbehagen zu mildern. »Was schleichst du auch mitten in der Nacht hinter einem armen Lumpenhund durch die Stadt? Selbst schuld, wenn du eins auf die Mütze kriegst. Ich habe dir doch gesagt, die hannoversche *bagage* steckt hinter dem Verschwinden des Grafen.« Wie zur Bestätigung seiner Worte musste der Herzog niesen. »*Dieu du ciel!* Jetzt habe ich mich auch noch erkältet.« Geräuschvoll schnäuzte er sich in die Hände und wischte sie im Vorbeigehen an einem Vorhang sauber. »Und nun komm, wir sind spät dran.«

Tatsächlich war der Ball bereits in vollem Gange, als Antoine und der Herzog den Rittersaal im obersten Stock des östlichen Querflügels betraten. So wie das neu errichtete Opernhaus war auch der Saal ein Juwel höfischer Gestaltung, der dem Prunk liebenden Kurfürsten häufig als Rahmen für aufwändige Bälle, Redouten und Tafelgelage diente. Die verschwenderische Pracht der stucküberladenen Wände war in der Tat einzigartig. Darüber wölbte sich eine kassettierte Decke von nicht minder reicher Ornamentierung, in die Ahnenporträts der Herrscherfamilie eingelassen waren. »Siehst du die Männer mit den Bärten dort oben in den Gewölbebögen? Das sind unsere Stammväter Azzo und Welf von Este.«

»Die Ähnlichkeit ist nicht zu übersehen, Durchlaucht«, antwortete Antoine und hoffte inständig, dass ihm ein Exkurs in die ruhmreiche Geschichte der Welfen erspart bleiben würde.

»Harr, harr, harr«, das rachitische Lachen des Herzogs übertönte die kleine Kapelle, die am Kopf des Saals unter einem lebensgroßen Gemälde der Kurfürstin Sophie Aufstellung genommen hatte. »Übrigens hat man unseren guten Hofrat Leibniz mit der Anordnung der Porträts beauftragt. Wusstest du das? Offensichtlich hat man jedoch versäumt, ihn anzuhalten, auch einen Rundbogen für mein Porträt zu reservieren.«

»Ihr seid weder tot, wofür der Himmel gepriesen sei, noch gehört Ihr zum engsten Kreis der Familie, Durchlaucht«, wagte Antoine einen wohlmeinenden Einwand.

»*Par bleu!* Es wäre Ernst Augusts Pflicht gewesen, mir diese Ehre zu erweisen. Muss ich dich etwa daran erinnern, dass die Wolfenbütteler von der älteren Linie der Welfen abstammen?«

»Keinesfalls, Durchlaucht. Seit unserer Ankunft in Hannover hattet Ihr verschiedentlich die Güte, mich auf diesen Umstand aufmerksam zu machen.« Zu gerne hätte Antoine einem der Lakaien ein Glas Champagner abgenommen. Der Schmerz in seinem Schädel begann auf unangenehme Weise zu pochen und bedurfte dringend der Linderung.

»Auch wenn es mir an den nötigen Mitteln fehlte, Leopold einen Kurhut abzuringen«, fuhr Anton Ulrich ärgerlich fort, »stehe ich doch im Rang höher als mein Cousin. Aber man liebt mich eben nicht in diesem Palast, was mir tagtäglich auf hunderterlei Arten bezeiget wird.« Der Herzog war bei seinem Lieblingsthema angelangt, und da Antoine wusste, dass es zwecklos war, unterließ er es, ihn darauf hinzuweisen, dass seine »herzlose Verwandtschaft« ihn nun schon seit Wochen beherbergte. Als der Herzog bald darauf ein bekanntes Gesicht in der Menge entdeckte, ließ er das Thema fallen. »Dort drüben steht der Landgraf von Hessen-Rheinfels. Komm. Ich möchte ihn begrüßen.« Ohne auf die Menschentraube zu achten, die ihn vom Landgrafen trennte, stürmte Anton Ulrich los und überließ es Antoine, die unsanft zur Seite gestoßenen Damen und Kavaliere mit einem entschuldigenden Lächeln zu besänftigen. »Lieber Freund«, bellte er schon von weitem. »Ich hatte ja keine Ahnung, dass auch Ihr in Hannover weilt. Niemand hat mich darüber aufgeklärt.«

»Das wundert mich nicht«, antwortete der Landgraf und zwirbelte vergnügt die Spitzen seines altmodischen Oberlippenbärtchens. »Bisher hatte ich noch keine Gelegenheit, mich offiziell bei Hof zu zeigen. Unter uns gesprochen«, fügte er augenzwinkernd hinzu, »hat mich ein handfestes Besäufnis für Tage aufs Krankenbett geworfen.«

»*Hélas*, das Alter«, seufzte der Herzog, um sich gleich darauf einem ungleich interessanteren Gesprächsstoff zuzuwenden. »Verratet mir, alter Freund, was Ihr von den Gerüchten haltet, die seit Tagen umgehen.«

»Königsmarck?«

Der Herzog nickte mit gewichtiger Miene und rief Antoine über seine Schulter zu: »Geh und hol uns ein Glas Wein. *Vite, vite.*« Dann hakte er sich bei dem Landgrafen unter und schlenderte davon. Obwohl es Antoine immer noch schwerfiel, sich an den herrischen Ton zu gewöhnen, den der Herzog ihm gegenüber in der Öffentlichkeit anschlug, war er dankbar, einen Moment für sich zu haben. Nach zwei Gläsern Champagner war sein Gleichgewicht so weit hergestellt, dass er einem Abend in Gesellschaft Anton Ulrichs gefasst ins Auge blicken konnte. Als er zu den Herren zurückkehrte, war der Herzog in heller Aufregung. »Da bist du ja endlich. Du musst dir unbedingt anhören, was der Landgraf mir soeben berichtet hat.«

»*Calme, mon frère, calme*«, versuchte Ernst von Hessen-Rheinfels den aufgeregten Herzog zu beschwichtigen. »Dieses Thema ist äußerst verdrießlich und sollte nicht vor jedermann besprochen werden.« Besorgt sah er dabei in die Richtung des Kurfürsten, der in ein angeregtes Gespräch mit dem sächsischen Gesandten vertieft war.

Anton Ulrich ließ sich von den Ermahnungen des Landgrafen jedoch nicht abhalten. »Sorgt Euch nicht, teurer Freund.

Der Marquis de Montagnac genießt mein vollstes Vertrauen. Ihr könnt ganz offen reden.«

Jetzt erst nahm Ernst von Hessen-Rheinfels Notiz von Antoine. »Ihr seid Franzose?«, fragte er und musterte ihn wie eine Fliege, die in einen Milchtopf gefallen war.

»So ist es, Durchlaucht«, erwiderte Antoine und erwies dem betagten Landgrafen seine Reverenz.

»Euer König wird keine Ruhe geben, bis ganz Europa unter seinem Joch steht«, sagte der Landgraf mit einer Bitterkeit, die Antoine diesem gutmütig aussehenden Mann nicht zugetraut hätte. »Seit Jahren versucht er, meine Feste zu schleifen, doch es wird ihm nicht gelingen. Das könnt Ihr Louis von mir bestellen.«

»Bedauere, Durchlaucht. Meine Beziehungen zum König von Frankreich waren von jeher distanziert und sind nun zur Gänze erloschen.«

Noch bevor der Landgraf weitere Einwände gegen Antoine hervorbringen konnte, sprudelte es aus dem Herzog heraus: »Mein teurer Cousin hat mir soeben erzählt, dass er Königsmarck in der Nacht seines Verschwindens hier im Schloss gesehen hat.«

»Gemach, gemach«, wiegelte der Landgraf ab. »Ich sah den Grafen im Schlosshof. Und um der Wahrheit die Ehre zu geben, war ich zu diesem Zeitpunkt bereits rechtschaffen betrunken.«

»Ihr seid dennoch sicher, dass es Königsmarck war?«, fragte Antoine.

Ernst von Hessen-Rheinfels zuckte mit den Achseln. »Nun ja, der Graf und ich haben gemeinsam in der Schlacht gestanden. Ich kenne ihn gut und müsste mich schon sehr irren, wenn er es nicht gewesen wäre.«

»Selbstverständlich war er es«, beharrte der Herzog. »Gibt

es noch etwas, an das Ihr Euch in diesem Zusammenhang erinnert?«

Ein schalkhaftes Blitzen in den wässrigen Augen vertrieb die Düsternis aus der Miene des Rheinfürsten. »Da war eine kecke Odaliske, der ich hinterherjagte. *Mais, drôle de vie*: Ich landete in den Armen einer garstigen Hexe mit hässlichem Buckel. Danach habe ich mir die Seele aus dem Leib gekotzt und kann mich an nichts mehr erinnern. Was für eine Nacht!« Er lächelte in glückseliger Erinnerung und schlenderte davon. Sobald der Landgraf in der Menge untergetaucht war, rief der Herzog voller Entzücken: »Siehst du, es ist genauso, wie ich es gesagt habe. Sobald wir nach Wolfenbüttel zurückgekehrt sind, werde ich dem Kaiser einen Brief schreiben und um Aufklärung der Angelegenheit nachsuchen.«

»Wenn Ihr in Wien wirklich etwas erreichen wollt, solltet Ihr einen weiteren Augenzeugen ausfindig machen«, gab Antoine zu bedenken. »Die Aussage eines Betrunkenen, auch wenn es sich dabei um den Landgrafen von Hessen-Rheinfels handelt, ist nicht gerade überzeugend.«

Unwillig wedelte der Herzog mit einem perlenumsäumten Fazolett. »Ach, was du immer redest. Königsmarcks Schicksal wurde hier im Schloss besiegelt. Darauf kannst du einen lassen.«

»Das sind Vermutungen, Durchlaucht. Wenn Ihr Eure Verwandtschaft beim Kaiser wirklich anschwärzen wollt, benötigt Ihr Beweise.«

»Anschwärzen? Was verstehst du schon von diesen Dingen, unverschämte Kanaille. Im Übrigen: Hatte ich dir nicht befohlen, Beweise herbeizuschaffen?«

»Das ist richtig«, erwiderte Antoine und begegnete dem aufziehenden Unwetter mit einem entwaffnenden Lächeln. »Da mir in dem Bemühen, Beweise herbeizuschaffen, jedoch kein Glück beschieden war, solltet Ihr es vielleicht versuchen.«

»Ich?«

»Ihr seid ein regierender Fürst. Euch ist es erlaubt, Fragen zu stellen.«

»Und wen soll ich deiner Meinung nach fragen, den Kurfürsten etwa?«

Antoines Lächeln vertiefte sich, als er ausrief: »*Quel coïncidence!* Gerade sehe ich eine Person, die mit Sicherheit etwas Erhellendes zu diesem Thema beizutragen hat.« Argwöhnisch folgte Anton Ulrich seinem Blick.

»Ihn?«, fragte er voller Erstaunen.

»Wieso nicht?«

»Na gut.« Entschlossen straffte der Herzog die Schultern. »Vielleicht hast du recht. Es kommt auf einen Versuch an.«

Vollkommen ahnungslos segelte am Arm seiner Mätresse Kurprinz Georg Ludwig der Konfrontation mit seinem Verwandten entgegen.

Nachdem der Marquis gegangen war, hatte Marie sich in Ermangelung einer anderen Beschäftigung niedergelegt und in den Schlaf geweint. Als sie nun erwachte, war es bereits finstere Nacht. Sie lag quer ausgestreckt auf ihrer schmalen Bettstatt und fror erbärmlich. Außerdem hatte sie Hunger. Bei ihrem kurzen Rundgang durch das Schloss hatte der Marquis ihr gezeigt, wo die Bediensteten ihre Mahlzeiten einnahmen. Der Speisesaal lag ganz in der Nähe des Küchenpavillons und war über den östlichen Schlosshof zu erreichen. Dort würde auch sie ihre Mahlzeiten bekommen. Marie bezweifelte jedoch, dass sie dorthin zurückfinden würde. Während sie dem Marquis durch den weitläufigen Gebäudekomplex gefolgt war, war sie viel zu sehr damit beschäftigt gewesen, ihren eigenen trüben Gedanken nachzuhängen, als dass sie auf die Wege geachtet hätte, die er ihr gezeigt hatte. Auch verspürte sie nicht die geringste Lust, sich auf den vielen Treppen, Fluren und Biegungen zu verlaufen. Daher zog sie gar nicht erst die Möglichkeit in Betracht, jetzt noch etwas Essbares aufzutreiben. Da aber das hohle Gefühl in ihrem Bauch immer nagender wurde und schließlich auch noch ihr Magen zu knurren begann, überwand Marie ihre Scheu vor der fremden Umgebung und machte sich auf den Weg. Die Kammer, die sie mit dem Marquis teilte, lag am Ende eines schmalen Korridors, von dem etliche Türen abgingen. Dahinter lagen die Wohnräume für den Hofstaat und das Personal. Marie kämpfte ihre Beklemmung nieder und ging den Korridor hinunter, bis sie zu einer Stiege kam, die ins untere Stockwerk zu einem weiteren Flur führte. Hier waren die Wände mit Tapeten bespannt, und auf dem Fußboden lagen weiche Teppiche, die die Geräusche ihrer zögerlichen Schritte schluckten. Auch wenn es genauso bitterkalt war wie unter dem Dach, befand sie sich vermutlich bereits in einem Teil des Schlosses, der der kurfürstlichen Familie vorbehalten war. Dafür sprach auch, dass ihr immer wieder Lakaien begegneten, die damit beschäftigt waren, auf Konsolen stehende Leuchter zu entzünden. Marie spürte ihre Blicke, während sie an ihnen vorüberging. Warum guckten die Männer sie so komisch an? Nervös sah sie an sich herab. Sie trug wieder ihr grünes Kleid mit dem hübschen gelbseidenen Unterrock. Auf der Straße war sie sich darin immer ungeheuer elegant vorgekommen. Doch hier, in der herrschaftlichen Umgebung des Schlosses, wurde ihr bewusst, wie einfach und schäbig das Kleid im Grunde genommen war. Keine Schleifen und Spitzen schmückten den schlichten Schnürleib, und obwohl sie es täglich ausbürstete, klebten immer noch Schlammspritzer an seinem Saum. Marie presste sich in eine Nische und versuchte, mit der bloßen Hand die hässlichen braunen Flecken zu entfernen. Sie rieb und rieb, doch davon wurde es nur noch schlimmer. Mit gesenktem Blick eilte sie weiter. Wieder ging es eine Treppe hinab, einen Korridor entlang und eine andere Treppe hinauf. Von fern wehte Musik zu ihr herüber. Immer häufiger begegneten Marie andere Menschen. Lakaien, Aufwärter, Hofdamen und Kavaliere. Marie überlegte, ob sie einen von ihnen ansprechen sollte, verwarf den Gedanken aber gleich wieder, als sie den abschätzigen Blick einer jungen Zofe auffing, die mit einem Tablett in der Hand an ihr vorbeieilte. Sogar das Dienstpersonal war hübscher gekleidet als sie. Marie krampfte ihre blaugefrorenen Finger ineinander und blickte der Zofe unsicher hinterher. Diese war stehen geblieben, um mit zwei livrierten Dienern zu plaudern. Hastig ging Marie davon. Sie nahm eine Biegung und dann noch eine. Längst schon war der Hunger einem diffusen Gefühl der Angst gewichen. War es möglich, dass sie sich in diesem Bereich des Schlosses gar nicht aufhalten durfte? Was, wenn sie hier angehalten und zum Marquis geschleift wurde? Sicher würde er bitter bereuen, sie zu sich geholt zu haben, falls er dies nicht ohnehin schon tat. Furchtsam sah Marie über ihre Schulter. Dicht hinter ihr waren die beiden Diener, die sie gerade eben noch im Gespräch mit der jungen Zofe gesehen hatte. Maries Angst wurde zur Gewissheit. Sie raffte ihre Röcke und rannte los. Ganz gleich wohin. Nur schnell weg von hier. Unter keinen Umständen wollte sie dem Marquis Schande machen. Plötzlich aber war Marie von lauter Männern umgeben. Es waren Soldaten, die Soldaten der Schlosswache. Marie erkannte sie an den roten Röcken ihrer Uniform. Wie ein gehetztes Reh, das von Raubtieren umstellt war, drehte sie sich im Kreis und sah sich dabei von einem Ring aus unrasierten Gesichtern eingeschlossen.

»Wer ist das denn?«

»Noch nie gesehen.«

»Moment mal. Die kenne ich doch.«

Marie wirbelte herum. Vor ihr stand ein kräftiger Blondschopf, der seine fleischigen Lippen zu einem dämlichen Grinsen verzogen hatte. Als sie die Zahnlücke sah, sank ihr das Herz. Es war der Junge vom Schlosstor. Derselbe, der sie auf der Straße schikaniert und beim Stehlen erwischt hatte.

»Der Hauptmann hat gesagt, wir sollen niemanden reinlassen. Also scheucht sie weg.«

»Und wenn sie 'ne Spionin ist oder so was? Vielleicht will sie irgendwas in die Gemächer der Kurprinzessin schmuggeln.«

»Wieso untersuchst du sie dann nicht?«

Marie verstand kein Wort von dem, was die Männer sagten, aber die Art und Weise, wie sie es sagten, verhieß nichts Gutes.

»Wartet mal, ich will mit ihr reden.«

»Reden? Da weiß ich was Besseres.«

Dröhnendes Gelächter drang aus den Kehlen der Soldaten. Maries Magen zog sich zusammen. Nur zu gut erinnerte sie sich an das letzte Mal, als Männer auf diese Art und Weise über sie gelacht hatten. Sie war gerade zehn Jahre alt gewesen und hatte den Marquis bei seinen Ermittlungen durch Paris begleitet. Wenn er sie damals nicht gerettet hätte, wer weiß, was dann aus ihr geworden wäre. Jetzt nur keine Angst zeigen, dachte sie und hielt beherzt dem Grinsen des jungen Soldaten stand.

»Wie heißt du?«

Marie zuckte die Achseln. »Ich kann dich nicht verstehen.«

Der Junge klopfte auf seine Brust und sagte: *»Jasper.«*

Dann deutete er auf sie. *»Und du?«*

»Marie.«

»Wohnst du hier im Schloss?«

Ratlos sah Marie ihn an.

»Na los, Jasper. Was soll das Theater? Wir bringen sie zum Kammerfourier. Wenn sie hierher gehört, wird er sie schon kennen.«

Ein dicker Kerl war neben den Burschen mit Namen Jasper getreten und sah mit unfreundlichen Glubschaugen auf Marie herab. Sie wich zurück.

Der junge Soldat klopfte dem Dicken auf die Schulter.

»Ich mache das schon. Würfelt ihr ruhig weiter. Bin gleich wieder da.«

Der Ring öffnete sich. Auffordernd sah der Junge sie an. Marie war nicht sicher, was hier vorging. Doch offensichtlich wollte dieser Jasper, dass sie ihm folgte. Sie zögerte.

»Na komm. Ich tue dir nichts.«

Als Marie die unfreundlichen Blicke der anderen Männer auf sich gerichtet sah, entschied sie, dass sie allemal besser dran war, wenn sie es nur mit einem von ihnen aufnehmen musste. Sie nickte und folgte Jasper den Weg zurück, den sie gekommen war. Irgendjemand rief ihnen etwas hinterher. Das Gelächter der Männer verfolgte sie, bis sie um eine Ecke gebogen waren. Nach wenigen Schritten blieb Jasper stehen und musterte Marie. Wieder kroch die Angst ihren Rücken hinauf. Was wollte dieser Kerl nur von ihr? Verstohlen sah sie sich nach einer Fluchtmöglichkeit um. Es gab keine. Im Dämmerlicht einiger weniger Kerzen lag ein langer Korridor vor ihnen, der sich irgendwo am Ende in der Dunkelheit verlor.

»Wohnst du hier im Schloss?«

Jasper legte die Handflächen aufeinander und bettete seinen Kopf auf den oberen Handrücken.

Marie nickte. »Ja.«

»Wo?«

Sie deutete mit dem Daumen nach oben. »Unter dem Dach.

Ich gehöre zum Gefolge des Herzogs Anton Ulrich.« Das, so hatte sie vom Marquis erfahren, war die offizielle Begründung, warum ihr die Unterbringung im Schloss gewährt worden war. Doch Jasper sah sie nur verständnislos an und zuckte mit den Schultern. Wenn sie dieses Abenteuer heil überstand, schwor sie sich, würde sie so schnell wie möglich Deutsch lernen. Nur die wirklich feinen Leute bei Hof sprachen Französisch. Aber das nutzte ihr wenig. Denn die würden sich bestimmt nicht mit ihr abgeben, auch wenn die Aussprache der meisten schlimmer war als die der Schweinehirten in ihrer Heimat. Durch Handzeichen gab Marie Jasper zu verstehen, dass sie sich verlaufen hatte, woraufhin er ihr mit Armen und Beinen rudernd das Angebot machte, sie wieder in ihre Kammer zurückzubringen. Marie nickte. Zwar hatte sie ihre Scheu immer noch nicht ganz abgelegt; auch kam es ihr verdächtig vor, dass dieser Kerl auf einmal nett zu ihr war. Doch was hatte sie für eine Wahl? Ohne fremde Hilfe würde sie ohnehin nicht zurückfinden. Eine Weile schritten die beiden schweigend nebeneinander her. Dabei bemerkte Marie sehr wohl, dass Jasper sie immer wieder von der Seite ansah, was ihr ganz und gar nicht gefiel. Zu allem Überfluss begann auch ihr Magen wieder zu knurren. Sie presste ihre Hände auf den Bauch und hoffte, dass es bald wieder aufhören würde. Jasper blieb stehen. *»Hunger?«* Wieder gab er ihr durch Handzeichen zu verstehen, was er meinte.

Marie nickte. *»Hunger.«*

Daraufhin kramte Jasper in der Tasche seiner Uniformjacke herum und zerrte schließlich ein zerknittertes Schächtelchen hervor, das er ihr einladend entgegenhielt. *»Da, lang zu.«*

Das musste ihr niemand übersetzen. Marie hatte auch so verstanden. Die Schachtel war schmutzig und eingedrückt, ihr Inhalt hingegen hätte dem besten *pâtissier* von Paris zur Ehre gereicht. Sie war gefüllt mit kandierten Früchten, Nougat, Schokolade und kleinen mit buntem Zuckerguss überzogenen Plätzchen. Marie verschlang eine kandierte Kirsche, was sie gleich darauf bitter bereute, denn es machte ihren Hunger nur noch schlimmer. Jasper musste das Verlangen in ihren Augen wohl bemerkt haben. Er nahm ihre Hand in seine große Pranke und leerte den halben Inhalt des Schächtelchens darauf aus.

»Iss.«

Mit Heißhunger machte Marie sich über die Süßigkeiten her, ließ Jasper dabei aber nicht aus den Augen. Aus der Nähe betrachtet sah er eigentlich ganz nett aus. Vielleicht lag es auch an dem schummrigen Licht. Marie wagte ein zaghaftes Lächeln. Fast im selben Moment wurde sie mit ungeheurer Wucht gegen die Wand gedrückt und fühlte sich wie von einem tapsigen Welpen mit der Zunge im ganzen Gesicht abgeschleckt.

»Nein! Du sollst das nicht. Lass mich in Ruhe.« Voller Ekel stieß Marie ihren ungestümen Begleiter von sich und ergriff mit gerafften Röcken die Flucht. Doch Jasper war schneller. Bald schon hatte er sie eingeholt und baute sich vor ihr auf.

»Ist ja gut, ich mach's nicht wieder.«

Furchtsam wich Marie vor ihm zurück. »Esel. Habe ich dir das etwa erlaubt? Wenn du nur mitgekommen bist, um mich zu küssen, kannst du gleich wieder gehen.«

»Ist ja gut.«

Immer wieder sagte er diesen einen Satz und hob dabei beschwichtigend die Hände. Dann hielt er ihr das Schächtelchen mit den Süßigkeiten entgegen.

»Da nimm. Ist für dich.«

Marie schnaubte empört. Glaubte dieser Dummkopf etwa, er konnte sie für ein paar Süßigkeiten kaufen? Sie ließ Jasper stehen und ging davon. Er blieb ihr jedoch dicht auf den Fersen, bis sie schließlich wieder vor der Tür ihrer Kammer stand. Irgendwie musste er sie dorthin gelotst haben. Aber auf keinen Fall würde sie ihn mit hineinnehmen. »Du kannst jetzt gehen, verschwinde.«

Jasper rührte sich nicht von der Stelle. Mit seinen schmutzigen Pranken kratzte er sich am Kopf und sah Marie verlegen an.

»Na los, hau ab.« Auch wenn er sie nicht verstehen konnte, war ihr Ton doch deutlich genug. Warum ging er nicht einfach? Marie verschränkte die Arme vor der Brust und sah Jasper herausfordernd an. Nachdem sie eine Weile schweigend ihre Kräfte gemessen hatten, drückte er ihr die Schachtel in die Hand und rannte davon. Hin- und hergerissen zwischen Erleichterung und Ärger sah Marie ihm hinterher. Jungs, dachte sie, sind doch wirklich Idioten.

Als Marie die Tür öffnete, fand sie die Kammer leer vor. Insgeheim war sie froh darüber. Sie hätte dem Marquis nur ungern erklärt, wo sie gewesen war. Rasch entkleidete sie sich und schlüpfte zitternd ins Bett. Eingekuschelt unter einer groben, aber dicken Wolldecke, verspeiste Marie die restlichen Süßigkeiten, die Jasper ihr geschenkt hatte, und fragte sich, während eines der Plätzchen auf ihrer Zunge zu köstlichem Vanillestaub zerfiel, wie er bloß daran gekommen war. So etwas Gutes war für einen einfachen Wachsoldaten ganz sicher unerschwinglich. Doch eigentlich war es ihr egal. Außerdem war sie viel zu müde, um sich darüber noch den Kopf zu zerbrechen. Marie sank auf ihr Kissen zurück und schloss die Augen. Mit dem tröstenden Geschmack der Pralinen auf ihrer Zunge schlief sie ein.

Neugierig musterte Antoine das ungleiche Paar, das sich ihnen verliebt miteinander flüsternd näherte. Wie alle kleinen Männer hatte auch Georg Ludwig eine Vorliebe für große Frauen. Daher wirkte er an der Seite seiner Favoritin noch kleiner und gedrungener, als er ohnehin schon war. Ehrengard Melusine von der Schulenburg, eine blonde Brunhilde mit sanften Kuhaugen, hatte nichts von der exotischen Schönheit seiner gefangenen Gemahlin. Sie war eine typische Vertreterin praller germanischer Weiblichkeit, die jeden Maler dazu verführen konnte, sie unbekleidet und mit Ähren umkränzt als Göttin der Fruchtbarkeit zu verewigen. Wenn dies die Frau war, die der Kurprinz liebte, war es nicht weiter erstaunlich, dass seine Ehe mit Sophie Dorothea gescheitert war. Als die beiden, gefolgt von einem großen kahlköpfigen Türken, auf ihrer Höhe angelangt waren, vertrat Anton Ulrich ihnen entschlossen den Weg. »Der kleinste Wolf reißt immer die größte Beute. Warum ist das wohl so, *mon cher neveu*?«

Hatte der Kurprinz gerade noch hingerissen an den Lippen seiner Angebeteten gehangen, so verdüsterte sich seine Miene zusehends, als er sich dem salbungsvollen Lächeln des Herzogs gegenübersah. Pochend trat eine Ader an seiner Schläfe hervor. »Die Gräfin Schulenburg wünscht etwas zu trinken«, presste er mit mühsam unterdrücktem Zorn heraus. »Bitte lasst uns vorbei.«

»Ich wäre entzückt, ihr zu einem Glas Wein zu verhelfen«, sagte der Herzog und schnipste zweimal mit den Fingern.

Antoine, der keinen Moment der brisanten Begegnung verpassen wollte, hielt einen vorbeieilenden Lakaien an und reichte der Gräfin unter einer galanten Verbeugung ein Glas.

»Euer Diener, Madame.«

»Zu gütig«, lispelte die Schulenburgin, sah dabei jedoch unsicher zu der imposanten Erscheinung des Herzogs, der sie mit unverhohlener Neugierde anstierte.

»Gerade erzählte mir ein Freund eine äußerst interessante

Geschichte, Durchlaucht«, richtete der Herzog das Wort wieder an Georg Ludwig. »Sie betraf den Grafen Königsmarck.«

Die Überraschung darüber, dass ein solch delikates Thema in aller Öffentlichkeit angeschnitten wurde, entlud sich bei der Gräfin in erschrockenem Gekicher. Die Gespräche der umstehenden Personen verstummten, und alle warteten neugierig auf die Reaktion des Kurprinzen. Georg Ludwig mahlte mit dem Unterkiefer und sah aus, als würde er gleich vor Wut zerbersten. »Was für eine Geschichte?«, rang er sich schließlich zu fragen durch.

»Er sah, wie Königsmarck hier im Schloss von vier bewaffneten Männern abgeführt wurde. Ist das nicht drollig?«

Das war eine glatte Lüge. Doch die Wirkung war recht eindrucksvoll. Schweiß war unter der Schminke des Prinzen hervorgebrochen, während seine pummelige Hand krampfhaft den Arm seiner Mätresse umklammerte.

»Dabei«, fügte Anton Ulrich vergnügt hinzu, »hat der Hof offiziell verlauten lassen, dass er keine Kunde vom Verbleib des Grafen hat. Wie kann das sein?«

»Verehrter Oheim, ich habe keine Ahnung, was das zu bedeuten hat. Euer Freund hat sich vermutlich geirrt. Aber nun entschuldigt mich. Dort drüben sehe ich Hofrat Leibniz, der mir ein paar interessante Vorschläge zum Erhalt des deutschen Sprachguts unterbreiten möchte.« So schnell seine krummen Beine ihn tragen konnten, machte sich Georg Ludwig, die Gräfin Schulenburg hinter sich herziehend, aus dem Staub.

»Pah! Dass ich nicht lache«, sagte der Herzog. »Außer für den Krieg und seine Weiber interessiert der sich doch für gar nichts.« Triumphierend wandte er sich an Antoine. »Hast du gesehen, wie der geschwitzt hat? Dem stand die Schuld geradewegs ins Gesicht geschrieben. Es würde mich nicht wundern, wenn er den armen Grafen höchstpersönlich mit seinen

Wurstfingern entleibt hätte. Und so einer wie der wird einmal die größte Macht im Norden des deutschen Reichs regieren. Gott steh uns bei.«

Nachdenklich sah Antoine dem davoneilenden Kurprinzen hinterher. Zwar war er von dessen Schuld weniger überzeugt als der Herzog, doch dass Georg Ludwig mehr wusste, als er vorgab, war nicht zu übersehen gewesen.

»Morgen wirst du mich übrigens auf einen kleinen Ausflug begleiten. Wir fahren nach Herrenhausen.«

»Nach Herrenhausen? Ich dachte, da wäre im Winter niemand.«

»Das ist richtig. Wir treffen uns dort, geschützt vor den Spitzeln des Grafen Platen, mit der Gräfin Königsmarck. Sie erwartet uns im Schlosspark.«

»Die Gräfin Königsmarck will Euch sehen?«

»Uns, mein Lieber, uns. Es war ihr ausdrücklicher Wunsch, dass du mich begleitest. Und nun steh nicht herum und halte Maulaffen feil. Die Edelknaben haben zum Souper geblasen, und die Unterhaltung mit dem Kurprinzen hat mich hungrig gemacht.«

Siebzehnter Tag des Karnevals

Vormittag

Er war verliebt. Marie wollte es nicht glauben, und doch wusste sie, dass es so war. Sie sah es an seinem Blick, daran, wie er lächelte, wie er sich hinabbeugte, einen Zweig zur Seite bog oder einen fallen gelassenen Handschuh vom Boden auflas. Der Marquis war verliebt. Verliebt in eine Frau und in eine schöne noch dazu. Marie konnte kaum atmen. Eine Kröte steckte in ihrem Hals fest, und sosehr sie auch würgte, die Kröte ließ sich nicht verschlucken.

Wie sehr hatte sie sich gefreut, als ihr der Marquis am Morgen eröffnet hatte, dass sie eine Kutschpartie unternehmen würden. Der Herzog war über Nacht erkrankt und hatte ihm gestattet, seine junge Schutzbefohlene zu einer Verabredung vor den Toren der Stadt mitzunehmen.

Vielleicht ist das ein kleiner Trost für den versäumten Ball, hatte der Marquis gesagt und dann auf ihr rosenrotes Seidenkleid gezeigt. »Zieh dir etwas Hübsches an. Du reist in einer herzoglichen Kutsche.« Am Wagenschlag hatte er sie erwartet und mit einer kleinen Verbeugung in die Polster gehoben. Marie war sich wie eine Prinzessin vorgekommen, während sie durch die Gassen der Altstadt gerollt waren. Durch die

Fenster einer herzoglichen Kutsche hatte alles mit einem Mal viel freundlicher ausgesehen als noch am Tag zuvor. Auch die winterlichen Felder, die sich stoppelig und brach um vereinzelte Gehöfte und Katen gruppierten, sahen nicht mehr ganz so trübsinnig aus, wenn man in den weichen Kissen einer gut gefederten Equipage saß. Kein Wunder, dachte Marie, dass die Herzöge und Fürsten gelegentlich vergaßen, dass viele ihrer Untertanen hungerten.

Auf dem Vorhof eines Schlosses, das hufeisenförmig in einem winterlichen Park lag, hatten sie angehalten und waren zu einer hübschen kleinen Grotte spaziert, deren Außenwände mit Schneckenwerk und glitzernden Kristalldrusen belegt waren. Dort hatten sie gewartet.

Schon beim ersten Blick auf die Gräfin Königsmarck hatte Marie gespürt, dass diese Begegnung nichts Gutes verheißen würde. Wie eine biblische Erscheinung war sie, umhüllt von schwarzen fließenden Gewändern, in Begleitung einer jungen Orientalin, auf sie zugeschwebt. Dabei hatte sie den Eindruck des Überirdischen durch das Tragen einer Satinlarve geschickt unterstrichen. Marie indes war es vorgekommen, als ob die Larve, die nur die obere Gesichtshälfte der Gräfin bedeckte, eher dazu angetan war, ihre Schönheit zu unterstreichen, anstatt sie zu verbergen. Unter dem schwarzen glänzenden Satin der Maske hatten ihre Lippen scharlachrot geleuchtet.

»Wieso ist sie maskiert?«

»Ich weiß es nicht. Vermutlich will sie nicht erkannt werden.« Noch beunruhigter als von der schönen Gräfin war Marie jedoch von dem Lächeln, mit dem der Marquis ihr entgegengeblickt hatte.

Seit einer Ewigkeit spazierten sie nun schon über die gekiesten Wege. Der Marquis mit der Gräfin am Arm vorneweg und sie an der Seite der jungen Türkin hinterdrein. Mit stiller Würde trug diese die Mundtücher der Gräfin in einem roten Samtsachet vor sich her, während ihr abwesender Blick auf einen unbestimmten Punkt in der Ferne gerichtet war. Zum Glück war das Mädchen schweigsam. Seichtes Geplapper war das Letzte, was Marie jetzt im Stande gewesen wäre zu ertragen. Außerdem wollte sie nichts von dem verpassen, was zwischen dem Marquis und der Gräfin gesagt wurde. Allerdings waren, seit sie die Grotte hinter sich gelassen hatten, nur wenige Worte gefallen. Das schien auch nicht nötig. Es war offensichtlich, dass die beiden auch ohne zu sprechen gut miteinander auskamen. Auf einer kleinen Anhöhe blieb die Gräfin plötzlich stehen und brach das Schweigen. »Lasst Euer Auge schweifen, Marquis, und sagt mir, was Ihr seht.«

Der Marquis sah sich um. »Einen Park im Winter.«

»Das ist richtig. Ein Park im Winter. Die schimmernden Fontänen sind versiegt. Lorbeer und Orangenbäume in Gewächshäuser verbracht, und die stillen Teiche, auf denen im Sommer weiße Schwäne dahingleiten, liegen öde und leer in gefrorener Erde. Dieser Park, Marquis, ist ein Abbild des Unglücks, das über mein Haus gekommen ist. Ohne männlichen Erben ist eine Familie wie ein abgestorbener Strunk.« Seufzend wandte die Gräfin sich einer Buchsbaumhecke zu und zupfte abwesend an ihren Blättern.

»Was wisst Ihr über den Verbleib Eures Bruders?«

Der Klang in der Stimme des Marquis war voller Mitgefühl und Sorge. Aber da war auch noch etwas anderes …

»Sie wollten fliehen.«

»Er und die Kurprinzessin?«

Die Gräfin nickte. »Ich sollte seine Angelegenheiten ordnen, sobald er mit ihr das Land verlassen hatte. Ganz zufällig hielt ich mich gerade in Hannover auf, als ihn ein Angebot des sächsischen Kurfürsten erreichte, ihm und Sophie Dorothea Zuflucht zu gewähren.«

»Keine sehr dankbare Aufgabe, die Euer Bruder Euch aufbürden wollte.«

Ein trauriges Lächeln huschte über die schön geschwungenen Lippen der Gräfin. »Philipp war das jüngste von vier Geschwistern. Die ganze Familie hat ihn verhätschelt. Aber ich trieb es am schlimmsten. Ich hätte alles für ihn getan.«

»Wieso sprecht Ihr in der Vergangenheit, Madame? Niemand weiß, wo der Graf sich aufhält. Auf den Straßen hört man, er sei immer noch in Hannover. Kein Tag vergeht, an dem man ihn nicht irgendwo gesehen haben will. Womöglich wird er sogar im Schloss gefangen gehalten. Nach dem, was Ihr soeben erzähltet, scheint dies durchaus möglich.«

»Gebe Gott, es wäre so.« Die Gräfin zuckte resigniert die Achseln. »Habt Ihr Geschwister, Marquis?«

»Nein. Ich war das einzige Kind meiner Eltern und bin als Waise bei einer Großmutter aufgewachsen. Leider hatte sie keine Verwendung für einen kleinen Jungen, und so verbrachte ich die meiste Zeit in Gesellschaft eines alten Dieners. Nein, Madame. Ich habe keine Familie.«

»Mein armer, armer Junge. Dann seid Ihr noch unglücklicher, als ich es bin.«

Ich habe keine Familie? Hatte Marie sich verhört? Bestürzt sah sie zum Marquis, der, ohne ihr Beachtung zu schenken, dicht hinter die Gräfin getreten war, um sie mit seinem Körper gegen den eisigen Wind zu schützen, der gerade über die Anlage fegte. Und was war mit ihr? War sie denn nicht seine Familie so wie er die ihre? Die Kröte in ihrem Schlund machte es sich gemütlich.

Aurora von Königsmarck drehte sich um und hob ihr maskiertes Gesicht zu ihm auf.

»Seht Ihr, Monsieur«, begann sie von neuem, »Geschwisterkinder spüren einander. Sie wissen, wie es um den anderen bestellt ist, auch wenn Berge und Täler sie trennen. Es ist so wie mit dem Fuchs, der die Gefahr wittert, lange bevor die Hunde ihn umstellt haben.«

»Und dieser Instinkt sagt Euch, dass Euer Bruder nicht mehr am Leben ist?«

Die Gräfin nahm den Arm, den der Marquis ihr bot, und ging weiter. »Dieser Instinkt sagt mir, dass ein furchtbares Schicksal ihn ereilt hat.«

»Teilt Ihr die Ansicht des Herzogs, dass die kurfürstliche Familie in diese Sache verwickelt ist?«

»Natürlich. Wieso sonst hätten sie die arme Sophie Dorothea gefangen gesetzt, und wieso sonst werde ich nicht mehr bei Hof empfangen? Uns beide will man mundtot machen. Ich wurde sogar aufgefordert, das Land zu verlassen. Doch ohne rechtliche Handhabe können sie nichts gegen mich unternehmen. Ich bin schwedische Staatsbürgerin. Meine Ausweisung würde in Stockholm als Affront gegen die Krone gewertet werden.«

»Wie Ihr sicher wisst, Madame, nimmt der Herzog regen Anteil am Schicksal Eures Bruders. Daher bat er mich, diskret einige Nachforschungen anzustellen. In diesem Zusammenhang gibt es etwas, dass ich Euch gerne fragen würde.«

»Nur zu.«

»Als ich vorgestern Nacht niedergeschlagen wurde, befand ich mich nicht zufällig vor Eurer Haustür. Ich verfolgte einen jungen Mann, von dem ich Anlass habe zu glauben, dass er mit dem Verschwinden Eures Bruders in Verbindung steht.«

»Ein junger Mann? Davon ist mir nichts bekannt.«

»Er verlor gegen Euren Bruder beim Kartenspiel und bezichtigte ihn des Falschspiels. Der Graf forderte augenblicklich

Satisfaktion, was nur durch das Eingreifen Seiner Exzellenz des Graf Platen verhindert werden konnte.«

Jäh erstarrte Aurora von Königsmarck. »Wie könnt Ihr es wagen! Wollt Ihr damit andeuten, Philipp sei ein gemeiner Betrüger? Wenn dem so ist, haben wir uns nichts mehr zu sagen. Komm, Fatima.« Gellender Zorn hatte den Klang samtweicher Melancholie aus ihrer Stimme vertrieben. Der Ausbruch kam so unerwartet, dass Marie erschrocken stehen blieb.

»Nein, Madame, keinesfalls.« Rasch ergriff der Marquis die Hand der Gräfin und hinderte sie daran, fortzueilen. »Ich möchte Euch helfen, mehr als alles andere. Daher bemühe ich mich um Objektivität. Wenn Euer Bruder gefunden werden soll, darf kein Hinweis außer Acht gelassen werden.«

Der Sturm verzog sich so schnell, wie er gekommen war.

»Gut. Ich glaube Euch.« Langsam ging die Gräfin weiter. »Und was wolltet Ihr mich fragen?«

Marie biss sich auf die Lippen. Einen glückseligen Augenblick lang hatte sie gehofft, die Gräfin würde so unvermittelt, wie sie in ihr Leben geplatzt war, auch wieder daraus verschwinden. Doch ein Blick auf den Marquis lehrte sie eines Besseren.

»Dieser junge Mann, von dem ich gerade sprach …«, sagte er zögernd. »Kurz bevor ich niedergeschlagen wurde, beobachtete ich, wie er in Euer Haus verschwand.«

»Das kann nicht sein, Ihr müsst Euch irren.«

Just in diesem Augenblick stolperte die junge Türkin und ließ den roten Samtumschlag fallen, der daraufhin wie eine frisch geschnittene Wunde auf der schmutzig braunen Erde lag. Unvermittelt wandte die Gräfin sich zu ihr um. »Du hast die Mundtücher fallen lassen, meine Tochter, nun sind sie verdorben.« Sodann schlang sie mit einem entschuldigenden Lächeln ihren Arm wieder um den des Marquis. »Was sagtet Ihr soeben? Ach ja, der junge Mann. Wie seltsam. In dieser Nacht wart Ihr der einzige Besuch, der in das Haus meines Bruders kam. Eure Erinnerung muss Euch einen Streich gespielt haben. Aber das ist ja auch kein Wunder. Immerhin wurdet Ihr niedergeschlagen.«

Verunsichert sah der Marquis die Gräfin an. Sie schien seine Zweifel zu spüren, denn plötzlich nahm sie ihre Maske ab und hob mit einem verlorenen Lächeln ihren Blick zu ihm auf. Überrascht stellte Marie fest, dass sie alt war. Älter als der Marquis jedenfalls, zehn Jahre mindestens, wenn nicht gar mehr.

»Schlimmer als der Verlust«, fuhr die Gräfin fort, »ist die Ungewissheit. Sie raubt mir den Schlaf und bringt mich um den Verstand. Ich muss wissen, was mit meinem Bruder geschah. Helft mir. Ich flehe Euch an.«

Behutsam, als wären sie aus zerbrechlichem Porzellan, nahm der Marquis die Hände der Gräfin und führte sie an seine Lippen. »Ich werde alles in meiner Macht Stehende tun. Darauf gebe ich Euch mein Wort.«

Der Marquis war tatsächlich verliebt. Immer noch, obwohl die Gräfin schon längst in ihrer Kutsche entschwunden war und auch sie im Gefährt des Herzogs wieder auf die Stadt zurollten, konnte Marie es sehen. Schweigend saß er ihr gegenüber und sah mit diesem seltsam entrückten Ausdruck im Gesicht unverwandt aus dem Fenster. Während sie ihn heimlich beobachtete, fiel Marie das Bildnis des heiligen Sebastian ein, das sie einmal in der Kapelle ihrer Klosterschule gesehen hatte. Der Märtyrer hatte den gleichen abwesenden Gesichtsausdruck gehabt, während glühende Pfeile in seinen Körper getrieben worden waren. Sie hatte das merkwürdig gefunden und eine der Schwestern gefragt, ob der heilige Sebastian denn keine Schmerzen verspürt habe, als er so grausam gequält worden war.

»Das weiß ich nicht, mein Kind«, hatte die Nonne geantwortet. »Doch tröste dich. Zum Zeitpunkt seiner Marter war er beseelt von etwas Höherem und wird wohl kaum mehr unter den Schmerzen gelitten haben.«

Ja, der Marquis war verliebt. Verliebt in eine Frau, die ihr Gesicht hinter einer Maske verbarg und die Wahrheit für sich behielt.

Nachmittag

Die Stunden während der Wachablösung am Morgen und am späten Nachmittag waren am besten geeignet, um den Bären zu füttern. Im Trubel der umhereilenden Soldaten war die Gefahr, angesprochen zu werden, am geringsten. Kaum jemand würde ihm Beachtung schenken, und das war auch gut so. Aus der Schlossküche hatte Jasper Abfälle besorgt und zu den halb gefrorenen Fleischstücken geworfen, die er nun in einem Bottich über den Schlosshof schleppte. Zum Glück, dachte er, während er auf die Mauer zusteuerte, die den Schlossplatz von der Leinstraße trennte, hielt sich die Temperatur unter dem Gefrierpunkt. Das machte es leichter.

Reglos lag der Bär vor der Mauer und erinnerte Jasper von weitem an einen Haufen alter Lumpen. Erst wenn man sich ihm näherte, war zu erkennen, dass die verfilzte, gräulich braune Fellmasse, die wie eine von Motten zerfressene Jagdtrophäe achtlos neben der Mauer abgelegt worden zu sein schien, Leben in sich barg. Viel war davon aber nicht mehr übrig, dachte er, als er das Gerippe sah, das an einigen Stellen unter dem schlaff herabhängenden Pelz scharf hervortrat. Es war höchste Zeit, ihn wieder zu füttern, bevor er in der eisigen Kälte jämmerlich verreckte.

Dieses Mal tat Jasper es sogar gerne. Er dachte an das Mädchen Marie. Vielleicht würde er sie ja mal mitnehmen. Nur füttern durfte sie ihn nicht. Er selbst würde schon dafür sorgen, dass der Bär in Zukunft genug zu fressen bekam. Vielleicht konnte er ihm sogar ein oder zwei kleine Kunststückchen beibringen. Er fühlte ein wohliges Rieseln in der Magengegend bei dem Gedanken, dem Mädchen die gezähmte Bestie vorzuführen.

Der Bär hatte den Inhalt des Eimers bereits gewittert, noch bevor er Jasper mit seinen kleinen matten Augen ins Visier nahm. Langsam, als kostete ihn jede Bewegung unendlich viel Mühe, hob er seinen massigen Kopf und streckte ihm die lange, spitze Schnauze entgegen. Als Jasper keine Rute mehr von dem Bären trennte, blieb er stehen und kippte den Inhalt des Eimers vor ihm auf den Boden. Dann brachte er sich schnell in Sicherheit. Welke Kohlköpfe, faule Äpfel und altbackene Brotlaibe kugelten in einer zähflüssigen, süßlich riechenden Lache zwischen blutigen Fleischbrocken und zerfetzten Eingeweiden herum. Prüfend warf Jasper einen Blick über seine Schulter. Es war, wie er es vorausgesehen hatte. Niemand im Schlosshof achtete auf ihn. Er ging in die Hocke und sah zu, wie der Bär sich an seiner klebrig zähen Mahlzeit gütlich tat.

»Ja, friss. Friss, du alter Bär. Friss alles auf. Morgen gibt's noch mehr davon.« Jasper war so versunken in den Anblick des aasenden Tiers, dass er das trippelnde Geräusch sich eilig nähernder Schritte überhaupt nicht bemerkte.

»Jasper.« Leise zischte sein Name durch die Dämmerung. Erschrocken sprang er auf und sah sich dem Fräulein gegenüber, das, wie eine Krähe in tiefes Schwarz gehüllt, dicht vor ihm stand. Ein Schleier lag über ihrem Gesicht. An ihrem geduckten Nacken erkannte er sie dennoch.

»Hier, nimm das.« Unter den Falten ihres Umhangs wurde

ein versiegelter Umschlag hervorgeschoben. »Bring diesen Brief zu meinem Schwager in die Neustadt. Er ganz allein soll ihn entgegennehmen. Du darfst ihn keinem anderen aushändigen, hörst du?«

»Ja, ist recht.« Jasper nahm den Umschlag und stopfte ihn in seinen blauen Rock.

Die Knesebeck rückte noch ein kleines Stück näher an ihn heran und hob ihren Schleier. Jasper trat unruhig von einem Fuß auf den anderen und blickte über sie hinweg. Obwohl er sie wenigstens um Haupteslänge überragte, ließ ihre Gegenwart ihn schaudern.

»Hast du dich umgehört? Was erzählt man sich über den Grafen?«

»Ich weiß nicht. Man sagt, er wird hier im Schloss gefangen gehalten. Ein Schneider aus der Neustadt will ihn auf der Galerie gesichtet haben. Zwei Personen sollen bei ihm gewesen sein. Auch heißt es, er sei auf'm Kloster gesehen worden, in der Nähe des Rittersaals. Andere behaupten, er sei zum Steintor hinaus aus der Stadt verschwunden. Aber das alles sind nur Gerüchte. Man weiß nichts Genaues.«

Die Knesebeck streckte die Hand aus und strich mit ihren dünnen kalten Fingern über seine Wange. Jasper wich zurück.

»Du bist ein guter Junge«, flüsterte sie. Ohne einen Blick auf die Mahlzeit des Bären zu werfen, ließ sie den Schleier sinken und huschte so lautlos, wie sie gekommen war, wieder davon.

Achtzehnter Tag des Karnevals

Vormittag

Winterstille lag über dem Leinetal, nur hin und wieder durch den einsamen Schrei einer Krähe oder das leise Knacken eines abgestorbenen Zweiges unterbrochen. Am Himmel zog ein Bussard seine Kreise und spähte mit der Ausdauer des erfahrenen Jägers zwischen den Kronen der Eilenriede nach Beute. Äste und Blätter des ausgeplünderten Gehölzes waren in Kleidern aus Raureif erstarrt, denn noch immer hatte der Februarfrost die Natur fest im Griff. Ganz allmählich aber legte sich ein dumpfes Geräusch über die eisige Ruhe, das schnell von einem kaum wahrnehmbaren Rumpeln zu lautem Donner heranwuchs. Aufgeschreckt vom Zittern der Erde flatterten die Krähen davon, und ein Schneekaninchen rettete sein Leben, als es verstört in seinen Bau zurückhoppelte und nur so den scharfen Krallen des Raubvogels entging.

Plötzlich brach eine Falbe durch das Unterholz und sprengte in stürmischem Galopp über die winterliche Ebene, dicht gefolgt von einem Rappen, dessen Fell im Sonnenlicht wie frisch geschlagene Kohle glitzerte. Angetrieben von ihren Reitern, flogen die Pferde über die Gräben hinweg, die Kötner und

Bauern gegraben hatten, um ihre Parzellen voneinander zu trennen.

Immer wieder gab Antoine seinem Pferd die Sporen. Auf keinen Fall wollte er der Gräfin den Sieg überlassen. Doch hatte er schon lange nicht mehr im Sattel gesessen, und Aurora von Königsmarck war eine draufgängerische Reiterin, die es selbst im Damensitz mit jedem Kürassier hätte aufnehmen können.

»Wo bleibt Ihr, Marquis! Wenn Ihr Euch nicht beeilt, fliege ich davon!«

Nie hatte Antoine sich lebendiger gefühlt als in dem Moment, da die Gräfin ihm ihr lachendes Gesicht zuwandte und er den siegessicheren Blick in ihren Augen sah. Wieder gab er seinem Pferd die Sporen. Schneller. Schneller. Er holte auf und fühlte einen Herzschlag lang den zarten Hauch ihres goldenen Seidenschals, den der eisige Wind in sein Gesicht schlug. Wohin nur trieb ihn diese Frau? Antoine wusste es nicht. Wie die Landschaft flog sein Leben an ihm vorbei, und er versuchte sich an einen Augenblick zu erinnern, da er jemals etwas Ähnliches für einen anderen Menschen empfunden hatte. Es gab keinen. Obwohl er von einem unbeugsamen Schicksal der Elternliebe beraubt worden war, bevor er sich ihrer überhaupt bewusst sein konnte, und schon viel früher als andere die Suche nach der Heimat seiner Seele angetreten hatte, war er in den sechsundzwanzig Jahren seines Lebens doch nie fündig geworden. Bis zu diesem Augenblick. Aus Furcht, sich zu verlieren, hatte er bisher wohl an den falschen Orten gesucht: in den parfümgeschwängerten Salons des Adels, den kotbespritzten Winkeln ihrer Stallungen und überall, wo Intimität gegen Silber zu haben war. Doch das wurde ihm erst jetzt bewusst, da er einer strahlenden Amazone hinterherjagte, die pfeilschnell vor ihm davongaloppierte und das Leben in seiner wunderbaren Fülle und Schönheit mit wildem ungezügeltem Jubel willkommen hieß.

Dass es ausgerechnet eine Frau war, die diese Sehnsucht in ihm entfachte, verwirrte ihn und machte ihn unsicher. Aber die Liebe war ein Geschenk. Er würde sie nicht verschmähen, nur weil sie in unbekannter Gestalt an ihn herantrat.

Später, nachdem sie ihre Pferde bei einem Bauern untergestellt hatten, spazierten sie Seite an Seite am Ufer der Leine entlang. Im milchigen Dunst der fahlen Vormittagssonne lag die Stadt wie im Märchenschlaf. Kein Laut ihrer geschäftigen Betriebsamkeit drang aus den Kurtinen und Ravelins der mittelalterlichen Stadtbefestigung zu ihnen heraus. »Ihr seid eine Frau voller Widersprüche, Madame«, sagte Antoine nach einer Weile und betrachtete Aurora von Königsmarck, die ihr Gesicht zum Himmel erhoben hatte und mit geschlossenen Augen der Sonne entgegenlächelte.

»Widersprüche, was meint Ihr?«

»In Eurer Person vereint sich das Beste, was beide Geschlechter aufzubieten haben. Ihr seid schön und zartfühlend, gleichzeitig aber auch tollkühn und klug. Wie nur seid Ihr so geworden?«

Ein flüchtiges Lächeln huschte über die Lippen der Gräfin, während sie Antoines Arm ergriff und ihre Wange sanft an seine Schulter legte. »Als Kind wünschte ich nichts sehnlicher herbei, als endlich in die Gesellschaft eingeführt zu werden. Ich wollte schöne Kleider tragen, mit den schneidigen Freunden meiner Brüder tanzen und mich unsterblich in den stattlichsten von ihnen verlieben. Doch als es endlich so weit war, suchte Mama meine Garderobe aus, ein Zeremonienmeister füllte meine Tanzkarte, und der Hof bestimmte, wer als Ehemann für mich in Frage kam. Meist waren es Geschäftsfreunde der Familie, die dreimal so alt waren wie ich, oder langweilige Erben mit alten Namen. Die Aufgabe eines jungen Mädchens, Monsieur le Marquis, ist es, sich still zu verhalten und zu tun, was man von ihr verlangt. Natürlich entsprach dies in keiner Weise meiner eigenen Vorstellung von Glück. Und sehr schnell schon wurde mir klar, dass ich die Letzte sein würde, die von dem profitierte, was zu tun man mir auftrug.«

Aurora von Königsmarck war stehen geblieben und richtete ihren Blick auf einen unbestimmten Punkt in der Ferne.

Fasziniert sah Antoine sie an. »Und was habt Ihr unternommen, um Eurem Schicksal zu entgehen?«

»Etwas sehr Simples und zugleich Außergewöhnliches. Ich nahm es selbst in die Hand. Ich setzte mich über Regeln hinweg, zog gegen Konventionen *en bataille* und erstritt mir das Recht auf einen eigenen Kopf. Mit allen Konsequenzen, wie Ihr Euch sicher vorstellen könnt. So bin ich schließlich das geworden, was Ihr, mein lieber Freund, eine Frau voller Widersprüche nennt. Andere nennen mich eine Kokotte und wieder andere eine Abenteurerin. Das ist die ganze Geschichte.«

Nachdem sie noch eine Weile in stillem Verständnis nebeneinanderher spaziert waren, holte die Welt sie wieder ein, und zwar in Gestalt eines Hauptmannes der kurfürstlichen Leibgarde. Breitbeinig baute der Mann sich vor ihnen auf. »Hier geht's nicht weiter. Wenn Ihr in die Stadt zurückwollt, wählt einen anderen Weg.«

»Wieso? Was ist los?« Neugierig sah Antoine über die Schulter des Mannes zu einem Trupp von Soldaten, die mit langen Stöcken den Grund der Leine abstocherten. »Was hat das zu bedeuten?«

»Auf Befehl des Grafen Platen. Wir suchen nach der Leiche des Obristen Königsmarck.«

Antoine spürte, dass Aurora von Königsmarck den Halt verlor. Ehe sie zu Boden sacken konnte, hatte er sie aufgefangen und davongeführt.

»Oh, Philipp!« Mehr brachte sie nicht heraus. Ihre dunklen Augen, die soeben noch kühn in die Welt geblickt hatten, waren voller Tränen.

»Es hat nichts zu bedeuten, Madame. Ganz Europa fragt nach Eurem Bruder. Der Kurfürst muss handeln und nach ihm suchen lassen, wenn er sein Gesicht nicht verlieren will.«

Wie eine Ertrinkende klammerte sie sich an den Pelzkragen seines Überwurfs und schien in seinem Blick nach einer Bestätigung dessen zu suchen, was er gesagt hatte.

»Ja, ich glaube, Ihr habt recht. Tot schadet Philipp mehr, als dass er nutzt. Verzeiht diesen Moment der Schwäche.«

Unter einem Schleier aus Tränen zauberte die Gräfin ein Lächeln hervor, was ihr in Antoines Augen eine geradezu übersinnliche Schönheit verlieh. Unfähig, seinen Blick von ihr zu lassen, beugte er sich zu ihr hinunter und berührte mit seinen Lippen ganz sacht die ihren. Nichts hätte ihn in diesem Moment mehr überrascht als das, was nun geschah. Aurora von Königsmarck öffnete ihren Mund und erwiderte seinen Kuss mit der Leidenschaft der hoffnungslos Verlorenen.

Abend

Man speiste *en cérémonie* an diesem Abend im Rittersaal des Leineschlosses. Nachdem ein Trompeter zur Tafel geblasen hatte, nahmen die fürstlichen Herrschaften an einem langen Tisch Platz, der über und über mit goldener Gerätschaft eingedeckt war. Einzig Graf Platen und seine Gemahlin, denen aufgrund ihrer außerordentlichen Stellung am Kurhannoverschen Hof die Ehre zuteil wurde, ebenfalls an der fürstlichen Tafel zu sitzen, erhielten silbernes Essgeschirr. Sobald ein jeder seinem Rang gemäß den für ihn bestimmten Platz eingenommen hatte, wurden unter den Klängen von Violinen und Oboen die Schüsseln hereingetragen.

Ein Vorschneider, der dem Ehrenplatz des Kurfürsten gegenübersaß, servierte das Fleisch. Da der Erste Minister ebenfalls zu den geladenen Gästen zählte, musste ein Stellvertreter bestimmt werden, der an seiner statt die Aufgabe übernahm, Serenissimus die Serviette anzureichen, während ein Hofjunker ihn mit Wein versorgte und ein Kammerherr, der neben dem Fauteuil des Kurfürsten Aufstellung genommen hatte, seinen Hut hielt. Hatte Seine Durchlaucht einen Gang beendet, standen für das Abräumen der Teller zwei weitere Kavaliere in den Rängen eines Kammerjunkers und eines Kammerherrn bereit. So waren, ohne den Vorschneider mitzuzählen, fünf Personen vonnöten, um dem Kurfürsten bei Tisch aufzuwarten. Da es sich bei seiner Gemahlin und den übrigen erlauchten Herrschaften ähnlich verhielt, bot das Abendgelage des *premier gentil homme d'Allemagne* von der Galerie des großen Saals einen Prospekt von ausgesuchter *grandeur*.

Antoine, den weder Geburt noch Stellung dazu berechtigten, an der Tafel zu bedienen, geschweige denn selbst daran Platz zu nehmen, war indes nur wenig beeindruckt von der Pracht, die vor seinen Augen entfaltet wurde. Während auf goldgetrimmten Platten und Schalen die Speisen, bestehend aus Reis und Salaten, gefüllten Schnepfen, in Milch gegarten Junghühnern, gekochtem Aal, geräucherten Karpfen und Forellen, Austern, Ochsenzungenpasteten, Rehrücken, Ochsen-Kaldaunen sowie scharf gebratenem Hammelfleisch, herein- und wieder hinausgetragen wurden, waren seine Gedanken bei Aurora von Königsmarck. Er schloss die Augen, um sich wieder und wieder den Geschmack ihrer Lippen ins Gedächtnis zu rufen, den berauschenden Duft ihrer Haut einzuatmen und die lebhafte Wärme ihres Körpers zu spüren, der sich in einem Moment nie da gewesener Erfüllung an den seinen geschmiegt hatte. Er, der nur die rauen Umklammerungen junger Burschen kannte, war im ersten Augenblick fast erschrocken gewesen, als sie ihre Arme voller Zärtlichkeit um seinen Körper geschlungen hatte. Fast wäre er zurückgewichen. Doch dann hatte er sich fallen gelassen und die Angst, er könnte am Grund ihrer Umarmung zerschellen, einfach vergessen.

Das dichte Gedränge auf der Galerie riss Antoine aus seiner süßen Erinnerung. Nur zu gerne hätte er auf das *spectacle* der öffentlichen Speisung verzichtet, um einer Einladung der Gräfin für den Abend Folge leisten zu können. Allerdings hatte ein Vorstoß in diese Richtung bei seinem Herrn für leichte Verstimmung gesorgt. Wahrscheinlich, dachte Antoine mit einem Anflug von Belustigung, war der alte Schwerenöter ebenfalls in die Gräfin Königsmarck verliebt. Jedenfalls hatte er, als Antoine nach seinem Ausritt ins Schloss zurückgekehrt war, mit dem Scharfblick einer alten Kupplerin sofort erkannt, was mit ihm los war.

»Meine Pisse soll gefrieren!«, hatte Anton Ulrich voller Erstaunen ausgerufen. »Jetzt hat dich dieses verfluchte Teufelsweib auch noch rumgekriegt.«

Es gab wenig, was Antoine darauf hätte erwidern können.

»Verflixt und zugenäht! Ich sollte ihr meinen Sohn ins Bett legen. Vielleicht würde er sich ebenfalls besinnen, anstatt wie ein kicherndes Weib den Küchenjungen nachzusteigen.«

Es war offensichtlich, dass der alte Stänkerer ihm den Triumph einer Einladung in das Schlafgemach der Gräfin Königsmarck nicht gönnte.

Antoine sah zum Herzog hinab, der soeben eine Auster schlürfte und dabei ungeniert auf das Dekolleté der Herzogin von Eisenach schielte.

Als er plötzlich von hinten gegen die Brüstung der Galerie

gedrängt wurde, wandte er sich ärgerlich um und blickte in das charmante Lächeln Don Nicolòs. »Guten Abend, Monsignore«, sagte er, erfreut über die Begegnung mit seinem italienischen Bekannten. »Ich bin überrascht, Euch auf der Besuchergalerie zu sehen. Wieso seid Ihr nicht bei Tisch, um der Kurfürstin aufzuwarten?«

Der kleine italienische Geistliche zuckte gelassen die Achseln. »Serenissima ist nicht gut auf mich zu sprechen.«

»Wieso das?«

»Es gab einen Vorfall im Salon ihrer Tochter, der Kurfürstin von Brandenburg.«

»Einen Vorfall? Und ich habe nichts davon gehört? Wie seltsam. Gewöhnlich spricht sich so etwas doch in Windeseile herum.«

»Er ereignete sich erst vor wenigen Stunden. Aber noch bevor der Abend sich dem Ende zuneigt, Marquis, darauf gebe ich Euch mein Wort, wird diese ganze Knackwurst fressende Meute«, er deutete mit dramatischer Geste auf die Tafel im Saal, »wissen, dass ein Don Nicolò sich nicht verspotten lässt.«

»Nun macht es nicht so spannend, mein Freund. Was ist geschehen?«

»Als ich der Kurfürstin heute Nachmittag meine Aufwartung machte, empfing sie mich mit der Beschuldigung, ich würde meine Strümpfe mit Watte ausstopfen, um meine Waden besser zur Geltung zu bringen. *Dio mio, se lo può immaginare.* Könnt Ihr Euch das vorstellen?« Bei der Erinnerung an diesen Schimpf bebte die Stimme des Geistlichen vor Erregung.

»Sofort erklärte ich mich bereit, dieses ungeheuerliche Gerücht aus der Welt zu schaffen. Also platzierte ich mein Bein auf einem Tabouret, direkt vor der neugierigen Nase unserer jungen Kurfürstin. Ich war soeben im Begriff, meinen Strumpf zu lösen, als Madame de Krosigk, die Ihrer Durchlaucht aufwartete, wie eine Furie angestürmt kam, um mich daran zu hindern, meine Ehre wiederherzustellen.«

»Und was tatet Ihr, mein Freund?«, fragte Antoine und sah voll des Vergnügens auf Don Nicolò hinab.

»Ich ließ mich nicht aufhalten und versetzte der impertinenten Person einen Nasenstüber.«

Antoine lachte laut auf. »Nein, mein Freund. Das tatet Ihr nicht.«

»So wahr ich Don Nicolò di Montalban aus Conegliano bei Treviso bin. Ich tat es doch. Vielleicht habe ich mich ihrer etwas zu heftig erwehrt. Die Nase der Dame war hinterher rot wie eine überreife Birne.«

»Für diesen Preis scheint mir Eure Ehre wohlfeil erkauft zu sein. Ich hoffe, die Kurfürstin von Brandenburg hat den Anblick Eurer Wade genossen.«

Don Nicolò fiel in das Lachen ein. »Doch wie mir scheint, bin ich nicht der Einzige, der heute Abend mit Missachtung gestraft wird.«

Antoine folgte dem Blick des Geistlichen und entdeckte ganz in der Nähe einen untersetzten Mann, der alleine am Geländer lehnte und betrübt auf die erlauchte Gesellschaft der Tafelnden hinabblickte. Seine Kurzsichtigkeit zwang Hofrat Leibniz, sich weit vorzubeugen, so dass die Allongen seiner Perücke wie die Schlappohren eines Hundes von seinem großen Kopf auf den reich bestickten Rock fielen, der die Bulligkeit seines Körpers auf höchst unvorteilhafte Weise unterstrich. Nachdenklich betrachtete Antoine den berühmten Gelehrten. In der Tat umgab den Wissenschaftler eine Aura der Melancholie und Verlassenheit, die ihn in all dem Trubel um ihn herum zu einem Fremdkörper machte. »Glaubt Ihr wirklich, derlei Gunstbeweise sind von Bedeutung für den Hofrat?«

»Selbstverständlich«, erwiderte Don Nicolò eifrig. »Er wäre

gerne das Hätschelkind des Kurfürsten, so wie er früher das des Herzogs Johann Friedrich war. Aber diese Zeiten sind vorbei. Ernst August hat nichts übrig für die Tausendsassereien und spinnerten Ideen eines Leibniz. Unser verehrter Hofrat hat keinen Anteil an der neuen Macht. Und das schlägt ihm auf den Magen.« Nachdenklich wandte Antoine sich wieder Don Nicolò zu, und mit einem Mal störte ihn das gehässige Lächeln auf den hübschen Gesichtszügen des italienischen Hofkavaliers. Auch kam er ihm nun weitaus weniger charmant und liebenswert vor als sonst. »Unlängst hörte ich«, erwiderte er kühl, »dass die Lust auf Macht, zumindest nach neuesten medizinischen Erkenntnissen, wie jede andere Lust übrigens auch, in der Leber liegt und nicht im Magen.«

Als bald darauf die Tafel aufgehoben wurde und der Ball von neuem begann, flatterte Don Nicolò davon, um das Loblied seiner Ehrenrettung persönlich unter die Leute zu bringen. Antoine entließ ihn ohne Bedauern.

Diskret näherte er sich darauf seinem Herrn, doch der gab ihm mit einem Wink zu verstehen, dass er seiner im Moment nicht bedurfte. Gerne hätte Antoine sich zurückgezogen, doch verbot ihm die Etikette, das Fest vor dem Herzog zu verlassen. Während er gelangweilt und ohne Ziel durch die Menge schlenderte, kam ihm Marie in den Sinn, und mit schlechtem Gewissen gestand er sich ein, dass er sie, außer am Nachmittag, als sie gemeinsam eine hastige Mahlzeit eingenommen hatten, den ganzen Tag sich selbst überlassen hatte. Er würde sich bald darum kümmern müssen, dass sie eine Aufgabe bekam, die sie während seiner Abwesenheit beschäftigte. Deutschunterricht und vielleicht auch etwas Tanz und Gesang würden die Langeweile vertreiben und konnten ihrer Erziehung mit Sicherheit nicht schaden.

Die Schlossuhr hatte längst zur zweiten Stunde geschlagen,

als Antoine bemerkte, dass der Herzog sich in Begleitung eines drallen Edelfräuleins diskret zur Tür des Rittersaals hinausstahl. Erleichtert, seinen Verpflichtungen für den Tag ledig zu sein, beschloss er, dem Beispiel Anton Ulrichs zu folgen und sich ebenfalls zu Bett zu begeben. Schläfrig steuerte er auf den Ausgang zu, als er unsanft zur Seite geschubst wurde. Ärgerlich wirbelte er herum und wollte gerade protestieren, da erkannte er, von wem er so unrühmlich traktiert worden war. Es war Mehmet, der Leibtürke des Kurprinzen. Der Mann war bei Hof bekannt wie ein bunter Hund und gleichermaßen geachtet wie gefürchtet. Auf einem Feldzug in Ungarn war er Georg Ludwig als Beute in die Hände gefallen und seitdem sein stetiger Begleiter. Mehmet, das hatte Antoine während der wenigen Wochen, die er im Leineschloss weilte, bereits begriffen, stand jenseits der Etikette und behandelte jeden bei Hof, ganz gleich welchen Ranges, wie es ihm gerade gefiel. So konnte es zuweilen passieren, dass er sogar den übermächtigen Minister Platen über den Haufen rannte, wenn dieser ihm im Wege war. Seine Rüpelhaftigkeit hatte ihm bei Hof viele Feinde beschert. Andererseits genoss er das bedingungslose Vertrauen des Kurprinzen, was seine Position im Leineschloss unangreifbar machte. Mit riesigen Pranken, die er wie Sensen hin und her schwang, bahnte der Orientale sich einen Weg durch die Menge, wobei sich sein grünsamtener Mantel über dem massigen Leib aufblähte und einen Blick auf die goldbestickte Weste freigab, an deren Schößen ein scharfschneidiger Krummdolch baumelte. Das Ziel des Türken war der Kurprinz. Georg Ludwig war umgeben von Damen und Kavalieren seines Hofstaats, in deren Mitte er sich ganz offensichtlich langweilte, denn immer wieder reckte er den Hals nach der Schulenburg, die in ein Gespräch mit der Kurfürstin verstrickt war. Beim Prinzen angelangt, musste Mehmet, der zu seiner Leibesfülle auch baumgroß von Wuchs war, sich tief hinabbeugen, um ihm etwas ins Ohr zu flüstern. Gleich darauf verließ Georg Ludwig seine Gesellschaft und folgte dem Türken hinaus. Niemand schien daran Anstoß zu nehmen. Und auch Antoine hätte der Szene keine Bedeutung beigemessen, wäre da nicht dieses boshafte Lächeln gewesen, das die sonst so mürrischen Gesichtszüge des Prinzen ganz plötzlich aufleuchten ließ, nachdem er die geflüsterte Botschaft seines Vertrauten vernommen hatte.

Kurz entschlossen folgte Antoine den Männern über zugige Stiegen hinaus auf den östlichen Schlosshof, der unter einem bewölkten Nachthimmel einsam und verlassen dalag, nur spärlich beleuchtet vom Licht der Kerzen, das aus den Fenstern der umliegenden Fassaden nach draußen fiel.

In der Mitte des Hofes blieben die beiden stehen und verharrten in reglosem Schweigen.

Antoine wich in den Schatten der Mauer zurück, atmete flacher und presste die Lippen fest aufeinander, um sich nur ja nicht durch seinen gefrorenen Odem oder das Klappern seiner Zähne zu verraten. In seinem Justaucorps aus broschiertem Atlas hatte er den nächtlichen Temperaturen des winterlichen Hannovers kaum etwas entgegenzusetzen. Es vergingen wenige Augenblicke, als plötzlich die Schritte eisenbeschlagener Stiefel über den gepflasterten Schlosshof hallten. Aus der Durchfahrt für die Karossen, die den östlichen mit dem mittleren Hof verband, traten zwei Soldaten, die, gestützt in ihrer Mitte, einen dritten Mann mit sich schleppten. Dieser schien verletzt zu sein oder Schmerzen zu haben, denn während die Soldaten ihn zu dem wartenden Kurprinzen schleiften, gab er immer wieder leise, schmerzerfüllte Laute von sich. Die Klagen des Unglücklichen stießen indes auf taube Ohren und wurden von seinen Begleitern lediglich mit ärgerlichem Knurren oder einem unflätigen »Schnauze« quittiert.

Antoine spürte, wie jeder Nerv seines Körpers sich spannte. War es möglich, dass all die Gerüchte, die über das Verschwinden des Grafen Königsmarck in Umlauf waren, der Wahrheit entsprachen? Wurde er hier im Schloss, mit Wissen des Kurprinzen, vielleicht sogar mit Wissen des Kurfürsten und der gesamten Hannoverschen Regierung, gefangen gehalten? Antoine strengte seine Augen an, doch es war ihm unmöglich, das Antlitz des Mannes zu erkennen, dessen Haupt kraftlos auf seine Brust gesunken war. Dennoch: Statur und Größe mochten mit dem übereinstimmen, was Antoine vom Aussehen des Grafen in Erinnerung behalten hatte. Sobald die Soldaten mit ihrer elenden Last bei den Wartenden angelangt waren, überquerte die Gruppe gemeinsam den Schlosshof und steuerte auf den Pavillon zu, der Schlossküche und Theater unter einem Dach beherbergte. Dort angekommen, entzündete Mehmet eine Fackel und ließ die Männer eintreten. Nachdem die Tür hinter der bulligen Gestalt des Türken ins Schloss gefallen war, zählte Antoine bis zehn, obwohl seine Glieder in der Zwischenzeit vor Kälte beinahe steif gefroren waren, dann erst nahm er die Verfolgung wieder auf.

Durch die Fenster des Pavillons sah er die Fackel des Türken wie ein Irrlicht hin und her huschen. Erst als das Licht verschwunden war, drückte er die Klinke, und sogleich schlug ihm eine Welle der verschiedensten Wohlgerüche entgegen. Leise schloss er die Tür und steuerte auf den Punkt zu, wo die Fackel von der Finsternis verschluckt worden war. Behutsam tastete Antoine sich vorwärts. In einer riesigen Feuerstelle, die gut und gerne Platz für einen ausgewachsenen Ochsen bot, glomm unter einer Schicht aus Asche noch etwas Glut. Mit einem Mal spürte Antoine, dass er Hunger hatte. Bei all den Düften, die durch die Küchenräume zogen, lief ihm das Wasser im Mund zusammen. Gerade als er sich nach einem liegen gebliebenen Brotkanten oder einem Stück Wurst umsehen wollte, begann sich am Fuß der Feuerstelle etwas zu regen. Und noch bevor Antoine in Deckung gehen konnte, sah er sich einem schmächtigen Bürschlein gegenüber, auf dessen verschreckte Miene die verglühende Kohle zuckende Schatten warf. Schon wurde das verdreckte Schnütchen aufgerissen, die Haut straffte sich auf dem kindlichen Gesicht, und der ängstliche Blick des Jungen erstarrte. Eine Sekunde, vielleicht zwei, dann würde er losbrüllen. Zur Flucht blieb keine Zeit. Für einen Moment zuckte vor Antoines geistigem Auge das Bild des Krummdolchs auf, den Mehmet an seiner Schärpe trug. Er zweifelte keine Sekunde daran, dass der Türke nicht zögern würde, ihn damit in Scheiben zu schneiden, sollte sein Herr es ihm befehlen. Geschwind ging Antoine vor dem Kleinen auf die Knie, kniff ihm kameradschaftlich in die Nase und zauberte ein fröhliches Lächeln auf seine Lippen. Dieses Ablenkungsmanöver verschaffte ihm etwas Zeit, denn das Gesichtchen des Kleinen, gerade noch von Furcht verzerrt, legte sich ganz allmählich wieder in kindliche Ordnung. Die Spannung löste sich, der Unterkiefer klappte zu, und auch die Angst in den Augen wich einem erwartungsvollen Ausdruck. Antoine vertiefte sein Lächeln und holte aus der Tasche seines Rockes einen blanken Groschen hervor. Einladend hielt er dem Jungen das Geldstück entgegen. Mit der Geschwindigkeit eines Greifen, der seine Beute im Sturzflug krallt, packte der Kleine zu und verstaute die Münze irgendwo in den Falten seines fettverschmierten Kittels. Antoine legte die Spitze seines Zeigefingers an die Lippen. Der Kleine nickte und entblößte mit breitem Grinsen sein unfertiges Gebiss. Schließlich richtete Antoine sich wieder auf und streichelte ihm über das verfilzte Haar. Von dem Knirps drohte ihm keine Gefahr mehr. Dann schlich er weiter, bis er an Fässern und Kisten vorbei auf eine halb geöffnete Tür stieß. Ein kalter, muffiger Lufthauch, wie er alten Gewölben eigen ist, wehte zu ihm herauf. Schritt für Schritt tastete Antoine sich nun über glitschige, ausgetretene Stufen hinunter in die Tiefe. Hier war es so düster, dass er seine eigene Hand nicht vor Augen sehen konnte. Unten angekommen, sah er in der Ferne eine Fackel brennen. Da er sich jedoch weit außerhalb ihres Lichtkegels aufhielt, musste er sich wieder auf seinen Tastsinn verlassen, um die Umgebung erkunden zu können. Er befand sich in einem niedrigen tunnelartigen Gang, von dem in unregelmäßigen Abständen verrottete, schief in ihren Angeln hängende Holztüren abgingen. Vermutlich, dachte Antoine, wurden hier die weniger verderblichen Speisen für die Küche gelagert. Vielleicht hatte er ja sogar Glück und stieß irgendwo auf ein Fläschchen Champagner oder Ungarwein. Herzog Anton Ulrich wäre sicher entzückt, einen guten Tropfen auf Kosten seines Cousins zu leeren. Er hatte kaum diesen vergnüglichen Gedanken zu Ende gedacht, als ein markerschütterndes Heulen die feuchte Ruhe des modrigen Kellers durchriss.

Was war das? Dem Schrei folgte Grabesstille, dann setzte der elende Laut von neuem ein. Antoine gefror das Blut in den Adern. Als Knabe war er einmal Zeuge einer öffentlichen Brandmarkung geworden. Die Schreie des Verurteilten hatten ebenso geklungen wie die des Unglücklichen, die in diesem Moment an sein Ohr drangen. Es waren die Schreie eines Mannes in unendlicher Pein. So schnell es ihm auf dem rutschigen Kellerboden möglich war, lief Antoine los. Im Lichtschein der Fackel angelangt, stieß er auf eine Kellertür, die einen Spaltbreit offen stand. Von hier kamen die verzweifelten Schmerzenslaute. Er spähte durch den schmalen Schlitz und erkannte als Erstes den grünsamtenen Mantel des Türken. Mehmet hielt einen brennenden Kienspan in der Hand und schien damit jemandem zu leuchten, den er mit seinem breiten Rücken vor Antoines Blicken verbarg. Als er einen Schritt zur Seite trat, erkannte Antoine jedoch die halbnackte Gestalt eines Mannes, der auf einem Schemel hockte und eine lederne Schürze über seinen entblößten Oberkörper gestreift hatte. Antoine sah den Mann zwar nur von hinten, doch die kleine gedrungene Gestalt ließ keinen Zweifel daran, dass es sich um den Kurprinzen handelte. In seiner Hand hielt der Prinz eine rot glühende Zange, die er, gerade als der Türke zur Seite getreten war, mit brutaler Gewalt auf ein unglückliches Opfer zu seinen Füßen niedersausen ließ. Antoine stockte der Atem. Wer hier in aller Heimlichkeit vom Kurprinzen in persona gemartert wurde, stand für ihn außer Frage.

Neunzehnter Tag des Karnevals

Vormittag

Mit klatschendem Geräusch, als würde ein nasser Lappen zu Boden geworfen, landete das blutige Stück Fleisch vor der lang gezogenen Schnauze des Bären. Gemächlich erhob der sich von seinem Lager aus schmutzigem Stroh und unterzog den roten Fetzen einer gründlichen Untersuchung. Zunächst beschnupperte er das triefende Fleischstück, stupste es mit seinen Vorderpfoten hin und her und besah es dann von allen Seiten, bis er es schließlich in einem Stück verschlang.

Zwar hielt Marie gebührenden Abstand, dennoch beobachtete sie voller Zufriedenheit, wie der Bär seine Mahlzeit verzehrte. Dies war der schönste Anblick, der sich ihr geboten hatte, seit sie im Leineschloss wohnte. Wieder griff Jasper in den Eimer und warf dem Bären etwas von den Abfällen hin. Dabei schenkte er ihm jedoch kaum Beachtung, sondern blickte immer wieder um Anerkennung heischend über seine Schulter zu ihr herüber.

Nach dem Frühstück hatte Jasper vor der Kammer auf sie gelauert und sie mit Händen und Füßen überredet, ihm zu folgen. Zunächst hatte Marie gezögert. Allzu deutlich erinnerte sie sich an den feuchten Kuss, den er ihr zwei Tage zuvor auf die Lippen gedrückt hatte. Schließlich aber hatte sie nachgegeben. Jede Gesellschaft, auch die dieses Holzklotzes, war besser, als einen weiteren Tag damit zu verbringen, auf dem Bett zu liegen und stundenlang an die Decke zu starren.

Marie wusste nicht, ob sie den treuherzigen Blick des Schlosstrabanten mit einem Lächeln belohnen sollte. So wenig sie diesen Jasper auch kannte, spürte sie dennoch, dass die Bärenfütterung seine Art war, ihr zu zeigen, dass er sie mochte. Es war der gleiche Instinkt, der ihr sagte, dass der Marquis sich verliebt hatte. Über Nacht schien sie eine Begabung dafür entwickelt zu haben, anderen Menschen ins Herz zu blicken. Zwar war Marie sich nicht sicher, ob ihr dieses neue Talent gefiel, aber sie ahnte, dass es in der Zukunft ein verlässlicher Begleiter sein würde.

Bei dem Gedanken an den Marquis sank ihre Laune, und sie beschloss, Jasper nicht mit einem Lächeln zu belohnen. Gleichmütig ließ sie ihren Blick schweifen und tat so, als ob sie sich langweilte; was wiederum dazu führte, dass Jasper die Fütterung des Bären umso eifriger fortsetzte. Gut so, dachte sie. Wenigstens hat die arme, angekettete Kreatur etwas davon, dass er mich mag. Wieder dachte sie an den Marquis. Gestern hatte sie ihn kaum gesehen. Frühmorgens war er ausgeritten und abends mit seinem Herrn zu einem festlichen Souper gegangen. Nur während eines späten Mittagessens hatte sie ihn kurz zu Gesicht bekommen, doch da war er ebenso gesprächig gewesen wie die Schwestern im Kloster, wenn sie ihr Silentium gehalten hatten. Natürlich war er in Gedanken wieder bei seiner neuen Freundin gewesen, dieser Gräfin Königsmarck. Das konnte Marie an dem blöden Lächeln erkennen, mit dem er unablässig durch sie hindurchgeblickt hatte. Der Marquis interessierte sich überhaupt nicht mehr für sie. Er dachte nur an diese Frau mit ihrem aufgesetzten Gehabe. So hatte sie sich das Zusammenleben mit ihm nicht vorgestellt. Marie spürte Empörung in sich aufsteigen. Sie war doch nicht extra aus Paris nach Hannover gekommen, um irgendwo in der Dachkammer eines zugigen Schlosses abgestellt und vergessen zu werden, während der Marquis alten Frauen hinterherstieg und sich auf Bällen amüsierte.

Wieder fing Marie einen treulichen Blick ihres grobknochigen Verehrers auf. Plötzlich änderte sie ihre Meinung und schenkte Jasper ein kleines Lächeln.

Nachdem die Raubtierfütterung vorüber war, nahm Jasper sie zu den Buden an der Marktkirche mit und kaufte ihr dort heißen Eierpunsch und etwas Süßes. Danach schlenderten sie ziellos durch die Altstadt, rutschten eine Weile vergnügt auf dem zugefrorenen Wallgraben herum und kehrten erst lange nach Einbruch der Dunkelheit wieder ins Schloss zurück. Zwar hätte Marie gerne nachgesehen, ob der Marquis in ihrer Kammer auf sie wartete, doch schien es Jasper nicht eilig zu haben, sie dorthin zurückzubegleiten. Seine Schritte wurden immer langsamer, während er sie über die vielen spärlich beleuchteten Gänge des Leineschlosses führte, bis er sie schließlich sacht, aber bestimmt in eine Nische drückte und mit seinen großen Händen sanft über ihr Mieder strich. Marie war diese Art der Vertraulichkeit unangenehm. Dennoch wehrte sie sich nicht. Der junge Wachmann war den ganzen Tag nett zu ihr gewesen. Und was schadete es schon, wenn Jasper über den Stoff ihres Kleides strich? Solange er die Bänder nicht löste, war doch nichts dabei. Immer dichter drängte er sich nun an sie heran. Schon spürte Marie seinen Atem, der noch immer nach Karamell und gebrannten Mandeln roch. Eilig drehte sie ihren Kopf zur Seite, damit er sie nur ja nicht wieder mit seinen wulstigen Lippen küsste. Ein bisschen nett sein war eine Sache. Aber sich von ihm abschlecken zu lassen, als sei sie ein kandierter Apfel, war etwas ganz anderes. Als Jasper seine Schenkel gegen ihren Schoß presste, hatte sie endgültig genug und schubste ihn von sich.

»Nein. Ich habe dir doch schon gesagt, dass ich das nicht will. Also lass mich in Ruhe.«

»Na, komm schon. Macht doch Spaß.«

So viel Deutsch verstand Marie immerhin, um zu begreifen, was Jasper von ihr wollte.

»Nein«, wiederholte sie bestimmt, wappnete sich aber innerlich für eine handfeste Auseinandersetzung, die sie, das war ihr sehr wohl bewusst, kaum für sich würde entscheiden können, wenn Jasper es darauf anlegte, Ernst zu machen. Dass sie noch einmal so glimpflich davonkommen würde wie bei ihrer ersten Begegnung im Schloss, wagte Marie kaum zu hoffen.

»Bitte.« Jaspers Stimme hatte nun fast etwas Weinerliches, als er sie anflehte, ihn gewähren zu lassen.

Marie verzog angewidert das Gesicht. Meine Güte, wieso war alle Welt nur so versessen … darauf. *»Nein!«*

Widerstrebend ließ Jasper von ihr ab und wich zurück, wobei er sie aus seinen tief umschatteten Augen unsicher musterte. Voller Erstaunen begegnete Marie seinem reuevollen Blick. Allein ihr energischer Tonfall hatte genügt, um ihn sich vom Hals zu halten. Wie war das möglich? Ein triumphierendes Gefühl durchrieselte ihren Körper. Sie konnte befehlen, und dieser breitschultrige Kerl mit dem Gesicht eines Lausbuben gehorchte. Wenn sich daraus nicht etwas machen ließ. Noch während sie diesen Gedanken zu Ende dachte, wusste Marie, dass sie im Begriff stand, sich auf ein gefährliches Spiel einzulassen. Und dennoch war die Versuchung größer als die Vernunft. Wie weit würde Jasper gehen, um ihr zu gefallen? Was war er für einen Kuss bereit zu tun? Um das herauszufinden, stemmte Marie keck ihre Linke in die Hüfte und bedeutete ihm mit der Rechten, sich ihr wieder zu nähern.

Sofort kam Jasper angetapst.

»Bring mich zu deiner Gefangenen. Ich will sie mir ansehen. Wenn du das tust, darfst du mich küssen.«

Hilflos schüttelte Jasper den Kopf. Marie seufzte verärgert. Jeder anständige Mensch bei Hof sprach Französisch. Wieso nur war sie ausgerechnet an diesen Holzkopf geraten?

»Die Kurprinzessin.« Marie presste die Handgelenke gegeneinander, als trüge sie Fesseln. »Die Gefangene. Verstehst du mich?«

»Ah ja.« Jasper nickte zustimmend. *»Die Prinzessin.«*

»*Die Prinzessin.*« Bedächtig ahmte Marie die deutsche Aussprache nach. »Ja. Bring mich zu ihr.« Mit Zeige- und Mittelfinger zeichnete sie tippelnde Schritte in die Luft. Jasper schien begriffen zu haben. Doch auf einmal war er weitaus weniger forsch als noch wenige Sekunden zuvor bei dem Versuch, sie zu küssen.

»Ich will sie sehen.« Marie lächelte aufmunternd und warf ihm eine Kusshand zu. »Wenn du mich in ihre Gemächer bringst, bekommst du vielleicht einen Kuss von mir.« Dem jungen Soldaten schien immer noch nicht klar zu sein, worauf sie hinauswollte. Lauernd beobachtete er sie. Kurz entschlossen ergriff Marie seinen Rockärmel und zog ihn mit sich. »Los komm. Wir gehen.«

Endlich hatte Jasper begriffen. Doch anstatt ihr zu folgen, hielt er sie am Arm zurück und schüttelte ungläubig den Kopf. *»Du kannst nicht zur Prinzessin. Das ist verboten.«*

»Hast du etwa Angst?« Abfällig verzog Marie den Mund. »Du bist feige.«

Verlegen kratzte Jasper sich am Kopf.

Obwohl sie an seinem Mienenspiel erkannte, dass die Missachtung in ihrer Stimme durchaus Eindruck auf ihn machte, erreichte sie dennoch nicht das gewünschte Ziel. Jetzt gab es nur noch ein Mittel, das helfen konnte. Marie stellte sich auf die Zehenspitzen und gab Jasper einen flüchtigen Kuss. »*Komm*«, und dann noch einen. Gebannt beobachtete sie, was als Nächstes passieren würde. In schneller Abfolge spiegelten sich die verschiedensten Empfindungen auf seinem breiten Gesicht: Erstaunen, Furcht, Abenteuerlust, Zweifel, Ärger und Verlangen. Schließlich packte er ihre Hand und schleppte sie mit sich den Gang entlang. Endlich hatte sie ihn so weit.

Hätte Marie geahnt, wie problemlos sie an den Wachleuten vorbeikommen würden, gewiss hätte sie Jasper nicht so leichtfertig einen Kuss versprochen. Es waren ohnehin nur fünf oder sechs Männer, die vor dem Appartement der Kurprinzessin Posten bezogen hatten. Während zwei von ihnen auf Stühlen sitzend ein Nickerchen hielten, erwehrten sich ihre Kameraden der Eintönigkeit des Wachdienstes bei einem Würfelspiel. Der Tür zum Appartement ihrer Gefangenen schenkten sie keinerlei Beachtung. Zwar hatte Jasper sich bereit erklärt, Marie den Weg zu den Räumen der Prinzessin zu weisen, doch selbst einzutreten wagte er nicht. Ihr war es recht. Sollte sie erwischt werden, war sie ohne ihn besser dran. Dann konnte sie wenigstens behaupten, sich verlaufen zu haben. Marie legte ihre Hand auf die Klinke und versuchte, dem mulmigen Gefühl in ihrem Magen keine Beachtung zu schenken. Noch war es nicht zu spät, wieder umzukehren. Auf einmal aber sah sie den Marquis vor sich, wie er Seite an Seite mit der Gräfin durch den Park spazierte. Lautlos drückte Marie die Klinke herunter.

Das Vorgemach der Kurprinzessin war vollkommen verlassen. Zwischen goldgefassten venezianischen Spiegeln brannten Kerzen in glitzernden Girandolen, von denen an Ketten kirschgroße Kristalltropfen herabfielen. Auf Konsolen und in

Glasvitrinen waren Kleinode ausgestellt, Goldgerät und Porzellan, deren Betrachtung dem Wartenden die Zeit bis zum Erscheinen der Prinzessin verkürzen sollte. In der Mitte des Zimmers stand ein Lehnstuhl mit grünen Seidenpolstern und Troddeln von leuchtendem Orange, um den herum Stühle und Tabourets mit der gleichen Bespannung gruppiert waren. Trotz der exquisiten Ausstattung wirkte das Gemach verwahrlost. Seit Tagen war hier nicht mehr Staub gewischt worden. Ein Seidenschal, achtlos beiseitegelegt, hing über der Lehne des Prunksessels, verstreut auf Vitrinen und Tischen stand benutztes Geschirr, und über all dem hing ein muffiger, süßlicher Geruch. Selbst für Marie, die nur wenig über die Verhältnisse in der kurfürstlichen Familie wusste, war offensichtlich, dass die Kurprinzessin in Ungnade gefallen war. Im angrenzenden Gemach, einem Salon mit schweren Möbeln, etlichen Porträts und goldvioletten Samtvorhängen an den Fenstern, sah es wenig anders aus.

»Was tust du hier?«

Erschrocken wirbelte Marie herum und sah sich einer üppigen Brünetten gegenüber, die in ein kostbares Hausgewand gehüllt war, von dessen Ärmeln luftige Spitze herab auf reich beringte Finger rieselte. Ansonsten aber war die Frau in einem ähnlichen Zustand wie die Gemächer, die sie bewohnte. Obwohl weder frisiert noch geschminkt, war die Kurprinzessin von Hannover dennoch eine große Schönheit. Das erkannte Marie sogar bei dem flüchtigen Blick, den sie erhaschte, bevor sie eilig das Haupt neigte und mit zitternden Knien in einen Hofknicks versank.

»Madame«, stammelte sie. »Ich … ich bitte um Entschuldigung. Ich habe mich verlaufen.«

Sophie Dorothea erhob sich von dem Sofa, auf dem sie saß, und kam langsam näher. Wie eine Schlafwandlerin, dachte

Marie und richtete sich auf ihren Wink hin wieder auf. Dabei ordnete sie nervös die Falten ihres Straßenkleids und hoffte, dass man ihm die Spuren der Schlitterpartie auf dem Wall nicht allzu deutlich ansehen würde.

»Ich kenne dich.«

»Ihr kennt mich?«, echote Marie voller Erstaunen. »Das kann nicht sein. Ich bin neu in der Stadt.«

»Ich habe dich von meinem Fenster aus beobachtet. Du kamst jeden Tag, um die arme Kreatur im Schlosshof zu füttern. Bis man dich vertrieben hat.«

»Das ist wahr.« Bemüht, ihre Verwirrung zu verbergen, knickste Marie erneut. »Verzeiht, Madame. Ich wollte nicht stören. Ich werde jetzt wieder gehen.«

»Nein, bleib.« Die Prinzessin kam noch etwas näher. »Seit Tagen werde ich in meinen Gemächern gefangen gehalten und sehe immer nur dieselben Gesichter. Du bist Französin, wie meine Mutter. Habe ich recht?«

Marie nickte. Dabei wagte sie kaum, die Prinzessin anzusehen, und hielt ihren Blick verlegen auf den weiten Wurf ihres Gewandes gerichtet, der einen starken Geruch nach Bitterorange und Schweiß verströmte.

»Wie bist du hierhergekommen? Und wer hat dich hereingelassen?«

»Niemand hat mich reingelassen. Ich bin eine Verwandte des Marquis de Montagnac. Er ist der Sekretär des Herzogs Anton Ulrich. Und dass ich hier bin, ist reiner Zufall. Ich habe mich wie gesagt verlaufen.«

Plötzlich überzog ein strahlender Glanz die matten Augen der Kurprinzessin. »Dich schickt der Himmel. Komm rasch.« Ihr wirres Haar flog um die weißen Schultern, während sie zu ihrem Schreibpult eilte und nach Feder und Tinte griff. »Du musst einen Brief für mich zu Seiner Durchlaucht bringen.

Vielleicht hat er Neuigkeiten vom Grafen Königsmarck. Mich lässt man seit Tagen in Ungewissheit, was mich schlimmer schmerzt als der Verlust meiner Freiheit. Wenn ich wüsste, dass er noch lebt, könnte ich neue Hoffnung schöpfen. Doch genau das wollen meine Feinde nicht. Allen voran mein eigener Gemahl. Und ihm zur Seite diese abscheuliche Gräfin Platen, *la Grosse*. Sie ist es, die ihre schwarzen Schwingen über mein Lebensglück gebreitet hat. Dessen bin ich gewiss.«

Die Prinzessin schluchzte auf. Dies war, nach ihrer wirren Rede, für eine Weile das letzte Geräusch in dem Salon. Bis auf das Kratzen der Feder, die von fliegender Hand geführt über das Papier irrte, blieb alles still. Hilflos stand Marie neben der Schreiberin und versuchte vergeblich, die Übelkeit zu bekämpfen, die allmählich in ihr hochstieg. Was würde der Marquis sagen, wenn er davon erfuhr? Wieso nur war sie hergekommen? Was hatte sie sich dabei gedacht? Sie hatte doch von Anfang an gewusst, dass es Ärger geben würde. Marie war so sehr damit beschäftigt, sich in den lebhaftesten Farben die Konsequenzen ihres verbotenen Besuchs auszumalen, dass vor Schreck beinahe ihr Herz stehen geblieben wäre, als eine Hand schwer auf ihre Schulter fiel.

»Was hat das zu bedeuten, Durchlaucht?«

Ohne von Marie oder der Prinzessin bemerkt worden zu sein, hatte eine weitere Person den Salon betreten.

Marie sah in ein blasswangiges Gesicht, umrahmt von feinem blondem Haar, das in altmodischer Manier offen bis auf eine verwachsene Schulter fiel.

»Wer ist dieses Mädchen?« Die Stimme der Frau war kaum mehr als ein Flüstern, und doch klang sie so scharf wie ein Peitschenknall. »Sag, wer bist du? Was hast du hier zu suchen und wer hat dich geschickt?«

»Niemand. Ich … habe mich verlaufen.«

»Verlaufen?« Mit ihren unversöhnlichen grauen Augen hielt die Frau Maries furchtsamen Blick gefangen.

»Seid ganz ruhig, *ma confidente.* Dieses Mädchen schickt uns der Himmel. Sie wird meinem guten Onkel von Braunschweig-Wolfenbüttel eine Nachricht zukommen lassen. Vielleicht erfahre ich auf diese Weise endlich etwas über das Schicksal des Grafen.«

»Ich warne Euch, Durchlaucht. Vertraut diesem Bogen Papier nichts an, was Euch später inkommodieren könnte. Vielleicht ist dies eine Falle. Vielleicht hat Graf Platen das Mädchen gesandt, nur um Euch auszuhorchen.«

»Redet keinen Unsinn, Eleonore.« Die Stimme der Kurprinzessin war voller Ungeduld. »Nach zwölf Jahren inmitten eines Rudels von Wölfen kenne ich das Antlitz der Verschlagenheit. Ich würde es sehen, wenn das Mädchen mir übelwollte. Außerdem ist sie Französin wie meine Mutter. Wir können ihr vertrauen. *Ne c'est pas?*«

Das werbende Lächeln der Prinzessin ließ keinen Widerspruch zu. Marie nickte ergeben. Es war ohnehin zu spät, den Ausflug in ihre Gemächer vor dem Marquis geheimzuhalten. Wieso also sollte sie dieser unglücklichen Frau, von der so viel gesprochen wurde, nicht einen kleinen Dienst erweisen? Auf Eleonore, von der Marie annahm, dass sie eine Hofdame der Kurprinzessin von Hannover war, machten die vertrauensseligen Worte ihrer Herrin offenbar nur wenig Eindruck. Sie musterte Marie mit einem Blick, der nichts Gutes verhieß. Schließlich machte sie abrupt kehrt und verließ eiligen Schrittes den Salon.

Hastig wandte sich die Kurprinzessin wieder ihrem Brief zu. Dabei sprach sie leise und abgehackt. »Zerbrich dir nicht den Kopf über meine Kammerjungfer. Das hat keine Not. Sie wird tun, was ich ihr befehle. Sorge du nur dafür, dass der

Brief an den Wachen vorbei in die Hände des Herzogs gelangt. Wirst du das für mich tun?« Sie faltete den Bogen und hielt ihn Marie mit befehlsgewohnter Geste entgegen. Marie verstaute das Papier zwischen Hemd und Schnürleib, knickste und verließ eilig den Salon.

»Komm wieder, wenn du kannst«, rief die Prinzessin ihr hinterher.

Das, dachte Marie mit aller Entschlossenheit, würde sie gewiss nicht tun. Im Spiegelkabinett wurde sie bereits von der misstrauischen Hofdame erwartet, die ihr, in Begleitung eines verschüchtert wirkenden Jaspers, den Weg verstellte.

»Du bleibst.«

Zwischen ihr und Jasper entspann sich eine kurze Unterhaltung, die Marie zwar nicht verstand, über deren Inhalt sie sich aber spätestens dann im Klaren war, als eine schallende Ohrfeige rote Striemen auf seiner Wange hinterließ.

In Marie regte sich das schlechte Gewissen, als sie sah, wie er mit hängenden Schultern und Angst in den Augen vor der bleichen Hofdame stand und sich mit der Hand die gerötete Wange hielt. Seine Zuchtmeisterin zeigte indes keine Gemütsbewegung. Nachdem sie mit ihm fertig war, wandte sie sich an Marie.

»Jasper hat mir gesagt, dass du zum Gefolge des Herzogs Anton Ulrich gehörst. Ist das wahr?«

Zwar gefiel Marie ihr Tonfall nicht, doch wollte sie Jasper nicht noch mehr schaden, daher beschränkte sie sich auf eine simple Antwort. »Ja. Ich bin eine Verwandte des Marquis de Montagnac und wohne erst seit ein paar Tagen im Schloss.«

»Ich glaube dir. Trotzdem rate ich dir gut, dich nie wieder in die Nähe dieser Gemächer zu wagen. Du und Jasper, ihr werdet hier warten, bis ich euch ein Zeichen gebe. Dann könnt ihr das Appartement verlassen.«

Nachdem sie gegangen war, hockte Jasper sich wie ein Häufchen Elend auf den Boden und murmelte leise: »*Kotzdonner Eselei.*« Was auch immer das bedeutete, in Maries Ohren klang es passend. Ihrem mitfühlenden Lächeln wich er beschämt aus und ließ den Kopf hängen. Marie war nicht sicher, was sie tun sollte. Ihr war es anzulasten, dass man ihn geschlagen hatte. Dafür, fand sie, schuldete sie ihm einen kleinen Trost. Zögernd ging sie vor ihm auf die Knie und hob sein Kinn. Unsicher trafen sich ihre Blicke. Dann beugte Marie sich vor und berührte mit ihren Lippen ganz vorsichtig die seinen.

Brief der Kurprinzessin Sophie Dorothea an Seine Durchlaucht Anton Ulrich von Braunschweig-Wolfenbüttel

Mon cher Oncle de Brunswick Wolfenbuttle,

gewiss ist Euch das Unglück bekannt, welches plötzlich über mich gekommen. Man hat den Einflüsterungen meiner Feinde Gehör geschenkt, und so werde ich nun auf Veranlassung Seiner kurfürstlichen Durchlaucht in meinen Gemächern gefänglich gehalten. Jedweder Kontakt zur Außenwelt ist mir untersagt. Sogar meine eigenen Kinder hält man fern von mir.

Meinen Gemahl bekümmert mein Schicksal wenig. In den zwölf Jahren unserer Ehe hat er seine affection *stets all denen bezeiget, die mir Übles wollten, und mir mit seinen Sottisen das Leben sauer gemacht. Ihr kennt ihn und könnt Euch vorstellen, was ich an seiner Seite erdulden musste. Seine froideur gegen mich hat schließlich auch meine amitié erstarren lassen, und so habe ich schließlich das Glück, das mein Gatte mir versagte, bei einem anderen gefunden. Namentlich dem Grafen Königsmarck, meinem chevalier vainqueur, dessen*

Freundschaft der einzige Trost war, der mir in den letzten vier Jahren an diesem unwirtlichen Ort zuteilwurde. Dies macht man mir nun zum Vorwurf und tractiert mich, trotz meiner hohen Stellung, auf gar schimpfliche Weise. Doch was noch schlimmer ist, man lässt mich gänzlich im Ungewissen, was mit dem Grafen geschah. Nun wende ich mich in tiefster Verzweiflung an Euch und hoffe, dass Euer mildtätiges Herz sich öffnet und Ihr mir helfen möget, etwas über das Schicksal des Grafen Königsmarck in Erfahrung zu bringen. Ich vertraue auf Eure générosité und bin gewiss, dass die Freundschaft, die Ihr stets die Güte hattet, mir zu erweisen, Euch nicht gleichgültig macht gegen das Leid einer Unglücklichen.

Sophie Dorothea

Nacht

»Wie um Himmels willen bist du nur daran gekommen?« Ungläubig ließ Antoine den Briefbogen auf das Laken sinken. Obwohl Marie ihn soeben erst aus dem Schlaf gerissen hatte, war er jetzt hellwach. »Wie spät ist es überhaupt?«

»Ich weiß es nicht, Monsieur. Ich … ich habe nicht auf den Schlag der Uhr geachtet.« Gesenkten Hauptes stand Marie vor seiner Bettstatt und verbarg ihr Gesicht unter den glatten Flechten ihrer nussbraunen Haare. In der Hand hielt sie eine Öllampe, mit der sie ihm beim Lesen dieser ungeheuerlichen Lektüre geleuchtet hatte. Antoine schwang die Beine aus dem Bett und spürte sogleich, wie die nächtliche Kälte unter seinem dünnen Schlafgewand an Waden und Schenkeln heraufkroch. »Würdest du mir bitte sagen, was das zu bedeuten hat! Du bist kaum drei Tage in der kurfürstlichen Residenz, und schon befindest du dich inmitten des größten Skandals, den dieses Land je gesehen hat. Das kann doch kein Zufall sein.«

Antoine musste laut geworden sein, denn Marie wich furchtsam zurück. »Es tut mir leid.«

»Es tut dir leid? Mehr hast du mir nicht zu sagen?«, blaffte Antoine. Unbeabsichtigt hatte Marie ihm einen Grund gegeben, endlich seinem angestauten Ärger Luft zu machen. Den ganzen Tag hatte er darauf gebrannt, bei der Gräfin in der Osterstraße vorsprechen zu können, um ihr seine Beobachtungen der vergangenen Nacht wie eine Liebesgabe zu Füßen zu legen. Aurora von Königsmarck sollte wissen, dass er die zärtlichsten Gefühle für sie hegte und daher nicht zauderte, sein Versprechen einzulösen. Doch all die süßen Hoffnungen, die er an ein Wiedersehen mit ihr geknüpft hatte, waren im Laufe des Tages während der Erledigung von hunderterlei Belanglosigkeiten wie Seifenblasen geplatzt. Von früh bis spät hatte der Herzog ihn mit Beschlag belegt, und der Tag war vergangen, ohne ihm das Glück zu bescheren, die Gräfin zu sehen. Die Sehnsucht nach ihr hatte seine Gedanken so sehr in Anspruch genommen, dass ihm, als er am Abend müde und frustriert auf sein Lager gesunken war, gar nicht aufgefallen war, dass Marie nicht in ihrem Bett gelegen hatte. Und genau darüber ärgerte er sich am allermeisten, während er im Nachtgewand vor seiner jungen Schutzbefohlenen auf und ab marschierte. Nun bekam er die Rechnung dafür, dass er sich wider besseres Wissen hatte überreden lassen, sie zu sich zu holen. Obwohl er doch von Anfang an gewusst hatte, dass weder seine Stellung noch seine häusliche Situation dazu angetan waren, eine solche Verantwortung zu übernehmen.

Schließlich beendete Antoine seine unruhige Wanderung und beugte sich zu Marie hinab. »Du musst mir versprechen, solche Ausflüge in Zukunft zu unterlassen. Du hast nichts, aber auch gar nichts im Appartement der Kurprinzessin verloren. Haben wir uns verstanden?«

Marie verharrte schweigend.

»Wir sind nur zu Gast hier im Schloss, und ich möchte nicht, dass der Eindruck entsteht, wir würden uns wie Eindringlinge benehmen.«

Energisch schüttelte Marie ihr Haar zurück und funkelte ihn herausfordernd an.

»Ich wollte Euch nur helfen, nach diesem verschwundenen Grafen zu suchen. Ihr seid doch so versessen darauf, bei seiner Schwester Eindruck zu schinden. Oder etwa nicht?«

Die Leichtigkeit, mit der sie ihn durchschaut hatte, entriss Antoine endgültig die Zügel, mit denen er seinen Ärger mühsam im Zaum gehalten hatte. Er packte sie bei den Schultern und rüttelte sie heftig durch. »Herrgott noch mal, Marie! Das hier ist kein Spaß! Muss ich dich daran erinnern, was beim letzten Mal geschah, als du auf eigene Faust Ermittlungen angestellt hast?« Mit Schaudern dachte er an den zerschundenen Kinderkörper zurück, den er im Leichenkeller des Pariser Châtelet gesehen hatte. »Im Übrigen schadest du der Sache der Gräfin Königsmarck mehr, als dass du ihr dienst, wenn du deine neugierige Nase in Dinge steckst, die dich nichts angehen. Und das werde ich unter keinen Umständen zulassen.«

Marie öffnete den Mund und wollte etwas erwidern. Als Antoine jedoch mahnend den Zeigefinger hob, schluckte sie ihre Bemerkung herunter und blieb stumm.

»Leg dich schlafen«, fuhr er ungnädig fort. »Das hier«, er wedelte mit dem Brief der Kurprinzessin, »werde ich dem Herzog übergeben. Aber glaube ja nicht, die Sache wäre damit vom Tisch.« Marie nickte. Mit ihren tränennassen Augen wirkte sie auf einmal so verletzlich wie ein neugeborenes Kätzchen. In Antoine regte sich das schlechte Gewissen, und schon verspürte er Reue wegen des harten Tonfalls, den er ihr gegenüber angeschlagen hatte. Marie hatte lediglich die Wahrheit gesagt und trug an seiner schlechten Laune keine Schuld. Fast schon war er versucht, sich zu entschuldigen, unterdrückte diesen Impuls aber gleich wieder. Nachgiebigkeit war vermutlich der leichtere Weg, doch würde er Marie damit gewiss keinen Gefallen erweisen. Daher fügte er, vielleicht strenger als beabsichtigt, hinzu: »Und nun leg dich schlafen. Morgen sehen wir weiter.«

Marie knickste und verschwand hinter dem Wandschirm. Während Antoine sich wieder zu Bett begab, fragte er sich besorgt, wie es mit ihrer kleinen Schicksalsgemeinschaft wohl weitergehen mochte. Außer einem leisen Schluchzer hörte er in dieser Nacht nichts mehr von Marie.

Zwanzigster Tag des Karnevals

Nachmittag

Als Antoine am folgenden Nachmittag endlich der Aufsicht seines anspruchsvollen Herrn entfliehen konnte, eilte er pfeifend wie ein Klosterschüler in die Osterstraße zum Haus des Grafen Königsmarck. Doch noch während er den Türklopfer in Händen hielt, spürte er, dass etwas nicht in Ordnung war. Schon beim ersten Schlag des Messingknaufs gegen das mit Obelisken und Steinkugeln verzierte Portal zeigte sich, dass sein Gefühl ihn nicht getrogen hatte. Die Tür schwang auf, so dass er, einem betrunkenen Landsknecht gleich, über die Schwelle ins Innere des Hauses stolperte, wo sich ihm ein Anblick der Verwüstung bot. Sämtliche Türen waren aufgerissen, und aus den angrenzenden Gemächern ergossen sich zertrümmerte Möbel, aufgeschlitzte Kissen, zerbrochene Vasen, Schüsseln, Gläser, silbernes Essgeschirr sowie zerschlagene Statuetten und anderer Zierrat in buntem Durcheinander auf dem Boden des Entrées. Antoine zog die Türe hinter sich zu und durchwanderte mit der Scheu des ungebetenen Gasts die ruinierten Salons, Ess- und Schlafräume des unteren Stockwerks. Nirgendwo war eine Menschenseele zu sehen. Erst als er in das Entrée zurückgekehrt war, begriff er, dass es gar nicht die zu Schanden gekommene Einrichtung war, die ihn irritierte, sondern die leisen Klänge einer Gitarre, die aus dem oberen Stockwerk zu ihm herabwehten und dem Bild der Zerstörung eine eigentümliche Dramatik verliehen. Mit bangem Herzen stürmte Antoine die Treppen hinauf, der Melodie entgegen. In der ersten Etage sah es nicht anders aus als im Erdgeschoss. Antoine rannte eine Gemäldegalerie entlang und sprang über gebrochene Bilderrahmen und aufgeschlitzte Leinwände mit Porträts, Genrestücken und Landschaftsmalerei zu einer Tür am anderen Ende des Ganges. Als er sie aufriss, fand er sich im Empfangssalon des Grafen Königsmarck wieder, der ihm von seinem letzten Besuch vor wenigen Tagen noch gut in Erinnerung geblieben war. Hier bot sich ihm eine merkwürdige Szene. Fatima, die kleine Orientalin, und Hildebrand, der klapperdünne Sekretär, hasteten geschäftig durch das Zimmer und schafften Ordnung, während ihre Herrin breitbeinig wie eine Bäuerin auf einem Fauteuil saß und dazu Gitarre spielte, wobei die Flechten ihrer schwarzen Haare offen auf ihre entblößten Schultern fielen.

Antoine stockte der Atem. Noch nie hatte er die Gräfin so schön gesehen wie in diesem Augenblick. Beiläufig glitten ihre schlanken Finger über die Seiten des bauchigen Instruments, und ein entrücktes Lächeln lag auf ihren Lippen, so als wäre sie mit der Musik dem Wirrsal um sie herum entwichen. Niemand nahm Notiz von dem Neuankömmling. Erst als Antoine auf sich aufmerksam machte, sahen alle gleichermaßen überrascht auf.

»Marquis!« Aurora von Königsmarck erhob sich und glitt achtlos über die Stapel hinweg, die ihre Untergebenen sorgfältig aufgeschichtet hatten, um sie in Truhen und Kisten zu verstauen.

»Was ist geschehen?« Antoine deutete auf die zerstörten Bilder der Gemäldegalerie.

»Der Vizekanzler hat uns einen Besuch abgestattet und einige seiner Männer mitgebracht.«

»Ludolf Hugo war hier?« Nur zu gut erinnerte Antoine sich an den wenig chevaleresken Auftritt des kleinen spitzgesichtigen Männleins vor kaum einer Woche in den Gemächern der Kurprinzessin.

Die Gräfin nickte.

»Was hat er gesucht?«

»Die Briefe Sophie Dorotheas.«

»Und?«

Aurora von Königsmarck lächelte maliziös. »Seine Männer haben das Meublement meines Bruders vergeblich zerschlagen. Sie haben nichts gefunden. Hildebrand ...«

»Madame.«

Hildebrand war näher getreten und blickte mit hündischer Ergebenheit auf die Schwester seines Herrn herab.

»Es ist gut, Hildebrand.« Die Gräfin legte ihre schlanke Hand auf seinen Unterarm, was einen erstaunlichen Effekt auf dem griesgrämigen Gesicht des Sekretärs hervorrief. In allerkürzester Abfolge leuchtete es in den verschiedensten Tönen von Rot bis Dunkelviolett, nur um schließlich jegliche Farbe zu verlieren.

»Der Marquis ist ein Freund.«

Antoine neigte das Haupt, und sogleich stieg ihm der betörende Duft ihrer Haut in die Nase.

»Hildebrand hat die Briefe an unser Bankhaus in Hamburg geschickt. Somit sind sie dem Zugriff der Kurhannoverschen Regierung entzogen. Natürlich würde Platen den armen Mann für die Treue zu unserer Familie vierteilen lassen. Doch dazu wird es nicht kommen.« Die Gräfin schenkte Hildebrand ein warmherziges Lächeln. »Der Marquis wird uns nicht verraten.«

»Nein, Madame.« Kühl musterte Antoine die hoch aufgeschossene Gestalt des Sekretärs. Es ärgerte ihn, dass dieser Hildebrand der Gräfin einen Dienst erwiesen hatte, der sie ihm gegenüber diesen warmherzigen Ton anschlagen ließ. Antoine war entschlossen, Hildebrand ebenso viel Misstrauen entgegenzubringen, wie dieser ihm entgegenbrachte.

»Madame, ich muss mit Euch sprechen. Allein.«

Die Dringlichkeit des Tonfalls ließ Aurora von Königsmarck überrascht aufblicken. Erst jetzt sah Antoine, dass ihre Pupillen auf unnatürliche Weise geweitet waren. Vermutlich hatte sie den Saft der Belladonna in ihre Augen geträufelt, um diesen Effekt zu erzielen. Damen der Gesellschaft griffen gerne auf dieses Schönheitsmittel zurück, um ihrem Blick etwas Geheimnisvolles und Verführerisches zu geben.

»Gut.« Mit einem lässigen Winken ihrer Hand bedeutete sie Hildebrand und dem Mädchen, das Zimmer zu verlassen.

»Ihr seid erstaunlich gefasst, Madame«, sagte Antoine, sobald Aurora von Königsmarck und er alleine waren. »Welche Frau würde wohl mit solcher Gemütsruhe einen Überfall auf ihr Haus hinnehmen. Noch dazu, wenn keine Aussicht besteht, die Täter zu belangen.« Voller Bewunderung sah Antoine die Gräfin an und widerstand nur unter Aufbietung all seiner Kräfte dem Verlangen, sie an sich zu ziehen.

»Ich habe einen Bruder verloren. Glaubt Ihr, ein paar zerschlagene Möbel sind von Bedeutung für mich?«

»Aus diesem Grund bin ich gekommen. Ich habe Anlass zu der Vermutung, dass ein Mann in der Residenz gefangen gehalten wird.«

»Was sagt Ihr da?« Aurora von Königsmarck packte Antoine bei den Schultern. »Woher wisst Ihr davon?«

»Ich habe ihn mit eigenen Augen gesehen.«

»Wann?«

»Keine zwei Tage ist es her.«

»O mein Gott, Philipp. Er lebt.«

Einen glückseligen Augenblick badete Antoine in dem Leuchten ihrer dunklen Augen. Dann jedoch hob er mahnend die Hand. »Ich möchte keine falschen Hoffnungen in Euch wecken. Ich kann nicht mit Sicherheit sagen, ob es sich bei der betreffenden Person um Euren Bruder handelt. Größe und Statur mögen darauf hindeuten. Doch sein Gesicht sah ich nicht.«

»O bitte! Findet es heraus.« Die Beherrschung, mit der sie den Anschlag auf ihr Domizil ertragen hatte, war dahin. Aufgeregt stürzte Aurora von Königsmarck zu dem aufwändig gearbeiteten Sekretärschrank, den Antoine ebenfalls von seinem letzten Besuch her kannte, und wühlte mit fliegenden Fingern darin herum. »Alles, was Ihr benötigt, will ich heranschaffen. Waffen zu Eurer Verteidigung.« Sie hielt Antoine eine Radschlosspistole mit reichen Bein- und Perlmuttverzierungen entgegen. »Oder wollt Ihr lieber einen Dolch? Ihr werdet auch Geld benötigen. Handsalben, um verschlossene Münder zum Reden zu bringen.« Aus einer prall gefüllten Geldkatze kullerten blankpolierte Gold- und Silbermünzen auf den Boden.

»Nein, Madame, nicht. Ich möchte weder Eure Waffen noch Euer Geld.« Antoine nahm der vor Aufregung bebenden Gräfin den Beutel und die Pistole aus der Hand und legte beides zurück auf den Sekretär.

»Ist es zu viel verlangt, wenn ich Euch bitte, Eure Ermittlungen fortzusetzen?«, fragte sie mit banger Hoffnung in der Stimme.

»Nein. Nichts ist zu viel verlangt.«

Dieses schlichte Bekenntnis ließ Aurora von Königsmarck

aufhorchen. »Ach, so ist das.« Langsam trat sie auf ihn zu und fesselte ihn mit ihrem Blick. Obwohl er spürte, wie sehr ihm das Begehren im Gesicht geschrieben stand, konnte Antoine nicht anders, als ihren Blick zu erwidern. Alle Erdenseligkeit lag in dem wundervollen Glück, ihr nahe sein zu dürfen. Wieder sog er den lieblichen Duft ihrer Haut ein.

»Kommt.« Plötzlich war ihre Stimme wieder honigsüße Gelassenheit. Sie zog Antoine zu sich heran und führte seine Hand an ihre Brust.

»Madame, ich …« Seine Stimme war kaum mehr als ein heiseres Flüstern.

»Schsch.« Sie legte ihren Zeigefinger auf seinen Mund und öffnete mit geübten Griffen die silbernen Knöpfe seiner Weste. Ihre Lippen berührten zart die Kuhle unter seinem Adamsapfel, und für den Bruchteil einer Sekunde spürte Antoine den feuchten Schlag ihrer Zunge. Dieser kurze Moment genügte, um seine angestaute Erregung aus ihren Fesseln zu schlagen. Ungestüm zerrte er das wallende Gewand der Gräfin über die Rundungen ihrer Schultern und schmiegte sein Gesicht an die warme weiche Haut ihrer Brüste. Er hörte ein leises Lachen, spürte, wie sein Halstuch aus dem Knopfloch gezogen wurde und ihre Hände über seine Brust glitten, bis zu der Vertiefung seines Nabels, wo sie einen Moment verweilten, bevor sie weiter hinabwanderten. Antoine stöhnte auf. Schweißperlen rannen ihm unter den Allongen seiner künstlichen Haartracht über den Rücken, und er wurde von einer Hitze erfasst, die beinahe unerträglich schien. Mit kundigen Fingern hatte Aurora von Königsmarck ihn schnell von Justaucorps, Weste und Culotte befreit und ließ sich, als auch er nackt vor ihr stand, beinahe willenlos gegen die Wand drängen. Antoine hatte inzwischen jede Kontrolle verloren. Seine Liebkosungen waren wild und hemmungslos, so wie er es von den geheimen Begegnungen in den Ställen kannte. Mit hartem Griff presste er die Handgelenke der Gräfin gegen die Wand, spreizte mit den Knien ihre Schenkel und drang in sie ein. Kraftvoll stieß er zu. Einmal, zweimal. Dann ergoss er sich mit einem heiseren Aufschrei.

Eine Weile verharrten beide in regloser Umklammerung. Wie lange, wusste Antoine nicht zu sagen. Die Scham lähmte ihn, und er wagte kaum, sich zu rühren. »Verzeiht«, brachte er schließlich heraus und löste sich aus den Armen der Gräfin. »Ich bin den Umgang mit Frauen nicht gewohnt. Es … es war das erste Mal für mich.«

Lastendes Schweigen schlug ihm entgegen. Schließlich wagte Antoine sie anzusehen. Ein Lächeln umspielte ihre Lippen; es war nicht enttäuscht, nicht gereizt, nicht unfroh und erbittert, es war amüsiert. Sie streifte seine Perücke ab und warf sie achtlos zu Boden. Dann zerzauste sie mit den Fingern seinen kurzgeschnittenen Blondschopf. »Ihr seid ein guter Junge und gewiss ein gelehriger Schüler.« Sie glitt an ihm vorbei und bereitete aus Kleidern und Kissen ein Lager, auf das sie sich wie eine Venus rekelte und ihm einladend die Arme entgegenstreckte. »Wollt Ihr Euch nicht zu mir legen?«

»Ich kann nicht. Sicher wäre ich wieder grob gegen Euch.«

»Nicht, wenn Ihr tut, was ich Euch sage.«

Zögernd legte Antoine sich neben sie und ließ seinen Blick über ihren makellosen Körper gleiten, der weiß und gemeißelt wie die der Göttinnen auf den Gemälden des flämischen Malers Rubens war.

»Und nun, mein Freund, berührt mich. Aber sanft und ohne Hast.« Langsam glitten seine Finger über ihren Bauch hinab bis zu ihrem Schoß und verfingen sich in den seidigen Haaren ihrer Scham. Sie erschauerte, und auch seine Erregung kehrte zurück, als ihre Hände tastend und forschend seinen Körper erkundeten. Fast war er erstaunt, als er bemerkte, dass ihre zärtlichen Liebkosungen seine Lust noch mehr entfachten, als es die derben Berührungen gekaufter Liebesdiener vermochten. Doch zügelte er seine Erregung, um den Genuss zu verlängern. Außerdem war es nicht seine eigene Befriedigung, auf die er sann. Mit jedem seiner Blutstropfen lechzte er danach, ihr Lust zu verschaffen. Langsam neigte er sein Haupt und versank in den geheimen Regionen ihrer Schenkel.

Die Nacht war längst hereingebrochen, als sie sich endlich voneinander lösten.

»Aurora. Aurora. Aurora.« Mit dem feierlichen Ernst eines Glaubensbekenntnisses wiederholte er immer wieder ihren Namen. »Aurora. Die Morgenröte.« Sanft strichen seine Finger über ihr duftendes Haar, das in seidigen Wellen seine Brust bedeckte. »Ja, das bist du für mich. Denn es kommt mir so vor, als hättest du mich aus einem tiefen dunklen Schlaf erweckt. Ich liebe dich.«

Er hörte ihr leise perlendes Lachen. »Liebe ist kein ehrbares Gefühl. Es wird viel zu viel Aufhebens darum gemacht.« Mit einem genießerischen Seufzen kuschelte sie sich noch dichter an ihn heran und schlief ein. Reglos, um sie nicht aufzuwecken, hielt Antoine sie im Arm und betrachtete versonnen seine Umgebung. Obwohl er sich selbst auf köstliche Weise ermattet fühlte, wollte er keine Sekunde dieser verstörenden und doch zugleich wundervollen Nacht verschlafen. Die Unordnung, die die Männer des Vizekanzlers auch in diesem Gemach hinterlassen hatten, kam ihm wie ein Abbild seiner eigenen Gemütsverfassung vor. Wie bloß war er hierher gekommen? Nackt auf dem Boden liegend, eine schöne Frau an seiner Seite? Von ferne hörte er die Uhr der Marktkirche die neunte Stunde schlagen. Sicher würde der Herzog ihn schon vermissen und morgen seine schlechte Laune an ihm auslassen.

Doch das war ihm egal. Im Hier und Jetzt spielte das Morgen keine Rolle. Während die Kerzen herunterbrannten und ihr Wachs auf die silbernen Leuchter tropfte, versuchte Antoine, sein aufgewühltes Seelenleben zu bezähmen und Ordnung in die wild durcheinanderpurzelnden Gedanken zu bringen. Doch es gelang ihm nicht. Immer wieder blieb sein Blick an einem zerschlagenen Spiegel oder den zerfetzten Polstern eines Stuhls hängen.

Da gab es etwas, das aus den Tiefen seines Unterbewusstseins an die Oberfläche wollte. Antoine schloss die Augen. Plötzlich hatte er eine andere Frau vor sich. Sophie Dorothea, die verzweifelt und in Tränen aufgelöst zusehen musste, wie ihre Gemächer durchsucht wurden. Jäh riss er die Augen wieder auf und betrachtete erneut die Zerstörung um ihn herum. Mit einem Mal wusste er, was ihn bei der Durchsuchung im Appartement der Kurprinzessin irritiert hatte. Kein Seidenkissen war zerschnitten, kein Bild von der Wand genommen, kein Vorhang heruntergerissen, kein Möbelstück zerschlagen worden. Die Männer des Vizekanzlers hatten genau gewusst, in welchen Verstecken die geheime Liebeskorrespondenz Sophie Dorotheas zu finden war. Irgendjemand musste ihnen verraten haben, wo sie zu suchen hatten.

Nacht

Marie tauchte ihre Hand in den Eimer und fischte eine gallertartige, weißlich schimmernde Masse heraus. Unsicher sah sie sich um. Jasper stand im Schatten der Mauer und belauerte sie wie ein Wolf. Marie fröstelte und zog mit der freien Hand die Enden ihres Umhangs zusammen. Plötzlich stand Jasper neben ihr. Er lächelte. Die Lücke zwischen seinen kräftigen

Schneidezähnen schien heute noch breiter, als Marie sie in Erinnerung hatte. Jasper deutete auf das Gedärm in ihrer Hand und nickte. Marie holte aus und warf es in die Höhe. Wie ein Bumerang schraubte sich das Kuttelstück in den grellblauen Himmel, flog in Kreisen eine Bahn und landete schließlich vor dem massigen Kopf des Bären, der es gierig verschlang.

»Komm näher«, sagte Jasper. »Er tut dir nichts.«

»Bist du sicher?«

»Ja, ganz sicher.«

Wieder war da dieser ausgehungerte Blick in den Augen des jungen Trabanten. Konnte sie Jasper wirklich trauen? Wieso wollte er sie unbedingt in die Nähe des Bären locken? Hatte er es vielleicht darauf angelegt, dass das Raubtier sie verletzte? War er wütend, weil sie ihm nicht erlaubte, Dinge mit ihr zu tun, die alle Jungen in seinem Alter tun wollten? Marie hatte Angst. Doch das konnte sie Jasper unmöglich zeigen. Wenn sie jetzt schwach war, würde sie ihn nicht mehr im Zaum halten können. Dann hatte sie verloren. Und davor fürchtete sie sich noch mehr als vor dem Bären. Marie sah Jasper an und versuchte in seinem Gesicht zu lesen. Wieder war da dieses aufmunternde Lächeln. Zögernd setzte sie einen Fuß vor den anderen, bis sie auf ungefähr zehn Schritte an den Bären herangetreten war. Sie wandte den Kopf. Jasper war nicht an ihrer Seite. Mit einem Blick über ihre Schulter erkannte sie, dass er zurückgeblieben war. Immer noch lächelte er. Doch jetzt hatte sein Lächeln etwas Boshaftes und Verschlagenes. Plötzlich hörte sie das Rasseln von Ketten. Heißer, stinkender Atem schlug ihr entgegen. Direkt vor ihr stand der Bär und taxierte sie mit seinen kleinen grausam glitzernden Augen. Marie war vor Angst wie erstarrt. Unfähig, sich zu rühren, ließ sie sich von der spitzen Schnauze beschnuppern und sah voller Entsetzen auf den muskulösen Körper, der gemächlich hin und her wogte. Womöglich wollte er nur gestreichelt werden. Langsam streckte Marie ihre Hand aus und legte sie auf seinen Kopf. Der Bär grunzte zufrieden. Plötzlich aber holte er aus und schlug ihr die langen Krallen seiner Pranke in den Unterleib.

Ein gellender Schrei riss Marie aus dem Schlaf. Schweißgebadet fuhr sie in die Höhe. Doch noch bevor sie begriff, dass sie es war, die im Traum geschrien hatte, riss der Schmerz im Unterleib sie wieder zurück auf ihr Lager. Marie krümmte sich zusammen und schlang die Arme um ihren Körper. Feucht klebte das Nachthemd auf ihrer Haut. Was war das nur? Plötzlich ließ der Schmerz nach. Marie fror erbärmlich. Sie suchte nach der Decke und fand sie zusammengeknüllt am Fußende ihrer Bettstatt. Zitternd griff sie danach, wurde aber fast im selben Moment von einem zweiten Krampf erfasst. Sie hörte das Blut in ihren Ohren rauschen und wie von ferne ihre eigenen qualvollen Seufzer. Was geschah nur mit ihr? »Monsieur? Monsieur le Marquis.«

Nichts. Sie war allein. Plötzlich spürte sie, dass etwas Warmes, Klebriges ihre Schenkel hinunterrann. Marie tastete danach, in der Dunkelheit konnte sie nicht erkennen, was es war. Doch als sie an ihren Fingern roch, wusste sie es. Blut. Ihr ganzer Unterleib war voller Blut.

Marie wollte schreien und konnte nicht. Panik schnürte ihr die Luft ab. Wo war nur der Marquis? Wieso ließ er sie alleine? Marie bekreuzigte sich. »Bitte, lieber Gott, was geschieht nur mit mir? Mach, dass die Schmerzen aufhören. Bitte mach, dass die Schmerzen endlich aufhören.« Ihre Gebete verhallten ungehört. Die Schmerzen kamen nun in Wellen. Wie im Traum schien auch jetzt die Pranke eines Raubtiers ihren Unterleib zu zerfetzen. Und immer, wenn sie dachte, sie hätte es überstanden, wurde ihr Körper von der nächsten Schmerzwelle heimgesucht. Irgendwann verließ sie die Angst. Vollkommen erschöpft lag sie auf ihrem zerwühlten Lager und betete nur noch darum, dass sie endlich sterben möge. Dann, Marie wusste nicht, wie viel Zeit vergangen war, fiel der Schein einer Kerze auf ihr Gesicht.

»Marie! O mein Gott, was ist passiert?«

Durch den Nebel ihrer Benommenheit spürte sie, wie der Marquis ihren heißen Kopf an seine Brust bettete. »Es tut so weh, Monsieur. Es tut so weh.«

»Sei ruhig, meine Kleine. Ganz ruhig. Bald ist es vorbei.«

»Ich glaube, ich muss sterben.«

Sanft strich der Marquis ihr die schweißnassen Haare aus der Stirn. Marie blickte auf und sah das Mitgefühl in seinen tiefblauen Augen.

»Nein, *ma petite*, du stirbst nicht.«

Marie glaubte ihm. Sie schloss die Augen und schlief ein.

Einundzwanzigster Tag des Karnevals

Vormittag

»Mein Kind«, sagte Aurora von Königsmarck und strich Marie sanft über die Wange. »Du hast keinen Grund, dich zu fürchten. Was dir gestern Nacht widerfahren ist, hat eine ganz natürliche Ursache. Der Abgang des Geblüts ist eine Verrichtung des weiblichen Körpers und bezeichnet das Ende der Kindheit. Jetzt bist du eine Frau.«

Antoine zupfte unruhig am Knoten seiner Steinkerke. Solche Themen waren nun wirklich nichts für die Ohren eines *honette homme.* Dennoch gratulierte er sich zu seinem Entschluss, Marie hierher gebracht zu haben. Wie hätte er, der gänzlich unerfahren auf diesem Gebiet war, zu einem jungen Mädchen über derlei Dinge sprechen können? Niemals hätte er, so wie es die Gräfin nun tat, in diesem ungezwungenen Ton Worte voller Weisheit und Vernunft gefunden. Allerdings musste er sich eingestehen, dass das delikate *sujet*, welches seine Gastgeberin mit so viel Umsicht angeschnitten hatte, nicht der alleinige Grund für seine Nervosität war. Es war vor allem ihr Anblick, der ihn, ungeachtet der Wichtigkeit seines Besuchs, zunehmend aus der Fassung brachte. War sie, die diese salbungsvollen Worte sprach, wirklich dieselbe

Frau, die gestern Nacht in seinen Armen gelegen und sich ihm bedingungslos hingegeben hatte? Um sich durch seine begehrlichen Blicke nicht zu verraten, richtete Antoine seine Aufmerksamkeit auf Marie, die sich trotz der lockeren Atmosphäre in ihrer Haut nicht recht wohl zu fühlen schien. Rote Flecken brannten auf ihren blassen Wangen, während sie unsicher auf einem Schemel hin- und herrutschte und ihr dunkel umschatteter Blick gehetzt durch das Tafelgemach im Haus an der Osterstraße glitt, in dem die denkwürdige Konferenz stattfand. Voller Anerkennung musste Antoine feststellen, dass das Chaos, das er bei seinem gestrigen Besuch vorgefunden hatte, gänzlich beseitigt worden war. Von dem Überfall der Männer des Vizekanzlers zeugten lediglich die bunt zusammengewürfelten Stühle um den langen Esstisch. Inzwischen hatte Aurora auf einem Lehnstuhl Platz genommen und schenkte der Adressatin ihrer Ansprache ein nachsichtiges Lächeln.

»Der Marquis hat mir erzählt«, fuhr sie in leichtem Plauderton fort, »dass du sehr viel Blut verloren hast. Stimmt das?«

Marie nickte, blieb aber stumm wie ein Fisch. Voller Scham sah sie auf die Einlegearbeiten des blankpolierten Holzfußbodens.

»Nun, so darfst du dich glücklich schätzen. Es ist ein Zeichen von Gesundheit, wenn die monatliche Reinigung gehörig vonstattengeht. Fließt das Blut zu schwach, führt dies zu allerlei Beschwerden, als da sind: Übelkeit, Engigkeit um die Brust, Kopfschmerz und Aufschwellung des Gesichts. Schau in den Himmel, und du wirst bereit sein, wenn die rote Jungfer das nächste Mal über dich kommt. Denn alle vier Wochen, unter der Einwirkung des Neumonds, kehrt die Regel zu den jungen, saftreichen Frauen zurück. Die Alten hingegen bedürfen der ganzen Kraft einer Mondperiode, um ihre Gefäße zum Öffnen zu bringen. Fatima«, wandte sich die Gräfin nun an ihre türkische Ziehtochter, die bis dahin schweigend am anderen Ende des Tisches gesessen und scheinbar gleichmütig den Ausführungen ihrer Ziehmutter gelauscht hatte. »Bring Marie eines deiner Beinkleider.«

»Reinlichkeit«, fügte sie erklärend hinzu, nachdem die junge Orientalin das Zimmer verlassen hatte, »ist in den Tagen der Blutung von größter Wichtigkeit. Daher solltest du in dieser Zeit ein Beinkleid aus Flanell anlegen. Der Stoff ist saugfähig, damit vermeidest du, dass deine Röcke beschmutzt werden. Hast du noch Fragen?

Hastig schüttelte Marie den Kopf.

»Sicher nicht?«

»Ehm …« Antoine räusperte sich. Da Marie es nicht tat, musste er an ihrer Stelle sprechen. »Madame, ich danke Euch im Namen meiner Schutzbefohlenen für Eure lehrreichen Worte. Über eines bin ich mir allerdings noch im Unklaren und hätte gerne Euren Rat gehört. Was ist zu tun, wenn das Menstruum zu fließen beginnt? Marie hatte unsägliche Schmerzen. Kann man ihr das nicht ersparen?«

»Natürlich«, sagte die Gräfin, und ein amüsiertes Lächeln huschte über ihre Lippen. »Doch ist dies ein heikles Thema, und ich fürchte die Grenzen der Schicklichkeit zu überschreiten, wenn ich offen zu Euch darüber spreche.«

»Ich bitte Euch, Madame«, entgegnete Antoine voller Eifer. »Nichts, was Ihr sagen könntet, würde ich als unschicklich erachten. Ihr habt mein vollstes Vertrauen.«

»Nun denn.« Die Gräfin warf Marie einen nachdenklichen Blick zu. »Wie alt bist du, mein Kind?«

»Dreizehn, fast vierzehn. Glaube ich zumindest.«

»*Très bien*. Das dachte ich mir. Du hast einen sehr hübschen Busen, *ma petite*. Klein und fest. In diesem Alter«, fuhr sie an

Antoine gewandt fort und schenkte ihm dabei ein vergnügtes Augenzwinkern, »beginnen junge Mädchen wollüstige Gedanken zu entwickeln. Seid Ihr darüber im Bilde, ob Eure kleine Freundin bereits einem Jungen oder Manne in sexualibus beigelegen hat?«

À la bonheur, dachte Antoine und spürte, wie ihm das Blut unter die Maske seines geschminkten Gesichts schoss. »Nein … eh, das … das bin ich nicht.« Er sah zu Marie hinüber und bemerkte, dass es ihr ähnlich erging. Immer noch starrte sie auf die Ornamente des Fußbodens, doch war ihr Kopf inzwischen so rot wie der eines gekochten Hummers.

»Hast … ehm«, Antoine räusperte sich erneut. »Hast du?«

Marie schüttelte heftig den Kopf, wagte jedoch nicht, ihn anzusehen.

»Das ist gut«, stellte Aurora von Königsmarck mit einer Gelassenheit fest, als drehte sich ihre Konversation um die Speisenabfolge für das Souper oder die Malessen einer Nachbarin. »Es ist der Gesundheit abträglich, wenn ein Mädchen vorzeitig mit den Geschlechtsverrichtungen beginnt. Leider achtet man zu wenig auf derlei Dinge. Besonders unter Leuten von Qualität wird auf die zarte Konstitution junger Frauen keine Rücksicht genommen. Allerdings ist auch das unbotmäßige Betasten der Geburtsteile von Übel. Jede Gelegenheit dazu sollte vermieden werden. Die Onanie, ebenso wie der Beischlaf, kann bei einem jungen Mädchen zu heftigen Schmerzen während der *mensis* führen. Ein kühles Nachtlager, mäßige Abendkost sowie ein Trank aus Heidelbeersirup, Wegerich-Wasser und Eselskot lindern indes den Schmerz. Und nun, mein liebes Kind«, sagte sie zu Marie, sah dabei jedoch mit einem verführerischen Lächeln zu Antoine, das ihm einen wohligen Schauer um den anderen über den Rücken jagte, »möchte ich dir gratulieren, dass du dich in Vertrauen dem

Marquis unterstellt hast. Denn trotz aller Peinlichkeit, die die Belange des Weibsvolks dem Manne eingeben, erweist er dir in dieser schwierigen Zeit eine Freundschaft wie kaum ein Vater seiner eigenen Tochter. Du schuldest ihm Dank und Gehorsam. Ich hoffe, du bist dir darüber im Klaren.«

Nachmittag

Mit brennenden Augen hatte Marie sich nach ihrer Rückkehr aus der Osterstraße zu Bett begeben und die Decke über den Kopf gezogen. Immer noch spürte sie ein unangenehmes Ziehen im Unterleib. Aber der Schmerz war längst nicht mehr so schlimm wie in der vergangenen Nacht und im Vergleich zu der Scham, die heiß durch ihre Adern schoss, geradezu lächerlich. Wie nur hatte der Marquis ihr das antun können? *Du schuldest ihm Dank und Gehorsam.* Wie Hohngelächter hallten die Worte der Gräfin in ihren Ohren. Dank und Gehorsam! Wofür? Als ob es nicht schon schlimm genug gewesen wäre, dass mitten in der Nacht Blut aus ihrem Körper geflossen war, hatte der Marquis sie auch noch durch die halbe Stadt geschleift, um sie diese schrecklichen Dinge hören zu lassen. Dinge, an die allein zu denken grauenvoll genug war. Und ausgerechnet die Gräfin Königsmarck hatte er dazu auserkoren, ihr diese Widerwärtigkeiten zu sagen. Natürlich, in ihren Worten hatte sich das alles sehr vornehm angehört. *Einem Manne in sexualibus beigelegen.* Aber egal, wie man es aussprach, es bedeutete immer wieder nur ein und dasselbe. Marie kroch noch tiefer unter ihre Decke und zog die Beine an.

»Marie.« Als hätte sich ein glühendes Eisen in ihr Fleisch gebrannt, spürte sie die Hand des Marquis auf ihrer Schulter. Wieso ging er nicht einfach und überließ sie ihrem Elend?

Lieber sterben als ihm noch einmal in die Augen sehen zu müssen. Sie wollte endlich alleine sein.

»Ich habe dir Obst und leichtes Dessertfleisch aus der Küche gebracht. Brot und verdünnter Wein sind auch dabei. Sicher wirst du schlafen, wenn ich vom Ball zurückkehre. Aber vorher solltest du unbedingt etwas essen, hörst du?«

Die Hand löste sich von ihrer Schulter. An der Tür blieb der Marquis stehen. »Es ist alles gut. Mach dir keine Sorgen«, sagte er begütigend. Dann hörte sie, wie die Tür leise ins Schloss fiel. Marie wischte sich die Tränen aus dem Gesicht und zog geräuschvoll die Nase hoch. Eine Dame machte das nicht. Oft genug war sie von den Nonnen ermahnt worden. Nein. Eine Dame machte das nicht. Damen machten andere Dinge. Sie lagen Männern *in sexualibus* bei und redeten über furchtbare Sachen. Marie wollte keine Dame sein.

Sie musste eingeschlafen sein, denn plötzlich schreckte sie hoch. Etwas hatte sie geweckt. Ein leises Klopfen an der Tür.

»Marie.«

Jasper. Auch das noch. Was hatte der denn hier zu suchen?

»Marie, bist du da?«

Jasper war wirklich der Letzte, den Marie jetzt sehen wollte. Gerade machte sie Anstalten, sich wieder in ihrer Höhle aus Decken und Laken zu verkriechen, als die Klinke langsam heruntergedrückt wurde. Mit einem Satz war sie aus dem Bett gesprungen und eilte zur Tür. Wütend riss sie sie auf.

»Lass mich in Ruhe!«

Verlegen grinsend trat Jasper einen Schritt zurück und hielt ihr seine Faust entgegen. Trotz ihres Ärgers bemerkte Marie das erwartungsvolle Leuchten in seinen Augen. Jasper drehte die Faust um und öffnete sie. Auf seinem Handteller lag ein Lederband, in das kleine glitzernde Steine eingeflochten waren.

»Das ist für dich. Ich hab's bei den Buden an der Kirche gekauft. Sind echte Edelsteine, hat der Händler gesagt. War aber ein Zigeuner. Bei denen muss man immer vorsichtig sein.«

Marie verstand kein Wort. Dennoch begriff sie, dass Jasper ihr ein Geschenk machen wollte. »Ist das für mich?« Marie tippte mit dem Zeigefinger gegen ihre Brust.

Er nickte.

Unschlüssig sah sie auf das Schmuckstück, das zusammengerollt wie eine Schnecke auf seinem großen Handteller lag.

»Nimm's ruhig. Ich schenke es dir.« Unablässig grinsend streckte er ihr weiter das Kleinod entgegen.

Einmal mehr dachte Marie, dass er trotz seiner Größe und der breiten Schultern aussah wie ein kleiner Junge, wenn er lächelte. Genau genommen sah er dann sogar richtig nett aus. Marie nahm das Lederbändchen und legte es um ihr Handgelenk. Eine Weile mühte sie sich, den kleinen silbernen Verschluss zu verhaken. Als Jasper sich zu ihr herabbeugte, wich sie hastig über die Schwelle zurück in die Kammer. »Bleib, wo du bist! Glaube ja nicht, du würdest heute wieder einen Kuss bekommen.« Abwehrend hob sie beide Arme, so dass das funkelnde Bändchen zu Boden fiel. Jasper bückte sich danach und reichte es ihr zurück.

»Ich tue dir nichts. Ich wollte dir nur was schenken.«

Der gekränkte Tonfall in seiner Stimme ließ Marie aufhorchen. Versöhnlich trat sie näher und streckte ihm ihren Arm entgegen. Es kostete Jasper einige Mühe, das Armband mit seinen plumpen Fingern zu befestigen. Doch schließlich betrachtete er zufrieden sein Werk. Obwohl die wenigen Öllampen in dem schmalen Gang nur trübes Licht spendeten, glitzerten die Steine wie echte Juwelen. »Es ist sehr hübsch.« Verlegen nestelte Marie an dem Armband herum. Es war das erste Mal, dass jemand ihr ein Schmuckstück schenkte, und sie war nicht sicher, wie sie ihre Dankbarkeit zum Ausdruck bringen sollte. »Danke. Aber ich habe nichts für dich.«

Jasper lächelte zufrieden. Es war wohl nicht zu übersehen, dass ihr sein Geschenk gefiel. Er klopfte sich auf die Brust und sagte: *»Das habe ich bezahlt.«*

Fragend sah Marie ihn an und zuckte die Achseln. Jasper kramte in seinen Taschen und holte eine Münze hervor, die er ihr mit triumphierendem Lächeln entgegenhielt. Auch ohne das Geldstück in die Hand zu nehmen, erkannte Marie sofort, dass die Münze aus echtem Silber war. Verwirrt hob sie ihren Blick. »Hast du es gestohlen?«

Jaspers Grinsen vertiefte sich. *»Ich bin reich!«*

»Reich?« Wieder zuckte Marie die Achseln.

Jasper nickte eifrig und rieb seinen dicken Daumen gegen Zeige- und Mittelfinger. *»Ich habe noch mehr davon.«*

Zu Maries grenzenlosem Erstaunen zog er eine weitere Silbermünze aus der Tasche seines Waffenrocks und hielt sie ihr entgegen. Bevor sie aber weiterbohren konnte, hörte sie Schritte hinter sich. Hastig ließ Jasper die Münzen in seine Tasche gleiten und wandte sich um. Vor ihnen stand die farblose Hofdame der Kurprinzessin und musterte sie ungehalten. Jaspers lebhafte Miene änderte sich schlagartig. Das Lächeln erlosch, und seine Augen nahmen einen starren Ausdruck an. Obwohl die Frau ihre Stimme nicht hob, hörte Marie sehr deutlich einen ärgerlichen Klang heraus, als sie mit Jasper sprach. Der Schlosstrabant sagte kein Wort, nickte nur hin und wieder, nahm ein kleines versiegeltes Schreiben entgegen und folgte der Hofdame schließlich den Gang hinunter, ohne sich von Marie zu verabschieden.

Marie kehrte in ihre Kammer zurück und setzte sich auf ihr Bett. Die ganze Sache mit Jasper war wirklich merkwürdig. Dass er sie gerne hatte – so wie ein Junge ein Mädchen eben gerne hat – war sonnenklar. Wenn sie ihm egal gewesen wäre, hätte er ihr mit Sicherheit nicht von seiner Schokolade abgegeben. Er hätte sie auch nicht zu der Fütterung des Bären mitgenommen oder ihr dieses Armband gekauft. Hätte sie das Schmuckstück überhaupt annehmen dürfen? Wahrscheinlich wäre es besser gewesen, es ihm wieder zurückzugeben. Mit Sicherheit gehörte Jasper nicht zu den Leuten, die Geschenke verteilten, ohne sich etwas davon zu versprechen. Sofort bereute Marie diesen Gedanken. Jasper hatte noch nicht einmal den Versuch unternommen, sie anzurühren. Er war nur gekommen, um ihr eine Freude zu machen. Nachdenklich spielte sie mit den Steinen, die kühl und glatt auf ihrem Handgelenk lagen. Woher nur kam das viele Geld, das er in seinen Taschen mit sich trug? Marie erhob sich und trat an die Dachluke. Die Nacht war längst hereingebrochen. Sie öffnete das Fenster und hielt ihr erhitztes Gesicht in die eisklare Luft. Drängender aber als alles andere war die Frage, wieso sie Jasper nun ganz deutlich vor sich sah, so als stünde er ihr direkt gegenüber. Und wieso sie überhaupt von ihm geträumt hatte. War es vielleicht möglich, dass sie umgekehrt auch ihn mochte?

Wieder hörte Marie die Stimme der Gräfin Königsmarck. *Seid Ihr darüber im Bilde, ob sie bereits einem Jungen oder Manne in sexualibus beigelegen hat?* Marie griff nach ihrem Umhang und verließ hastig die Kammer. An Schlaf war nicht mehr zu denken.

Abend

Ein letzter Tusch, dann fiel der Vorhang. Die Vorstellung, die vier Stunden gewährt hatte, war endlich vorüber. Das Publikum gähnte, reckte die müden Knochen und hob zu leidenschaftslosem Beifall an. Lärm und Geras auf der Bühne hatten so manches Ohr arg strapaziert. Da aber die Opera grande *à la mode* war, hieß es, sich fügen und in Geduld zu fassen, wenn der Kurfürst dazu einlud. Außerdem wurden seine Gäste mit dem anschließenden Souper für ihre Langmut gebührend entschädigt. Nachdem der müde Applaus allmählich verebbt war, wurde es wieder lebendig auf den Bänken im Parterre und in den Logen der oberen Ränge. Wie eine junge Ricke sprang Herzog Anton Ulrich aus seinem Sessel und strebte ob der Tafelfreuden, die seiner harrten, erwartungsvoll dem Ausgang entgegen.

»Ha! Vielleicht glaubt mein Vetter, mit seinem dilettantischen Singspiel meinen *humeur* zerrüttet und den Appetit verdorben zu haben«, trompetete er. »Doch ich werde ihn eines Besseren belehren. Die Grillade von Tauben, so man hier speist, ist wirklich vorzüglich. *Allez, allez.* Was trödelst du? Bei deinem Tempo hat der dicke Platen alles weggefressen, bevor wir zu Tisch sind.«

»*Excusez moi, Votre Altesse.*« Antoine erhob sich und folgte dem Herzog hinaus. Weder der Beginn der Vorstellung noch deren Ende waren in sein Bewusstsein gedrungen. Er schwebte wie auf Wolken. Das Hochgefühl des frisch Verliebten hatte ihm in den letzten Stunden die süßesten Gedanken eingegeben, und so war die Zeit wie im Traum verflogen.

»Tu mir einen Gefallen und lächle nicht so blöde«, feixte der Herzog. »Sonst heißt es noch *à la famille,* Vetter Tönis beschäftige einen Unsinnigen.«

»Ich werde mir Mühe geben, Durchlaucht.«

»So ist es eben«, brummte der Herzog gutmütig, »das, was das Herz bewegt, davon sind die Augen voll. Aber was hast du denn auf einmal?« Anton Ulrich folgte dem angespannten Blick Antoines. Umspült von den farbenprächtigen Wellen der vorbeieilenden Höflinge stand Mehmet, der Leibtürke des Kurprinzen, wie ein Fels in der Brandung, dicht bei seinem Herrn und flüsterte diesem etwas ins Ohr. Ebenso wie wenige Tage zuvor hellte die sauertöpfische Miene des Prinzen sich schlagartig auf, und er ließ ohne viel Federlesens die Gräfin Schulenburg mit ihrer Gesellschaft zurück, um seinem Faktotum durch die Menge zu folgen.

»Durchlaucht, wenn Ihr mich entschuldigen wollt.« Voller Ungeduld sah Antoine den beiden davoneilenden Männern hinterher.

»Tu, was du tun musst, und lass dich durch mich nicht aufhalten«, erklärte der Herzog in ungewohnter Großzügigkeit.

Vermutlich war Anton Ulrich, nachdem Antoine ihm den Brief der Kurprinzessin übergeben und von seinem nächtlichen Besuch in den Katakomben unter der Hofküche erzählt hatte, ebenso begierig darauf, zu erfahren, welches Geheimnis der Kurprinz und Mehmet teilten, wie er selbst. Antoine nahm sich kaum Zeit für einen Kratzfuß und stürmte los. »Sei unbesorgt«, rief Anton Ulrich ihm hinterher, »ich lasse dir vom Tafelabhub einpacken.«

Während das Kurfürstenpaar seinen Gästen voran den Speisesälen im östlichen Querflügel des Schlosses entgegenstrebte, folgte Antoine dem Prinzen und seinem Türken durch das Stiegenhaus hinab in den Schlosshof. Hier war das Publikum ein gänzlich anderes, dennoch blieb das Gedränge auf den Treppen das gleiche. Festlich livrierte Tischdiener und Lakaien hasteten in entgegengesetzter Richtung an Antoine vorbei und trugen mit so viel Würde, wie es bei der gebotenen Eile eben möglich war, Terrinen, Platten und Schalen für die kurfürstliche Tafel vor sich her. Die Speisen waren mit vergoldeten Servierglocken abgedeckt, um das Essen auf dem weiten Weg von der Hofküche zu den Festsälen warm zu halten, aber auch um ruchlosen Meuchlern keine Gelegenheit zu geben, Gift in die Leibgerichte des Landesherren zu schütten. Als Antoine sich zwischen den Aufwärtern hindurchschlängelte, stieg ihm der verführerische Duft von gedämpftem Rindfleisch mit Wurzelgemüse in die Nase. Hoffentlich, dachte er, machte der Herzog sein Versprechen wahr und ließ ihm später etwas von den Resten einpacken.

Auch im östlichen der drei Schlosshöfe herrschte an diesem Abend reges Gewimmel. Geschäftig wie die Ameisen in einem Ameisenhaufen liefen Pagen, Mägde, Holzträger und Küchenknechte hin und her. Sogar eine handfeste Schlägerei war im Gang, als Antoine aus dem Opernhaus trat. Suchend sah er sich um. Gerade noch hatte er den Turban des Türken aus der Menge herausragen sehen, doch jetzt waren sowohl der riesenhafte Orientale als auch sein Herr spurlos verschwunden. Antoine ließ seinen Blick in alle vier Himmelsrichtungen gleiten, eilte dann auf den Eingang der Hofküche zu und suchte, nachdem er auch dort nicht fündig geworden war, das angrenzende westliche Hofcarré ab. »*Merde.*« Er hatte die beiden verloren. Nachdem er noch eine Weile vergeblich Ausschau gehalten hatte, trat er schließlich, getröstet durch den Gedanken, dass Georg Ludwig den verschollenen Liebhaber seiner Gemahlin gewiss nicht vor den Augen der Öffentlichkeit über die Schlosshöfe spazieren führen würde, den Rückzug an.

Gerade wollte er das Opernhaus wieder betreten, als er die massige Gestalt des Türken im Gewühl der Menge doch noch entdeckte. Wie drei Tage zuvor waren zwei Uniformierte in seiner Begleitung, die wieder einen Mann mit sich schleiften, der sich, eingeklemmt zwischen den beiden, nicht ganz freiwillig in ihrer Gesellschaft aufzuhalten schien. Antoine konnte nur einen flüchtigen Blick auf die Silhouette des Mannes in ihrer Mitte erhaschen, doch bestand für ihn kein Zweifel mehr an seiner Identität. Irritiert sah Antoine, wie die kleine Gruppe im Küchenpavillon verschwand. Was hatte das nur zu bedeuten? Wieso ließ der Kurprinz einen Mann, mit dessen rätselhaftem Verschwinden er nichts zu schaffen haben wollte, vor aller Augen über den Schlossplatz führen? Das ergab keinen Sinn. Oder doch? Wollte Georg Ludwig seine unglückliche Gemahlin disziplinieren? Legte er es vielleicht darauf an, sie wissen zu lassen, dass er es war, der ihren Liebhaber in Gewahrsam hielt? Wollte er sie zwingen, zu ihm zurückzukehren? Nein, ganz sicher nicht. Georg Ludwig hasste Sophie Dorothea. Das war offenkundig. Wieso also riskierte er die Peinlichkeit einer solchen Enthüllung? Das halbe Land fahndete nach dem Verbleib des Grafen Königsmarck, und der Hof tat immer noch so, als hätte er mit der ganzen Angelegenheit nichts zu schaffen. Antoine gab der Gruppe einen kleinen Vorsprung, dann nahm er die Verfolgung wieder auf. Als er die Tür zur Hofküche öffnete, schlug ihm eine heiße Dampfwolke entgegen. Sämtliche Öfen waren entfacht, und über jedem wurde gebraten, gesotten oder gekocht. Der Lärm hier drinnen war ohrenbetäubend. Küchenmeister, Brat- und Suppenköche brüllten aus tiefen Kehlen ihre Anweisungen hinaus, Kochgeschirr klapperte, und heißes Fett tropfte zischend auf die glühenden Bratroste über den offenen Feuerstellen. Das Küchenpersonal war so sehr mit der Zubereitung der Speisen beschäftigt, dass niemand Notiz von dem ungebetenen Besucher nahm. Im Vorbeieilen entdeckte Antoine den Knirps, dessen Bekanntschaft er neulich nachts geschlossen hatte. Der Kleine ging einer Schnippelmamsell beim Schälen von Mohrrüben zur Hand und konnte sich vor Müdigkeit kaum noch auf den Beinen halten. Als Antoine die Tür zu den unteren Kellergewölben aufstieß, stellte er zu seiner Überraschung fest, dass in sämtlichen Wandhalterungen Fackeln brannten.

Schnaufend kam ihm eine Magd entgegen, die mit Hirschohren gefüllte Holzeimer die Stufen hinaufschleppte. Antoine hielt sie an.

»Sind dir vier Männer begegnet? Ein großer Bursche mit Turban war auch dabei.«

»Ja, mein Herr«, sagte sie, deutete mit dem Kinn nach links und ging dann schlurfenden Schrittes ihrer Wege. Als Antoine am Fuß der Treppe angekommen war, sah er sich prüfend um. Doch von den Männern, denen er folgte, war im zuckenden Licht der Flammen nichts mehr zu sehen. Dafür gab es Lebensmittel *en masse*. Kisten mit Gemüse und allerlei exotischen Früchten, Wannen voller Austern, Schnecken, Heilbutten und bläulich violett schimmernden Krustentieren, geschlossene Weidenkörbe, in denen hunderte von Singvögeln aufgescheucht hin und her flatterten, sowie Berge von Eiern und anderen Leckereien, die heute noch an der Tafel des Kurfürsten verspeist werden sollten, stapelten sich auf dem Boden und an den Wänden. Unbeeindruckt von der Fülle an Speisen, schlug Antoine die Richtung ein, die die Magd ihm angezeigt hatte. Dabei klapperten seine Absätze in gleichmäßigem Stakkato über den Boden. Es war gar nicht nötig, auf Zehenspitzen zu schleichen, da der Lärm, den die verschreckten Vögel veranstalteten, ohnehin jedes weitere Geräusch verschluckte. Antoine war erst wenige Schritte gegangen, als er durch das feine Gewebe seines Seidenschuhs eine leichte Berührung am Rist seines Fußes spürte. Ratten. Ungeduldig schüttelte er den Knöchel, aber das Biest wollte sich nicht vertreiben lassen. Verärgert sah Antoine zu Boden und erkannte, dass die vermeintliche Ratte gar keine war. Ein Hummer von beachtlicher Größe war aus seinem Gefängnis ausgebüchst und hatte auf der Flucht vor dem Kochtopf des Kurfürsten seinen Weg gekreuzt. »Ei, du bist mir ja ein prachtvoller Bursche.« Antoine bückte sich nach dem

Hummer, dessen Scheren mit einer Kordel zusammengebunden waren. »Aber desertieren gibt es nicht. Etwas Zitronenbutter über dich geträufelt und du bist sicherlich gar köstlich.« Gerade als er sich der Wanne mit den Krustentieren zuwandte, sah er aus den Augenwinkeln den Schatten eines schlanken Etwas hinter zwei bauchigen Gurkenfässern abtauchen. »Na hopp. Rein mit dir.« Antoine ließ sich nichts anmerken, warf den Ausreißer zurück in sein Gefängnis und ging weiter. Er zählte fünf Herzschläge, dann wirbelte er herum und packte seinen Verfolger beim Kragen. »Hab ich dich«, zischte er, stolperte im nächsten Moment aber vor lauter Überraschung über eine Gemüsekiste und riss seinen Häscher mit sich zu Boden.

»Marie!«

»Monsieur«, stammelte Marie verlegen.

»Scht.« Antoine hielt ihr die Hand vor den Mund und zog sie mit sich hinter eines der Fässer. Als nichts geschah, ließ er sie los.

»Ich konnte nicht schlafen«, wisperte Marie. Dabei zitterte ihre Stimme. Ob vor Kälte oder aus Furcht vor ihm, wusste Antoine nicht zu sagen. Er hoffte auf Letzteres.

»Woher nimmst du das Talent, überall da aufzukreuzen, wo du absolut gar nichts verloren hast?« Antoine juckte es in den Fingern, Marie die Ohren langzuziehen. Und nur ihre furchtsam geweiteten Augen, mit denen sie ihn anstarrte wie das Kaninchen die Schlange, hielten ihn davon ab.

»Ich möchte, dass du diesen Keller verlässt. Sofort. Hörst du?«

»Ja.«

Doch in dem Augenblick, als Marie hinter dem Gurkenfass hervorkrabbeln wollte, gellte ein so qualvoller Schrei durch das Gewölbe, dass selbst die Vögel in ihren Körben vor Schreck verstummten.

»Was war das?« Entsetzt wich Marie zurück.

»Um das herauszufinden, bin ich hier«, flüsterte Antoine. »Aber gewiss kann ich dabei nicht die Gesellschaft eines ungezogenen Kindes gebrauchen.« Größer noch als seine Wut war die Sorge, dass Mehmet Marie in die Finger kriegen würde. Sicher würde der Leibdiener des Kurprinzen mit einem heranwachsenden Mädchen kaum weniger zimperlich verfahren als mit jedem anderen, der es wagte, seinen Herrn bei dessen makaberem *divertissement* zu stören. Als der Klagelaut wenig später von neuem anhob, flüchtete Marie vor lauter Schreck in Antoines Arme. Ohne Unterlass drang nun ein Heulen an ihre Ohren, dem nichts Menschliches mehr anhaftete und das den tiefsten Tiefen eines geschundenen Leibes durch die schmerzlichsten Torturen entrissen zu sein schien. Als die Schreie jäh abbrachen, wagte Antoine hinter seinem Versteck hervorzulugen. In diesem Augenblick trat Mehmet mit dem Kurprinzen aus einer Kammer, die kaum zwanzig Schritte entfernt lag. Wie beim letzten Mal trug Georg Ludwig über seinem nackten Oberkörper eine lederne Schürze. In dem flackernden Licht der Fackeln erkannte Antoine, dass ein zufriedenes Lächeln auf seinen Lippen lag. Die beiden sprachen leise miteinander und entfernten sich dann.

»Du wartest hier und rührst dich nicht von der Stelle. Ich bin gleich wieder da.« Sobald die Männer außer Sichtweite waren, kam Antoine hinter den Fässern hervor und eilte auf die Kammer zu. Durch die halb geöffnete Tür sah er einen Mann bäuchlings auf dem strohgedeckten Boden liegen. Seine Schultern hoben und senkten sich zaghaft im Schein eines Kohlebeckens. Der Bursche schien nicht bei Bewusstsein, aber immerhin: Er war noch am Leben. Ob er jedoch eine weitere Begegnung mit dem Kurprinzen überstehen würde, bezweifelte Antoine. Kurz entschlossen betrat er die Kammer und wurde fast im selben Moment zu Boden geworfen.

Satané! Die beiden Soldaten. Er hatte sie ganz vergessen.

Als wenig später der Kurprinz und sein Leibtürke zurückkehrten, kniete Antoine fest verschnürt neben dem Gefolterten auf dem Stroh.

Georg Ludwig trat auf Antoine zu und musterte ihn mit zusammengekniffenen Augen. Es war ganz offensichtlich, dass er sich über die plötzliche Unterbrechung ärgerte.

»Ich kenne Euch, Monsieur. Ihr seid der französische Sekretär des Herzogs von Braunschweig-Wolfenbüttel. Was wollt Ihr von mir? Wieso seid Ihr mir hierher gefolgt?«

»Ich bin Euch nicht gefolgt, Hoheit. Ich habe mich verirrt.«

»Seid Ihr alleine?«

»Ja.«

Georg Ludwig und der Türke tauschten einen zweifelnden Blick.

Mit einer flüchtigen Geste seiner Hand bedeutete der Prinz den beiden Trabanten, die Umgebung abzusuchen. Antoine sandte stumme Stoßgebete in den Himmel, dass Marie inzwischen das Weite gesucht hatte. Laute Protestrufe machten seine Hoffnungen jedoch bald zunichte.

»Lasst mich los. Lasst mich sofort los. Oder Ihr handelt Euch mächtigen Ärger ein.«

Einer der Soldaten hatte sich die strampelnde Marie auf die Schulter geladen und warf sie wie einen Sack Kartoffeln vor dem Kurprinzen auf den Boden.

»Soso, Ihr seid also alleine.« Beim Anblick der zornesroten Marie konnte Georg Ludwig sich ein amüsiertes Lächeln nicht verkneifen. »Ein interessantes Gespann, das mein Oheim mir da auf den Hals gehetzt hat. Doch was verspricht er sich davon? Hofft er etwa, die schöne Aurora würde seinen greisen Leib mit ihrem üppigen Körper wärmen, wenn er mir nachstellt, um etwas über ihren Bruder zu erfahren? He?«

Antoine biss die Zähne zusammen. Er spürte das Pochen der Adern in seinen Schläfen und ballte die gefesselten Hände zu Fäusten. »Nun«, fuhr der Kurprinz fort, merklich zufrieden mit der Reaktion, die seine Worte bei Antoine ausgelöst hatten. »Ein paar goldene Dukaten würden ein Nämliches tun. Die Liebe der Dame ist käuflich. Der Herzog kennt sie lange genug. Er sollte das wissen.« Die unerträgliche Schmähung seiner Geliebten gab Antoine neue Kräfte. Mit einem Satz war er wieder auf den Beinen und stürmte auf Georg Ludwig los. Doch bevor er ihn erreicht hatte, versperrte ihm der Krummsäbel des Türken den Weg. »Wer ist dieser Mann auf dem Boden? Was habt Ihr ihm angetan?«

»Was denkt Ihr wohl, wer der Kerl hier ist?« Das Grinsen auf dem Gesicht des Prinzen vertiefte sich. Ganz offensichtlich schien ihm das Ratespiel Vergnügen zu bereiten.

»Philipp Christoph von Königsmarck. Der Geliebte Eurer Gemahlin«, platzte es aus Antoine heraus. »Ihr haltet ihn gefangen. Alle Welt weiß davon. Doch keiner wagt, etwas gegen Euch zu unternehmen.« Kaum waren die Worte ausgesprochen, hätte Antoine sich am liebsten auf die Lippen gebissen. Er hatte sich zu weit vorgewagt, das bewies ihm das herzhafte Gelächter des Prinzen.

»Ach, so ist das. Nun, dann wollen wir unseren Grafen aus seinem Schlaf erwecken, damit er sieht, wie groß die Sorge um seine Person ist. Hol mir den Eimer«, sagte er zu dem Türken, der unverzüglich seinen Krummdolch sinken ließ, um dem Befehl seines Herrn zu gehorchen. Antoine erkannte, dass sogar die dunklen Augen des Orientalen in dem ansonsten von Gleichmut geprägten Gesicht vor Vergnügen blitzten. Mehmet holte einen mit Wasser gefüllten Holzbottich und kippte ihn über dem Bewusstlosen am Boden aus.

»Na los, wach auf.« Georg Ludwig versetzte dem Burschen

einen unsanften Tritt. Der Mann regte sich und kam schließlich unter Ächzen und Stöhnen zum Sitzen. Nach dem Gelächter des Prinzen konnte es Antoine kaum noch überraschen, als er nicht in die markanten Gesichtszüge des Grafen Königsmarck blickte. Er fand sich einem jungen Mann gegenüber, der mit käseweißem Gesicht und angeschwollener Backe verwirrt in die Runde blickte.

»Ist er endlich draußen?«, stammelte er. »Hat ganz schön weh getan, Durchlaucht.«

Begütigend klopfte Georg Ludwig dem Mann auf die Schulter. »Ist gut, Jobst. Du hast dich wacker gehalten. Ich rühr dir eine Salbe aus Rosenöl und Äpfeln an, die schmierst du nächtens auf die Backe. Das lindert den Schmerz und lässt die Schwellung abheilen.«

Verwirrt flog Antoines Blick von Georg Ludwig zu dem Mann am Boden. »Was geht hier eigentlich vor?«

Der Kurprinz bückte sich und hob eine Zange auf, die er Antoine unter die Nase hielt. Zwischen der Klemme steckte deutlich erkennbar ein heruntergefaulter Backenzahn. »Ich bin der beste Zahnbrecher in ganz Hannover. So gut wie ich macht's keiner auf dem Jahrmarkt. Hat mein Oheim Euch das nicht erzählt?«

Brief der Kurfürstin Sophie an die Herzogin Elisabeth Charlotte von Orléans

Ich habe Euer Schreiben vom 2./12. diesen Monats gar wohl empfangen und lege mit Freuden meine Schuldigkeit ab, Euer Liebden auf selbiges zu antworten, obgleich die Mußestunden in diesen Wochen knapp bemessen sind und mir zwischen den Redouten,

Opernaufführungen und Diners kaum Zeit für Korrespondenzen bleibt. Allein, ich will mir nicht versagen, Euch eine köstliche histoire *zu hinterbringen, so man sich seit heute Morgen von unserem Vetter Tönis erzählt. Der Herzog, dessen größtes Vergnügen es ist, Unfrieden im Haus zu stiften, wähnte eine gewisse Person mit Kohlköpfen und Gurkenfässern in den Küchenkellern des Schlosses gefangen. Derenthalben sandte er gestern nach der Opera grande seinen Sekretarius, den Marquis de Montagnac, der, wie ich höre, am Hof von Frankreich kein Unbekannter ist, mit dem Auftrag dorthin, eben jenen zu befreien. Allein, wen der Marquis vorfand, war der Kurprinz, der es sich angelegen sein ließ, einen braven Soldaten von seinem Zahnschmerz zu kurieren. Es lässt sich meines Herrn Sohnes Erstaunen leicht denken, als der Marquis, ausstaffiert zum Operngang, in die Kammer stürzte, allwo die Prozedur vonstattenging, und mit großem Lamentieren die Herausgabe jener Person verlangte. Als sei dies nicht schon kurios genug, hatte sich Monsieur de Montagnac der Begleitung eines jungen Mädchens versichert, dieweil er sich im Dunkeln zu fürchten schien. Ich habe gar herzlich gelacht, als mir Monsignore Montalban während der Morgenschokolade Kunde von dieser Begebenheit brachte. Sie dürfte, dessen bin ich gewiss, auch Seine allerchristlichste Majestät interessieren, dessen Schloss ein Hort ist, an dem, wie ich selber weiß, stets allerlei Kurioses und Neues zu erfahren ist.*

Die Weiber auf dem Holzmarkt sagen, dass Hexen aus Dresden den Königsmarck weggeführt haben. Sei es, wie es sei. Was die affaire domestique des Kurprinzen und seiner Gemahlin anbelangt, so müssen gute Freunde diese als eine aparte Sache ansehen.

Sophie

Zweiundzwanzigster Tag des Karnevals

Nachmittag

Nach einer saftigen Standpauke des Herzogs war Antoine am Nachmittag voll banger Hoffnung in die Osterstraße geeilt. Aurora von Königsmarck stand in fließender Robe vor den geöffneten Türen des prunkvollen Sekretärschranks und ließ es sich angelegen sein, geschäftig mit Papieren zu rascheln.

»Marquis«, begrüßte sie ihn, ohne sich umzuwenden, »da ich nicht mit dem Vergnügen Eures Besuchs gerechnet habe, findet Ihr mich in Geschäften.«

Antoine sank das Herz. Sie wusste es also auch schon. Eigentlich durfte ihn das nicht überraschen. Seit heute Morgen lachte der ganze Hof über ihn. Im Stillen stieß er einen Fluch auf dieses elende Provinznest aus. Neuigkeiten machten in Hannover schneller die Runde als eine Seuche. War er bis gestern noch ein Unbekannter gewesen, den man bei Opernbesuchen und Bällen übersehen hatte, konnte er sich seit heute früh nicht mehr durch die Gänge des Schlosses bewegen, ohne selbst von den Kaminfegern angestarrt zu werden. Überall da, wo er auftauchte, wurde hinter vorgehaltener Hand getuschelt und gekichert. Bis jetzt hatte Antoine seine traurige Berühmtheit mit stoischer Fassung getragen. Doch die Missachtung der Gräfin war einfach zu viel für ihn.

»Madame«, stürmisch eilte er zu ihr und ergriff ihre Hand. »Ich habe Euch enttäuscht. Ich habe Eure Hoffnung geweckt und schmählich versagt. Auch wenn Ihr mir verzeiht, ich selbst werde mir nicht verzeihen können.«

Mit einem reservierten Lächeln entwand Aurora von Königsmarck ihm ihre Hand. »Ich bitte Euch, Marquis. Echauffiert Euch nicht und erspart mir eine peinliche Szene. Ich anerkenne wohl, dass Ihr in bester Absicht gehandelt habt. Doch hätte ich etwas mehr ...« Hier machte die Gräfin eine kunstvolle Pause und musterte Antoine mit Augen, die zu kalten Sternen erstarrt waren. »Doch hätte ich etwas mehr Geschicklichkeit von einem Mann wie Euch erwartet.«

Jedes ihrer wohlgesetzten Worte spürte Antoine wie einen Tritt in seine Magengrube.

Ohne ihn eines weiteren Blickes zu würdigen, wandte sie sich wieder ihren Papieren zu und hob von neuem an, darin herumzuwühlen.

»Ich verdiene Euren Tadel. Dennoch möchte ich wissen, ob ich hoffen darf, Euch wieder nahe sein zu dürfen. Ich ...« Beschämt von seiner Schwäche hielt er inne. »Ich würde alles dafür tun.«

Das Papiergeraschel setzte aus.

»Wirklich alles?«

»Ja.«

»Dann geht zur Gräfin Platen und horcht sie aus«, sagte Aurora von Königsmarck, ohne ihn dabei anzusehen. »Von den vielen Feinden meines Bruders hat sie ihn am meisten gehasst.«

»Aber wie soll ich mich ihr nähern?«, fragte Antoine, unsicher, ob sich dieser Plan in die Tat umsetzen ließ. »Sie ist eine bedeutende Frau und ebenso wie der Kurfürst stets umringt von Günstlingen. Zudem sind wir einander noch nicht vorgestellt worden.«

Aurora von Königsmarck zuckte die Achseln. »Das lässt sich leicht bewerkstelligen. Morgen Nacht veranstaltet die Gräfin in Linden, ihrem Lusthaus vor den Toren der Stadt, eine ihrer berüchtigten Gastereien. Jeder maskierte Edelmann ist dort mehr als willkommen. Ich bin sicher, sie findet Gefallen an Euch. Und womöglich wird sich ihre Zunge lösen, wenn auch Ihr, Marquis, der Gräfin Eure Bewunderung bekundet. Sobald Ihr etwas in Erfahrung gebracht habt, kehrt zu mir zurück. Dann werden wir sehen.«

Wie vom Donner gerührt starrte Antoine auf den kerzengeraden Rücken seiner Geliebten. Was sie von ihm verlangte, war mehr als eindeutig. Gleichwohl neigte er nach einem Moment des Schweigens tief das Haupt. »Ich bin in allem Euer Diener, Madame.«

Mit einer grazilen Bewegung ihrer Hand gab Aurora von Königsmarck ihm zu verstehen, dass die Unterhaltung beendet war.

Zurück im Schloss fand Antoine Marie beim Bürsten ihrer Kleider vor.

»Es tut mir leid, Monsieur«, brachte sie gepresst heraus.

Der Blick, den er ihr zuwarf, ließ sie jedoch gleich wieder verstummen.

Antoine griff nach der Bibel, die auf einem kleinen Schränkchen neben ihrem Bett lag, und warf sie Marie in den Schoß. »Buch Genesis Vers 19. Das Gericht über Sodom. Diese Seiten wirst du auswendig lernen und fehlerfrei aufsagen. Denn dort steht geschrieben, was mit Weibspersonen geschieht, die nicht tun, was man von ihnen verlangt. Vielleicht wird das dich lehren, meinen Anweisungen in Zukunft

Folge zu leisten.« Mit diesen Worten machte Antoine auf dem Absatz kehrt und verließ türenschlagend ihre gemeinsame Wohnstatt. Für heute hatte er wahrlich genug von weiblicher Gesellschaft.

Dreiundzwanzigster Tag des Karnevals

Nacht

Wassertropfen perlten beschlagene Scheiben hinab, und Schweiß troff von den schwitzenden Körpern der Tanzenden, die zu den ungezügelten Klängen einer Gaillarde in der Mitte des Saales zusammengekommen waren. Um das Tanzkarree herum poussierten Männer und Frauen ungeniert miteinander, während sich eine verschwiegene Armee von Lakaien unauffällig zwischen Sesseln und Tabourets hindurchschlängelte und gekühlten Champagner ausschenkte. Im Gemenge erkannte Antoine den fleischigen Kopf des Türken Mehmet, der mit herausquellenden Augen auf zwei Damen stierte, die es sich in unmissverständlicher Absicht zwischen seinen Schenkeln bequem gemacht hatten. Inmitten dieser spannungsgeladenen Atmosphäre flimmerte die Hausherrin in rubinroter Robe. Mit der Gelassenheit der stets Bejubelten nahm Klara Elisabeth von Platen das Vivat ihrer Kavaliere entgegen, das immer wieder von neuem anhob, sobald die Gläser der Herren frisch gefüllt waren. Im gedämpften Licht, das aus exotischen Schalen strömte, spürte Antoine ihren Blick auf sich ruhen. Obwohl er ebenfalls eine Maske trug, schien sie ihn sogleich erkannt zu haben und ließ ihn seit seiner Ankunft nicht mehr aus den Augen. Nachdem Antoine sich im Getümmel der halbnackten Leiber ein wenig umgesehen hatte, musste er mit einem gewissen Erstaunen feststellen, dass es der Gräfin tatsächlich gelungen war, in Hannover, diesem Kaff voll spröder Lutheraner, eine Orgie auszurichten, die selbst Monsieur, dem leichtlebigen Bruder des Königs von Frankreich, Respekt abgenötigt hätte. Nach einer Weile des Umherflanierens hatte er es sich schließlich ganz ungezwungen auf einem samtbezogenen Diwan bequem gemacht. Seitdem ließ er den Blick in vorgetäuschter Unkenntnis des Interesses, das seine Anwesenheit bei der Gräfin erweckt hatte, gleichgültig über das frivole Treiben hinweggleiten und wartete ab. Endlich wurde die Gräfin ihrer Schmeichler überdrüssig und gesellte sich zu ihm.

»Wieso tanzt Ihr nicht?«

»Mit Sorge im Herzen ist nicht gut tanzen, Madame.«

Antoine warf der Frau an seiner Seite einen flüchtigen Blick zu. Ihre obere Gesichtshälfte war hinter einer Larve verborgen. Darunter lagen die erschlafften Gesichtszüge der gewohnheitsmäßigen Trinkerin.

»Aber gewiss doch seid Ihr hergekommen, um sie zu vertreiben, die hagere, schmale Gesellin. In meinem Lusthause, Monsieur le Marquis, ist für sie kein Platz.«

»Dann wisst Ihr also, wer ich bin?« Antoine schenkte der Gräfin ein charmantes Lächeln.

»Ihr lebt nicht mehr am Hof des Sonnenkönigs. Hier in Hannover kennt jeder jeden.«

»Umso mehr kränkt es mich, dass Ihr bisher keinerlei Notiz von mir genommen habt.«

»Bisher habt Ihr auch nicht auf so erstaunliche Weise von Euch reden gemacht. Und nun holt mir Champagner. Ich bin durstig.«

Ohne ihrem Wunsch nachzukommen, trank Antoine einen Schluck aus seinem Glas und hielt es ihr sodann entgegen. Im ersten Moment schien die Mätresse des Kurfürsten durch die Intimität der Geste verwirrt, dann aber grub sich ein geziertes Lächeln in die gepuderten Wangen, und ihr rot geschminkter Mund umschloss den Rand des Glases an derselben Stelle, an der Antoine zuvor getrunken hatte. »Verratet Ihr mir, Marquis«, fragte die Gräfin mit mokantem Lächeln, nachdem sie das Glas in einem Zug geleert hatte, »wem Euer Interesse galt, als Ihr nächtens Seiner Hoheit nachgestiegen seid? War es der Bruder oder die Schwester? Mir wurde zugetragen, dass die Gräfin Königsmarck Euch bereits mehrfach empfangen hat.«

»Ihr seid gut unterrichtet, Madame.«

»Wundert Euch das?«

»Nicht im Geringsten. Ihr seid die Gemahlin des zweiten Mannes im Staat und die Gunstdame des ersten. Es ist Eure Aufgabe, gut unterrichtet zu sein.«

»So ist es.« Das Lächeln der Platen vertiefte sich. »Aber wollt Ihr mir nicht antworten?«

»Wozu? Da Ihr die Antwort ohnehin schon kennt.«

»Das ist wahr«, erwiderte die Gräfin und spielte dabei mit dem Stiel ihres Glases, während sich ihr durchdringender Blick an Antoine festsaugte. »Da es Euch anscheinend gelungen ist, die Feste der schönen Aurora zu erobern«, in ihrer Stimme schwang nun unverhohlene Missgunst, »wieso kommt Ihr dann zu mir?«

»Vielleicht mit derselben Absicht, mit der ich neulich dem Kurprinzen folgte. Alle Welt weiß, dass Eure Liebe zu Königsmarck in Hass umschlug, nachdem er Eurer überdrüssig wurde.«

Plötzlich verzerrten sich die gemalten Gesichtszüge der

Gräfin. Hastig riss sie ein Glas Champagner von einem der Tabletts, die wie durch Geisterhand unaufhörlich an ihr vorbeigetragen wurden, und stürzte es hinunter. Ihre Stimme bebte, als sie erneut das Wort ergriff.

»Was hätte ich wohl durch seinen Tod gewonnen? Nichts. Er bereitet mir nur Verdruss und führt dazu, dass ich mir Anschuldigungen von Leuten wie Euch anhören muss. Doch gibt es eine Person, für die sein Hinscheiden wahrhaft von Vorteil ist.«

»Und wer, wenn ich fragen darf, ist diese Person?«

»Oh, Ihr kennt sie wohl, Marquis. Es ist Aurora von Königsmarck. Geht und fragt sie, um wie vieles der ausschweifende Lebensstil ihres Bruders das Familienvermögen hat schmelzen lassen. Immer wieder musste sie um ihren Unterhalt bangen. Königsmarck hat ihn lieber verspielt, als ihn der Schwester auszuzahlen. Sogar seine eigene Mutter hat gegen ihn um Geld prozessiert. Und der Gemahlin seines Oheims ließ er sogar das *meublement* aus dem Haus tragen, nachdem dieser im Krieg gefallen war. Wenn Ihr also wissen wollt, wie der Graf aus dieser Welt gekommen ist, forscht in seiner Familie. Hier sucht Ihr am falschen Ort.«

Klara Elisabeth von Platen beugte sich vor und sah Antoine tief in die Augen. Trotz des Halbdunkels sah er die feinen Risse um ihren Mund, in die sich kleine Rinnsale des Lippenrots verirrt hatten. Ein kurzer Moment des Mitgefühls durchzuckte ihn. Man musste kein Hellseher sein, um vorauszusehen, dass der Aschermittwoch ihres Lebens nahe war.

Langsam erhob er sich von dem Diwan und sah auf sie hinab. »Wie kommt Ihr darauf, dass der Graf tot sein könnte, Madame? Bisher weiß man lediglich von seinem Verschwinden.« Antoine ergriff die Hand seiner Gastgeberin und hauchte einen Kuss darüber hinweg. Es war nicht mehr nötig, sich ihr als

Gespiele anzudienen. Auch ohne dies hatte er mehr erfahren, als ihm lieb war.

Spät in der Nacht

Zweimal schlug die Stundenglocke der Marktkirche, als Antoine schlotternd vor Kälte von seiner nächtlichen Landpartie nach Hannover zurückkehrte. Während der Fahrt den Lindener Berg hinunter hatte er schon gefürchtet, die Nacht außerhalb der Befestigungsanlage zubringen zu müssen. Ein Handschreiben des Herzogs hatte seiner Equipage jedoch trotz der vorgerückten Stunde das Calenberger Tor geöffnet. Als Antoine auf dem Weg in seine Kammer an den Gemächern des Herzogs vorüberschritt, sah er, dass unter dem Türschlitz der Schreibstube Licht auf den dunklen Schlossflur flutete, und da er ohnehin nicht schlafen konnte, trat er ein. Anton Ulrich saß eingehüllt in einen mit Hermelin verbrämten Samtmantel vor dem Kamin und las in einem französischen Roman.

»Ah, mein Herr Sekretarius«, begrüßte er Antoine. »Ich dachte, du vergnügst dich heute Nacht in Linden. Man erzählt sich ja die wundersamsten Dinge über das Lusthaus der kurfürstlichen Mätresse.«

»Es gab dort nichts, Durchlaucht, was mich zum Bleiben hätte bewegen können«, erwiderte Antoine und legte ein Holzscheit auf das herunterbrennende Feuer.

»Das wundert mich nicht. Wer den Garten der schönen Aurora beackert, muss sein Glück gewiss nicht bei der alten Platen suchen.«

»Die Gräfin äußerte sich mir gegenüber in ähnlicher Weise.«

»Ach ja?« Überrascht zog der Herzog eine Augenbraue in

die Höhe. »Nun, dann hat das Weib mehr Verstand als die meisten ihrer Profession.«

Einem Wink des Herzogs folgend, schob Antoine einen Schemel in die Nähe seines Lehnstuhls.

»Übrigens wurdest du heute bei der Abendtafel vermisst. Ihre kurfürstliche Durchlaucht hatte die Güte, sich nach dir zu erkundigen. Eine Warze, so sie am Fuße plagte, ist seit kurzem abgängig. Sie schlug vor, du mögest sie suchen, da es wohl in deiner Natur liege, unliebsamen Sachen nachzustöbern.« Der Herzog zwinkerte vergnügt.

»Falls es Euer Wunsch ist, Durchlaucht, will ich der Kurfürstin gerne zu Diensten sein«, entgegnete Antoine trocken. Die derben Späße seines Herren gebührend zu würdigen, danach stand ihm im Augenblick wahrlich nicht der Sinn.

Anton Ulrich griff nach seinem Münzhumpen und prostete Antoine zu. »Wenn du es dir im Haus der hochgräflichen Dame schon nicht lustig machen konntest, so will ich doch hoffen, dass du etwas Nützliches in Erfahrung gebracht hast.«

»In der Tat. Den Bemerkungen der Gräfin konnte ich entnehmen, dass sie Königsmarck nicht mehr unter den Lebenden wähnt.«

»Was findest du daran nützlich? Niemand, der alle seine Sinne beisammenhat, glaubt heute noch, Königsmarck würde wieder auftauchen.«

»Mag sein. Doch niemand kann wissen, ob er tot ist. Er könnte genauso gut in einem düsteren Gelass den Rest seines irdischen Daseins verschmachten. Kürzlich noch hörte ich die Leute auf der Straße sagen, man halte ihn in der Münze gefangen. Die Gräfin wusste aber mit Bestimmtheit zu sagen, dass ihr verflossener Liebhaber ermordet wurde. Und sie hatte auch gleich einen Schuldigen bei der Hand.«

Anton Ulrich wischte sich den Schaum des Bieres von der

Oberlippe und musterte Antoine mit neu erwachtem Interesse. »Dann weiß sie es.«

»Ganz richtig. Und wenn sie es weiß, dann doch gewiss auch ihr Gemahl.«

»Was willst du damit andeuten?«

»Nur, was Seine Durchlaucht längst vermutet haben. Auch ich bin inzwischen der festen Überzeugung, dass Königsmarck mit Wissen der Geheimen Räte, wahrscheinlich sogar mit Wissen des Kurfürsten, ermordet wurde.«

»Ha!«, rief der Herzog triumphierend. »Endlich ist dir der Schlafdorn gezogen. Das ist der erste vernünftige Satz, den du sprichst, seit du in meine Dienste getreten bist.«

»Die Gräfin Königsmarck«, fuhr Antoine fort und streckte seine steifgefrorenen Hände dem wärmenden Feuer entgegen, »erzählte mir unlängst, dass ihr Bruder mit der Kurprinzessin heimlich außer Landes gehen wollte. Irgendjemand muss davon Wind bekommen haben.«

»Und hat die beiden verraten«, schnurrte Anton Ulrich vergnügt. »Platen wurde informiert und ist rechtzeitig eingeschritten, bevor das Vögelchen davonflattern konnte.«

»Aber wieso? Ihr Gemahl hätte den Verlust sicherlich leicht verschmerzt.«

»Das glaube ich nicht«, entgegnete der Herzog. »Immerhin ist Sophie Dorothea der Garant dafür, dass Georg Ludwig dermaleinst über die Länder seines Onkels herrschen wird. Nur leider«, fügte der Herzog hinzu, wobei sich sein vergnügtes Lächeln allmählich verlor, »haben wir keinerlei Beweise, dass Platen und mein teurer Neffe hinter dieser betrüblichen Angelegenheit stecken.«

Eine Weile sagte niemand etwas. Nur das Knacken der Holzscheite erfüllte die Stille. Schließlich bellte Anton Ulrich voller Ungeduld: »Hast du etwas gesagt?«

»Nein. Es war das Holz.«

»Ach so.«

»Ich dachte nur soeben«, setzte Antoine seinen Gedankengang laut fort, »dass es keinen konkreten Hinweis auf das Verbrechen gibt. Lebend wurde Königsmarck zuletzt hier im Schloss gesehen. Bestimmt war er auf dem Weg zu einem Stelldichein mit der Kurprinzessin. Vielleicht war es sogar die Nacht, in der sie die Absicht hatten, zu fliehen. Danach verliert sich seine Spur. Ganz einfach so. Wie ist das möglich?«

»Vermutlich«, antwortete der Herzog achselzuckend, »hat Platen dem Grafen Männer der Leibgarde auf den Hals gehetzt, die ihm in einem düsteren Winkel des Schlosses auflauerten und seine Leiche nach getaner Arbeit in der Leine versenkten.«

Antoine schüttelte den Kopf. »Zu gefährlich. Früher oder später würde einer der Männer reden. Es muss schon jemand besonders Verlässliches sein, der einen über die Grenzen hinaus berühmten Mann wie Königsmarck beseitigen kann.«

Dieser Einwand schien dem Herzog einzuleuchten. Anton Ulrich kräuselte die Stirn und trommelte mit den Fingerspitzen nachdenklich auf der Armlehne seines Sessels.

»Mit deiner Vermutung liegst du wahrscheinlich richtig.« Plötzlich schien ihm ein Gedanke zu kommen. »Was hat es eigentlich mit dieser Mannsperson auf sich, die dich neulich vor dem Haus der schönen Aurora zuschanden hat schlagen lassen?«

Antoine nickte. »Auch ich dachte an jenen *dunklen Fremden.* Vielleicht war der Streit, dessen Zeuge ich kurz vor dem Verschwinden des Grafen wurde, fingiert. Vielleicht wollte die Regierung über ihre eigene Beteiligung an dem Komplott gegen Königsmarck hinwegtäuschen, indem sie den Verdacht auf jemanden lenkte, der den Grafen zuvor in aller Öffentlichkeit bedroht hatte.«

»Ein interessanter Gedanke«, sagte der Herzog. »Doch kann man dieses Manöver als gescheitert bezeichnen, da alle Welt den geprellten Ehemann für seinen Mörder hält.«

»Nur kann man Georg Ludwig nichts beweisen«, hielt Antoine dagegen. »Wie dem auch sei. Als ich den jungen Mann neulich nachts im Schusterkrug wiedererkannte, hatte er es auf einmal sehr eilig. Außerdem schien er über eine große Summe Geldes zu verfügen. Sonst hätte er gewiss nicht so leichtfertig mit Münzen um sich geworfen.«

»Mag ja sein, dass die Regierung diesen ominösen Fremden gedungen hat«, brummte der Herzog unzufrieden. »Doch hilft uns das wenig, solange es auch dafür keine Beweise gibt.«

»Wer sagt das?«

»Willst du etwa wieder in die Vorratskammern steigen und danach suchen?«

Antoine quittierte den argwöhnischen Blick seines Herrn mit einem aufmunternden Lächeln. »Keinesfalls. Aber wenn wir mit unserer Vermutung richtig liegen und Königsmarck im Auftrag der Hannoverschen Regierung getötet worden ist, wird ganz sicher aus der Staatskasse Geld geflossen sein. Und das müsste sich doch belegen lassen.«

»Und wie willst du diesen Beleg finden?«

Antoine erhob sich. »Ich werde darüber nachdenken, Durchlaucht. Aber ich glaube, ich habe da schon eine Idee.«

»Oje.« Der Herzog musterte Antoine sorgenvoll und stieß einen lauten Rülpser aus. »Deine Ideen schlagen mir schon jetzt auf die Verdauung.«

»Der Kammerjungfer Eleonore von dem Knesebeck wird zur Last gelegt, von der ehebrecherischen Beziehung der Kurprinzessin zum Obristen Graf Philipp Christoph von Königsmarck gewusst und zu nächtlichen Treffen in böswilliger Absicht die Hand gereicht zu haben. Zudem trachtete sie danach, *jalousie* und Feindschaft zwischen dem Kurprinzenpaar zu stiften. Um dies Ziel zu erlangen, hat sie die Kurprinzessin auf Irrwege geleitet und verführt. Darüber hinaus wird der Jungfer vorgeworfen, mit Gift und Scheidewasser, welches man in ihrer Kammer sichergestellt, dem Kurprinzen nach dem Leben getrachtet zu haben.«

Mit unbeweglicher Miene stand Eleonore von dem Knesebeck vor ihren Anklägern und lauschte der Verkündigung der crimina, derenthalben sie nachts aus ihrer Kammer in die Behältnisse über dem Calenberger Tor verbracht worden war.

Ein lautes Gähnen beschloss die Liste der Anschuldigungen, die Vizekanzler Ludolf Hugo mit amtsüblicher Gemessenheit verlesen hatte. Verschlafen blinzelte Graf Platen in die Runde. »Wahrlich, Monsieur Hugo«, brummte der Erste Minister und zog dabei einen pelzgefütterten Umhang fester um seinen massigen Körper. »Der Dienst am kurfürstlichen Haus ist zuweilen höchst *inconvénable*. Es erfrommt allerlei Duldsamkeit, will man seinem Herrn ein guter Diener sein.« Der Graf füllte einen Zinnbecher mit heißem Wein und bedachte die Jungfer, die eingeklemmt zwischen dem Henkersmeister und seinem Gesellen besonders klein und zerbrechlich wirkte, mit einem ärgerlichen Blick. Es hatte ganz den Anschein, als wollte er ihr zu all der Schuld, die sie ohnehin schon auf ihre schmächtigen Schultern geladen hatte, auch noch anlasten, dass er mitten in der Nacht sein warmes Federbett hatte räumen müssen, nur um ihrem Verhör vorzusitzen.

Dem verschlafenen Missmut des Grafen stand auf höchst bemerkenswerte Weise die quecksilbrige Betriebsamkeit Ludolf Hugos gegenüber. Der Vizekanzler und Erste Rechtsberater des Kurfürsten war, ungeachtet der späten Stunde, ganz in seinem Element. Während er Papiere und Briefe wie Spielkarten eifrig hin und her schob, musterte er die Inquisitin, die vor seinem Richtertisch stand, mit lebhaft blitzenden Augen. »Mademoiselle Knesebeck, Mademoiselle Knesebeck, was habt Ihr Übles getan. Erleichtert Euer Gewissen und bekennt die Verfehlungen, derer man Euch anklagt.«

»Ich habe nichts zu bekennen«, war die ruhige Erwiderung.

»Leugnet Ihr etwa, von der Liebesbeziehung der Kurprinzessin und des Grafen gewusst zu haben?«

»Nein, das tue ich nicht.«

»Ha«, der Zeigefinger des Vizekanzlers schnellte in die Höhe und richtete sich wie ein Pfeil auf die Angeklagte. »Dann seid Ihr also doch schuldig.«

»Nein«, sagte die Kammerjungfer und rieb sich ihre blaugefrorenen Finger. »Ich habe lediglich bekannt, von den Gefühlen meiner Herrin gewusst zu haben. Sie hat den Grafen geliebt und er hat auch sie geliebt. Aber zum Ehebruch ist es nie gekommen.«

»So habt Ihr den Königsmarck also nicht im vergangenen Jahr zu Linsburg in die Gemächer der Kurprinzessin geschmuggelt und ihn dort einen Tag und eine Nacht verborgen?«

Das unfrohe Lachen der Knesebeck hallte geisterhaft in den alten Mauern der Torkammer wider. »Ihr guten Herrn. Wie hätte das wohl angehen sollen? Die Hofmeisterin von Sacetot, Mademoiselle de Brion und das Dienstpersonal hätten unweigerlich davon erfahren.«

Ludolf Hugo warf dem Ersten Minister einen unzufriedenen Blick zu. Gegen dieses Argument ließ sich schwerlich etwas sagen. Platen gab ihm durch einen Wink zu verstehen, mit dem Verhör fortzufahren.

»Dann wusstet Ihr auch nichts von heimlichen Besuchen der Kurprinzessin im Hause des Grafen?«

»Nein.«

»Auch nicht von Briefen, die zwischen den beiden ausgetauscht wurden?«

»Nein.«

»Und wie erklärt Ihr Euch, dass der Graf Euch in seinen Briefen an die Kurprinzessin immer wieder als *la seule confidente* bezeichnet hat?«

»Ich weiß es nicht. Meine Herrin hat ihre Korrespondenz stets vor mir verborgen.«

»Wie lange, Mademoiselle, steht Ihr schon im Dienst der Prinzessin?«

»Es sind nun schon mehr als achtzehn Jahre.«

»Meiner Treu! Das ist eine lange Zeit. Ihre Hoheit muss sehr zufrieden mit Euch sein.«

»Ich gab ihr nie Anlass zur Klage.«

»Das will ich meinen. Und dennoch behauptet Ihr, von dem Ehebruch, den Eure Herrin beging, von all den Briefen und den geheimen Treffen nichts gewusst zu haben? Ts, ts, ts.« Ludolf Hugo wandte sich dem Henkersmeister zu. »Zeig der Inquisitin die Instrumente.« Ohne zu protestieren, ließ Eleonore von dem Knesebeck sich in eine benachbarte Kammer führen. Dort lag auf einem Tisch das Folterwerkzeug. Zudem war in der Decke ein Gewinde eingelassen, von dem herab zwei Schnüre mit Handfesseln daran baumelten. Darunter stand ein Stuhl mit Ledergurten.

»Der hochnotpeinlichen Befragung der hier anwesenden Kammerjungfer Eleonore von dem Knesebeck wurden folgende Instrumente zuerkannt: Daumenschrauben, Beinstöck', Schnüre, Wasser und Schwefel.« Während er die Reihe der Folterinstrumente aufzählte, wagte Johann Conrad Diepenbrock kaum der Inquisitin ins Gesicht zu sehen. Dies war seine erste Amtshandlung als Scharfrichter, und dass er dabei ausgerechnet ein adliges Fräulein dem peinlichen Verhör unterziehen sollte, schmeckte ihm ganz und gar nicht. »Ihr seht«, fuhr Diepenbrock fort, »dass es mit der Tortur ein wahrer Ernst ist. Bevor Ihr Euren Leib also der Marter aussetzt, wollet Ihr Euch nicht doch freimütig zu einem Bekenntnis bequemen?«

»Ich habe nichts zu bekennen, guter Mann.«

Ein leises Seufzen entfuhr dem grobschlächtigen Henkersmeister. »So tretet denn vor und legt Eure Kleider ab.«

»Was?« Zum ersten Mal schwang Furcht in der Stimme der Knesebeck. »Wenn Ihr mir die Daumenschrauben anlegen wollt, so tut dies. Doch werde ich mich nicht vor Euren Augen entkleiden.«

»Sträubt Euch nicht«, sagte Ludolf Hugo. »Wenn Ihr es nicht tut, wird er es tun. So will es das Gesetz.«

Furchtsam verschränkte Eleonore von dem Knesebeck die Arme vor der Brust. »Nein.«

Diepenbrock warf Ludolf Hugo einen unsicheren Blick zu.

Durch ein unmerkliches Nicken gab dieser zu verstehen, dass mit der Prozedur fortzufahren sei.

»Nimm ihre Hände«, befahl er daraufhin seinem Gesellen. Das war allerdings leichter gesagt als getan. Denn die Vorstellung, nackt vor ihren Folterknechten stehen zu müssen, schien die Frau mit größerem Entsetzen zu erfüllen als die Folter selbst. Wild um sich schlagend und wie eine Wölfin heulend, setzte sie sich gegen ihre Entkleidung zur Wehr. Obwohl sie dabei Kräfte entwickelte, die keiner der Männer einem so zierlichen Frauenzimmer zugetraut hätte, nutzte ihr der Widerstand wenig. Die kräftigen Hände des Gesellen legten sich eisern um ihre Handgelenke und rissen sie zurück. Mit einem Messer löste Diepenbrock die Schnüre des Mieders und zerrte es von ihrem Körper. Befehl war Befehl, ob es ihm gefiel oder nicht. Endlich gab die Frau ihren Widerstand auf, und ihr Heulen ging in einen lang anhaltenden Klagelaut über, wie ihn Diepenbrock seit Beginn seiner Lehrzeit selten in den Folterkammern der Stadt vernommen hatte. Zuletzt schnitt er das linnene Hemd herunter und legte den Oberkörper frei.

Plötzlich verstummte das Heulen. Mit entblößter Brust stand Eleonore von dem Knesebeck vor den Männern und streckte ihnen herausfordernd das Kinn entgegen.

»Lass mich los«, befahl sie dem Henkersgesellen mit tonloser Stimme, was dieser auch sogleich tat. Dann kehrte sie ihren Anklägern langsam den Rücken zu. Über einer schlanken Taille war die Wirbelsäule seitwärts verrenkt und krümmte sich zu einem Buckel, so als hätte ein Sturm die Knochen der Kammerjungfer durchgerüttelt und sie windschief zurückgelassen. Peinlich berührt blickten die Männer zu Boden. Keiner wagte der nackten Frau in die Augen zu sehen.

»Sollen wir weitermachen?«, fragte Diepenbrock schließlich in die betretene Stille hinein.

»Nein«, erwiderte Graf Platen gereizt. »Vom Winseln der Weiber höre ich genug im eigenen Haus. Es macht mich vomitieren. Für heute ist Schluss.« Während er die Kammer verließ, fügte er noch hastig hinzu: »Bedeckt Euch, Jungfer Knesebeck, und bedenket wohl, was Ihr mir bei unserer nächsten Begegnung zu berichten habt.«

Ungestüm schlug Jasper seinen Spaten in den Boden und begann zu graben. Er war wütend. So richtig wütend. Was bildete diese Marie sich nur ein? Die glaubte wohl, sie wäre was Besseres. Heute hatte sie ihn schon wieder fortgeschickt. So wie gestern und vorgestern auch. Wieso ging er überhaupt noch zu ihr? Sie konnte ihm doch egal sein. Mit Gudrun hatte man schließlich auch seinen Spaß. Energisch warf Jasper den Sand über seine Schulter und versuchte, nicht mehr an das Mädchen zu denken.

Zum Glück kam er mit dem Graben schnell voran. Er war ja in Übung. In der vergangenen Woche war er fast jede Nacht hergekommen und hatte gebuddelt. Heute würde es das letzte Mal sein. Jasper legte eine Pause ein und sah in den Himmel. Schemenhaft türmten sich dunkle Wolkenberge über ihm auf, man konnte den Schnee jetzt schon riechen. Es war Ende Februar. Bald würden die Bauern die erste Saat streuen, und mit der klirrenden Kälte war es in diesem Jahr wohl vorbei. Vermutlich würde auch der Schnee nicht allzu lange liegen bleiben. Also musste er sich sputen, bevor der Gestank die Ratten anlockte. Sobald Jasper das Loch ausgeschachtet hatte, klaubte er herumliegende Holzreste zusammen, von denen es auf dem Mühlenplatz mehr als genug gab, und machte ein Feuer. Dann ging er in die Knie und blickte in das Loch. Es war drei bis vier Ellen tief. Im Sommer hatten er und die anderen hier gelegen und es im Schutz der Steinhaufen und Schuttberge mit Gudrun getrieben. Gut, dass ihm dieses Versteck wieder eingefallen war. In den letzten Wochen hatte es sich als sehr nützlich erwiesen. Jasper umwickelte seine Hände mit Lumpenresten und sprang hinunter. Es war nicht schwer, die unförmige Masse heraufzuzerren. Viel war ohnehin nicht mehr übrig. Das meiste davon hatte ja der Bär gefressen. Zuerst verbrannte Jasper die Stofffetzen. Dann nahm er eine Axt und schlug die Knochen entzwei. Zum Schluss verbrannte er Kopf und Perücke des Leichnams.

Vierundzwanzigster Tag des Karnevals

Vormittag

Wie kann der Graf es wagen, Euch mit Folter zu drohen? Das ist ein unerträglicher Affront gegen meine Person.«

Wütend stapfte Sophie Dorothea mit dem Fuß auf. »Wir werden es noch erleben, dass er mich vor den Henkersmeister schleifen lässt, um mit glühenden Eisen ein Geständnis aus mir herauszupressen! Sicher würde seine Gemahlin ihm diesen Liebesdienst wohl entlohnen.«

»Durchlaucht«, die Stimme der Knesebeck klang müde. »Ich bitte Euch inständig, schickt endlich nach Eurem Vater um Hilfe. Er ist der Einzige, der uns jetzt noch retten kann.«

»Mein Vater!«, rief Sophie Dorothea voll Bitterkeit. »Mein Vater war es doch, der mich an diesen Hof verschachert hat. Ohne zu zögern, hat er das Lebensglück seines einzigen Kindes der *gloire* seines Hauses untergeordnet. Von ihm habe ich keine Hilfe zu erwarten.«

»Euer Vater ist ein guter Mann.« Die Knesebeck trat vor und griff nach ihrer Hand. »Er wird wissen, was zu tun ist, damit sich Euch das Herz des Kurprinzen in Freundschaft wieder zuwendet.«

»Ich wünsche keine Aussöhnung mit Georg Ludwig«, fauchte Sophie Dorothea und schob ihre Hofdame ungestüm beiseite. »Wenn es sein muss, werde ich nach Sachsen gehen und von dort die Herausgabe des Grafen Königsmarck erwirken. Auch wenn man mich jetzt verhöhnt. Mit einer fremden Macht im Rücken wird man sich in Hannover meinem Willen beugen müssen.«

»Pst!« Die Knesebeck legte beschwörend die Hände ineinander und versperrte Sophie Dorothea den Weg. »Sprecht nicht mehr davon. Niemand weiß von Euren Fluchtplänen, und so soll es auch bleiben. Zwar sucht man fieberhaft nach Beweisen, die Euch inkommodieren. Doch es gibt keine.«

»Und was ist mit den Briefen?«

»Es liegen nur die des Grafen vor. Ich habe sie gesehen, als man mich zum Verhör brachte.«

Sophie Dorothea wandte sich ab und strich unauffällig über die Schleifen ihres Mieders. Ein leises Knistern, so fein, dass nur sie es hören konnte, drang unter dem Gestänge aus Fischbein an ihr Ohr. »Meine Separation vom Kurprinzen ist also beschlossene Sache.«

»Ich nehme es an. Aber an offizieller Stelle hat man nichts gegen Eure Durchlaucht in der Hand.«

Sophie Dorothea trat ans Fenster und sah hinaus. Zwar hatte es in der Nacht zu schneien begonnen, doch bald schon würde der Frühling Einzug halten, und zum ersten Mal seit Philipps Verschwinden verspürte sie etwas wie Hoffnung.

»Denen, die Euer Unglück im Auge haben«, fuhr die Knesebeck eindringlich fort, »ist noch nicht einmal bekannt, wie weit Eure Liebesbeziehung zum Grafen gediehen war. Man suchte mich dazu zu bringen, den Ehebruch einzugestehen. Aber ich tat es nicht.«

»Dafür meinen Dank.« Zerstreut griff Sophie Dorothea nach

ihrer Bernsteinkugel und ließ sie durch ihre Finger gleiten. »Wenn man nichts gegen mich vorbringen kann, wird man im Falle einer Scheidung weitaus günstigere Bedingungen für mich aushandeln können.« Plötzlich spürte sie den heißen Griff einer schweißfeuchten Hand auf ihrer Schulter. Fast im selben Moment wurde sie herumgerissen.

»Seid Ihr von Sinnen!« Im bleiernen Licht des verschneiten Vormittags schien sich die graue Gestalt Eleonore von dem Knesebecks beinahe aufzulösen. Nur ihre Augen glühten vor Zorn. »Ihr habt kein Recht, so zu reden. Ich habe Jahre darauf verwandt, um aus Euch eine Prinzessin zu machen. Ihr wart nichts, als man Euch in meine Hände gab. Ein verwöhnter Wildfang von zweifelhafter Geburt. Ich habe Euch zu dem gemacht, was Ihr heute seid: eine Fürstin, zu der ganz Europa voller Bewunderung aufschaut. Wollt Ihr all das für eine Liebelei wegwerfen, deren Würze allein im Abenteuer der Heimlichkeit lag?«

»Wie könnt Ihr es wagen!«

Eine schallende Ohrfeige brachte Sophie Dorothea zum Schweigen.

»Hätte ich von Anfang an gewusst, wie weit Ihr bereit wart, die *follien* um dieser obskuren Affäre willen zu treiben, ich wäre selbst zum Kurfürsten gelaufen und hätte ihn dazu gebracht, Euch den Kopf zurechtzusetzen. Einzig Euer Unglück an der Seite Eures Gemahls hat mich dazu bewogen, diese Liebschaft zu decken. Doch nun ist ein für alle Mal Schluss mit dieser lächerlichen Tändelei. Vermutlich ist der Graf längst mit einer anderen über alle Berge, die weniger Kapricen im Kopf hat als Ihr.«

»Das ist nicht wahr!«, schrie Sophie Dorothea, wobei der Klang ihrer Stimme wie das trotzige Aufheulen aus frühen Kindertagen in ihren Ohren widerhallte. »Philipp liebt mich.«

»Ach ja?«, höhnte die Knesebeck. »Das hielt ihn aber nicht davon ab, neben den *douceurs,* die Euer Bett ihm bot, auch seine Freude mit der Gräfin Platen zu haben. Und sie war vermutlich nicht die Einzige.«

Schluchzend sank Sophie Dorothea auf die Knie und barg das Gesicht in den Händen. »Philipp liebt mich. Er hätte mich nie verlassen.« Eine Weile wand sie sich auf dem Boden und krallte ihre Finger in die weichen Knüpfereien der Teppiche.

»*Viens, ma petite.*« Sanft umfasste die Knesebeck sie bei den Schultern. »Setzt Euch an den Tisch und schreibt an Euren Vater. Tut, was ich Euch sage. Es geschieht nur zu Eurem Besten.«

Willenlos ließ Sophie Dorothea sich aufhelfen und an ihr Schreibpult führen. Wie bei einem kleinen Kind fuhr Eleonore von dem Knesebeck ihr mit der Hand über die Wangen und küsste ihre Stirn. »Schreibt, dass Ihr eine gehorsame Tochter sein werdet. Wenn Ihr fertig seid, werde ich den Brief lesen.«

»Nein, wartet.« Sophie Dorothea hielt die Hand ihrer Hofdame umklammert. »Lasst es uns halten wie früher. Sagt Ihr mir, was ich schreiben soll. Ihr seid mit Worten so viel geschickter als ich.«

»Nun denn«, war die zufriedene Erwiderung. »Seid Ihr bereit?«

»Ja, das bin ich.«

»Da ging ein Rauch auf vom Lande, wie ein Rauch vom Ofen, und als Lots Frau zurückblickte, ward sie zur Salzsäule.« Seufzend sah Marie sich um. Sie hatte sich in der Nähe der Kutschdurchfahrt postiert und wartete darauf, dass Jasper endlich auftauchen würde, um den Bären zu füttern. Langeweile hatte sie schließlich doch dazu bewogen, seine Gesellschaft zu suchen. Alles war besser als einen weiteren Tag alleine in einer eiskalten Dachkammer verbringen zu müssen, mit einer staubigen Bibel als einzigem Zeitvertreib. Vom Marquis hatte sie in den letzten Tagen nur wenig gesehen. Wenn sie sich bei den Mahlzeiten begegnet waren, hatten sie kaum ein Wort miteinander gewechselt. Ihr war es egal. Wenn er lieber mit der Gräfin Königsmarck poussierte, als seine Zeit mit ihr zu verbringen, würde sie ihn ganz bestimmt nicht daran hindern. Marie verdrängte den Gedanken an den Marquis und beobachtete das hektische Treiben im Schlosshof. Zwischen Knechten, die damit beschäftigt waren, den stetig fallenden Schnee fortzuschippen, wimmelte es von Soldaten in rotweißen Uniformen, die mit geschulterten Musketen hin- und hereilten. Unter ihnen entdeckte sie schließlich auch Jasper. Einen Eimer schleppend, schlurfte er zur Schlossmauer hinüber, dorthin, wo der Bär angekettet auf einem Bett aus fauligen Binsen lag. Schwungvoll warf Jasper den Inhalt seines Eimers vor die lange Schnauze des Raubtiers, das sich sogleich mit großem Appetit über seine Mahlzeit hermachte. Nachdem Jasper sich von dem Bären abgewandt hatte, trat Marie mit unsicherem Lächeln auf ihn zu. Als er sie sah, verfinsterte sich seine Miene. Damit hatte Marie gerechnet. Sie war nicht sehr nett zu ihm gewesen, als er wieder und wieder bei ihr aufgetaucht war, um ihr einen Besuch abzustatten. Dennoch ließ sie sich nicht beirren und brachte ihre deutsche Begrüßungsformel hervor. *»Guten Morgen, Jasper. Wie geht es dir? Schön, dich zu sehen.«* In ihren Ohren reihten sich die Worte zu einem unverständlichen Gezische zusammen. Doch nachdem sie die Begrüßung wiederholt hatte, verzogen sich Jaspers mürrisch herabhängende Mundwinkel zu einem breiten Grinsen.

»Hallo, Marie«, sagte er zackig. *»Mir geht's gut.«*

Marie ließ Zeige- und Mittelfinger ihrer Rechten über den

Handrücken der Linken trippeln und fragte: *»Spazieren gehen?«* Das Grinsen wurde breiter. Jasper nickte.

»Einverstanden. Ich muss erst heute Abend wieder auf Posten.«

Er stellte seinen Eimer beiseite, und gemeinsam verließen sie die Schlossanlage. Eine Weile schlenderten sie ziellos durch das verschneite Hannover, das, wie Marie bald befand, im weißen Kleid recht ansehnlich wirkte. Puderig lag der jungfräuliche Schnee auf den Treppengiebeln des Rathauses und verlieh dem alten Backsteingebäude beinahe etwas Märchenhaftes. Auch die trutzigen Wehrtürme der Stadtbefestigung waren mit den neuen weißen Hauben nur noch halb so duster, und sogar die Elendsquartiere, die sich geduckt an der Mauer aufreihten, wirkten mit ihren neuen verschneiten Dächern beinahe einladend. Nachdem sie eine Weile schweigend nebeneinanderher gegangen waren, klaubte Jasper eine Handvoll Schnee vom Treppenpfosten eines Bürgerhauses und warf ihn Marie ins Gesicht. Marie ließ sich nicht lange bitten und tat es ihm nach. Die Schneeballschlacht war in vollem Gange, als sie lachend und prustend den Holzmarkt erreichten. Dort erregte eine Prozession bunt gekleideter Schausteller ihre Aufmerksamkeit, die bereits von einer Traube neugieriger Zuschauer umringt war. Marie stellte sich auf die Zehenspitzen, um besser sehen zu können. In Windeseile hatte die Truppe aus Holzbrettern eine kleine Bühne errichtet und eröffnete ihre Vorstellung mit schwungvollen Liedern, zu der ein Akrobat Räder schlug und auf Händen ein Tänzchen aufführte. Johlend klatschte die Menge Beifall.

Als Jasper bemerkte, dass Marie Mühe hatte, zwischen all den Leibern, die sich vor ihr aufgebaut hatten, dem Geschehen auf der Bühne zu folgen, nahm er ihre Hand und zog sie mit sich durch die Menge. Kurz vor dem Podest blieb er stehen, behielt ihre Hand jedoch in der seinen. Marie warf ihm einen unsicheren Blick zu. Einen Moment lang überlegte sie, ob sie ihre Hand fortziehen sollte, beließ es dann aber dabei.

Nachdem der Akrobat seine Kunststücke gezeigt hatte, betrat ein ehrwürdig aussehender Herr die Bühne und begann mit schmetternder Stimme eine Ansprache zu halten. Marie konnte seiner Rede zwar nicht folgen, als er jedoch aus seinem Rock eine Flasche mit dunkler Flüssigkeit hervorzauberte, die er immer wieder mit großer Geste in die Höhe hielt, wurde ihr sehr schnell klar, dass die Schausteller in Wahrheit fliegende Händler waren, die mit Hilfe einer Bühnendarbietung ihre Ware an den Mann bringen wollten. Das enttäuschte Gemurmel um sie herum bestätigte ihre Vermutung. Während die Menge sich allmählich zerstreute, deutete Jasper auf einen Stand, von dem duftende Schwaden zu ihnen herüberwehten. Dahinter fischte eine Frau aus einem Becken mit brodelndem Fett goldbraune Schmalzkringel.

»Hunger?«

Marie nickte. Hand in Hand gingen sie darauf zu, verharrten aber nach wenigen Schritten auf der Stelle, da eine Gruppe angetrunkener Soldaten sich zwischen sie und den Marktstand gedrängt hatte.

»Hallo, Jasper.«

Der Dickste unter ihnen, der offensichtlich auch der Anführer der Gruppe war, trat hervor und stierte sie aus blutunterlaufenen Augen an. Er war ein Schlosstrabant, genau wie Jasper. Marie erinnerte sich daran, ihm schon einmal vor den Gemächern der Kurprinzessin begegnet zu sein.

»Führst wohl dein Liebchen aus, was?«

»Die ist nicht mein Liebchen.«

Ganz plötzlich ließ Jasper ihre Hand fallen, als hätte sie sich in ein glühendes Eisen verwandelt, und scharrte mit den Stiefeln nervös im Schneematsch herum.

»Dir gefällt's wohl nicht mehr mit der Gudrun. Hast ja jetzt auch was Bess'res. Wie ist sie denn so, deine Kleine?«

Feixend zeigte der Schlosstrabant die verfaulten Stummel seiner Zähne. Langsam wurde Marie nervös. Dass sie der Unterhaltung nicht folgen konnte, verunsicherte sie noch mehr als der massige Soldat, der ihr inzwischen so bedrohlich nahe gekommen war, dass der säuerliche Geruch seines ungewaschenen Körpers ihr beinahe den Atem verschlug. Vielleicht war es gut, dass sie der Unterhaltung nicht folgen konnte. Denn auch wenn der Dicke grinste, klang seine Stimme keineswegs freundlich.

Marie versuchte sich ihre Furcht nicht anmerken zu lassen und sah scheinbar gleichgültig über die Gruppe der Männer hinweg. Im Geiste ging sie dabei ihre Fluchtmöglichkeiten durch. Wenn es hart auf hart kam, das sah sie sofort, würde sie sich auf Jasper nicht verlassen können. So wie er mit hängenden Schultern vor seinen Kameraden stand, schien er noch größere Angst zu haben als sie. Doch zu ihrer Überraschung musste Marie bald schon feststellen, dass sie sich in Jasper getäuscht hatte. Als der Dicke dazu überging, seinen lautstarken Sprüchen Taten folgen zu lassen und den schmutzigen Nagel seines Zeigefingers in ihre Schulter bohrte, drängte Jasper sie energisch zur Seite und baute sich mit entschlossener Miene vor dem Fettwanst auf. Voller Verwirrung lauschte Marie dem nachfolgenden Wortgefecht, das zu guter Letzt damit endete, dass Jasper seinem Kameraden ein paar Kupfermünzen reichte, woraufhin dieser sich mit seinen Leuten trollte. Finster blickte Jasper den Männern hinterher. Dann wandte er sich Marie zu und ahmte den watschelnden Schritt des fettleibigen Schlosstrabanten nach. Zum ersten Mal seit ihrer Ankunft in Hannover brach Marie in schallendes Gelächter aus. Sie ließ es sich nicht nehmen, Jasper von dem wenigen Geld, das sie noch besaß, einen Schmalzkringel zu spendieren, und kehrte Arm in Arm mit ihm ins Leineschloss zurück. Als sie vor ihrer Kammer standen, überlegte Marie einen Moment, ob sie Jasper hineinbitten sollte, ließ es dann aber bleiben. Vielleicht hätte er ihre Einladung als Aufforderung verstanden, und das wollte sie nicht; obgleich ihr seine Gesellschaft keineswegs unangenehm war. Im Gegenteil. Kurzerhand hockte sie sich auf den staubigen Holzboden des nur von wenigen Wandlichtern kümmerlich erhellten Flurs und bedeutete Jasper, sich neben sie zu setzen. Dann zerbröckelte sie das mitgebrachte Gebäck auf einem Leinentüchlein und forderte ihn auf, sich zu bedienen. Eine Weile saßen sie schweigend nebeneinander und kauten. Dabei trafen sich ihre Blicke immer wieder ganz zufällig, nur um gleich darauf wie zwei Kugeln, die aufeinandergeprallt waren, in entgegengesetzte Richtungen davonzufliegen.

Marie spürte ein erwartungsvolles Kribbeln im Magen, das merklich zunahm, als Jasper ganz plötzlich seinen Arm um sie legte. Verlegen wand sie ihm ihr Gesicht zu. Jasper wirkte ernst, fast feierlich. Dann beugte er sich vor und küsste sie. Dieses Mal allerdings behielt er seine Zunge bei sich. Nur ein winziges Stück ihrer Spitze fuhr sacht über ihre Lippen. Ganz leicht öffnete Marie den Mund und erwiderte seinen Kuss. Dann stieß sie ihn lachend von sich. Das Ganze war wirklich zu albern. Verstohlen warf Marie einen prüfenden Blick über ihre Schulter. Irgendwie war es ihr so vorgekommen, als sei jemand in der Nähe, der ihnen heimlich zusah. Doch da war niemand. Vielleicht war es auch nur ihre Unsicherheit, die ihr das Gefühl gab, beobachtet zu werden. Es gefiel ihr zwar, mit Jasper zusammen zu sein, aber auf eine verwirrende Weise schämte sie sich dafür. Außerdem konnte jeden Moment eine Türe aufgehen und jemand heraustreten. Womöglich gar der Marquis. Was würde er nur dazu sagen, wenn er sie, auf dem

Boden hockend, in den Armen eines Wachsoldaten vorfände? Sicher wäre die Bibel nicht dick genug, um als Strafe herzuhalten. Wieder musste Marie kichern.

»Marie?«

»Ja?«

Mit großen Augen sah Jasper sie an und legte in geheimnisvoller Geste die Spitze seines Zeigefingers gegen seine Lippen. Erschrocken sah Marie sich um. Es war also doch jemand in der Nähe. Doch sosehr sie sich auch anstrengte, im dürftigen Licht der Öllampen etwas zu erkennen, es war niemand zu sehen.

»Was ist mit dir? Da ist doch niemand.«

Ohne zu antworten hielt Jasper ihr einen schlauchartigen, mit Perlenstickereien verzierten Lederbeutel unter die Nase und grinste von einem Ohr zum anderen.

»Ich habe einen Schatz.«

»Was ist das?«

Jasper ließ den Beutel in ihren Schoß fallen und nahm sich dafür noch ein Stück von dem Schmalzgebäck.

Bei genauem Hinsehen erkannte Marie, dass es sich um eine Geldkatze handelte, in der Art, wie feine Herren sie am Gürtel trugen, um ihre Barschaft zu transportieren. Dass Jasper über einen so wertvollen Geldbeutel verfügte, war schon erstaunlich genug. Was Marie jedoch noch viel mehr erstaunte, war, dass die Börse bis zum Rand mit Silbermünzen gefüllt war.

Jasper fischte eines der Geldstücke heraus und hielt es Marie einladend unter die Nase.

»Nimm ruhig eine. Sind ja genug davon da.«

Überrascht nahm Marie die Münze und rieb sie zwischen ihren Fingern. Es war ein nagelneuer, blanker Silbertaler. Jasper ergriff ihre Hand und umschloss sie mit seiner zu einer Faust.

»Schenke ich dir.«

Marie musterte ihn scheu. Es war verlockend, das Geldstück anzunehmen. Sie selbst besaß kaum genug, um sich ein paar neue Bänder kaufen zu können. Und den Marquis um etwas zu bitten, dazu war sie zu stolz. Eine Weile rang sie mit sich. Bestimmt hatte Jasper das Geld nur gefunden, es womöglich gar gestohlen. Sicher aber war er nicht rechtmäßig in seinen Besitz gelangt. Doch das war es nicht, was Marie davon abhielt, sein Geschenk anzunehmen. Es war der Kuss. Wenn er sie nicht geküsst hätte, hätte sie sich vielleicht überreden lassen, die Münze einzustecken. Aber so, wie es nun einmal mit ihnen beiden stand, wäre sie sich schäbig vorgekommen, hätte sie den Taler von ihm angenommen. Marie schüttelte den Kopf und ließ die Münze aus ihrer Faust in Jaspers Handteller zurückgleiten. Um ihn nicht zu beleidigen, gab sie ihm einen flüchtigen Kuss auf die Wange. »Danke. Aber du hast mir schon genug geschenkt.« Sie zeigte auf das Armkettchen, das sie um ihr Handgelenk trug. Jasper verstand und lächelte.

Gerade als sie ihm die Börse zurückgeben wollte, glitt ihr Blick flüchtig über einen Schriftzug hinweg. Marie stutzte und sah genauer hin. Dann weiteten sich ihre Augen vor Überraschung. Was sie las, fein säuberlich in grauen und schwarzen Perlen auf das Leder appliziert, war der Name des vormaligen Besitzers: »P. de Königsmarck«.

Später Abend

Antoine schritt durch die spärlich beleuchteten Säle des Kammerflügels, in denen zu vorgerückter Stunde nur noch eine Handvoll Sekretäre, Kanzlisten und Dechiffreure an Schreibpulten über Schriftrollen und Korrespondenzen gebeugt ihre

Arbeit verrichteten. Er durchmaß gähnend leere Flure, hinter denen Tür an Tür die Geschäftsräume der Kurhannoverschen Verwaltungsstellen lagen, und eilte durch eisige Treppenhäuser, die von der behördlichen Nüchternheit des unteren Stockwerks in die nicht minder amtliche Atmosphäre des oberen führten. Um diese Uhrzeit war im Regierungstrakt des Leineschlosses kaum noch jemand unterwegs. Die wenigen aber, denen er begegnete, neigten ehrfürchtig das Haupt, sobald sie seiner ansichtig wurden. Diese Respektsbekundungen galten allerdings nicht ihm, sondern dem Mann an seiner Seite, der mit verdrossener Miene neben ihm einherstapfte.

»Ich verstehe nicht«, murrte Hofrat Leibniz, »wieso Seine Durchlaucht ausgerechnet mich um diesen Gefallen bittet. Wieso wendet er sich in dieser Frage nicht ganz offiziell an die Rechnungskammer?«

»Die Angelegenheit, Exzellenz«, erklärte Antoine beschwichtigend, »entbehrt nicht einer gewissen Pikanterie. Die Kurhannoversche Regierung hat einen Besitz veräußert, der nach Ansicht des Herzogs ihm gehört. Und obgleich es im Interesse Seiner Durchlaucht liegt, in dieser Frage zu seinem Recht zu kommen, will er seine Gastgeber nicht mit einer überzogenen Geldforderung gegen sich aufbringen.«

Leibniz blickte skeptisch. Er musste wissen, wie fadenscheinig Antoines Erklärung war. Denn bei aller Zuneigung, die er seinem Gönner Anton Ulrich entgegenbrachte, war auch ihm bekannt, wie wenig dieser sich um die Befindlichkeiten seiner Hannoverschen Verwandtschaft scherte.

»Sicher weiß Seine Durchlaucht, dass mir mancherlei Unannehmlichkeit erwachsen könnte, wenn bekannt würde, dass ich Euch mitten in der Nacht Einblick in die Kammerrechnungen der vergangenen Jahre gewährt habe. Diese Dokumente stehen Unbefugten nicht zur Verfügung.«

Antoine schenkte Leibniz ein unverbindliches Lächeln. »Es ist der Gefallen eines Freundes, um den der Herzog Euch bittet.«

»Nun gut, wenn es sich so verhält.« Leibniz schien immer noch nicht zufrieden, setzte seinen Weg jedoch ohne weitere Klagen fort. Ziel ihrer abendlichen Wanderung war ein Saal im oberen Geschoss des Flügels, der der Länge nach mit Reihen offener Registraturen gefüllt war. Darin hingen, bündig abschließend und nach Jahreszahlen geordnet, Dossiermappen der gleichen Größe und Form, die in nüchternen Zahlen den finanziellen Aufstieg des welfischen Teilherzogtums Braunschweig-Lüneburg zum Kurstaat Hannover wiedergaben.

»Wann hat der Verkauf stattgefunden?« Leibniz war mit seiner Kerze gefährlich nahe an eines der hohen Holzregale herangetreten, um mit blinzelnden Augen die Jahreszahl am Längspfosten entziffern zu können. Dass ein einziger Funke genügen würde, um in diesem Raum voll knisterndem Papier ein flammendes Inferno auszulösen, schien er bei seiner Kurzsichtigkeit gar nicht zu bemerken.

»Irgendwann in den letzten fünf Jahren«, erwiderte Antoine und linste nervös auf die Kerze in der Hand des Universalgelehrten.

Der schritt daraufhin die Reihen der Registraturen ab und blieb bei der hintersten stehen. »Hier dürften wir finden, wonach Ihr sucht. Ich schlage vor, wir teilen uns die Arbeit. Wie sagtet Ihr, heißt der Besitz, um den es sich handelt?«

Antoine improvisierte und nannte Leibniz den Namen eines Dorfes, in dem er vor einiger Zeit übernachtet hatte. »Wenn es Euch nichts ausmacht«, fügte er hinzu, »werde ich mit den letzten zwei Jahren beginnen.«

Leibniz nickte gleichmütig. »Ganz wie Ihr wünscht.«

Tatsächlich war Antoine lediglich an der Kammerrechnung

des laufenden Haushaltsjahres interessiert. Er griff nach der entsprechenden Akte und blätterte sie bei flackerndem Licht durch. Irgendwo zwischen den Kolonnen der Zahlen und Posten, die in gestochen scharfer Schrift untereinander aufgelistet waren, hoffte er einen Hinweis darauf zu finden, ob für die Beseitigung des Grafen Königsmarck Blutgeld in Form einer Schuldverschreibung oder Schenkung gezahlt worden war.

Was er nun im Schein seiner Kerze zu lesen bekam, war eine minutiöse Auflistung der Einnahmen und Ausgaben des Kurfürstentums. Mit großem Interesse entnahm er dem Schriftstück, dass der Karneval in diesem Jahr bisher die stattliche Summe von 34 511 Talern gekostet hatte, sich die Handgelder der kurfürstlichen Familie auf 65 078 Taler und die Ausgaben für Hofstaat und Küche auf 105 717 Taler belaufen würden. Demgegenüber nahmen sich die Gehälter des niederen Küchenpersonals mehr als bescheiden aus. Kaum zwölf Taler per annum verdiente, wer den Mundköchen, Bratenmeistern und Pastetenbäckern in der Hofküche des Kurfürsten zur Hand ging. Der weitaus größte Posten im Staatshaushalt wurde indes für den Krieg gegen den einstigen Bundesgenossen Louis XIV. aufgewendet. Was, wie Antoine vermutete, die Staatskasse doppelt belastete, da die großzügigen Subsidienzahlungen, mit denen sich Seine allerchristlichste Majestät jahrelang die Neutralität Hannovers erkauft hatte, durch die Rückkehr an die Seite von Reich und Kaiser in diesem Jahr entfielen.

Während Antoine sich durch die Seiten blätterte, registrierte er aus den Augenwinkeln, dass Leibniz am anderen Ende des Regals immer nervöser wurde. Wie ein Storch im Salat trat der berühmte Wissenschaftler von einem Fuß auf den anderen und schielte immer wieder zu Antoine herüber. Nach einer Weile räusperte er sich und erklärte gereizt: »Bedaure, Marquis, aber in meinen Unterlagen findet sich kein Posten, der auf die Veräußerung eines Besitzes mit selbigem Namen hinweist. Wie sieht es bei Euch aus? Seid Ihr fündig geworden?«

»Ich bitte Eure Exzellenz noch um ein wenig Geduld«, erklärte Antoine hastig. »Mein Deutsch«, fügte er bedauernd hinzu, »ist leidlich, und so habe ich einige Mühe, mich in der Amtssprache zurechtzufinden.«

»Dann werde ich Euch behilflich sein. Je eher diese Angelegenheit erledigt ist, umso besser.«

»Zu gütig.« Antoine verbeugte sich artig, stieß insgeheim aber einen ärgerlichen Fluch aus. Gegen diese Offerte konnte er schwerlich etwas einwenden. Zum Glück aber zählte zu den vielen Tätigkeiten, die Leibniz im Dienst der welfischen Erblande ausübte, auch die des Archivars, was Antoine zu einem kleinen Zeitpolster verhalf. Denn erst nachdem sein Begleiter mit peinlicher Gewissenhaftigkeit die Mappe, in der er soeben geblättert hatte, entstaubt und an ihren Platz in der Registratur zurückgehängt hatte, schickte er sich an, seinem Anerbieten Taten folgen zu lassen. Gerade als er seine Hand nach dem Hefter ausstreckte, stieß Antoine unter den als extraordinäre und gemeine Ausgaben figurierenden Posten auf etwas äußerst Interessantes und wandte sich hastig ab.

»Einen Moment, Exzellenz. Ich glaube, ich habe da etwas gefunden.«

Für dieses Jahr sah die Hannoversche Kammer vor, ein Darlehen von 15 000 Talern zu begleichen, das ihr im vergangenen Jahr von privater Seite zur Verfügung gestellt worden war. Das an sich war nichts Ungewöhnliches. Staatsanleihen waren Geldanlagen, die mehr und mehr in Mode kamen. Ungewöhnlich indes war der Name des Geldgebers – ein Name, den Antoine nur allzu gut kannte.

Fünfundzwanzigster Tag des Karnevals

Später Nachmittag

Leichter Nieselregen sprühte Marie entgegen, als sie durch das Leintor trat und nach links auf den Mühlenplatz zusteuerte. Noch hatte es nicht zu dämmern begonnen, doch schon jetzt bildeten die düsteren Wolken am Himmel für das schnell schwindende Tageslicht eine fast undurchdringliche Barriere. Marie sah sich um. Das zähe Gedränge des Straßenverkehrs, der sich mühsam über den Fluss in die Neustadt wälzte, hatte sie hinter sich gelassen. Ein paar ärmlich gekleidete Gestalten wühlten in Haufen aus Bauschutt und Müll nach brauchbarem Brennholz, während eine Gruppe von Schlosswachen vor einem kleinen Bretterverschlag herumlungerte und sich die Zeit damit vertrieb, Steine nach streunenden Katzen zu werfen. Mit gesenktem Kopf hastete Marie an ihnen vorbei und verfluchte jetzt schon ihre Neugier, die sie an diesen unwirtlichen Ort geführt hatte. Hoffentlich war sie nicht vergebens gekommen. Am Ende des Platzes, dort, wo im gräulichen Blau des weichenden Tages Klickmühle und Wasserturm aufragten, würde sie Japser treffen. Vielleicht gelang es ihr ja heute, ihm etwas über seinen geheimnisvollen Geldbeutel zu entlocken.

Anfangs hatte Jasper ihre Aufregung über seinen *»Schatz«* für Bewunderung gehalten. Ganz offensichtlich hatte er nicht die geringste Ahnung, dass der Name des rechtmäßigen Eigentümers, gestickt in Perlen, den oberen Rand der ledernen Börse zierte. Wie auch? Jasper war ein einfacher Soldat, der niemals Lesen und Schreiben gelernt hatte. Er konnte also nicht wissen, wie verräterisch der Geldbeutel war, da niemand ihn darauf aufmerksam gemacht hatte. Marie war die Einzige, der er die Börse des vermissten Graf Königsmarck gezeigt hatte. Kein anderer wusste davon. So viel zumindest hatte sie gestern Abend noch aus ihm herausbringen können.

Was steckte nur dahinter?, fragte sie sich, während sie ihrer Verabredung über den schlammigen Boden des Mühlenplatzes entgegenschlitterte. Vielleicht hatte Jasper das Geld rein zufällig gefunden. Vielleicht aber auch nicht. Vielleicht konnte er ihr verraten, wo der Graf steckte. Vielleicht war er ein wichtiger Zeuge. Immerhin war es möglich, dass er etwas gesehen hatte, was er lieber für sich behielt, aus Frucht, man könnte ihm die Börse wieder wegnehmen. Zwar hatte Marie sich redlich bemüht, Antworten auf ihre Fragen zu bekommen, mit ihrem gestenreich untermalten Redestrom dabei aber lediglich Jaspers Misstrauen geweckt. Trotzdem war es ihr mit einem Kuss gelungen, ihm ein neuerliches Treffen abzutrotzen. Ein bisschen regte sich in ihr das schlechte Gewissen, als sie sich eingestand, dass es ihr dabei gar nicht um Jasper ging. Sie nutzte seine Zuneigung aus, um den Marquis zu beeindrucken. Ungeduldig wischte sie sich eine feuchte Haarsträhne aus der Stirn. Und wenn schon. Sollte sie tatsächlich etwas herausfinden, würde sie es für sich behalten und dem Marquis gar nichts davon erzählen. Etwas anderes hätte er gar nicht verdient, so gemein, wie er in den letzten Tagen zu ihr gewesen war.

An der Wassermühle angelangt, blieb sie stehen und trat ungeduldig von einem Fuß auf den anderen. Dabei vergrub sie ihre Nase angewidert in den Falten ihres Wollumhangs. Von den klotzigen Mauern der Bewässerungsanlage wehte der Gestank von Kot und Abfall zu ihr herüber, so dass sie kaum atmen mochte. Bei ihrem ersten gemeinsamen Rundgang durch die Stadt hatte Jasper ihr den Kotgraben gezeigt, der hinter der Mühle in die Leine mündete. Aber nicht nur der Gestank war unerträglich. Auch der ohrenbetäubende Lärm der Pumpwerke, die das Wasser von hier in die Brauhäuser und Brunnen der Stadt verteilten, machte das Ausharren vor der Mühle zu einem sehr unangenehmen Zeitvertreib. Wieso um Himmels willen, seufzte Marie, wollte Jasper sich ausgerechnet hier mit ihr treffen?

Voller Ungeduld drehte sie sich immer wieder um die eigene Achse, in der Hoffnung, den jungen Soldaten endlich zu erblicken. Doch Jasper ließ auf sich warten. Inzwischen kroch von der Leine, die zu beiden Seiten des Mühlenplatzes vorbeirauschte, Nebel herauf und zog in milchigen Schwaden über das Gelände hinweg. Fast schien es Marie, als könne sie fühlen, wie der kalte Dunst nach ihren Fußknöcheln griff und mit klammen Fingern langsam ihren Körper hinaufwanderte. Fröstelnd zog sie den Mantel fester um die Schultern, als sie plötzlich einen sanften Schlag im Gesicht spürte, so als hätte ein Stück Stoff ihre Wange gestreift. Erleichtert atmete Marie aus. Jasper, endlich. Sie wandte sich um und sah sich, kaum länger, als der Schlag ihres Herzens währte, einer unmenschlichen Fratze gegenüber. Marie schrie auf und taumelte zurück, wurde aber gleich darauf von zwei kräftigen Händen gepackt. Ein ekelerregender Dunst nach rohen Zwiebeln und schmutziger Kleidung schlug ihr entgegen.

»Da bist du ja, mein Täubchen. Ich dachte schon, du wärest in den

Fluss gefallen oder der Nebel hätte dich verschluckt. Komm, sei ein wenig nett zu mir. Ich habe da was, das will ich dir gerne zeigen.«

Unversehens fand sie sich in der Umklammerung eines bärtigen Mannes wieder, der über den Lärm des Pumpwerks hinweg einen unverständlichen Redeschwall von sich gab, dabei jedoch auf eindeutige Weise seinen Körper gegen den ihren presste. Voller Panik trat Marie nach ihm und versuchte sich unter Aufbietung all ihrer Kräfte aus seinen Fängen zu befreien.

Während sie verbissen mit ihrem Angreifer rang, schoss ihr blitzartig durch den Kopf, dass er einer der Holzsammler sein musste, die ihr vorhin auf der anderen Seite des Mühlenplatzes begegnet waren. Sein Gesicht, mit struppigem Bart und blutunterlaufenen Augen furchteinflößend genug, war nicht die Fratze, die sie kurz zuvor gesehen hatte. Es musste also noch jemand in der Nähe sein. So laut sie konnte, schrie Marie um Hilfe. Doch sogleich legten sich die schwieligen Finger des Mannes auf ihre Lippen und pressten sie zusammen. Marie hörte ein raues Lachen. Dann wurde sie unerbittlich zu Boden gedrückt. Bitte nicht, flehte sie leise, während sie in die Knie ging. Bitte nicht. Schon spürte Marie das Gewicht des Mannes auf ihrem Körper. Sie schloss die Augen und begann in verzweifeltem Gebet die Bibelverse herzusagen, die der Marquis ihr aufgetragen hatte auswendig zu lernen.

»Als die Sonne über dem Himmel aufgegangen und Lot in Zoar angekommen war, ließ der Herr auf Sodom und Gomorra …«

Mitten im Satz traf sie ein Schlag ins Gesicht.

»Schnauze!«

Dann wurde ihr das Kleid über die Taille gezerrt und ihre Schenkel brutal auseinandergerissen.

Es würde kein einfacher Besuch, dessen war Antoine sich bewusst, als er die Steinstufen zum Haus des Grafen Königsmarck hinaufging. Kein Gast war willkommen, wenn er als Geschenk schlechte Nachrichten mit sich führte. Trotzdem überwog die Vorfreude auf ein Wiedersehen mit Aurora von Königsmarck die Sorge, wie sie auf die Ergebnisse seiner Nachforschungen reagieren würde. Drei Wochen nach seinem mysteriösen Verschwinden musste Antoine ihr raten, den Bruder verlorenzugeben. Sein aufschlussreicher Besuch im Lusthaus der Gräfin Platen, vor allem aber die mysteriöse Schuldverschreibung, auf die er in den Büchern der Rechnungskammer gestoßen war, legten den Schluss nahe, dass Philipp Christoph von Königsmarck einem Komplott der Kurhannoverschen Regierung zum Opfer gefallen war. Womöglich gar im Auftrag des Kurfürsten, zumindest aber mit seiner Billigung. Dass der Graf noch lebte, hielt Antoine für mehr als unwahrscheinlich. Im Grunde rechnete niemand in Hannover mehr damit, dass er eines schönen Tages wieder auftauchen würde; außer vielleicht der unglücklichen Sophie Dorothea, die weiterhin in ihren Gemächern festgehalten wurde, und seiner Schwester, deren liebendes Herz noch immer voll banger Hoffnung war.

Gleichwohl fiel es Antoine nicht schwer, sich über den Kummer, den er Aurora zufügen musste, hinwegzutrösten, da er ja in der Nähe sein würde, um ihr beizustehen. Seit dem Morgen war er immer wieder in Tagträumen hinweggeglitten, in denen sich dieser Moment auf verschiedenste Weise vor seinem geistigen Auge gestaltete. Nur die ungeduldigen Ermahnungen des Herzogs hatten es vermocht, ihn in die Gegenwart zurückzuholen.

Als sich nach mehrmaligem Klopfen schließlich die Tür öffnete, blickte Antoine in das ausgemergelte Antlitz Hildebrands. Der Sekretär hielt eine Kerze in die Höhe, deren

Lichtschein seine Haut mit krankhafter Blässe überzog. Seine Augen, die in dunklen Höhlen lagen, taxierten ihn voller Argwohn. »Ihr wünscht?«

»Ich möchte zu Eurer Herrin.«

»Ihr kommt zu ungünstiger Zeit. Ihre hochgräfliche Gnaden empfängt heute nicht.«

»Mich wird sie empfangen.« Ungeduldig schob Antoine den mageren Burschen zur Seite und eilte am Esszimmer vorbei die Treppe hinauf.

»Monsieur, ich bitte Euch. Ich habe ausdrückliche Order, niemanden vorzulassen.« Mit seinen spargeldünnen Beinen blieb Hildebrand Antoine dicht auf den Fersen und stellte sich ihm auf der obersten Stufe in den Weg. »Es wäre wirklich besser für Euch, Ihr würdet zu einem anderen Zeitpunkt wiederkehren.«

»Besser für mich? Was redet Ihr für einen Unsinn?« Verwundert musterte Antoine den Sekretär, dessen sorgenvolles Gesicht nun noch eine Nuance düsterer wirkte. »Es wäre besser für Euch, Ihr würdet mich nicht aufhalten. Ich bringe wichtige Nachrichten für die Gräfin und werde mich durch nichts davon abhalten lassen, sie zu übermitteln.« Antoine ließ den Mann am Fuß der Treppe zurück, hastete voller Ungeduld die Gemäldegalerie entlang und betrat den Empfangssalon mit den Herkulesszenen, den er inzwischen so gut kannte. Auch hier hatte das Wüten der Männer des Vizekanzlers kaum Spuren hinterlassen. Alles sah genauso aus wie an jenem Morgen, als er den Salon zum ersten Mal betreten hatte. Waren seither wirklich erst neun Tage vergangen? Antoine kamen sie vor wie eine Ewigkeit. Seit er die Bekanntschaft Aurora von Königsmarcks gemacht hatte, war in seinem Leben nichts mehr so, wie es vorher gewesen war.

Aus dem angrenzenden Schlafgemach hörte Antoine ein

leises Rascheln. Er ging darauf zu, öffnete die angelehnte Tür und erstarrte.

Hingegossen wie eine Skulptur lag Aurora von Königsmarck zwischen den zerwühlten Laken ihres Bettes und hielt einen hünenhaften Mann im Arm, dessen Haarschopf sich wie ein dunkler Lavastrom auf ihre schneeweißen Brüste ergoss. Antoine wollte sich abwenden und konnte doch nicht. Unfähig, sich zu rühren, verharrte er auf der Stelle und starrte gebannt auf die intime Szene vor seinen Augen. Wie ein Magnet blieb sein Blick an dem Liebespaar haften, das nach dem Akt ermattet in die Kissen zurückgesunken war. Mit einem Mal richtete die Gräfin sich auf – den entsetzten Blick auf Antoine gerichtet – und weckte damit den Mann, der schlummernd an ihrem Busen gelegen hatte. Antoine wollte seinen Augen nicht trauen, als er erkannte, wen sie in ihren Armen hielt. Er war es. Der *dunkle Fremde*. Der geheimnisvolle Unbekannte, dem er durch das nächtliche Hannover gefolgt war und dessen Spur sich in diesem Haus verloren hatte. Wortlos drehte Antoine sich um und stürzte davon.

Plötzlich hörte Marie einen überraschten Ausruf. Im ersten Moment wusste sie nicht, woher er kam. Als jedoch ihr Angreifer schwerfällig von ihrem Körper rollte, begriff sie, dass er es war, der gerufen hatte. Sie öffnete die Augen und sah, dass er neben ihr kniete und unverwandt auf etwas starrte, das sich hinter ihrem Kopf befand. Marie regte sich nicht. Um keinen Preis wollte sie auf sich aufmerksam machen. Wenn sie sich still verhielt, würde der Mann vielleicht verschwinden und sie in Ruhe lassen. Kaum hatte sie diesen Gedanken zu Ende gedacht, sprang ihr Peiniger tatsächlich auf und suchte, sich die Hose hochziehend, eilig das Weite. Einen Moment blieb Marie wie benommen auf dem matschigen Boden des

Mühlenplatzes liegen. Sie konnte es selbst kaum glauben, aber ihre Gebete waren erhört worden und hatten sie vor einer brutalen Vergewaltigung bewahrt. Mühevoll rappelte sie sich auf und wischte sich den Schmutz von Rock und Umhang. Nie wieder, das schwor sie sich, würde sie ohne Messer ausgehen. So etwas wie heute würde ihr bestimmt nicht noch einmal passieren. Langsam wandte sie sich um.

Zunächst erkannte Marie nur ein paar Stiefel, die sich ihr aus dem Dunst des Nebels entgegenstreckten. Dann zerriss ein Windstoß den Schleier und gab die Sicht auf den Rest des Körpers frei. Gegen einen Holzstoß gelehnt, die Augen in ungläubigem Erstaunen weit aufgerissen, saß Jasper und starrte sie an.

»Jasper?« Benommen ging Marie auf ihn zu. Sie spürte, dass etwas nicht stimmte, wollte ihrem Bewusstsein nach dem Schrecken des Überfalls aber noch nicht gestatten, ihr gleich den nächsten Stoß zu versetzen.

Langsam glitt ihr Blick über seine wächsernen Gesichtszüge hinunter bis zum Kinn und dann zu seinem Hals. Gleich unter dem Adamsapfel hatte ein tiefer Schnitt seine Kehle durchtrennt. »Jasper!« Sie wollte davonrennen, konnte sich jedoch nicht rühren. Ihre Beine waren wie gelähmt. Einem inneren Zwang folgend, ging sie neben ihm auf die Knie und nahm seine Hand. Sie war eiskalt. Doch er war noch am Leben. Sein blutdurchtränktes Wams hob und senkte sich in flachen, abgehackten Atemzügen. Mit zitternden Fingern riss Marie Streifen aus ihrem Kleid und versuchte damit die Blutung zu stoppen. Wieder und wieder riss sie Stücke heraus, bis ihr Unterkleid nur noch als Fetzen auf ihren Schenkeln lag. Aber so sehr sie sich auch mühte, das Blut quoll mit unerbittlicher Stetigkeit zwischen ihren Fingern hervor und ließ Jaspers Atmung mit jedem Tropfen, der seinem Körper entwich, schwächer und schwächer werden. Schließlich begannen seine Augenlider zu flattern, die Augäpfel kippten zurück, und sein Kopf sackte leblos zur Seite. Fassungslos sah Marie auf ihn hinab. Jasper, der kraftstrotzende Junge, der ihr in den letzten Tagen so beharrlich nachgestellt hatte, war nur noch eine leblose Hülle. Erstarrt hockte sie in einer schleimigen Lache aus Blut und Dreck und konnte ihren Blick nicht von der entsetzlich klaffenden Wunde wenden, die wie ein blutiges Grinsen in Jaspers Hals geschnitten worden war. Als sie wieder aufblickte, löste sich aus den Schichten des klammen Gewölks, das den Mühlenplatz wie eine Leichendecke einhüllte, das entmenschlichte Antlitz, das ihr heute schon einmal begegnet war. In namenlosem Entsetzen ergriff Marie die Flucht.

Antoine hatte die Haustür noch nicht erreicht, als Aurora von Königsmarck ihn einholte.

»Wartet!«

In aller Hast hatte sie sich einen Morgenrock übergeworfen, den sie mit einer Hand vor der Brust verschlossen hielt. Als Hildebrand aus dem Speisezimmer trat, wirbelte sie herum und zischte wütend: »Kretin! Habe ich Euch nicht gesagt, dass ich heute nicht empfange.«

»Ihn trifft keine Schuld, Madame«, wandte Antoine ein, wobei die Worte heiser und stockend aus seiner zugeschnürten Kehle drangen. »Dem Ungestüm des Liebenden hatte er nur wenig entgegenzusetzen.«

Mit einem Wink fegte die Gräfin den Sekretär in die Tiefen des Hauses zurück, aus denen er gekommen war, und trat dicht auf Antoine zu. Nachdenklich sah sie zu ihm auf.

»Ihr liebt mich?«

»Wusstet Ihr das nicht?«

»Ach, mein Freund«, seufzte sie dann im Tonfall der Mutter,

die ihr Kind auf sanfte Weise ermahnt. »Ihr habt noch sehr, sehr viel zu lernen, wenn Ihr in der Liebe keinen Schiffbruch erleiden wollt.«

»Ach ja? Soll ich etwa so werden wie Ihr? Ihr, Madame, werdet in der Liebe gewiss niemals Schiffbruch erleiden, da Euer Herz stets demjenigen gehört, der Euch den größten Nutzen bringt. Ist es nicht so?« Einmal entfesselt, brach sich seine blinde Eifersucht Bahn und verwandelte Antoine in ein wildes Tier. Er riss Aurora den Morgenrock von den Schultern und presste seine Finger brutal in ihr weiches Fleisch. »Heute ist es dieser Mann dort oben, denn er hat Euren Bruder gemeuchelt, um Euch in den Genuss seines Vermögens zu bringen. Aber wer wird es morgen sein?«

Als hätte Antoine ihr einen Schlag versetzt, wich Aurora von Königsmarck vor ihm zurück. Halt suchend griff sie nach dem Türknauf.

»Hat es Euch auf einmal die Sprache verschlagen, Madame? Warum? Ihr wart es doch, die mich bat, einer Orgie der Gräfin Platen beizuwohnen. Und ich muss sagen, was sie über Euch zu berichten wusste, war höchst aufschlussreich. Leider hielt ich es zunächst nur für das Geschwätz einer alternden Kokotte. Doch nun weiß ich, dass ihre Anschuldigungen wahr sind.«

»Scht, sprecht leise. Ich flehe Euch an. Sprecht leise.« Flehend streckte Aurora von Königsmarck ihm die Hände entgegen und blickte dabei nervös über seine Schulter. Einen Moment genoss Antoine den bitteren Triumph, die Gesichtszüge der schönen Frau von Furcht entstellt zu sehen. »Warum? Belästigt es Eure Ohren, wenn Eure Schande laut ausgesprochen wird?« Plötzlich geschah etwas Seltsames. Hastig raffte Aurora von Königsmarck die lockeren Falten ihres Gewandes zusammen und versank vor Antoine in eine tiefe Reverenz.

»Was soll das?«, fragte er aufgebracht. »Wollt Ihr mich zu

allem auch noch verspotten?« Dann hörte er eine Stimme. Er wandte sich um und sah den Lauf einer gigantischen Radschlosspistole auf sich gerichtet. Sie lag in der Hand des jungen Mannes, dessen Schlaf er vorhin so unsanft gestört hatte. Barfuß, in schlichtem Leinenhemd, auf das wirr die schulterlangen Locken fielen, erweckte der riesige Kerl eher den Eindruck eines Stallburschen als den des Liebhabers einer hochgräflichen Frau. Vielleicht war er beides. Ungeachtet der Waffe spürte Antoine jedoch, dass eine gebieterische Kraft von ihm ausging, die sein schlichtes Erscheinungsbild Lügen strafte und ihm eine bezwingende Anziehungskraft verlieh, der sich Antoine, obwohl er ihm als Nebenbuhler gegenüberstand, sehr wohl bewusst war. Verstört wanderte sein Blick zwischen dem halbbekleideten Liebespaar hin und her. »Was hat das alles zu bedeuten?«

Aurora von Königsmarck trat vor und senkte mit ihrer flachen Hand den Lauf der Pistole. Der junge Mann wandte sich ihr zu und schien in einer Sprache, die Antoine nicht verstand, seinen Unmut über die plötzliche Störung des Schäferstündchens zum Ausdruck zu bringen. Aurora gelang es jedoch, ihn mit einigen wohl gewählten Worten zu beschwichtigen, so dass er, Antoine mit einem letzten wütenden Blick bedenkend, genauso plötzlich wieder verschwand, wie er gekommen war.

»Wer, um Himmels willen, ist dieser mysteriöse Kerl, dessen Existenz Ihr so geflissentlich vor mir verborgen gehalten habt? Ich denke, Ihr schuldet mir eine Erklärung.«

»Ich schulde Euch gar nichts.« Aurora von Königsmarck glitt an Antoine vorbei und schritt erhobenen Hauptes die Stufen hinauf. Auf halber Höhe blieb sie stehen und sah sich um. »Dennoch will ich Euch antworten. Der Mann, den Ihr für den Mörder meines Bruders haltet, Monsieur, ist Peter Alexejewitsch, Fürst des ganzen Groß-, Klein- und Weißrussland, Fürst zu Moskau, Kiew und Wladimir, Zar zu Kasan, zu Astrachan, zu Sibirien und Großfürst zu Smolensk. Der Zar weilt inkognito in Hannover, da er den Karneval des Kurfürsten zu sehen wünschte. Ich kann Euch versichern, dass er nicht der Mörder meines Bruders ist. Obgleich ihm Philipp, wie Ihr ja bereits wisst, beim Spiel einen beträchtlichen Betrag abgenommen hat. Peter ist aufbrausend und liebt es nicht zu verlieren. Daher hat er ihm gedroht. Aber mit seinem Verschwinden hat er nichts zu schaffen. In einem anderen Punkt habt Ihr allerdings recht. Als Frau, die gezwungen ist, selbst für ihr Auskommen zu sorgen, bin ich darauf angewiesen, meine Gunst demjenigen zu schenken, der sie sich leisten kann. Peter bezahlt mich, damit ich ihm auf seiner Kavalierstour durch Europa Gesellschaft leiste. Und nun gute Nacht, Monsieur le Marquis. Ich habe zu arbeiten.« Damit kehrte sie Antoine den Rücken und ließ ihn an der Haustür zurück wie einen geprügelten Hund.

Abend

Lange noch stand Antoine unter einer laublosen Linde und ließ den Blick über die Fassade des Hauses in der Osterstraße gleiten. Aus dem Nieselregen war inzwischen ein richtiger Guss geworden, der durch seine Kleider drang und in kleinen Rinnsalen die Schultern hinablief. Doch er war unempfindlich gegen Nässe und Kälte, er spürte einzig und allein sein Herz, das wild und schmerzhaft gegen seine Brust schlug. Wie hatte es geschehen können, dass er der ältesten aller Täuschungen aufgesessen war und geglaubt hatte, nur weil er liebte, werde er wiedergeliebt? Ausgerechnet er, Antoine de Montagnac, der sich selbst lange genug von den Früchten fürstlicher Gunst genährt hatte, hätte wissen müssen, wie leicht es fiel, Gefühle zu heucheln. Er war kein Deut besser als Aurora, und es stand ihm nicht zu, sie zu verurteilen. Das machte es indes nicht leichter, die Bitterkeit zu ertragen, um eines anderen willen verschmäht worden zu sein. Wieder musste er an den jungen Mann denken, der schlafend an Auroras Busen gelegen hatte. War er wirklich der Kaiser von Russland? So irrwitzig die Vorstellung auch sein mochte, dass dieser bedeutende Mann sein Rivale um die Gunst der schönen Gräfin war, alles sprach dafür, dass es sich tatsächlich um den sagenumwobenen Zar Peter handelte: das Eingreifen Graf Platens beim Kartenspiel auf der großen Wirtschaft des Kurfürsten, die Männer, die ihn ständig umgaben, seine Scheu, erkannt zu werden, das Geld, mit dem er in Mengen um sich warf, und nicht zuletzt das plötzliche Auftauchen Leutnant Desgrez' in Hannover. Um die Leibwache eines französischen Gesandten zu befehligen, hätte es sicher nicht des stellvertretenden Polizeipräfekten von Paris bedurft. Nein. Louis XIV. hatte seinen schärfsten Spürhund zu einem anderen Zwecke ausgesandt. Seit Monaten schon reiste der Zar kreuz und quer durch Europa, um als einfacher Mann die Errungenschaften der zivilisierten Welt zu studieren. Dabei wusste niemand genau, wo er sich gerade aufhielt. Zuletzt wollte man ihn in Amsterdam gesehen haben. Dort war er, wie man sich erzählte, bei einem Zimmermann in die Lehre gegangen. Überall riss man sich um diese erstaunliche Persönlichkeit, jeder wollte sich den Mann zum Freund machen. Allen voran Seine allerchristlichste Majestät, der den Westen mit Krieg überzogen hatte und es sich nicht leisten konnte, auf einen mächtigen Verbündeten im Osten zu verzichten.

Wut gesellte sich zu Antoines Eifersucht, während seine Kleider den Regen aufsaugten und immer schwerer an seinem Körper klebten. Einen einfachen Nebenbuhler hätte er vielleicht noch aus dem Feld schlagen können, doch gegen einen Zaren war er im wahrsten Sinne des Wortes machtlos. Erst als eine Patrouille von Nachtwächtern ihn vertrieb, kehrte Antoine ins Leineschloss zurück.

Marie war noch auf. Ohne sie zu beachten, stürmte er an ihr vorbei und trat hinter den Paravent, der ihre Kammer in zwei Hälften teilte. Er wollte alleine sein und seine Wunden lecken. Außerdem wäre es durch ein unbedachtes Wort von ihr unweigerlich zum Streit gekommen, und das wollte er nicht riskieren, da er seinen Zorn mit Sicherheit an ihr auslassen würde. Als Antoine kurz darauf ein Schluchzen vernahm, bezwang er jedoch das Bedürfnis nach Einsamkeit und trat hinter dem Paravent hervor. »Was ist mit dir?«

Marie hob ihr tränenüberströmtes Gesicht, doch kein Wort kam über ihre zitternden Lippen. Das war auch nicht nötig, er sah es selbst. Ihr Mieder war blutüberströmt. Der Rock darunter starrte vor Dreck und hing nur noch in Fetzen an ihrem Körper.

»Um Himmels willen, Marie, was ist geschehen?« Sofort war Antoine an ihrer Seite und suchte ihren Blick. »Hat dir jemand weh getan? Bist du verletzt?«

Verängstigt starrte Marie durch ihn hindurch, als hätte die Erinnerung an etwas Furchtbares ihren Geist immer noch fest im Griff. Erst als Antoine ihre kalten Hände schützend in seine legte, löste sich die Starre. Sie fiel in seine Arme und begann haltlos zu weinen.

»Ihr müsst mitkommen. Wir … wir müssen zurückkehren.«

Antoine hielt Marie eng umschlungen und wartete, bis das Beben, das ihre Schultern erfasst hatte, allmählich verebbte. »Zurückkehren? Wohin?«

»Auf den Mühlenplatz. Jasper liegt dort. Seine … Jemand

hat … ihm die Kehle durchgeschnitten. Er … er ist tot. Ermordet.«

»Jasper?« Antoine sagte der Name nichts.

»Der junge Schlosstrabant«, erklärte Marie und begann sofort wieder zu weinen. Erst Minuten später löste sie sich von der bergenden Schulter und richtete sich auf. Dann wischte sie sich die Tränen aus den Augen und erzählte stockend, was ihr widerfahren war, während Antoine in der Osterstraße eine Begegnung mit dem Zar aller Reußen hatte. Als sie mit ihrem Bericht bei der Geldkatze des Grafen Königsmarck angelangt war, durchfuhr Antoine ein heißkalter Strahl. Er hatte der Frau, die er liebte, in seiner zügellosen Eifersucht eine ungeheuerliche Beschuldigung an den Kopf geworfen. Aber noch schwerer wog, dass er Marie mit dem selbstsüchtigen Gebaren des Verliebten vernachlässigt und in ein Abenteuer gestoßen hatte, das beinahe ihr Leben gefordert hätte. Wäre sie heute auf dem Mühlenplatz vergewaltigt und ermordet worden, es wäre ganz alleine seine Schuld gewesen. Er hatte versagt, wie schon einmal.

Nach beendigter Schilderung wich Marie scheu seinem Blick aus und fragte mit banger Stimme: »Schickt Ihr mich nun fort?«

Antoine zerschnitt es beinahe das Herz. Beschämt schloss er sie in die Arme. »Besser wäre es für dich. Aber aus einem unerfindlichen Grund hast du mir deine Freundschaft geschenkt. Ich werde in Zukunft versuchen, mich ihrer würdig zu erweisen. Aber nun musst du mich loslassen. Ich will hinaus, um nach Jasper zu sehen.«

»Nein!« Voller Furcht klammerte Marie sich an ihn. »Lasst mich nicht hier zurück. Ich habe Angst alleine.«

Es hatte aufgehört zu regnen, als sie durch knöcheltiefen Schlamm auf die dunkle Silhouette der Wassermühle zuwateten. Zuvor hatte Antoine Marie etwas Wein eingeflößt und ihr einen seiner Umhänge über die Schultern gelegt. Trotzdem schien sie zu frieren, als sie eng an ihn geschmiegt den menschenleeren Platz überquerten. Zur Sicherheit hatte Antoine eine Öllampe mitgenommen, deren unsteter Lichtschein Ratten und streunende Katzen aufscheuchte.

Sie fanden Jasper neben dem Holzstoß, so wie es Marie zuvor erzählt hatte. Voller Verwunderung sah Antoine auf den Leichnam hinab. Mit geschlossenen Augen, die Hände wie zum letzten Hintritt über der Brust gefaltet, sah er auf den ersten Blick so aus, als wäre er im Beisein eines Geistlichen sanft entschlummert. Lediglich die tiefe Spalte in seiner Kehle zeugte davon, dass er einem Gewaltverbrechen zum Opfer gefallen war.

»Hat er so dagelegen?«, brüllte Antoine gegen den Lärm der Pumpen hinweg.

Verwirrt schüttelte Marie den Kopf. Er musste sich hinunterbeugen, um verstehen zu können, was sie sagte.

»Er saß aufrecht und hat mich angesehen.«

»Er saß?«

»Ja. Er … er hat noch gelebt.« Schluchzend kehrte sie dem Toten den Rücken.

»*Merde*«, fluchte Antoine leise. Etwas Ähnliches hatte er befürchtet. Dann kniete er nieder, um Jaspers Kopf, der halb versunken im Schmutz und Unrat des Mühlenplatzes lag, auf ein Stück Holz zu betten. Dabei stellte er fest, dass die Nackenmuskeln des Toten noch geschmeidig waren. Vermutlich verzögerte die kühle Nachtluft die Leichenstarre. Auch die Wundränder am Hals wirkten noch frisch, da sie von der Feuchtigkeit immer wieder aufgeweicht wurden. Antoine ließ das Licht der Lampe über den leblosen Körper des Schlosstrabanten wandern. Eine weitere Verletzung gab es nicht, doch unter den gefalteten Händen lugte etwas hervor, das ihn neugierig machte. Er zog daran und hielt es gegen die Lampe. Sofort erkannte er in dem Gegenstand die Geldkatze, von der Marie vorhin gesprochen hatte. Obwohl sie inzwischen gänzlich ausgeplündert war, ließ die aufwändig gefertigte Handarbeit auf den Reichtum ihres rechtmäßigen Besitzers schließen. Auch wenn seine Identität für Antoine keine Überraschung war, mutete es ihn seltsam an, als er auf die matt schimmernden Perlen blickte, die den Namenszug des Grafen Königsmarck formten. Seit Wochen schon war er dem Edelmann auf der Spur, doch mit dieser Börse hielt er das erste Zeichen seines Verschwindens in Händen. Es war, als hätte die Erde sich geöffnet, um den Grafen in der Nacht, als er ein letztes Mal im Hof des Leineschlosses gesehen worden war, mit Haut und Haaren zu verschlucken. Antoine verstaute die Börse unter seinem Justaucorps, warf einen letzten Blick auf die Leiche und erhob sich. Hier konnte er nichts mehr ausrichten. Morgen würde man den Jungen finden und anständig bestatten. Er selbst hatte etwas Dringenderes zu erledigen. Er nahm Marie an die Hand und führte sie, so schnell es der schlüpfrige Untergrund erlaubte, von ihrem toten Freund und dem unübersichtlichen Gelände des Mühlenplatzes fort. Erst als sie unter dem mittelalterlichen Turm des Leintors hindurch waren, verlangsamte er seinen Schritt.

»Wer ist dir alles begegnet, als du heute Nachmittag zu deiner Verabredung gegangen bist?«

»Niemand. Da war nur dieser widerliche Kerl, der sich auf mich geworfen hat. Und …«

»Und?«

»Ich weiß nicht genau. Es war zu neblig. Aber da war noch ein Gesicht. Eigentlich war es gar kein richtiges Gesicht, eher eine Maske. Jedenfalls hatte es nichts Menschliches. Glaube ich zumindest. Aber ich bin mir nicht sicher.« Schaudernd kuschelte Marie sich tiefer in die Falten des viel zu großen Umhangs.

»Ist gut. Denk nicht mehr daran.« Antoine lächelte aufmunternd und strich ihr behutsam eine feuchte Strähne aus dem Gesicht. »Lass uns gehen.«

»Zurück ins Schloss?«

»Nein. Dort wärst du nicht mehr sicher.«

»Warum nicht?«

»Weil der Mörder in der Nähe war, als du Jasper gefunden hast. Er hat dich gesehen.«

»Und wohin bringt Ihr mich?«

»Vertraust du mir?«

»Ja.«

Dieses Mal öffnete ihnen Fatima die Tür. Falls der späte Besuch sie überraschte, ließ sie es sich nicht anmerken.

»Ist die Gesellschaft der Gräfin noch im Haus?«, fragte Antoine und preiste im Stillen die feinfühlige Zurückhaltung des jungen Mädchens. Fatima schüttelte den Kopf.

»Dann hole sie herbei. Ich muss mit ihr sprechen. Und sage ihr, es sei dringend. Mein Anliegen duldet keinen Aufschub.«

Fatima wies auf das hell erleuchtete Esszimmer. »Wartet dort.« Dann hüpfte sie leichtfüßig die Treppe hinauf, wobei die Seide ihrer Tunika flatternd um sie herumwehte, was Antoine an die ephebischen Wesen denken ließ, die ungezählt durch die Sagen ihrer orientalischen Heimat geisterten. Er zog Marie aus der eisigen Kälte des Entrées in das angrenzende Gemach, in dem ein schlanker Ofen aus Delfter Kacheln angenehme Wärme spendete, und hieß sie auf einem Stuhl Platz nehmen, während er selbst nervös die Muster des kunstvoll gearbeiteten Parketts auf und ab schritt.

Es war keinesfalls sicher, dass Aurora ihn nach ihrer letzten Begegnung noch einmal empfangen würde. Tatsächlich war es höchst unwahrscheinlich, dass sie ihn überhaupt wiedersehen wollte. Vermutlich fürchtete sie, er sei nur zurückgekehrt, um ihr aufs Neue eine Szene zu machen. Während der Wachs von den Kerzen tropfte und er, eine Spur von Erdklümpchen hinter sich lassend, immer wieder den Raum durchmaß, sank ihm mehr und mehr der Mut. Wahrscheinlich war es ein Fehler gewesen, hierher zu kommen. Er hatte kein Recht, Aurora um Hilfe zu bitten. Dennoch war sie die Einzige, an die er sich wenden konnte. Antoine hatte schon längst jede Hoffnung fahren lassen, als er unvermittelt ihre Stimme vernahm.

»Ich muss Euch tadeln, Marquis. Wisst Ihr nicht, dass ein junges Mädchen zeitig zu Bett gehen sollte, um sich ihren Teint zu erhalten? Es ist der Gesundheit Eurer jungen Freundin abträglich, wenn Ihr sie nächtens in die Häuser übel beleumundeter Damen bringt.«

Verlegen drehte Antoine sich um. Während er den Blicken Auroras preisgegeben war, blieb sie selbst im Dunkeln und hielt eine Kerze vor sich, so dass ihre Gesichtszüge seinem Blick verborgen blieben.

»Madame«, stammelte er verwirrt. »Ich … verdiene Euren Tadel nicht. Denn gerade ihre Gesundheit ist es, die mich veranlasste, Marie zu Euch zu bringen. Im Übrigen ist Eure Ziehtochter ebenfalls noch auf den Beinen.«

»Das ist etwas anderes. Fatima ist Muselmanin. Ihr Glaube erheischt, dass sie im Fastenmonat Ramadan auch nachts ihre Gebete verrichtet. Sie ist daran gewöhnt, zu später Stunde wach zu sein.« Ohne Antoine anzusehen, trat Aurora von Königsmarck ein und ging auf Marie zu.

»Quält dich dein Monatsblut noch immer?«

Im Halbschlaf schüttelte Marie den Kopf.

»Das ist gut.«

Während sie sich vorbeugte, um Marie in Augenschein zu nehmen, konnte Antoine nicht umhin, sich an ihrem Anblick zu weiden. Trotz der vorgerückten Stunde war die Gräfin vollständig angekleidet. Sie hatte das Evakostüm gegen ein züchtiges graues Jackenkleid mit weißer Schürze getauscht und ihr hochgestecktes Haar unter einer weißen Spitzenhaube verborgen. Eine von der Natur weniger begünstigte Frau hätte in dieser Aufmachung leicht altjüngferlich und reizlos gewirkt. Nicht so Aurora von Königsmarck, da gerade die Einfachheit des Gewandes ihre exquisite Schönheit unterstrich. Gewiss wusste sie um diesen Effekt, und so schmeichelte sich Antoine, dass sie die Haustoilette um seinetwillen gewählt hatte. Sie kannte sein Verlangen nach ihr, und es war wohl ihre Art, ihn zu bestrafen.

»Das Mädchen ist blass, Monsieur le Marquis«, beschied sie Antoine, als sie sich ihm wieder zuwandte. »Es sollte Ochsenblut trinken.«

»Ich werde es mir merken.«

»Und nun verratet mir, was Euch herführt. Nach unserer letzten Begegnung hatte ich nicht erwartet, Euch so schnell wiederzusehen.«

»Es geht um Euren Bruder.«

»Was ist mit ihm? Ich dachte, sein Schicksal hätte sich mit dem heutigen Abend geklärt.«

Antoine überging ihre Rüge, wissend, wie sehr er sie verdient hatte, und setzte sie stattdessen davon in Kenntnis, was er in den letzten Tagen und Stunden über das Verschwinden des Grafen in Erfahrung gebracht hatte. Aufrecht stehend und vollkommen gefasst lauschte Aurora von Königsmarck seinen Ausführungen und geriet selbst dann nicht ins Wanken, als er ihr vom Komplott des Ersten Ministers berichtete und die Vermutung äußerte, dass ihr Bruder mit aller Wahrscheinlichkeit ermordet worden war. Erst als er ihr die Geldkatze aushändigte, entrang sich ein leiser Seufzer ihrer Brust. »Diese Börse habe ich ihm zu seinem letzten Geburtstag geschenkt. Philipp trug sie immer bei sich. Einmal, als er wie so häufig mit seinen Verpflichtungen mir gegenüber in Verzug war, schrieb er mir, dass ihm der Anblick seines Geldbeutels so große Lust bereite, dass er sich nicht versagen könne, ihn bei jeder sich bietenden Gelegenheit vom Gürtel zu nehmen. Es sei also meine Schuld, wenn darin kein Geld zu finden sei.« Hilflos zuckte sie die Achseln. »So war er. Ein Kind, egoistisch und rücksichtslos. Dennoch habe ich ihn geliebt.« Sie trat ans Fenster und sah in die Nacht. »Wieso«, fuhr sie schließlich fort, »hat der Mörder dieses jungen Soldaten die Börse nicht an sich genommen? Immerhin ist auch sie von einigem Wert.«

»Seht Ihr, Madame, die gleiche Frage habe auch ich mir gestellt. Aber ich glaube nicht, dass es bei diesem Mord um Geld ging. Ich glaube vielmehr, Jasper hat etwas gewusst, das mit dem Verschwinden Eures Bruders in Zusammenhang steht. Etwas, das für den oder die Täter kompromittierend gewesen sein könnte. Vielleicht hat er gesehen, wie Euer Bruder beiseitegeschafft wurde, wollte aus seinem Wissen Kapital schlagen und musste deshalb sterben.«

»Wäre es nicht möglich«, wandte Aurora von Königsmarck ein, »dass er selbst der Mörder meines Bruders war? Philipp hat sich stets mit den einfachen Soldaten gemeingemacht. Vielleicht hat der Junge ihn gekannt und wusste, dass er immer eine große Summe Geldes bei sich trug.«

»Es wäre möglich. Aber ich halte es nicht für wahrscheinlich. Ich denke viel eher, dass der arme Teufel drüben auf dem Mühlenplatz für etwas herhalten sollte, womit er nichts zu tun hatte. Man wollte ihm den Mord an Eurem Bruder in die Schuhe schieben und es so aussehen lassen, als wäre der Graf einem einfachen Raubüberfall zum Opfer gefallen. Deshalb ließ sein Mörder dem Jungen die Börse.«

»Ihr habt recht. Philipp hat stets gewusst, dass seine Liebe zu Sophie Dorothea sein Untergang sein würde. Und so ist es nun auch gekommen.«

Eine Weile herrschte Schweigen. Marie war inzwischen auf ihrem Stuhl zurückgesunken und vor Erschöpfung eingeschlafen.

»Madame, wenn ich mit meiner Vermutung richtig liege und Euer Bruder tatsächlich auf Anweisung aus höchsten Kreisen umgebracht wurde, dann ist Marie im Schloss nicht mehr sicher. Dem Mörder ist bekannt, dass sie mit Jasper verabredet war. Er hat sie am Tatort gesehen und muss fürchten, dass auch sie ihn verraten könnte. Sollte also der Ruf der Regierung oder gar der des Kurfürsten oder eines Mitglieds seiner Familie auf dem Spiel stehen, wird man nicht zaudern, sich eines weiteren unliebsamen Mitwissers zu entledigen.«

»Das ist wahr. Dennoch verstehe ich immer noch nicht, warum Ihr zu mir gekommen seid?«

»Ihr, Madame, steht unter der Protektion des Zaren. Ihr könntet ihn bitten, ein paar Männer abzustellen, um Marie zu beschützen.«

Ein melancholisches Lächeln glitt über die Gesichtszüge der Gräfin. »Es kommt nicht oft vor, dass ein geprellter Liebhaber seine untreue Buhle um Hilfe angeht.«

Erneut wallten Eifersucht und Zorn in Antoine auf, daher entgegnete er hitziger als beabsichtigt: »Ihr, Madame, schätzt mein Ehrgefühl höher ein als ich selbst, wenn Ihr glaubt, es verletze meinen Stolz, Euch nach allem, was zwischen uns vorgefallen ist, um Hilfe zu bitten. Es kostet mich nichts, und ich würde vor Euch auf die Knie gehen, wenn Ihr es verlangtet, da das Leben eines Menschen auf dem Spiel steht, der mir viel bedeutet. Ich habe weiß Gott schon um sehr viel weniger auf meinen Knien gelegen.«

Zum ersten Mal, seit Aurora von Königsmarck das Zimmer betreten hatte, kreuzten sich ihre Blicke. »Ihr seid ein bemerkenswerter Mann, Marquis«, sagte sie und legte sanft ihre Hand auf seinen Arm. »Lasst das Mädchen bei mir. Solange sie in diesem Hause ist, wird niemand sie anrühren. Das schwöre ich Euch.«

Antoine verneigte sich tief. Er wusste, dass sie die Wahrheit sprach.

Sechsundzwanzigster Tag des Karnevals

Vormittag

Einem Kaninchen gleich, das den Raubvogel auf sich hinabstürzen sieht, hielt Don Nicolò den Blick in die Höhe gerichtet und hüpfte nervös von einem Fuß auf den anderen. Dann sprang er unvermittelt in die Luft und feuerte den heranfliegenden Ball mit einer ausladenden Bewegung seines rechten Arms auf den gegenüberliegenden Holzvorsprung. »Vierzehn dreizehn«, rief er triumphierend aus.

»*Doucement! Doucement!* Noch habt Ihr nicht gewonnen.« Auf flachen Filzsohlen glitt Antoine über den spiegelblanken Holzboden, schnitt den Ball seitlich an und schlug ihn, eine kleine Wendung seines Oberkörpers vollführend, mit dem darmbespannten Schläger wieder zurück. In hohem Bogen hüpfte der Ball zu Boden, landete auf dem Vorsprung, der wie die Hälfte eines Spitzdaches schräg in den Saal ragte, und wurde durch den Aufprall wieder zu den Spielern zurückkatapultiert.

»*Votre service*, Monsignore.«

Für seine elegante Parade erntete Antoine den artigen Applaus der Zuschauer auf der Galerie, die sich wie jeden Tag im Festsaal des Ballhofs eingefunden hatten, um den Kombattanten des *jeu de paume* bei ihrem Wettkampf zuzusehen. Allerdings hatte er kaum Gelegenheit, den Beifall gebührend entgegenzunehmen, denn sogleich holte Don Nicolò zum nächsten Streich aus, so dass Antoine blitzschnell parieren musste, wollte er der vierzig Taler nicht verlustig gehen, die er auf seinen Sieg gewettet hatte.

Herzog Georg Wilhelm, der Vater der Kurprinzessin und Bruder des Kurfürsten, hatte den Ballhof in den sechziger Jahren errichten lassen, um eine Spielstätte für das *populäre Schlägerspiel* zu schaffen. Zwar war das Turnierspiel lange nicht mehr so *à la mode* wie zu Zeiten des Herzogs, was vornehmlich daran lag, dass auch das einfache Volk dieses Vergnügen für sich entdeckt hatte. Des ungeachtet erfreute es sich bei Leuten von Rang immer noch einiger Beliebtheit, so dass sich Damen und Kavaliere des Hofes immer wieder unter die Kanaille im Ballhof mischten, um entweder selbst zu spielen, auf Spieler zu wetten oder einfach nur mit Freunden und Bekannten Klatsch und Tratsch auszutauschen. Diese öffentliche Geschäftigkeit war es auch, die Antoine dazu bewogen hatte, den Ballhof auszuwählen, um Don Nicolò auf den Zahn zu fühlen. Bei dem hitzigen Temperament seines italienischen Bekannten hielt er es durchaus für ratsam, sein Anliegen nicht im schummrigen Licht einer Schankwirtschaft vorzubringen, wo ebenso unauffällig zum Dolch gegriffen werden konnte wie zu den Bierkrügen auf den Tischen.

»Fünfzehn fünfzehn«, ächzte Don Nicolò ohne seinen Blick von dem ledernen Rund abzuwenden, das wie ein kleiner Meteorstein auf ihn herabfiel.

»Ihr seid hartnäckig, Monsignore«, rief Antoine und registrierte voll Schadenfreude, dass sein Gegner immer mehr außer Puste geriet. »Trotzdem werde ich Euch schlagen. Schon alleine, um meinem Vaterland Genüge zu tun. Schließlich wurde das *jeu de paume* in Frankreich erfunden.«

»Sehr richtig, mein lieber Marquis«, japste Don Nicolò. »Aber auch ich kann ein moralisches Vorrecht auf den Sieg für mich geltend machen. Denn es waren Mönche, die dieses Spiel als Erste in ihren Klosterhöfen spielten.«

»Das ist wahr.«

»Seht Ihr. Und da ich ein Mann Gottes bin und all mein Tun dem Höchsten zur Ehre gereicht, ist mein Anspruch auf Erfolg mindestens ebenso berechtigt wie der Eure.«

»Dann appelliere ich an Eure Freundschaft, Monsignore.« Antoine sprang auf seine Fußballen und führte den Schläger dicht an seinem Oberkörper vorbei, als er den Ball zurück auf den Holzvorsprung spielte. »Nach allem, was man hört, seid Ihr zurzeit gut bei Kasse. Da wollt Ihr einen armen Freund doch nicht um seine letzten Ersparnisse bringen.«

»Spielschulden sind Ehrenschulden, Marquis. Aber ich stunde Euch das Geld, wenn Ihr mich dafür mit dem reizenden Mädchen …« Mitten in der Bewegung hielt Don Nicolò inne und sah argwöhnisch zu Antoine herüber. »Wer hat Euch Auskunft über meine Finanzen erteilt?«

»Der Ball, Monsignore! Der Ball!« Im letzten Moment traf Don Nicolò mit der Kante seines Schlagkopfes und feuerte den Ball zurück.

»Das war knapp.«

»Ich habe Euch eine Frage gestellt.«

Antoine ließ sich durch den argwöhnischen Blick seines Mitspielers nicht aus der Ruhe bringen und vollführte eine kunstvolle Abwehr, indem er dem Ball in einer Wellenbewegung auswich und ihn aus dem Handgelenk schwungvoll gegen den Holzvorsprung schlug. »Hannover ist ein Kuhdorf. Man erfährt so allerlei, wenn man Augen und Ohren offen hält.«

»Und was erfährt man?«

»Dass die Kurhannoversche Kammerkasse mit 15 000 Talern bei Euch in der Kreide steht. Unter diesen Umständen fällt es Euch bestimmt nicht schwer, meine vierzig Taler zu verschmerzen.«

»Woher wisst Ihr davon?«

»Sagen wir ganz einfach, ich weiß es. Gebt acht, mein Bester. Nein, so ein Pech aber auch. Ich behalte meine vierzig Taler und gewinne die Euren hinzu. Und nun wischt Euch den Schweiß von der Stirn.« Antoine warf Don Nicolò ein parfümiertes Leinentuch zu. »Ich sage es nur ungern, aber Ihr stinkt wie ein Schwein.« Während der Geistliche sich trockenrieb, griff Antoine nach einer Kanne mit verdünntem Wein und forderte den Verlierer mit einer einladenden Geste auf, davon zu trinken. Zögernd nahm Don Nicolò das Gefäß und schnupperte daran. »Keine Sorge, Monsignore«, lachte Antoine. »Niemals käme ich auf die Idee, einen Gläubiger zu vergiften. Und schon gar nicht, wenn es sich um einen so vermögenden Mann handelt, wie Ihr es seid.«

Er übersah absichtlich die nervösen Blicke, die Don Nicolò in die Menge der Zuschauer warf, und fuhr unbekümmert fort. »Mich würde wirklich interessieren, woher dieser überraschende Geldsegen stammt. Das bescheidene Gehalt eines Hofkavaliers beträgt meines Wissens kaum mehr als 200 Taler. Wie also war es Euch möglich, 15 000 Taler in Staatsanleihen zu investieren?«

»Sprecht leise«, zischte Don Nicolò erbost. »Es muss uns ja nicht jeder hören.«

»Aber, aber, mein Freund. Was habt Ihr denn auf einmal? Es war doch sehr honorig von Euch, dem Kurfürsten mit einem so großzügigen Betrag zu seiner Kurwürde zu verhelfen. Niemand sähe darin etwas Ehrenrühriges. Oder etwa doch?«

»Schweigt!«

»Das werde ich, sobald Ihr redet.«

Wütende Blitze schossen aus Don Nicolòs Augen. »Und wenn ich nicht rede?«

»Ah. Dort drüben sehe ich den *envoyé* des sächsischen Kurfürsten.« Antoine schenkte Don Nicolò sein strahlendstes Lächeln. »Sicher interessiert er sich brennend für eine Theorie, die ich Muße hatte zu entwerfen, und die vielleicht erklären könnte, wie Ihr, Don Nicolò, in den Besitz eines so großen Vermögens gelangt seid. Soweit mir bekannt ist, verfolgt sein Herr, der junge sächsische Kurfürst, mit reger Anteilnahme die mysteriösen Geschehnisse, die sich jüngst in Hannover begeben haben. Wollt Ihr, dass ich zu ihm gehe?« Antoine wandte sich um.

»Wartet!« Don Nicolò setzte die Weinkanne an die Lippen und trank hastig, ließ Antoine dabei aber über den Rand des Zinngefäßes hinweg nicht aus den Augen.

»Das Geld«, hob er mit gesenkter Stimme an, nachdem er getrunken hatte, »bekam ich für eine Gefälligkeit, die ich der Regierung erwiesen habe.«

»Hatte diese Gefälligkeit zufällig mit dem Verschwinden des unglückseligen Grafen Königsmarck zu tun?«

Es bedurfte keiner Antwort auf diese Frage. Don Nicolò fingerte nervös an den Knöpfen seines weiten Turnierhemdes, während hinter seiner Schläfe eine dicke blaue Ader ungestüm zu pochen begann.

»Habt Ihr ihn ermordet?«

»Nein!«, rief der italienische Kavalier empört aus. »Ach, was soll's«, raunte er schließlich, seinen Zorn nur mühsam unterdrückend. »Ihr werdet ohnehin keine Ruhe geben, bis ich rede.«

Antoine quittierte diese Bemerkung mit einer kleinen Verbeugung.

»Graf Platen«, fuhr Don Nicolò fort, »wurde durch seine Gemahlin ein anonymer Hinweis zugespielt, demnach sich Königsmarck mit der Kurprinzessin im Leineschloss verabredet hatte. Diesen ungeheuerlichen Affront gegen den Kurprinzen und die gesamte kurfürstliche Familie wollte der Minister geahndet wissen, daher stellte er einen Schlägertrupp zusammen, um Königsmarck einen Denkzettel zu verpassen. Ich führte die Männer an.«

»Wann war das?«

»In der ersten Woche des Karnevals, während der Maskerade, die Seine Durchlaucht für die Bürger von Hannover im Schlosshof seiner Residenz ausrichten ließ. Wir verkleideten uns ebenfalls und lauerten Königsmarck auf.«

»Wir?«

»Ja. Ich und noch drei Hofkavaliere, die dem Minister nahestehen.«

»War der Kurfürst über diese geheime Operation im Bilde?«

»Das weiß ich nicht. Ich nehme es an. Wir erhielten unsere Order jedoch vom Grafen.«

»Euch war nicht bekannt, dass Königsmarck beabsichtigte, die Kurprinzessin zu entführen?«

»Nein.« Verblüfft setzte Don Nicolò die leere Weinkanne ab und griff erneut nach dem Leinentuch, um sich den immer wieder ausbrechenden Schweiß abzuwischen.

»Was geschah weiter?«

»Königsmarck tauchte im Schlosshof auf. Ich stellte ihn zur Rede und führte ihm die Schändlichkeit seines Verhältnisses zur Kurprinzessin vor Augen.«

»Was Euch wohl anstand, Monsignore«, erwiderte Antoine spitz. »Durch Euer geistliches Amt seid Ihr wie geschaffen, diese Art von Rede zu führen.«

Don Nicolò lief puterrot an. Ob vor Zorn oder Verlegenheit, wusste Antoine nicht zu sagen. »Bewirkten Eure mahnenden Worte einen Sinneswandel bei Königsmarck?«

»Nein. Im Gegenteil. Er beleidigte die Gräfin Platen und trieb seinen Spott mit uns.«

»Und dann habt Ihr ihn umgebracht. Ist es nicht so?«

»Nein!« Don Nicolò stampfte trotzig mit dem Fuß auf. »Wir taten nichts dergleichen. Ich selbst hätte ihn nur allzu gerne mit meinem Dolch gekitzelt, aber die anderen waren dagegen. Also beließen wir es bei einer Verwarnung und zogen uns zurück. Erst Tage später habe ich erfahren, dass Königsmarck in jener Nacht verschwunden ist.«

Ohne seinen bohrenden Blick von dem Italiener zu wenden, verschränkte Antoine die Arme vor der Brust und ließ sich das Gehörte durch den Kopf gehen. Was Don Nicolò ihm erzählt hatte, bestätigte seinen Verdacht, dass es im Umfeld des Liebespaares einen Denunzianten gegeben haben musste. Aber wer hatte ein Interesse daran, sie ins Unglück zu stürzen? Wem nutzte der Verrat an Königsmarck und Sophie Dorothea? Georg Ludwig, dem gehörnten Ehemann? Der Gräfin Platen, deren Stolz es nicht verwinden konnte, Königsmarck an eine so viel Jüngere verloren zu haben, oder gar seiner Schwester, die durch den Tod ihres verschwenderischen Bruders in den Genuss des Familienvermögens kam? Bei dem Gedanken an Aurora spürte Antoine einen Stich in der Brust. Nein. Sie war unschuldig. Die Mätresse des Zaren hatte es nicht nötig, aus Habgier einen Brudermord zu begehen.

»Wie lange wollt Ihr mich noch anstarren?«, fragte Don Nicolò gereizt und riss Antoine damit aus seinen Grübeleien.

»Verzeiht, Monsignore. Aber gestattet mir eine weitere Frage: Wenn Ihr, wie Ihr sagt, Königsmarck nicht beseitigt habt, wieso gewährte Euch Graf Platen in Form einer Schuldverschreibung 15 000 Taler für einen, wie mir erscheint, doch recht bescheidenen Dienst?«

Nun war es an Don Nicolò, voller Ironie zu lächeln. »Muss ich Euch das wirklich erklären?«

Nachmittag

»Aah!«, stöhnte der Herzog. »Heiße Winde jagen durch mein Gedärm wie die Stürme der Sahara. Aber ich komme einfach nicht zu Stuhle. Wenn nur der Aderlass anschlüge.«

»Ganz gewiss, Durchlaucht«, lispelte sein Leibmedikus, ein dürres Männlein mit gelblicher Gesichtsfarbe. »Ist der Bauch mit Speisen angefüllt, so dass Übelkeit und andere Beschwer uns plagen, hilft eine Venäsektion, die Krankheitsmaterie dem Körper wieder zu entziehen. Nur durch sie kann das vergiftete Blut aus der Leibestiefe fließen, insonderheit dem Herzen und der Lunge. Im Übrigen befinden wir uns gerade unter einem günstigen Sternzeichen. Letzte Woche wäre der Aderlass zu gefährlich gewesen.«

Auf einen Wink reichte Antoine dem Arzt eine Wollbinde, mit der dieser den faltigen Oberarm seines erlauchten Patienten abband. Er war zwar kein Freund des Aderlasses, aber wie jeder andere gesunde Mensch unterzog auch er sich ein Mal in jeder Jahreszeit dieser Heilmethode.

Als der Arzt mit dem Lasseisen die Vene des Herzogs anschlug, hob Anton Ulrich von neuem an zu jammern: »Auch die Inquisition des Papstes martert ihre Opfer nicht grausamer als die gelehrten Herrn Ärzte. Bring mir etwas Wein, damit mich dieser Knochenhauer mit seinen Instrumenten nicht umbringt.« Sobald das erste Blut aus seiner Vene in die Silberschale tropfte, schloss der Herzog die Augen und seufzte schwer. Dann schien er sich seiner Stellung zu erinnern und rappelte sich in seinem Lehnstuhl tapfer wieder hoch. »Lasst uns alleine«, forderte er den Arzt auf. »Mein Sekretär wird Euch rufen, wenn es so weit ist.«

»Zwölf Unzen. Nicht mehr«, mahnte dieser, drückte Antoine die Schüssel in die Hand und entfernte sich, froh, seinen schwierigen Patienten für eine Weile los zu sein.

Nachdem der Arzt gegangen war, senkte der Herzog verschwörerisch die Stimme. »Don Nicolò behauptet also, Königsmarck nicht ermordet zu haben, he?«

»So ist es«, entgegnete Antoine, der gleich nach seiner Rückkehr vom Ballhof in die Gemächer seines Herrn geeilt war, um ihm Bericht zu erstatten.

»Nun, ich glaube ihm nicht«, beschied Anton Ulrich.

»Das tat auch ich zunächst nicht. Doch inzwischen bin ich anderer Meinung.«

»Woher der Sinneswandel?«

Antoine zuckte die Schultern. »Don Nicolò ist ein Höfling durch und durch. Seine großspurigen Reden, das temperamentvolle Auftreten, die feurigen Kapriolen, mit denen er die Mächtigen zu unterhalten weiß, all das macht ihn zu einer perfekten Schranze, wie sie zu Tausenden die Höfe der Herrschenden bevölkern. Hinterlistige Intrige ist sein Metier. Verrat und Erpressung sein Werkzeug. Aber an einem Mord hätte er sich gewiss nicht die Finger schmutzig gemacht, dazu fehlt ihm das Format.«

So deutlich, als stünde er immer noch vor ihm, hatte Antoine das listige Lächeln Don Nicolòs vor Augen, als dieser ihm erklärt hatte, warum die Hannoversche Regierung ihm 15 000 Taler schuldete. Der italienische Geistliche hatte Graf Platen schlicht und ergreifend erpresst. Wäre bekannt geworden, dass der wichtigste Ratgeber Ernst Augusts einen Schlägertrupp ausgesandt hatte, um dem Geliebten der Kurprinzessin in der Nacht seines Verschwindens aufzulauern, der Schaden, den das Ansehen des Kurfürsten genommen hätte, wäre immens gewesen. Ohnehin glaubte alle Welt, dass Königsmarck im Auftrag des welfischen Herrscherhauses beseitigt worden war. Unter diesen Umständen hatte Antoine Don Nicolò zugestehen müssen, dass er seine Verschwiegenheit recht wohlfeil zu Markte getragen hatte. Vermutlich hätte der Hof jede Summe gezahlt, um die Lippen seines einstigen Hätschelkindes zu versiegeln.

»Was ist mit Euren Mitverschworenen?«, hatte Antoine ihn zum Schluss gefragt. »Wieso seid Ihr der Einzige, der für sein Schweigen Geld bekam?«

»Weil ich der Einzige war, der seine Diskretion zum Verkauf anbot. Die anderen sind Dummköpfe. Sie halten in unverbrüchlicher Treue zu ihrem Herrscher und glauben, es würde ihnen gedankt. Aber wir beide, Marquis, wissen doch, dass Fürsten wie die Huren sind. Sie geben nicht viel auf Treue. Übrigens zähle ich auf Eure Verschwiegenheit. Wenn Ihr klug seid, vergesst Ihr, was ich Euch erzählt habe. Hier in Hannover könnte Euch dieses Wissen teuer zu stehen kommen.« Mit einem Kratzfuß hatte sich Don Nicolò verabschiedet und Antoine im Bewusstsein zurückgelassen, dass all seine Mühen, das Geheimnis um Philipp Christoph von Königsmarck zu lüften, vergeblich gewesen waren.

»Vielleicht hast du recht«, unterbrach der Herzog jetzt Antoines trüben Gedankenfluss. »Aber was ist mit der alten Platen?«

»Gute Frage.« Nachdenklich betrachtete Antoine die Silberschüssel, an deren Rand in hübschem Farbkontrast ein feiner rubinroter Blutsfaden hinabperlte. »Ihr würde ich einen Mord an Königsmarck durchaus zutrauen. Ganz sicher hat sie den anonymen Hinweis, der sie im Übrigen nur von einem Treffen des Liebepaares, nicht aber von ihrer geplanten Flucht in Kenntnis setzte, in der Absicht weitergeleitet, Königsmarck Schaden zuzufügen. Ihr Gemahl schien jedoch nicht willens gewesen zu sein, in dieser Sache zum Instrument ihrer Rachsucht zu werden. Er beließ es dabei, Königsmarck eine Verwarnung zukommen zu lassen.«

»Aber irgendjemand muss der alten Megäre Bescheid gestoßen und auch dem Vizekanzler verraten haben, wo er nach den *billets d'amour* der armen Sophie Dorothea zu suchen hatte.«

»Das ist wahr. Es könnte eine ihrer Damen gewesen sein. Irgendjemand in ihrer Umgebung, dem es möglich war, Gespräche zu belauschen oder Briefe zu lesen. Vielleicht hatte eine ihrer Dienerinnen Streit mit der Kurprinzessin und wollte sich rächen. Zuweilen«, fügte Antoine hinzu und schwenkte dabei wie ein Glas Wein die Schüssel mit dem Leibessaft seines Herrn, »ist es eine diffizile Angelegenheit, in Freundschaft mit hochfürstlichen Personen zu leben.«

»*Prends garde*«, protestierte der Herzog. »Wann hattest du jemals Grund, dich zu beklagen?« Antoine lächelte und schwieg.

Anton Ulrich trank einen Schluck Wein und wippte ungeduldig mit der Spitze seines Pantoffels. »Wenn es die bucklige Verwandtschaft nicht war und auch nicht die olle Platen, wer steckt dann hinter dieser Kalamität? Wer ist für das rätselhafte Ausbleiben des Grafen verantwortlich?«

»Möglicherweise ist sein Ausbleiben gar nicht so rätselhaft, wie es uns zunächst erschien«, entgegnete Antoine.

»Kommst du mir jetzt wieder mit diesem mysteriösen Unbekannten?« Antoine schüttelte den Kopf und versuchte, das Stechen in seiner Brust nicht zu beachten. Zwar teilte er in der Affäre Königsmarck all sein Wissen mit dem Herzog, doch die denkwürdige Begegnung im Haus in der Osterstraße hatte er ihm verschwiegen. Auch wenn Aurora ihm die bitterste Lektion seines Lebens erteilt hatte, hegte er nicht den Wunsch, sie zu inkommodieren. Im Gegenteil. Hätte er den Herzog diesbezüglich eingeweiht, wäre es nur eine Frage der Zeit gewesen, bis ganz Hannover sich das Maul darüber zerrissen hätte, dass die Gräfin Königsmarck mit dem Zaren von Russland schlief.

»Nein, Durchlaucht. Diesen Herrn können wir getrost von der Liste der Verdächtigen streichen. Ich denke, es wird wohl doch der Schlosstrabant gewesen sein, der Königsmarck überfallen und ausgeraubt hat. Wie sonst sollte er in den Besitz seiner Geldkatze gelangt sein?«

»Was?! Königsmarck soll aus Habgier ermordet worden sein und noch dazu von einem einfachen Soldaten? Das glaubst du doch wohl selbst nicht.« Anton Ulrich gefiel es augenscheinlich wenig, von seiner Verschwörungstheorie abzulassen.

»Wieso nicht? Noch gestern erzählte mir seine Schwester, dass der Graf stets vertrauten Umgang mit dem Fußvolk pflegte.«

»Und wenn schon? Königsmarck war ein erfahrener Kämpfer, der es vermochte, einen Gegner mit der bloßen Hand niederzustrecken.«

»Jasper wird nicht alleine gewesen sein, als er den Mord verübte. Sicher haben andere ihm geholfen, und vermutlich gab es nach der Tat Streit um die Beute, weshalb auch er schließlich sterben musste.«

»Aber was wurde aus der Leiche des Grafen?«

Antoine zuckte die Achseln. »Wahrscheinlich verrottet sie mit Steinen beschwert am Grund der Leine. Wer weiß das schon?«

»Schön, schön«, brummte Anton Ulrich ergeben. »Was geht's mich an? Die leidige Angelegenheit bringt doch mehr Difficultät als Facilität. Im Übrigen werden wir bald abreisen. Da lässt sich in der Sache ohnehin nichts mehr unternehmen. Der Karneval ist fast vorbei, und ich bin der Bälle und Redouten müde. Ohnehin trachtet man hier im Schloss nur danach, mich mit fetten Saucen, Crèmes und schweren Weinen zu vergiften. Aber wo zum Kuckuck bleibt der Medikus, dieser dämliche Hundsvott! Will er mich hier etwa verbluten lassen?«

Siebenundzwanzigster Tag des Karnevals

Später Nachmittag

Das nahende Frühjahr kündigte sich mit einem frischen Wind an, der die feuchten grauen Wolken der letzten Tage fortblies und ein zartes Rosa auf die ungeschminkten Gesichter der Marktfrauen hauchte. Wieder stand Antoine unter den Linden der Osterstraße und beobachtete das Haus des Grafen Königsmarck, hinter dessen Fenstern er schemenhaft die Bewegungen seiner Bewohner wahrnahm. Die roten Gardinen im ersten Stock waren aufgezogen, und er vernahm die leisen Klänge einer Gitarre.

Ein Stubenmädchen öffnete die Tür und führte ihn sogleich in den Salon der oberen Etage. Man hatte ihn also schon erwartet.

Aurora stand mit gefalteten Händen in der Mitte des Zimmers und begrüßte ihn mit erschöpftem Lächeln. Dunkle Schatten lagen unter ihren Augen, von den Nasenflügeln hinab bis zu den Mundwinkeln hatten sich Sorgenfalten gegraben und verrieten ihr wahres Alter. Dennoch war sie für Antoine so schön und begehrenswert wie eh und je. Um seine Nervosität zu verbergen, verharrte er länger als nötig in der Verbeugung und betete inbrünstig darum, dass sich seine

Gefühle nicht allzu deutlich auf seinem Gesicht widerspiegelten.

»Marquis, ich hoffe, Ihr bringt gute Neuigkeiten. Waren Eure Nachforschungen erfolgreich?«

»Das vermag ich nicht zu beurteilen, Madame. Ich bin lediglich gekommen, um Marie abzuholen.«

»Dann ist die Gefahr also gebannt?«

»Ja, so sieht es aus.« Eingehend betrachtete Antoine die Blüten, Sterne, Bögen und Kreise des türkischen Teppichs und inspizierte sodann eine Tapete, die Herkules im Kampf mit der neunköpfigen Hydra zeigte. Während er dies tat, war er sich sehr wohl bewusst, dass Aurora ihn nicht aus den Augen ließ. Schließlich stampfte sie wütend mit dem Fuß auf.

»Dann sprecht um Himmels willen! Und seht mich an. Oder ist Euch mein Anblick so unerträglich, dass Ihr nicht wagt, mir in die Augen zu schauen?«

»Verzeiht«, stammelte Antoine, und wieder, wie so häufig in ihrer Gegenwart, kam er sich vor wie ein ungezogener Knabe, der von der Mutter gescholten wird.

»Was ist mit Philipp? Wisst Ihr etwas, das ich nicht wissen soll?«

Antoine schüttelte den Kopf. Nach all seinen Versprechungen und den jämmerlichen Bemühungen, ihr bei der Suche nach dem verschollenen Bruder behilflich zu sein, schämte er sich, zugeben zu müssen, dass hinter dem Geheimnis um das plötzliche Verschwinden des Grafen doch nicht mehr als ein simpler Raubmord steckte. Nun, da er vor ihr stand und sie ihn voll banger Erwartung ansah, kam er sich vor wie ein Betrüger, der, um sich ihre Zuneigung zu erschleichen, wissentlich falsche Hoffnungen geschürt hatte. Heftiger als beabsichtigt antwortete er: »Bedaure, Madame. Alles, was ich diesbezüglich in Erfahrung bringen konnte, lässt darauf schließen, dass der Graf einem Verbrechen aus Habgier zum Opfer fiel. Der Kurfürst und auch sein Sohn müssen von jeder Schuld freigesprochen werden. Sie haben nichts damit zu tun. Leider kann ich Euch keine günstigere Antwort geben.«

»Ist das alles?«, fragte sie kaum hörbar.

»Ja.«

»Habt Ihr denn kein Wort des Trostes für mich?«

Mit dieser schlichten Frage zerbarst die brüchige Mauer, die Antoine zu seinem Schutz um sich errichtet hatte, und mit der Flut, die hervorbrach, stürzte er zu der Frau, die er liebte, und zog sie in seine Arme. Willenlos ließ Aurora sich fallen und vergoss ihren Schmerz an seiner Schulter. Bald aber ergriff das Verlangen von beiden Besitz und verwandelte die trostspendende Umarmung in eine leidenschaftliche Umklammerung. Als Aurora aus tränenverschleierten Augen zu ihm aufsah, war ihr Blick eine einzige Aufforderung. Antoine hob sie vom Boden und trug sie in das angrenzende Schlafgemach, wo er sie wie eine Opfergabe in feierlichem Ernst auf das Bett legte und sich anschickte, sie auszukleiden. Seine Ungeduld mit aller Macht bezähmend, löste er die Bänder ihres Mieders, nahm die angehefteten Ärmel herunter und schälte ihren Leib aus den aufgepluderten *bouffants*. Erst als sie nackt auf den seidenen Kissen vor ihm lag, entkleidete auch er sich und beugte sich zu ihr hinunter, um jede Stelle ihres Körpers zu kosten wie eine Süßigkeit. Die Augen geschlossen, ein verklärtes Lächeln auf den Lippen, ließ Aurora ihn gewähren. Als sich unter dem zarten Spiel seiner Zunge ihre Brustwarzen aufrichteten und tiefe Schauer ihren Körper durchrannen, spürte Antoine, dass die Zeit gekommen war. Voller Verlangen öffnete Aurora ihre Schenkel und bot sich ihm dar. Noch aber wollte er den Augenblick der Vereinigung hinauszögern, um jede Sekunde, die seine Erregung steigerte, in vollen Zügen zu genießen.

»Nicht so hastig, meine Freundin«, mahnte er sanft, »lasst mir Zeit, glücklich zu sein.«

»Grausamer!«, hauchte sie mit bebender Stimme.

Als sie jedoch die Augen öffnete und mit stummen Blicken um Erlösung flehte, ließ er die Geduld fahren. Dieses Mal musste er nicht fürchten, ihr weh zu tun, denn genau wie er forderte auch sie unbeherrscht und hemmungslos die Befriedigung ihrer Wollust.

Nachdem sie unter Seufzern endlich wieder zur Besinnung gekommen waren, streichelte Aurora träge über den goldenen Flaum seiner Brust.

»Und nun, mein Freund, da wir vom Kelch der Venus getrunken, wollen wir uns an jenem des Bacchus laben. Geht nach nebenan und holt uns eine Karaffe mit Wein.«

»Alles, was Ihr wollt, meine Geliebte.« Glücklich schwang Antoine sich aus dem Bett, nur um gleich darauf über einen Gegenstand zu stolpern, der ihn beinahe zu Fall brachte. Überrascht sah er zu Boden. Ein Koffer, halb gefüllt mit Leibwäsche, war der Grund für seine Ungeschicklichkeit. Als er sich wieder aufrichtete, wanderte sein Blick durch das Gemach, und er erkannte, was ihm in der Hitze des unerfüllten Verlangens entgangen war. Überall standen halbgepackte Koffer und Truhen, aus denen ein Sammelsurium an Gegenständen und Kleidungsstücken quoll. Kleider aus glänzendem Organy, Seidendamast und genuesischem Satin schillerten als wildes Durcheinander mit Miedern, Spitzenhauben, Strümpfen und luftigen Schals in den erlesensten Farben um die Wette.

In anderen Kisten stapelten sich Bücher, Leinenzeug, Teppiche und Bettwäsche, sogar Gewehre und Pistolen waren verpackt worden.

Antoine wandte sich dem Bett zu und sah Aurora mit fassungslosem Erstaunen an.

»Ihr reist ab?«

»Ja.« Aurora richtete sich auf und musterte Antoine in banger Erwartung. Wie ein Schleier verhüllte ihr rabenschwarzes Haar die makellosen Rundungen ihrer Schultern und bedeckte ihre Brüste, so dass allein die rosigen Knospen aufreizend darunter hervorschimmerten.

»Der Zar wünscht Paris zu sehen. Er verlangt, dass ich ihn begleite.«

»Und was wird aus uns?« Er wies auf das zerwühlte Lager. »Bedeutet Euch das denn gar nichts?«

»Lasst das«, sagte sie unwillig. »Ich wünsche nicht, dass Ihr so zu mir sprecht. Wir hatten beide unser Vergnügen. Nun wollen wir in Freundschaft voneinander scheiden.«

Ihre Worte trafen ihn wie Schläge ins Gesicht. Wut flammte in ihm auf, nicht minder heftig als die Leidenschaft, die seinen Körper noch vor wenigen Augenblicken verzehrt hatte. »Jetzt sehe ich klar«, stieß er hervor. »Wie konnte ich nur so dumm sein, noch immer darauf zu hoffen, dass auch ich Euch nicht gleichgültig bin. Ich habe Euch nie etwas bedeutet. Ihr spieltet die Klaviatur der Verführung lediglich, um mich für Eure Interessen einzuspannen. Von Anfang an habt Ihr mich zum Narren gehalten.«

»Dann ergeht es Euch wie vielen anderen.« Aurora erhob sich von ihrem Lager und musterte ihn kalt. »Wir leben in einem Zeitalter, in dem viele getäuscht und viele zum Narren gemacht werden. Ihr seht Euch durch mich getäuscht, und ich«, kaum merklich zuckte sie die Achseln, »ich täuschte mich selbst, indem ich glaubte, ich würde frei sein, wenn es mir nur gelänge, einem aufgezwungenen Ehejoch zu entgehen. Aber ich bin nicht frei und werde es niemals sein.«

»Doch.« Antoine ergriff ihre Hand und fiel vor ihr auf die Knie. »Ich liebe Euch. Ich würde Euch niemals zu etwas zwingen, das Euch zuwider ist. Kommt mit mir. Ich werde für Euch sorgen. Ich werde alles tun, um Euch glücklich zu machen.«

»Ihr liebt mich, sagt Ihr.« Plötzlich vermeinte Antoine so etwas wie Bedauern in ihrem Blick aufglimmen zu sehen.

»Wenn dem wirklich so ist, müsst Ihr mich gehen lassen.«

»Warum?«

»Weil Ihr arm seid, mein Freund. Zu arm, um Euch meine Liebe leisten zu können.« Nackt, wie sie war, glitt Aurora zwischen den gepackten Truhen umher und ließ ihre Finger beiläufig über Seide, Pelze und Geschmeide gleiten. »Glaubt Ihr etwa, ich könnte ohne all dies hier leben? Nein. Ich kann es nicht. Besitz ist das Einzige, was mir Sicherheit gibt.« Resigniert zuckte sie die Achseln. »O bitte, erspart mir diesen vorwurfsvollen Blick. Ich bin, was ich bin. Die Gespielin mächtiger Männer. Eure Liebe zu mir ändert nichts daran.«

Immer noch kauerte Antoine vor Aurora und sah zu ihr auf. Mit einem Mal aber schienen die Blickwinkel vertauscht, und er sah sich, wie sie ihn sehen musste: nackt am Boden kniend, um ihre Liebe winselnd. Beschämt erhob er sich und sammelte seine Kleider ein. Schweigend zogen sie sich an.

Achtundzwanzigster und letzter Tag des Karnevals

Abend

Den ganzen Tag über hatte sie darüber nachgedacht, welches Kleid sie wählen sollte. Schwarz schien ihr angemessen. Sie fühlte sich elend, aber sie wollte nicht, dass er sah, wie sehr sie litt. Seit Wochen schon ihrer Freiheit beraubt, im Ungewissen über ihr weiteres Schicksal, hatte sie heute ein Schreiben der Gräfin Königsmarck erreicht, in dem es hieß, Philipp sei tot. Aber das war eine Lüge. Ausgestreut von den Schergen des Grafen Platen. Philipp war nicht tot. Er lebte. Qualvoll vielleicht – gefangen hinter Schloss und Riegel. Möglicherweise hatte man ihn auf den Scharzfels verbracht oder in ein anderes Arrestlokal irgendwo im Harz. Doch er war nicht tot. Er durfte nicht tot sein. Alleine die Hoffnung auf ein Wiedersehen hielt sie aufrecht. Wenn sie wieder frei war; wenn sie nur endlich wieder frei war, würde sie ihn suchen und finden. Nach reiflicher Überlegung hatte Sophie Dorothea eines ihrer Prunkgewänder gewählt, ein blausamtenes Meisterwerk verziert mit silbernen Lorbeerranken und einer neun Ellen langen Schleppe, wie sie allein der Gemahlin des Thronfolgers zu tragen erlaubt war. Eigentlich hatte sie ihre Staatsroben dem Hofjuden schon zum Verkauf anbieten wollen. Zum Glück hatte sie es nicht getan. Sie würde Geld brauchen, viel Geld, wenn sie die Flügel gespannt hatte und diesem goldenen Käfig entwichen war. Heute Abend würde sie zum allerletzten Mal im Glanz einer Kurprinzessin von Hannover erstrahlen.

Aufgeregt flatterte die Knesebeck um sie herum und versah die Pflichten einer Zofe. Sie kleidete sie ein und schminkte mit Bleiweiß, Wangenrot und Kohlestäbchen die Spuren der durchweinten Nächte aus Sophie Dorotheas Gesicht.

»Durchlaucht, Ihr seht wunderschön aus. Sicher wird dieses Treffen von Erfolg gekrönt sein.« Ein aufmunterndes Lächeln auf den Lippen, blickte die Knesebeck zu ihr auf. Sophie Dorothea fand, dass sie mitgenommen aussah. Seit sie mit knapper Not der Folter entronnen war, wirkte sie noch bleicher als zuvor. Doch konnte Sophie Dorothea für ihre Gefährtin aus Kindertagen kein Mitgefühl empfinden. Ihr eigenes Unglück hatte alle anderen Emotionen abgetötet. Nur die Liebe zu Philipp loderte ungemindert in ihrer Brust. Eleonore von dem Knesebeck erhob sich und umfasste Sophie Dorotheas Taille. Dann drehte sie sie wie eine Puppe zum Spiegel, damit sie sich darin betrachten konnte. Teilnahmslos sah Sophie Dorothea durch die ausstaffierte Gestalt hindurch, hinter der sie sich verkrochen hatte. Ja, diese Frau war schön. Schön und unangreifbar. »Hier, die Agraffe sitzt schlecht. Und die Falten dort unten stehen zu starr von den Hüften. Das muss geändert werden.«

Eilfertig machte die Knesebeck sich daran, die Mängel zu beheben. »Und nun geht und holt mir den Diamanten.«

Die Hofdame ging davon und kehrte kurz darauf mit einer Schatulle zurück, in der auf blutrotem Grund köstliche Perlen zu einem Collier aufgereiht schimmerten. Das Glanzstück des Geschmeides war jedoch ein riesiger Diamant, Milord genannt, der über 31 Gran wog. Sophie Dorothea legte das Schmuckstück an, kalt und schwer wie ein Eisenring umschloss es ihren Hals. Jetzt war sie so weit. Gefolgt von der Knesebeck ging sie in den angrenzenden Salon und trat ans Fenster. Mit ihrem beringten Zeigefinger hob sie die Vorhänge einen Spaltbreit an und spähte hinaus. Auf der Leinstraße herrschte ein unübersichtliches Verkehrschaos. Galakutschen, Fuhrwagen, Sänften und Mistkarren behinderten sich gegenseitig, sodass sie sich als unförmiger Tross durch die Leinstraße schoben wie zähflüssiger Teer. Da kein Weiterkommen war, sprangen Fackelträger von den Equipagen und bahnten ihrer Herrschaft schreiend einen Weg durch die neugierige Menge der Zuschauer, die sich vor dem Schloss versammelt hatte, um den Aufmarsch der Hoheiten zu verfolgen, die der Kurfürst zu einer letzten großen *fête* in seine Residenz geladen hatte. Die illustren Gäste rafften Capes und Schleppen und trippelten wie die Tänzerinnen der *opéra française* zum Toreingang des östlichen Schlosshofes, um von dort in das Logenhaus der Oper zu gelangen. Früher waren diese Menschen ihre Welt gewesen, und es hätte sie gegrämt, von den Lustbarkeiten ausgeschlossen zu sein. Inzwischen aber war allein der Gedanke an ihre Nähe ein Gräuel für sie.

Als sie im *antichambre* Schritte vernahm, ließ Sophie Dorothea den Vorhang fallen und wandte sich um. Aufgeregt griff die Knesebeck nach ihrer Hand. »Es wird alles gut. Gebt Euch versöhnlich und zeigt keine Scheu, dann wird Eure Gefangenschaft bald ein Ende haben.«

Sophie Dorothea setzte ein Lächeln auf und nickte. Ja, ihre Gefangenschaft würde ein Ende haben. Aber es würde anders kommen, so ganz anders, als die treue Eleonore es sich erhoffte. Leise wurde an die Tür gekratzt.

Als Georg Ludwig eintrat, hätte sie beinahe laut aufgelacht.

Für den Kostümball nach der Oper hatte er sich in eine spanische Hoftracht kleiden lassen und wirkte mit Halskrause, Prunkwams und der aufgeplusterten Heerpauke auf geradezu lächerliche Weise klein und gedrungen. Auch trug er statt einer Allonge ein steifes Brokatbarett samt Reiherfeder, wodurch sein Kopf übermäßig groß und fleischig wirkte. Wie nur, schoss es ihr durch den Kopf, hatte sie von diesem Mann zwei Kinder empfangen können?

Georg Ludwig schien sich der ungünstigen Wirkung, die die Herrenmode des vergangenen Jahrhunderts auf seine Erscheinung hatte, durchaus bewusst zu sein. Mit einer knappen Verbeugung grüßte er seine Gemahlin, wich dabei aber verlegen ihrem Blick aus. Vielleicht war dies aber auch ein Zeichen der Reue, nun da er ihr zum ersten Mal seit ihrer Gefangennahme gegenüberstand. »Geht, meine Freundin«, sagte sie an die Knesebeck gewandt, ohne Georg Ludwig dabei aus den Augen zu lassen. »Mischt Euch unter die Leute und hört, was sie erzählen. Vielleicht schnappt Ihr Neuigkeiten auf, die mich interessieren könnten. Die Eintönigkeit meiner aufgezwungenen Klausur lastet schwer auf mir. Ich hätte etwas Zerstreuung bitter nötig.«

»Aber, Madame«, protestierte die Hofdame.

»Geht! Ich wünsche mit meinem Gemahl alleine zu sein.«

Sobald die Knesebeck den Salon verlassen hatte, richtete Georg Ludwig mürrisch das Wort an sie. »Ihr habt um dieses Treffen gebeten, Madame. Was wollt Ihr? Sprecht rasch. Meine Zeit ist knapp bemessen.«

Seine unfreundlichen Worte ließen Sophie Dorotheas Blut aufwallen, während sie vor Zorn die Hände ineinander verkrampfte. Noch nicht einmal jetzt, da sie als Gefangene vor ihm stand, machte Georg Ludwig sich die Mühe, seinen Abscheu vor ihr zu verbergen.

»Einen guten Abend zuvor, mein Gemahl«, presste sie mühsam beherrscht hervor. »Ich sehe, dass meine missliche Lage nicht dazu angetan ist, Euer Herz gegen mich zu erweichen. Dabei lehrte mich mein Vater, dass es einem Fürsten zur Ehre gereicht, sich einem Gegner gegenüber edelmütig und höflich zu bezeigen. Es dauert mich, dass Ihr dieser Maxime zuwiderhandelt.«

»Und was ist mit der Ehre der Fürstinnen?«, polterte Georg Ludwig zurück. »Ich wünschte, Euer Herr Vater hätte Euch auch etwas darüber erzählt. Ihr scheint nicht zu wissen, dass der Weiber Ehre darin liegt, nur mit ihrem Gemahl zu tun zu haben, und dass es der Männer Schande ist, zum Hahnrei gemacht zu werden.«

»Arrête«! Sophie Dorothea presste Zeige- und Mittelfinger beider Hände gegen ihre pochende Stirn und schloss die Augen. Nachdem sie einen tiefen Atemzug getan hatte, begann sie erneut. »Ich bat nicht um dieses Treffen, um mit Euch zu streiten. Doch der Auftakt dieses Gespräches zeigt mir, dass das Missvergnügen, welches wir aneinander nehmen, zu groß ist, um noch einen Tag länger erduldet zu werden.«

»In diesem Punkt, Madame, sind wir ausnahmsweise einer Meinung.« Die verdrossenen Gesichtszüge Georg Ludwigs wurden mit einem Mal äußerst wachsam. Sophie Dorothea erkannte, dass sie sein Interesse geweckt hatte, und wies ihm mit einer lässigen Handbewegung einen Fauteuil an.

Während sie ihm gegenüber Platz nahm, fuhr sie mit gemessener Stimme fort. »Ich weiß, dass es von Eurer Seite Bemühungen gibt, eine Scheidung voranzutreiben. Wie steht es damit?«

»Euer Vater weigert sich, die Briefe Königsmarcks als Scheidungsgrund anzuerkennen«, beschwerte sich der Kurprinz. »Sein Vertrauen in Eure Tugendhaftigkeit ist unverbrüchlich.

Gott alleine weiß, wer ihm solches eingegeben hat. Aber auch der Kurfürst hält nur wenig von einer Auflösung unserer Ehe. Er fürchtet den Bruch mit Celle.«

»Das dachte ich mir. Unsere Väter, Georg«, bewusst wählte Sophie Dorothea die vertrauliche Anrede des Vornamens, »haben uns wie Spinnen in ein Netz aus Verträgen und Abmachungen eingeschnürt, um ihr eigenes Glück zu sichern. Euer Vater ist Kurfürst geworden, und mein Vater nahm eine Gemahlin, die er aus Gründen der Staatsraison niemals hätte heiraten dürfen. Unser Ungemach ist der Preis, den sie bereitwillig zahlten, um nach ihrer *façon* zu leben. Seht Ihr das nicht auch so?«

Georg Ludwig beugte sich vor und betrachtete sie forschend. »Ich finde Euch heute Abend verändert, Madame. Es scheint, als hätten Euch die Tage der Isolation verständiger gemacht.«

Er zog eine Schnupftabaksdose aus seinem Wams und hielt sie ihr einladend entgegen. Sophie Dorothea schüttelte den Kopf.

»Ich denke, dass die Selbstsucht der Väter uns keine Wahl lässt, als unser Schicksal selbst in die Hand zu nehmen.«

»Was meint Ihr damit?«, fragte ihr Gemahl, nachdem er eine Prise in sein Handgelenk gestreut hatte und sein Leib nach dem Niesen wieder zur Ruhe gekommen war.

Sophie Dorothea erhob sich und ging zu dem Gemälde, das sie mit ihren Kindern, dem elfjährigen Georg August und der siebenjährigen Sophie Dorothea, zeigte. Aus alter Gewohnheit hatte sie Philipps letzten Brief dort versteckt, bevor die Knesebeck gekommen war, um sie anzukleiden. Mit dem zerknitterten Umschlag in der Hand kehrte sie zu Georg Ludwig zurück. »Lest das. Es ist das letzte Schreiben, das ich aus den Händen des Grafen Königsmarck empfing.«

Georg Ludwig überflog das Billett und kräuselte irritiert

die Stirn. Dann verzog er die Lippen zu einem höhnischen Grinsen. »Die Orthographie des Grafen ist ebenso unstet wie sein Charakter«, sagte er und reichte ihr den Brief zurück. »Bedauerlicherweise wird er Euch nun nicht mehr zur Flucht verhelfen können.«

»Nein, da man ihn gefangen hält.«

Gleichgültig zuckte der Kurprinz die Achseln. »Wer weiß das schon. Ich jedenfalls habe ihn nicht davongeschafft. Auch wenn ganz Europa mich für diese ruhmreiche Tat verantwortlich macht.«

Sophie Dorothea atmete schwer. Am liebsten hätte sie sich auf ihn gestürzt und ihm die kalte Arroganz aus dem Gesicht geschlagen. Es bedurfte all ihrer Selbstbeherrschung, um sich zu zügeln. »Lassen wir das. Beizeiten wird sich erweisen, was dem Grafen widerfuhr. Im Übrigen habt Ihr recht. Er kann mir nicht mehr zur Flucht verhelfen. Aber Ihr vermögt es wohl.«

»Ich?«

Sophie Dorothea setzte sich wieder hin und ließ ihre Finger nervös über den Diamanten gleiten. »Helft mir hier heraus. Lasst mich nach Sachsen ziehen. Das ist unsere einzige Chance.«

»Und was außer Ärger und Verdruss hätte ich davon?«, fragte Georg Ludwig argwöhnisch. »Selbst hier in meines Vaters Haus habt Ihr mir nichts als Schande bereitet.«

»So begreift doch. Wenn meine Abreise in aller Heimlichkeit vonstattengeht und wir sie wie eine Flucht aussehen lassen, könntet Ihr auf böswilliges Verlassen klagen. Mit dem Schreiben des Grafen Königsmarck in der Hand wäret Ihr sogar imstande, zu beweisen, dass mein *echappement* von Eurer Seite seit langem geplant war. Weder mein Vater noch der Kurfürst könnten sich unter diesen Umständen Eurem Scheidungsbegehren in den Weg stellen.«

»Das ist wahr.« Voller Misstrauen suchte Georg Ludwig in ihrem Gesicht zu lesen. »Aber wieso erklärt Ihr Euch bereit, die gesamte Schuld auf Euch zu laden? Was versprecht Ihr Euch davon?«

»Die Freiheit, mein Gemahl. Die Freiheit. Gewährt mir bei unserer Scheidung ein standesgemäßes Einkommen und überlasst mir einen Wohnsitz außerhalb der Grenzen dieses Landes, dafür verzichte ich auf die Kinder und alle meine Erbansprüche. Seid Ihr dazu bereit?«

Ein unmerkliches Nicken war die Antwort.

»Habe ich Euer Wort?« Wieder erhielt sie ein Nicken zur Antwort.

»Ich warne Euch, mein Gemahl. Denkt an die Prophezeiung der französischen Wahrsagerin. Sollte mir etwas zustoßen, so werdet auch Ihr zu Schaden kommen. Es ist uns bestimmt, kurz hintereinander zu sterben.«

»Das habe ich nicht vergessen, Madame. Und ich versichere Euch, solange ein Herz in meiner Brust schlägt, wird meine erste Sorge der Erhalt Eurer Gesundheit sein. Des Weiteren versichere ich Euch, dass es Euch nie an etwas gebrechen wird, dessen Eure Wohlfahrt bedarf. Darauf gebe ich Euch mein Wort als Euer Eheherr und Fürst.«

Zur Besiegelung des Handels reichte er ihr die Hand.

In den restlichen einunddreißig Jahren ihres Lebens sollte kein Tag vergehen, an dem Sophie Dorothea, gewesene Kurprinzessin von Hannover, nicht des sphinxhaften Lächelns gedachte, das in diesem Augenblick der Übereinkunft die Lippen ihres Gemahls umspielt hatte.

Begleitet von Paukenschlag und Donnerkrachen brach das Schiff Heinrichs des Löwen entzwei und versank von schäumenden Wellen umspült in den tiefen, geheimnisvollen Bereichen der Unterbühne. Sogleich stürzte ein schillernder Greif, halb Adler, halb urzeitlicher Saurier, herab, packte den in Seenot geratenen Welfenherzog und schwang sich mit seiner erlauchten Beute zu den dunklen Massen der Wolkenberge empor, die in Umkehrung des aufgepeitschten Meeres die dramatische Kulisse vervollständigten.

»Habt Ihr das gesehen?«, flüsterte Marie, die neben Antoine im Parkett des vollbesetzten Zuschauerraumes der Schlossoper saß und fassungslos das Geschehen auf der Bühne verfolgte.

»Gleich kommt's noch doller. Wart's nur ab.«

Antoine kannte die Oper *Enrico Leone*, die auch in Wolfenbüttel bereits aufgeführt worden war. Es war sicher kein Zufall, dass Ernst August ausgerechnet dieses Singspiel gewählt hatte, um den Reigen der Lustbarkeiten des ersten Karnevals, den er als Kurfürst ausgerichtet hatte, zu beschließen.

Sein Hofkomponist Agostino Steffani machte mit Heinrich dem Löwen als Titelfigur die Welfen selbst zum Gegenstand einer Oper und erinnerte zugleich an den Status, den dieses alte Herrschergeschlecht früher innehatte. Denn Heinrich, als Herzog von Sachsen und Bayern einst Kaisern und Königen gleichgestellt, versinnbildlichte wie kein anderer Ahnherr den gerechten Anspruch Ernst Augusts auf die Kurwürde.

Ein letztes Mal winkten die ertrinkenden Matrosen ihrem Herzog, bevor dieser im Schnürboden des Opernhauses verschwand. Dann fiel der Vorhang, und Tänzer betraten die Bühne, um dem Publikum die Zeit während des Prospektwechsels zu verkürzen. Sechzig Mann der kurfürstlichen Leibgarde, befehligt von zwei Offizieren, waren abgestellt, um die Bedienung der aufwändigen Bühneneinrichtung vorzunehmen, zu der neben einem gewaltigen Schnürboden, beweglichen Kulissendekorationen, Donnerschacht und kleineren Versenkungseinrichtungen auch ein gigantisches Hubpodium zum Heben und Senken der Schiffsteile und des Drachen-Wagens gehörte, sowie eine ausgeklügelte Flugmaschinerie, um sämtlichen Bewohnern des Himmels und der Lüfte einen wirksamen Auftritt zu verschaffen. Als der Vorhang sich wieder öffnete, erschien auf der Hinterbühne der mondbeschienene Kalkberg mit der herrenlosen Pfalz Heinrichs des Löwen. In ihrem Gemach versuchte sich Mechthild, seine Gemahlin, die von einem Eunuchen mit gepuderten Lefzen gesungen wurde, der Werbung des hartnäckigen Herzog von Burgund zu erwehren, der schließlich mit Hilfe einer zauberkundigen Amme die tugendhafte Edelfrau zum Einlenken zu bewegen suchte.

»Gleich ist es so weit«, wisperte Antoine, der sich bei dem atemlosen Staunen, das auf Maries Gesicht lag, ein Schmunzeln nicht verkneifen konnte.

Auf der abgedunkelten Vorderbühne loderte inzwischen ein Feuer, in dessen Rauchschwaden die Amme mit weit ausholenden Gesten herumrührte und schließlich zum Entzücken der Zuschauer eine Vision des sterbenden Heinrichs heraufbeschwor.

Marie entfuhr ein leiser Schrei. »Aber Monsieur, wie ist das möglich?«

»Pst«, zischte es von allen Seiten.

Antoines Lächeln vertiefte sich. »Das ist eine Phantasmagorie«, flüsterte er.

»Woher kommt sie?«

»Aus einem Gerät, das sich Laterna magica nennt. Es ist ein Kasten mit einer Linse an der Vorderseite, in dem eine Öllampe brennt.«

»Aber wie kann ein Gesicht aus einem Kasten kommen?«

»Es ist auf einer Zeichnung. Man spannt sie zwischen Lampe und einen Hohlspiegel, der sich ebenfalls in dem Kasten befindet, und wirft sie mit dem ausfallenden Licht auf die Rauchschwaden. Das ist das, was du jetzt siehst, die so genannte Phantasmagorie.«

»Phantasmagorie.« Andächtig ließ sich Marie das Wort auf der Zunge zergehen. »Woher wisst Ihr das?«

»Der Herzog ist ein großer Freund der Oper. Auch in seinem Spielhaus gibt es eine solche Apparatur. Ich zeige sie dir, wenn wir in Wolfenbüttel sind.«

Als nach diesem ersten *coup de théâtre* die Handlung ihren Verlauf nahm, gelang es Antoine kaum noch, sich auf das Geschehen vor seinen Augen zu konzentrieren. Die Erinnerungen an den gestrigen Tag holten ihn immer wieder ein.

Sein Abschied von Aurora war höflich und kontrolliert gewesen, wie der eines flüchtigen Bekannten, gleichgültig, kühl, ohne den Wunsch auf ein Wiedersehen zu äußern. Sie hatte es dabei belassen. Vielleicht hatte sie ihn nicht noch mehr verletzen wollen, als sie es mit ihrer Zurückweisung ohnehin schon getan hatte. Vielleicht hatte sie gespürt, wie schmal der Grat war, der seine mühevoll aufrechterhaltene Contenance von völliger Selbstaufgabe trennte. Oder war ihre Gleichgültigkeit nur Täuschung gewesen? Ein Schild, um sich selbst zu schützen, um den Schmerz des Abschieds leichter ertragen zu können? Ob sie wohl an ihn dachte, jetzt, in diesem Augenblick? Antoine schloss die Augen und hörte durch ein Klanggewebe aus Flöten, Violinen und Clavizimbel das Blut in seinen Adern rauschen, und gleich einer Vision, wie sie soeben auf die Bühne gezaubert worden war, sah er sie: ein lebendiger Bogen vor Begierde unter ihm gespannt, das schweißfeuchte Gesicht in den Kissen vergraben, sich ihm bedingungslos hingebend. Gleichgültig, ob sie ihn liebte oder nicht, in diesem Augenblick war sie sein gewesen. Wie konnte er die Erinnerung daran jemals wieder vergessen?

Gerade als die Sehnsucht Antoine mit aller Macht unter sich zu begraben drohte, erlöste ihn die bittere Eingebung, dass er Aurora gewiss nur lästig gefallen war, als er nackt und erbärmlich um ihre Liebe gewinselt hatte. Was auch immer sie beim Abschied empfunden haben mochte, er würde es nie erfahren. Irgendwann, wenn der Schmerz verblichen war, konnte er vielleicht Trost aus dem Gedanken schöpfen, dass es vermutlich keinem Mann vergönnt war, in die Tiefen ihres Herzens vorzudringen. Aurora war eine Kurtisane. Gefühle zu verbergen, gehörte zu ihrem Metier. Es war ihre größte Kunst und ihr größtes Geheimnis.

Während auf der Bühne zum Fanal geblasen und die Aussöhnung Heinrichs mit Kaiser Friedrich Barbarossa unter einem von vier lebendigen Pferden gezogenen Triumphbogen gefeiert wurde, fasste Antoine einen Entschluss: Nie wieder würde er um der Liebe willen auf dem Boden kriechen.

Dann fiel der Vorhang, und die gewaltige Lichtkrone wurde von Saaldienern erneut entzündet und herabgelassen.

Wie zu erwarten, fielen die Beifallsbekundungen im Parkett wesentlich stürmischer aus als in den Logen. Doch kein Zuschauer jubelte lauter als Marie. Sobald die Sänger zum Applaus an die Rampe getreten waren, sprang sie vor Begeisterung auf und klatschte so stürmisch, dass Antoine fürchten musste, die Haut würde sich in Fetzen von ihren Händen lösen. Vermutlich wäre dies auch geschehen, wenn er sie nicht rechtzeitig darauf aufmerksam gemacht hätte, dass es nicht die Akteure waren, denen der Applaus gebührte. Alle im Parkett hatten sich inzwischen von der Bühne ab- und der Loge des Kurfürstenpaares zugewandt. Ernst August und Sophie hatten sich erhoben und empfingen den Beifall mit geneigtem Lächeln. Trotz des Schattens, den das Verschwinden des Grafen Königsmarck auf die Festivitäten der letzten Wochen geworfen hatte, war der Karneval ein voller Erfolg gewesen. Über den Glanz am Kurhannoverschen Hofe würde bald im ganzen Reich gesprochen werden, dessen durften sie sicher sein.

»Monsieur.« Marie zupfte Antoine am Ärmel. »Lasst uns auf die Bühne gehen und nach der Laterna magica suchen. Ich möchte zu gerne wissen, wie dieser Apparat aussieht.«

»Einverstanden. Sobald das Kurfürstenpaar seine Loge verlassen hat, schleichen wir uns hinauf.« Antoine musste lächeln. Obwohl Marie in ihrem Kleid aus altrosa Damast mit grüngoldenem Posament, das Aurora ihr zum Abschied geschenkt hatte, wie ein junges Edelfräulein aussah, erinnerte ihn ihr neugieriger Eifer an das kleine Mädchen, das er einst in Paris gekannt hatte. Seitdem hatte sich viel verändert, aber eben doch nicht alles, und er war froh, sie wieder an seiner Seite zu wissen.

Nachdem das Herrscherpaar sich zurückgezogen hatte und der Jubel verebbt war, nahm Antoine Marie bei der Hand. »Komm, die Gelegenheit ist günstig. Niemand achtet auf uns.« Gegen den Strom des zum Ausgang strebenden Publikums bahnten sie sich einen Weg zur Bühne, als ein älterer Herr ihnen den Weg versperrte.

»Ich sehe, Marquis, auch Ihr weilt noch unter den Gästen des Kurfürsten.« Überrascht blieb Antoine stehen. Er hatte keine Ahnung, wer da vor ihm stand. Der altmodische Oberlippenbart der Landsknechte und die abgetragene Rheingrafentracht passten so gar nicht zu dem goldglänzenden Prunk des Opernhauses. Vielleicht war sein Gegenüber bereits im Kostüm für den Maskenball. »Ist mein Cousin, der Herzog, immer noch auf der Suche nach dem abgängigen Grafen?«

Nun fiel Antoine wieder ein, wer die seltsame Erscheinung war, die da vor ihm stand. Pflichtschuldig erwies er dem Landgrafen Ernst von Hessen-Rheinfels seine Reverenz und gab

Marie durch einen unauffälligen Rippenstoß zu verstehen, dies ebenfalls zu tun.

»Durchlaucht, ich bin überrascht, Euch im Parkett zu sehen. Wäre Euer Platz nicht in den Logen, die den fürstlichen Gästen vorbehalten sind?«

Der Landgraf machte eine wegwerfende Handbewegung. »Unter uns geredet, Monsieur, die Herrschaften da oben liegen mir nicht besonders. Ich bin ein alter Haudegen, der im Feld lieber bei seinen Soldaten schläft als im weichen Federbett der Generäle. Das ist es auch, was mich von Eurem König unterscheidet.« Es folgte eine Schmährede auf den verzärtelten Louis XIV., der lieber Pirouetten drehte und mit seinen Mätressen hurte, als sich im Kriege zu ermannen. Marie hatte sich unterdessen entfernt und vertrieb sich die Zeit, indem sie die Figuren, Reliefs und Malereien betrachtete, mit denen der Zuschauerraum reich geschmückt war. Antoine ließ sie gewähren, lächelte pflichtschuldig zu den Verwünschungen des Landgrafen und flocht hier und da eine belanglose Bemerkung in den nicht enden wollenden Redestrom des betagten Rheinfürsten ein. »Aber genug von Eurem König«, schloss Ernst von Hessen-Rheinfels seine Rede, nachdem die meisten Zuschauer Parkett und Logenhaus bereits verlassen hatten. »Es wird in Europa ohnehin schon viel zu viel Aufhebens um ihn gemacht. Man erzählt sich übrigens, der Zar sei in Hannover. Inkognito, versteht sich. Er muss ein bemerkenswerter junger Mann sein. Ich hätte ihn im Frühjahr gerne an meiner Seite. Aber nun muss ich gehen. Ich habe mich schon viel zu lange hier aufgehalten. Bestellt dem Herzog, ich würde ihn gerne noch einmal sehen, bevor ich abreise.« Der Landgraf seufzte schwer. »Ein Gefühl sagt mir, es wird das letzte Mal sein.«

»Nehmt Ihr nicht am anschließenden Maskenball teil?«, fragte Antoine und sah sich dabei unauffällig nach Marie um.

»Gott behüte. Die letzte Maskerade sitzt mir noch immer in den Knochen. Es war die Nacht, in der Königsmarck verschwand. Aber nanu, was sehen meine müden Augen? Geht dort drüben nicht das bucklige Hexenweib, das mich in jener Nacht verschmähte? Und führt sie nicht das junge Fräulein bei der Hand, das gerade noch an Eurer Seite war?«

Antoine wirbelte herum. Die Augen vor Furcht und Entsetzen weit aufgerissen, sah Marie zu ihm herüber, bevor sie mit der Hexe hinter den Samtbahnen des Vorhangs verschwand. Ohne eine weitere Sekunde an den Landgrafen zu verschwenden, stürmte er los und sprang in den Orchestergraben, wo die Musiker gerade ihre Instrumente verstauten. Einen unglücklichen Violinisten, der seine Viola d'amore in einen Koffer bettete und nicht schnell genug beiseitetrat, rannte er kurzerhand über den Haufen. Als Antoine das Proszenium erklommen hatte und den Vorhang zur Seite riss, sah er sich einem Wirbel aus emsiger Geschäftigkeit gegenüber. Bühnenarbeiter liefen hin und her, um den silber- und goldstrotzenden Prunk der Opernstaffage wieder abzubauen. Die Akteure sammelten ihre Requisiten vom Boden, und ein Pferd äpfelte unbemerkt neben den Thron des Stauferkaisers. Panisch flog Antoines Blick durch den nach hinten ansteigenden Bühnenraum. Bei der Menge an durcheinandereilenden Kulissenschiebern, Tänzern, Sängern und Choristen war es jedoch kaum möglich, einzelne Personen auszumachen. Schließlich packte er einen jungen Burschen, der sich mit einem Besen durch die Menge schlängelte, um die zertretene Blütenpracht des Hochzeitsfestes aufzufegen. *»Je cherche une sorcière.«* Verständnislos sah der Junge ihn an. »Ich suche eine Hexe«, korrigierte sich Antoine hastig. In seiner Sorge um Marie hatte er ganz vergessen, dass die einfachen Leute anders als der Adel kein Französisch sprachen. »Sie führt ein Mädchen an der Hand.«

Der Bursche zuckte die Achseln. »… 'ne Hexe gibt's heute nicht. Nur einen Dämon, und der steht da drüben.« Antoine ließ den Jungen los und kämpfte sich weiter durch das Gewühl. Während er über geschwungene Paradetreppen kletterte und hinter Kyriatiden und Ruinen spähte, überlegte er fieberhaft, wer in dem Hexenkostüm steckte. Dass derjenige beim Verschwinden Königsmarcks und dem Mord an Jasper seine Hand im Spiel gehabt hatte, daran hegte Antoine keinen Zweifel. Für einen ausgewachsenen Mann war die Gestalt indes zu zierlich und klein. Ein Knabe mochte sich darunter verbergen. Oder eine Frau. Ja, wieso nicht? Antoine wäre zwar nie auf die Idee gekommen, dass Jaspers Mittäter und Mörder eine Frau war, ein Mädchen gar in seinem Alter, doch sprach nichts dagegen. Auch Mädchen konnten ein Messer führen und Kehlen aufschlitzen. Dazu bedurfte es einer gewissen List, aber keiner Körperkraft. Wer auch immer hinter der Hexenmaske steckte, er oder sie würde wieder töten, wenn es Antoine nicht bald gelang, Marie aufzuspüren.

»Idiot«, schimpfte er sich leise. Als er sie aus dem Schloss geschafft hatte, war er davon ausgegangen, dass ihr Gefahr von einer eingeschworenen Hofkamarilla drohte, die lediglich erpicht darauf war, die kurfürstliche Familie vor einem Skandal zu bewahren. Nachdem sich sein Verdacht gegen Don Nicolò und die Kurhannoversche Regierung jedoch zerschlagen hatte, wähnte er sie bei sich im Schloss in Sicherheit. Wie hatte er nur außer Acht lassen können, dass es immer noch einen Mörder gab, der frei herumlief und fürchten musste, dass sie ihn aufgrund ihrer Freundschaft zu Jasper verraten konnte. Immer wieder blieb Antoine stehen und hielt angestrengt nach dem Hexenkostüm Ausschau. In dem kunterbunten Gewimmel um ihn herum fielen Hexen allerdings genauso wenig auf wie die Nymphen und Waldgeister des Corps de Ballet, und mit jedem Winkel, den er vergeblich absuchte, wuchs seine Verzweiflung. Plötzlich strauchelte Antoine und wäre beinahe auf die zerlegten Schiffsteile am Boden der Unterbühne gestürzt, hätte ihn ein Bühnenarbeiter nicht rechtzeitig zurückgerissen. Dann, als sich wie von Geisterhand bewegt der Zwischenprospekt der Vorder- und Hinterbühne voneinander trennte und in den Höhen des Schnürbodens verschwand, entdeckte Antoine von einem Blaker beleuchtet die blassen Gesichtszüge einer zu Tode erschrockenen Marie. Schritt für Schritt wich sie vor der Hexe zurück, die sie durch eine Gasse aus Kulissen und proszeniumähnlichen Draperien auf eine Tür zutrieb. Antoine griff nach der einzigen Waffe, die sich ihm bot, einem achtlos zu Boden geworfenen Holzspeer mit einer Spitze aus Pappmaché, und rannte beiden hinterher. »Halt, stehen bleiben!«

Behände drehte die Hexe sich um die eigene Achse und riss Marie gleichzeitig zu sich heran. »Kommt nicht näher«, flüsterte sie.

Überrascht hielt Antoine inne. Obwohl er Maries Entführer auf Deutsch angesprochen hatte, drang unter der Maske die kultivierte Stimme einer Frau hervor, die noch dazu Französisch sprach.

»Lasst das Mädchen gehen, auf der Stelle«, forderte er und machte trotz der Warnung einen Schritt vorwärts.

»Rührt Euch nicht«, zischte es unter der Maske.

»Wer seid Ihr, Madame? Ich kenne Eure Stimme.«

»Schweigt und zieht Euch zurück. Ich habe mit dem Mädchen ein Geschäft abzuwickeln, das Euch nichts angeht.«

»Dieses Mädchen ist mein Mündel. Was sie betrifft, betrifft auch mich.« In diesem Augenblick liefen zwei Leiterträger lachend und schwatzend an der Gasse vorbei. Das Drama, das sich vor ihren Augen abspielte, schienen sie überhaupt nicht wahrzunehmen. »He, ihr zwei!«, rief Antoine sie an. »Kommt herbei!«

Ohne sich um ihn zu scheren, eilten die Männer weiter. »Versucht das nicht noch einmal«, vernahm er drohend die Stimme hinter der Maske, »sonst …«, blitzschnell hatte sie unter ihrem Umhang ein Messer gezückt und strich mit der Klinge über die Wange ihrer Geisel. Der Schmerzensschrei blieb Marie im Halse stecken, nur die Tränen, die ihr über das vor Entsetzen entstellte Gesicht liefen und sich mit dem Blut mischten, das von ihrem Kinn troff, zeugten von dem Schmerz, den die Verletzung ihr bereitet hatte. Unbarmherzig setzte die Frau Marie die Klinge an die Kehle und fauchte: »Lasst uns ziehen, oder ich schlachte das Mädchen hier vor Euren Augen ab. Und nun werft mir Euren Speer herüber.«

Hilflos sah Antoine auf den goldenen Stab in seiner Hand.

»Meine Geduld kennt Grenzen, Monsieur!«

»Bitte«, wisperte Marie. »Tut, was sie sagt.«

Widerwillig legte Antoine den Speer zu Boden und stieß ihn mit dem Fuß von sich. Zwar gab er damit seine einzige Waffe aus der Hand, doch was blieb ihm anderes übrig? Sicher würde die Hexe ihre Drohung wahr machen, wenn er sich ihr widersetzte. »Das Mädchen, das Ihr in Eure Gewalt genommen habt, heißt Marie. Sie ist fremd in diesem Land und hat niemandem etwas zuleide getan. Ich flehe Euch an, lasst sie gehen.«

»Spart Euch Euren Atem, Monsieur. Dem Mädchen wird nichts geschehen, ich will nur mit ihr reden. Und du«, wandte sie sich an Marie, »beuge langsam das Knie und nimm den Speer. Aber sei gewiss, dass meine Klinge deinen Nacken durchbohrt, wenn du zu fliehen versuchst.«

Marie tat wie ihr geheißen. Sobald die Hexe den Speer in Händen hielt, legte sie das Messer wieder an die Kehle des

Mädchens und bewegte sich mit ihrer Geisel rückwärts auf die Tür zu, ohne Antoine dabei aus den Augen zu lassen.

»Ich lasse dich nicht im Stich«, redete er Marie gut zu, während sie sich Schritt für Schritt von ihm entfernte. »Das verspreche ich dir.«

Bei der Tür angelangt, holte die Hexe aus und warf den Speer mit aller Kraft gegen seine Brust. Getroffen ging Antoine zu Boden, und es dauerte einige Sekunden, bis er sich wieder aufgerappelt hatte und den beiden hinterherstürzen konnte. Doch da war die Tür bereits fest verschlossen. Antoine rannte aus der Gasse und packte den Erstbesten, der ihm in die Quere kam, am Arm. Es war ein kräftiger Soldat, der auf seiner Schulter den Lindwurm balancierte, der Heinrich den Löwen im ersten Akt hatte fressen wollen. »Bleib stehen, ich brauche deine Hilfe.«

Ungerührt schob der Kerl Antoine zur Seite und ging seiner Wege. Auch beim zweiten und dritten Bühnenarbeiter hatte er kein Glück. Schließlich kreuzte der Junge mit dem Besen erneut seinen Weg. Entschlossen baute Antoine sich vor ihm auf. »Wohin führt diese Tür?«

»Hinauf zum Schnürboden.«

»Gibt es noch einen anderen Weg dorthin?«

»Ja, durch das Logenhaus.«

Antoine drückte ihm eine blanke Goldmünze in die Hand. »Führe mich hinauf. Geschwind.« Ohne dem Bengel Zeit zu lassen, sich von seiner Überraschung zu erholen, packte er ihn beim Kragen und schleppte ihn mit sich von der Bühne. Der Zuschauerraum war inzwischen menschenleer und lag beinahe vollkommen im Dunkeln. Ein Saaldiener schritt die unterste Logenreihe ab und löschte die Kerzen, die, von Mohren gehalten, ihre Balustrade krönten. Auch das zur Leine hin gelegene Foyer war völlig vereinsamt und nur spärlich beleuchtet.

Zwei Stufen auf einmal nehmend, rannte Antoine neben dem Burschen durch das Treppenhaus, das sich mit jeder Etage nach oben hin verjüngte. Als sie im fünften Logenniveau angekommen waren, deutete sein junger Führer auf eine unauffällige Tapetentür in der Wand. »Da geht's weiter zur Kleiderkammer und zum großen Leuchter. Daneben steht 'ne Leiter, die führt zu einer Deckenluke, und darüber beginnt der Schnürboden. Ihr solltet aber vorsichtig sein«, mahnte er und zog geräuschvoll die Nase hoch. »Wer von da oben runterfällt, dem ist die ewige Gesundheit sicher.«

Ohne sich von der Warnung abschrecken zu lassen, stieß Antoine die Tür auf und stürmte über eine grob gezimmerte Holztreppe hinauf zu den geheimen Zonen der Wellen, Züge und Winden, die auf der Bühne die Illusion mythischer Welten erschafften. *Weiter, nur weiter*, hämmerte es immer wieder in seinem Kopf, während der Angstschweiß seine Schläfen herunterlief. Hinter der nächsten Tür fand er sich von einem diffusen Dämmer umfangen. Trotzdem konnte er sogleich den prunkvollen Lüster ausmachen, der, gehalten von faustdicken Drahtseilen, über einem Loch schaukelte, unter dem sich der Zuschauerraum befand. Verstreut um die von einer Brüstung eingefasste Lichtkrone lagen hölzerne Kugeln, die vermutlich den Donnerschacht speisten, wenn es auf der Bühne gewittern sollte. Die einzige Lichtquelle in diesem dachbodenartigen Vorraum war ein schmaler gelber Streifen, der aus dem Spalt einer Pforte fiel. Dahinter vernahm Antoine leise Stimmen.

Um auf dem Dielenboden keinen Lärm zu machen, entledigte er sich seiner hochhackigen Seidenschuhe und schlich lautlos auf die angelehnte Tür zu. Vorsichtig öffnete er sie eine Handbreit, wobei er im Stillen den Hausmeister preiste, der die Angeln noch vor kurzem geölt haben musste, und spähte hinein. Das Erste, was er sah, waren Kostüme. Wie die entseelten Hüllen der Harlekine und Narren, Könige und Kaiser, Cherubim, Nymphen, Teufel, Engel und sämtlicher Fabelwesen, die auf der Bühne dargestellt wurden, schaukelten sie an Haken und Ständern, lagen zwischen Seidenpapier in Truhen und Kästen oder einfach nur achtlos auf dem Boden verstreut. Eine Talglampe, die auf einem ramponierten Holzstuhl abgestellt worden war, tauchte die Kammer in warmes Licht. In dem schmalen Ausschnitt, der sich ihm bot, konnte er das bleiche Profil von Marie erkennen. Erleichtert atmete Antoine auf. Er war also noch nicht zu spät gekommen. Trotz ihrer Verletzung und der vom Weinen geröteten Augen wirkte sie ruhig und gefasst. Aufmerksam lauschte sie der Stimme, die zu ihr sprach. Antoine schob die Tür noch etwas weiter auf. Die Hexe hatte ihre Maske abgenommen. Von Angesicht zu Angesicht, den Dolch in der erhobenen Hand, stand sie ihrem Opfer gegenüber.

Marie wusste, dass der Marquis alles tun würde, um sie zu retten. Als aber die Tür ins Schloss fiel und sie sich alleine mit der Hexe in einem spärlich beleuchteten Stiegenhaus wiederfand, schluchzte sie verzweifelt auf.

»Dreh den Schlüssel herum und komm bloß nicht auf dumme Gedanken.«

Mitleidlos setzte die Hexe die Messerspitze direkt unter Maries Kinn. Eine unbeherrschte Bewegung, und die Klinge wäre unweigerlich in ihre Kehle gefahren. Sobald Marie die Tür verschlossen hatte, drückte die Hexe ihr ein Talglicht in die Hand. »Die Stiegen nach oben sind steil, und wir wollen doch nicht stürzen, daher wirst du uns den Weg leuchten.«

»Wohin bringt Ihr mich?«

»Das wirst du früh genug sehen. Und nun schweig.«

Wie ein Schaf, das zur Schlachtbank geführt wird, ließ Marie sich die Stufen hinauftreiben. Höher und höher schraubte sich die schmale Wendeltreppe durch die Dunkelheit, bis sie an eine Tür kamen, die ihre Entführerin mit dem Fuß aufstieß. »Sieh nicht nach unten«, mahnte sie, »und versuche nicht, auf dich aufmerksam zu machen. Du würdest es bitter bereuen. Das schwöre ich dir.«

Schon beim ersten Schritt auf dem schwankenden Holzsteg revoltierte Maries Magen. Über ihr hingen riesige Gewinde, von denen herab sich Taue, Seile, Stricke und Schnüre der unterschiedlichsten Stärke und Länge zu einem komplizierten Flechtwerk spannten. Unter ihr ging es ohne Halterung etliche Klafter tief hinunter auf die Bühne.

»Ich … ich kann nicht«, flüsterte Marie. »Mir wird schwindelig.«

»Geh«, zischelte es leise unter der Maske, während der Druck der kalten Schneide stärker wurde.

Marie tat einen weiteren Schritt und dann noch einen. Durch das Rauschen in ihren Ohren schien der Lärm der Bühnenarbeiten aus weiter Ferne wie durch einen Schacht zu ihr heraufzudringen. Marie versuchte, die Geräusche zu überhören, und hielt ihren Blick starr auf das dunkle Ende des Steges gerichtet, das in unerreichbarer Ferne vor ihr lag. In ihrer Panik war selbst die Nähe ihrer Peinigerin tröstend. Als sie die Hälfte des schmalen Steges bereits überquert hatten und sich vor Maries Augen die Öffnung einer Tür auftat, hörte sie ein leises Schwirren und sah gleich darauf ein schuppiges Ungetüm, das sich um Haaresbreite an ihrem Gesicht vorbeischwang. Leise schrie Marie auf und spürte gleich darauf, wie die Spitze des Messers ihre Haut durchdrang. »Sei still«, fauchte die Hexe. »Es war nur der Greif. Und nun geh weiter.« Der Schock hatte kaum eine Sekunde gewährt, doch für Marie war dieser kurze Augenblick lang genug gewesen, um ihre Angst zu überwinden. Wenn sie mit heiler Haut über den Bootssteg kam, das schwor sie sich, würde sie nicht wimmern und sich nicht kampflos in ihr Schicksal fügen. Schlimmer konnte es ohnehin nicht mehr kommen.

»Reiß dich gefälligst zusammen«, hörte sie die Hexe wispern und schritt erhobenen Hauptes voran.

Als sie den Steg überquert hatten, ging es eine weitere Treppe hinunter in ein Gelass über dem Logenhaus, in dessen Mitte, von einer Balustrade umgeben, der riesige Kronleuchter schaukelte.

Von dort führte eine letzte Tür in eine Kammer, die mit Kostümen und Perücken vollgestopft war.

»Setz die Lampe ab«, befahl die Hexe, nachdem sie die Klinge von ihrer Kehle genommen hatte. Marie stellte die Schale mit dem Licht auf einen wackelig aussehenden Holzstuhl und wandte sich um.

»Möchtest du denn gar nicht wissen, wer ich bin?«, fragte die vermummte Gestalt und hielt dabei das Messer kampfbereit in der erhobenen Hand.

»Werdet Ihr es mir verraten?«

»Ich denke, das bin ich dir schuldig, da mir das Schicksal eine bedeutende Rolle in deinem Leben zugedacht hat.« Langsam löste die Hexe die Maske von ihrem Gesicht, und Marie sah in die klaren Gesichtszüge Eleonore von dem Knesebecks.

»Bist du überrascht?«, fragte die Hofdame der Kurprinzessin und musterte Marie neugierig.

»Was spielt das für eine Rolle? Aber vielleicht verratet Ihr mir, was Ihr mit mir vorhabt und wieso ich hier bin?

»Ich werde dich töten, mein Kind. Doch verspreche ich dir, dass es schnell gehen wird. Du wirst nichts spüren. Also erspare dir unnötige Schmerzen und wehre dich nicht.«

Marie hatte keinen Zweifel daran, dass Eleonore von dem

Knesebeck ihr Vorhaben ohne zu zögern ausführen würde, wenn sie nur die Gelegenheit dazu bekam. Doch so einfach würde sie sich nicht abschlachten lassen. Der Marquis war gewiss schon auf der Suche nach ihr, und es dauerte sicher nicht mehr lange, bis er sie hier oben aufgespürt hatte. Also musste sie Zeit schinden und versuchen, die Frau zum Reden zu bringen. Vielleicht hatte sie Glück. Die Knesebeck war eine Mörderin, die die Last ihrer Taten alleine tragen musste. Es war nicht ausgeschlossen, dass es sie danach verlangte, sich einem Menschen anzuvertrauen. Und wer würde sich wohl besser dafür eignen als sie, Marie, ihr nächstes Opfer.

»Wenn Ihr es schon auf mein Leben abgesehen habt«, erklärte sie und wich um ein Weniges vor der Messerspitze zurück, die pfeilgenau auf ihr Herz gerichtet war, »nennt mir wenigstens den Grund.«

»Du weißt es nicht?« Ehrliche Überraschung schwang in der Stimme Eleonore von dem Knesebecks.

»Nein.«

»Dann habe ich mich geirrt.« Langsam ließ die Hofdame das Messer sinken. »Ich fürchtete, Jasper hätte dir von mir erzählt. Dass er es nicht tat, konnte ich nicht wissen. Jungen wie er handeln ohne Verstand, wenn sie das erste Mal verliebt sind. Und er war verliebt. Das spürte ich gleich, als ich euch im Appartement Ihrer Durchlaucht zusammen sah. Im Übrigen hätte er niemals gewagt, dich dort hineinzuschmuggeln, wenn du ihm gleichgültig gewesen wärest.«

»Musste er deshalb sterben?«, fragte Marie und verdrängte mit aller Macht das Bild ihres verblutenden Freundes.

»Nein. Seinen Tod hat er selbst besiegelt, als er heimlich die Börse vom Gürtel des Grafen schnitt, nachdem ich mit ihm fertig war.«

»Dann hat Jasper ihn mit Eurer Hilfe ermordet?«

»Nein. Ich habe den Grafen getötet. Als ich Jasper am Abend der Maskerade unter einem Vorwand in den Schlosshof lockte, wusste er nichts von meiner Absicht. Erst als es zu spät war und Königsmarck in seine Arme sank, merkte er, dass ich ihn belogen hatte.«

Ungläubig musterte Marie das kleine bucklige Edelfräulein, das mit sanfter, wohlmodulierter Stimme über ihre Morde sprach, als seien es Anweisungen für eine Handarbeit. »Ihr habt den Grafen vor aller Augen getötet?«

»Ja. Inmitten des Trubels. Es war viel leichter, als ich es mir vorgestellt hatte. Wie die meisten in jener Nacht waren Jasper und ich verkleidet und fielen unter den Feiernden nicht auf. Als ich Königsmarck in der Menge erspähte, gingen wir zu ihm hinüber. Ich trat ganz dicht an ihn heran. Sein überraschter Blick verriet mir, dass er mich erkannt hatte. Er war nicht darauf gefasst, dass ich ihn, wie es sonst bei geheimen Treffen mit der Kurprinzessin meine Art war, im Schlosshof empfangen würde. Doch noch bevor er etwas sagen konnte, bevor er überhaupt begriff, dass sein schändliches Vorhaben entdeckt worden war, zog ich meinen Dolch und rammte ihn in seine Lunge. Die Waffe ließ ich danach genauso schnell wieder unter meinem Umhang verschwinden, wie ich sie gezückt hatte. Eine einzige fließende Bewegung.« Bei der Erinnerung an den Mord huschte ein kleines Lächeln über den schön geschwungenen Mund der Hofdame. Dann ging sie einen Schritt auf Marie zu. »Wenn man das Messer in die Lunge stößt, tritt kaum Blut aus der Wunde hervor.«

Hastig wich Marie zurück. Viel Raum blieb ihr nicht mehr, um ihrer Peinigerin auszuweichen. »Wieso hat Jasper nicht Alarm geschlagen? Und wieso hat er Euch auch noch geholfen, die Leiche zu beseitigen?«

»Er war viel zu überrascht. Zudem blieb ihm nichts anderes

übrig, als mir zu helfen. Wenn man uns entdeckt hätte, wäre er schlimmer dran gewesen als ich. Das habe ich ihm sehr schnell klargemacht.«

»War der Graf sofort tot?«, fragte Marie weiter, um den Redestrom ihrer Entführerin nicht zum Versiegen zu bringen.

»Nein. Er lebte noch und torkelte vornübergebeugt in unserer Mitte. Das war mein Glück. Es passte perfekt zu der Maskerade, die ich ersonnen hatte, um die Tat zu vertuschen. Niemand hat etwas bemerkt. Wie eine Gruppe betrunkener Narren sind wir mit ihm vom Schlosshof gewankt, nur verfolgt von den zotigen Sprüchen, die die Wachen uns hinterherriefen.«

»Und was wurde aus der Leiche?«

»Jasper hat sie erst einmal in einem Loch auf dem Mühlenplatz verscharrt. Er versprach mir, sie fortzuschaffen, sobald die Gelegenheit günstig wäre. Und nun ist es genug mit der Fragerei. Ich weiß wohl, dass du versuchst, deinen Tod hinauszuzögern. Aber sterben wirst du, daran ändern auch deine Fragen nichts.«

Zum Stoß bereit glitt die Hand mit dem Messer wieder in die Höhe. Kaum ein Schritt trennte Marie noch von der mörderischen Waffe, deren Spitze erbarmungslos auf ihr Herz zeigte. Angstschweiß brach ihr aus allen Poren, und die Verzweiflung kehrte zurück. Wo blieb nur der Marquis? Wann kam er endlich, um sie zu retten?

»Aber warum, Madame? Warum das Ganze?«

»Warum?«, rief Eleonore von dem Knesebeck schrill, und zum ersten Mal, seit sie Marie mit Gewalt aus dem Theatersaal verschleppt hatte, schien sie ihre Beherrschung zu verlieren.

Sie blieb ihr die Antwort auf diese Frage jedoch schuldig, denn fast im selben Moment weiteten sich die Augen der Hofdame vor Überraschung, und einer Ertrinkenden gleich, die von der Strömung mitgerissen wird, begann sie mit Armen und Beinen zu rudern. Haltlos taumelte sie zurück und versuchte sich mit einer Hand zu fangen, während sie in der anderen das Messer umklammert hielt, das sie Marie geradewegs ins Herz hatte rammen wollen. Marie sah zu Boden und entdeckte eine riesige hölzerne Kugel, die zwischen die Beine ihrer Angreiferin gerollt war. Dann hörte sie aus dem Dunkeln eine vertraute Stimme.

»Das, Madame, würde mich auch interessieren.«

Noch ehe sie erfasste, was geschah, kamen von dort weitere Kugeln angerollt und brachten Eleonore von dem Knesebeck vollends zu Fall. Fast im gleichen Moment stürzte sich der Marquis auf die Knesebeck und schlug ihr das Messer aus der Faust. Mit eisernem Griff heftete er ihre Handgelenke am Boden fest und hielt ihren sich windenden Körper wie ein Schraubstock zwischen seinen Schenkeln gefangen.

»Warum das Ganze? Wart Ihr Eurer Herrin nicht immer treu ergeben? Warum habt Ihr ihren Liebhaber getötet?«

»Warum, fragt Ihr! Warum!« Die überwältigte Frau keuchte vor Anstrengung, während sie noch immer vergeblich versuchte, sich aus der Umklammerung des Marquis zu befreien. »Weil er sie mir wegnehmen wollte. Weil er ihr Schicksal mit Füßen getreten hat. Weil er sie nicht verdiente und weil er zerstören wollte, wofür ich all die Jahre gearbeitet habe.« Hass glomm in den Augen der Hofdame. »Sophie Dorothea war mein Werk, meine Schöpfung. Meine Lebensaufgabe. Sie war nichts, als man sie in meine Obhut gab. Kaum mehr als ein Bastard, geboren aus dem Schoß einer französischen Kurtisane. Ein verwaistes, ungebändigtes Kind, für das sich niemand interessierte.« Inzwischen hatte die Knesebeck ihren Kampf aufgegeben und lag verschwitzt und reglos am Boden. Nur ihr Brustkorb, der sich in unregelmäßigen Zügen hob und senkte, zeugte noch von ihrem erregten Gemütszustand. Wie sie so dalag, erinnerte sie Marie an ein zu Tode gehetztes Reh kurz vor dem Abschuss.

Nachdem sie Atem geholt hatte, fuhr die Knesebeck mit ruhiger Stimme fort. »Aber Sophie Dorothea war schön. Schön und stolz. Ein Diamant, den es zu schleifen galt. Und ich, kaum selbst den Kinderschuhen entwachsen, erkannte als Einzige, was in diesem Wildfang steckte, der mit wehendem Haar und schokoladenverschmiertem Mund durch das Schloss von Celle tollte und dabei seinen ältlichen Aufwartefrauen Knallfrösche unter die Röcke schmiss.« Bei der Erinnerung an Sophie Dorothea, wie sie als kleines Mädchen gewesen war, legte sich ein verklärtes Lächeln auf die Lippen der Hofdame. »Ich nahm mich ihrer an und habe sie geformt. Ich zeigte ihr, wie man sich kleidet, prägte ihren Geschmack in Musik und Kunst, brachte ihr bei, eine kluge Konversation zu führen, und machte sie mit den größten Philosophen und Schriftstellern vertraut. Ich unterwies sie in Sprachen, Geschichte und Politik, lehrte sie zu repräsentieren und schulte ihr Auge für Menschen. Ich gab ihr das Rüstzeug für ihre spätere Stellung und verwandelte sie in eine vollendete Fürstin.«

Der Marquis verlagerte sein Gewicht, um der Gefangenen etwas Luft zu verschaffen, dabei machte er jedoch keine Anstalten, ihre Handgelenke freizugeben, sondern musterte sie voller Argwohn. »Wie konntet Ihr vorausahnen, Madame, dass Eure Herrin dermaleinst eine so glänzende Partie machen würde? Ihre zweifelhafte Geburt gab doch höchstens Anlass zu der Hoffnung auf einen nachgeborenen Sohn.«

Mit einem Mal wurden die Gesichtszüge Eleonore von dem Knesebecks wieder hart und abweisend. »Das hätte ich nicht zugelassen. Um keinen Preis. Auch wenn ich eine Frau bin, noch dazu gefangen in einem Körper, der hässlich und verwachsen ist, besitze ich Ehrgeiz und Stolz. Ich wollte etwas schaffen, einen Beitrag leisten in dieser Zeit der Umbrüche und Veränderungen. Niemals hätte ich geduldet, dass Sophie Dorothea im Schatten einer Krone steht. Sie war mein Geschenk an die Welt. Eine Herrscherin, wie sie Europa noch nie gesehen hat.«

»*Mais malheureusement, Madame*«, bemerkte der Marquis ungerührt, »scheint Eure Kreatur für sich ein anderes Schicksal gewählt zu haben.«

EPILOG

Anfang März

Vormittag

Im *brandebourg*, den Dreispitz elegant zwischen Arm und Oberkörper geklemmt, stand Antoine vor einem Schreibtisch von monströsen Ausmaßen und sah auf Ludolf Hugo hinab, der wie ein Kind in höchster Konzentration die Zunge zwischen die Lippen geklemmt hatte und mit einem Stapel von Dokumenten raschelte. Zaghaft fielen die Strahlen der ersten Märzsonne durch die bleigefassten Scheiben seiner Amtsstube im Kammerflügel und verfingen sich in den goldbraunen Wellen von Antoines Allonge, die frisch gelegt über den breiten Pelzkragen seines Mantels fielen. Nervös zupfte er an der grünsamtenen Tresse seines Huts und verbarg hinter einem verbindlichen Lächeln seine Ungeduld.

»Wo haben wir es denn nur?«, murmelte der Vizekanzler und huschte mit seinen weißen Händen von einem Papierstapel zum nächsten, dabei bedachte er Antoine immer wieder mit einem verschlagenen Blick seiner kleinen tiefschwarzen Äuglein. Bei der peinlichen Ordnung, die auf der Oberfläche des Möbels herrschte, fiel es Antoine schwer, zu glauben, dass Ludolf Hugo jemals etwas verlegte. Er musste seine Unruhe spüren, und es schien ihm wohl daran gelegen zu sein, Antoine zu verärgern.

»Ah, hier ist es«, rief der oberste Rechtsgelehrte des Kurfürstentums Hannover schließlich und zog mit spitzen Fingern ein Dossier aus einem riesigen Stoß akkurat aufeinandergestapelter Aktenmappen.

Alles war zur Abreise bereit gewesen, als ein Sekretär aus der Rätestube im Appartement des Herzogs vorgesprochen und Antoine zu einer Unterredung in den Kammerflügel beordert hatte. Der Vizekanzler wünschte den Marquis de Montagnac in einer Angelegenheit zu sprechen, die die Verhaftung des Hoffräuleins Eleonore von dem Knesebeck betraf.

Kaum zwei Tage war es her, dass Antoine sie überwältigt und an die Behörden ausgeliefert hatte. Nun wollte er nur noch fort von hier. Schon alleine wegen Marie, der gegenüber er seiner Sorgfaltspflicht bisher kaum mehr als mangelhaft nachgekommen war. Doch das würde sich ändern, jetzt, da sie ihn als sein offizielles Mündel an den Wolfenbütteler Hof begleitete. Aber auch um seinetwillen war er froh über die Abreise. Wenn er nicht mehr in Hannover war, würde womöglich nicht mehr mit jedem Atemzug, den er tat, Aurora in seinem Kopf herumspuken, und er konnte vielleicht, was ihm zum jetzigen Zeitpunkt gänzlich unmöglich schien, die schmerzhaften Erinnerungen, die er mit ihr und der unglückseligen Affäre Königsmarck verband, allmählich vergessen. Antoine räusperte sich. Er konnte nur hoffen, dass das wieselige kleine Männlein vor seiner Nase schleunigst zur Sache kam. Ludolf Hugo indes schien nicht in Eile zu sein. In aller Seelenruhe putzte er seine Gläser, bevor er sie auf seine lange Nase schob und einem der beiden Soldaten winkte, die neben der Tür Posten bezogen hatten, damit er Antoine einen Stuhl bringe. Dann wandte er sich ihm zu und sah ihn durchdringend an. In dem gelblich fahlen Gesicht eines Magenkranken wirkten seine vergrößerten Augen hinter der Brille wie große, schwarze Tintenkleckse.

»Aber setzt Euch doch bitte, verehrter Marquis.«

Antoine folgte der Aufforderung nur widerwillig.

»Nachdem Ihr einen so großen Beitrag zur Aufklärung eines Falles geleistet habt«, hob der Jurisprudent von neuem an, »der vor allem Seiner Durchlaucht, unserem Kurfürsten, *chagrin* bereitete, dachte ich, es würde Euch interessieren, einen Blick in das Aussageblatt der geständigen Täterin zu werfen.«

»Deshalb habt Ihr mich rufen lassen, Monsieur?«, fragte Antoine überrascht und sah auf den Schwung dicht beschriebener Papierbögen, der vor ihm auf dem Tisch lag.

»Nun ja, nicht ganz, Monsieur le Marquis. Doch dazu kommen wir später. Was sagt Ihr übrigens zu dem gescheiterten Fluchtversuch der Kurprinzessin? Sicher habt auch Ihr schon davon gehört?«

»Selbstverständlich«, entgegnete Antoine zunehmend gereizt. »Im Schloss wird von nichts anderem gesprochen.«

In derselben Nacht, in der Eleonore von dem Knesebeck versucht hatte, Marie aus dem Weg zu schaffen, war auch ein heimlicher Fluchtversuch der Kurprinzessin vereitelt worden. Man hatte sie in Begleitung eines Kutschers kurz hinter der Stadtmauer aufgegriffen und an einem unbekannten Ort festgesetzt. Es hieß, der Kurprinz habe den entscheidenden Hinweis zur Ergreifung seiner Gemahlin gegeben, die sich auf dem Weg nach Kursachsen befunden hatte. Es wurde gemunkelt, dass Sophie Dorothea sich zum jetzigen Zeitpunkt jenseits der Grenzen auf cellischem Gebiet befand. Das Amtshaus von Ahlden war in aller Munde, aber niemand wusste etwas Genaues. Ihr Appartement im Leineschloss war versiegelt worden.

»Eine sehr bedauerliche Geschichte«, seufzte Ludolf Hugo

und leckte sich eifrig die Lippen. »Die Scheidung des kurprinzlichen Paares dürfte somit nur noch eine Frage der Zeit sein. Was unserem geständigen Hoffräulein übrigens einen weiteren Verdruss bereiten wird, abgesehen von den Unannehmlichkeiten der peinlichen Befragung, die sie bereits erduldet hat, und der lebenslangen Arretierung auf Burg Scharzfels, die ihr noch bevorsteht.«

»Wann wird ihr der Prozess gemacht?«

»Gar nicht. Unter den gegebenen Umständen hält man es für das Beste, die Angelegenheit ohne viel Aufhebens zu Ende zu bringen.«

»Unter den gegebenen Umständen?« Antoine hob die Augenbrauen und musterte den Vizekanzler spöttisch. »Fürchtet Ihr Euch vor schmutziger Wäsche, Monsieur? Ich dachte, die Weste der Regierung sei rein, was das Verschwinden des Grafen Königsmarck anbelangt.«

Die spitze Nase des Vizekanzlers kräuselte sich verärgert, was ihm in Antoines Augen das Aussehen eines kleinen, listigen Pelztieres verlieh. Sicher war Ludolf Hugo bestens informiert über seine jüngste Begegnung mit Don Nicolò im Ballhaus. Das offensichtliche Missbehagen, das seine Bemerkung beim Vizekanzler ausgelöst hatte, stachelte Antoine an, und so rächte er sich für die ungewünschte Audienz, indem er scheinbar unbekümmert fortfuhr: »Verratet mir, verehrter Monsieur Hugo, wieso die Männer, die Graf Platen beauftragte, Königsmarck in der Nacht seines Verschwindens aufzulauern, ihn nicht gleich in Gewahrsam nahmen, um ihn an der Flucht mit der Kurprinzessin zu hindern. Ihr hättet ihm das Leben gerettet.«

»Wohl wahr«, antwortete Ludolf Hugo trocken. »Aber wie Ihr bereits wisst, hatte die Regierung bis zur Verhaftung der Jungfer Knesebeck keine Ahnung, dass ein solcher Fluchtplan überhaupt bestand. In ihrem anonymen Schreiben an die Gräfin Platen war lediglich von einem geplanten Stelldichein im Leineschloss die Rede, nicht aber von einem Fluchtversuch.«

»Warum hat sie nicht gleich alles verraten?«

»Wenn sie enthüllt hätte, dass die Kurprinzessin bereit war, ihren Gemahl in böswilliger Absicht zu verlassen, hätte sie diesem einen triftigen Scheidungsgrund an die Hand gegeben. Das lag nicht in ihrer Absicht. Ihr war es lediglich darum zu tun, das Liebespaar abzustrafen und Königsmarck so schnell wie möglich loszuwerden. Und da sie wusste, dass die Gräfin … nun, sagen wir, einen gewissen Groll gegen Königsmarck hegte, konnte die Knesebeck davon ausgehen, dass diese etwas unternehmen würde, um das *tête-à-tête* zu verhindern.«

Antoine stieß einen leisen Pfiff aus. »Was für eine Kabale. Vermutlich hoffte sie gar, die Gräfin würde ihr die Arbeit ersparen und Königsmarck höchstselbst beiseiteschaffen?«

»Es hat ganz den Anschein. Doch da die Gräfin so umsichtig war, die Sache in die Hände ihres Gemahls zu legen, musste das Hoffräulein selbst zur Tat schreiten, wobei sie sich eines jungen Schlosstrabanten bediente, der ihr zur Dankbarkeit verpflichtet war.«

»Das ist mir bereits bekannt.« Während Antoine den Abermillionen kleiner Staubkörner zusah, die im einfallenden Licht einen fröhlichen Reigen tanzten, kehrten seine Gedanken in die Kostümkammer des Schlossopernhauses zurück. Auch wenn er der Frau, die Marie einzig aufgrund einer bloßen Vermutung kaltblütig ermordet hätte, kein Mitgefühl entgegenbrachte, konnte er nicht umhin, Verständnis für ihren Groll gegen Königsmarck und die Kurprinzessin zu empfinden.

Während all der Jahre, die sie an der Seite Sophie Dorotheas gelebt hatte, war sie ihr weit mehr als nur eine treue Dienerin gewesen. An dem Kinde hatte sie die Mutterstelle vertreten, und später, als Sophie Dorothea unter das Hannoversche Ehejoch gezwungen worden war, hatte sie als loyale Gefährtin ihrer flatterhaften Herrin oft den Zorn des Hofes auf sich geladen und sich als Mitwisserin und Handlangerin ihrer Affäre mit dem Grafen sogar selbst großer Gefahren ausgesetzt, nur um als Lohn für ihre Treue von dem undankbaren Liebespaar gedankenlos zurückgelassen zu werden.

»War sie es auch, die Euch verriet, wo Eure Männer nach der Liebeskorrespondenz der Kurprinzessin zu suchen hatten?«, fragte er schließlich.

»Ja. Sie enthüllte die Verstecke in dem Schreiben, das sie der Gräfin zukommen ließ.«

»Wie hat die Jungfer überhaupt vom Fluchtbegehren der Kurprinzessin erfahren?«

»Entgegen der Angewohnheit des Grafen«, erklärte sein Gegenüber, »verschlüsselte Botschaften an die Kurprinzessin in Mauernischen zu verstecken oder ihr diese über Mademoiselle de Knesebeck zukommen zu lassen, schickte er sein letztes Schreiben, in dem er den Fluchtplan *en détail* darlegte, über einen offiziellen Briefagenten ins Schloss. Er erreichte Ihre Durchlaucht mit den üblichen Bittgesuchen und Korrespondenzen ihrer Verwandtschaft und Freunde. Die Knesebeck hat während des Verhöres ausgesagt, dass ihre Herrin dieses Schreiben unter der Leibwäsche am Körper trug. Und da es zu ihren Aufgaben gehörte, die Prinzessin an- und auszukleiden, konnte ihr als einziger Person in ihrem Gefolge der Fluchtplan unmöglich verborgen bleiben. Nachdem die Knesebeck Kenntnis von der Absicht Ihrer Durchlaucht erhalten hatte, entschloss sie sich zu handeln. Alles Weitere ist Euch ja bereits bekannt.«

Antoine erhob sich. »So ist es. Aber da ich nicht wünsche,

tiefer in diese unerfreuliche Geschichte verstrickt zu werden, möchte ich nun gehen.«

»Leider, mein lieber Marquis«, sagte Ludolf Hugo, und aus seinem verschlagenen Lächeln wurde ein boshaftes Grinsen, »gestalten sich die Dinge bei solch delikaten Eheangelegenheiten immer etwas komplizierter, wenn hochfürstliche Personen involviert sind. Sollte ruchbar werden, dass eine langjährige Vertraute der Kurprinzessin den Mord an Königsmarck begangen hat, wäre der ohnehin schon angeschlagene Ruf Ihrer Durchlaucht auf ewig zerstört, was keinesfalls der Wunsch des Kurfürsten und seines Sohnes ist.«

»Nun, es dürfte wenig geben, was die beiden dazu beitragen könnten, den Ruf der Prinzessin zu retten. Ganz Europa hat sich bereits das Maul über ihre Liaison zerrissen.«

»Alles nur Gerüchte, wie sie zu Tausenden an den europäischen Höfen kursieren. Die Tugendhaftigkeit Ihrer Durchlaucht muss unter allen Umständen unangetastet bleiben, obgleich man ihr in dem zu erwartenden Scheidungsverfahren die alleinige Schuld am Scheitern ihrer Ehe zusprechen wird. Denn seht Ihr, verehrter Marquis, hier geht es nicht um den Zwist eines entfremdeten Paares oder die Amouretten einer leichtfertigen Prinzessin. Es geht um die Kurwürde, um die Vormachtstellung Hannovers in Nordeuropa und vielleicht sogar um den Thron von England. Ihr werdet verstehen, dass nicht der Hauch eines Schattens auf die Legitimität ihrer Kinder fallen darf.«

»Selbstverständlich«, erwiderte Antoine, der den Ausführungen Ludolf Hugos mit immer mulmigerem Gefühl gelauscht hatte.

»Wie Ihr schon richtig anmerktet«, fuhr der Vizekanzler fort, »fürchtet die Regierung schmutzige Wäsche, wenn sie Eleonore von dem Knesebeck den Prozess macht. Daher werdet Ihr auch verstehen, dass die unappetitlichen Details, von denen Ihr Kenntnis habt, niemals an die Öffentlichkeit gelangen dürfen.«

Endlich begriff Antoine. Man fürchtete wohl, er könnte plaudern. Deswegen also war er hierher beordert worden. Ob man ihm nun auch ein Schweigegeld anbot wie Don Nicolò?

»Ihr dürft auf meine Diskretion zählen.«

»Gewiss, gewiss. Daran zweifele ich nicht.«

Hin- und hergerissen wog Antoine die Frage ab, wie viel der Regierung seine Verschwiegenheit wohl wert sein mochte. Das Geld würde er selbstverständlich in Maries Erziehung investieren. Nach den Schrecken, die sie in Hannover erfahren hatte, fand Antoine, war es nur recht und billig, dass sie entschädigt wurde.

»Leider benötigen wir eine Rückversicherung«, unterbrach Ludolf Hugo seinen Gedankengang.

»Soll ich ein Dokument unterzeichnen?«

»Das wird nicht nötig sein, mein lieber Marquis. Wir werden Euch ganz einfach hierbehalten.«

Ehe Antoine sich versah, wurde er rechts und links gepackt.

Viel zu verwirrt, um sich gegen den Zugriff der beiden Soldaten zur Wehr zu setzen, starrte Antoine den Mann auf der anderen Seite des Schreibpultes an. »Was hat das zu bedeuten?«

Erneut widmete Ludolf Hugo sich mit akribischer Sorgfalt der Reinigung seiner Brillengläser, bevor er sich in aller Gelassenheit bequemte, Antoine zu antworten.

»Ihr, Marquis de Montagnac, seid dringend verdächtig, den Obristen Philipp Christoph von Königsmarck nach einer Streiterei beim Kartenspiel ausgeraubt und ermordet zu haben.«

»Das ist lächerlich«, rief Antoine fassungslos und versuchte die Hände der Soldaten abzuschütteln. »Damit werdet Ihr nicht durchkommen. Seine Durchlaucht, Herzog Anton Ulrich, ist über die Rolle, die ich bei der Aufklärung des Falles gespielt habe, bestens unterrichtet. Er wird nicht zulassen, dass man mich zum Sündenbock macht.«

Der Vizekanzler zuckte gelangweilt die Achseln. »Der Herzog ist ein Mann, der für seine Schmähungen gegen die kurfürstliche Familie bekannt ist. Niemand wird auf ihn hören. Das verspreche ich Euch.«

Dann wandte er sich an seine Soldaten. »Abführen.«

Anmerkungen des Autors

Die Affäre um Philipp Christoph von Königsmarck und seiner schönen Geliebten, der Kurprinzessin von Hannover, hat von jeher die Fantasie der Dichter und Autoren beflügelt und die Aufmerksamkeit eines breiten Publikums auf sich gezogen. Zum einen liegt das sicher an dem mondänen Personal, das die Hauptrollen in diesem düsteren Barockdrama bekleidet, zum anderen aber auch an den Mythen und Spekulationen, die sich um das geheimnisvolle Verschwinden des Grafen rankten, das bis zum heutigen Tag nicht zweifelsfrei aufgeklärt werden konnte.

Fest steht, dass Philipp Christoph von Königsmarck am 11. Juli des Jahres 1694 (die Zeitangabe richtet sich nach dem gregorianischen Kalender, der in den evangelischen Territorien des Heiligen Römischen Reichs erst im Jahr 1700 übernommen wurde) zwischen 22 und 23 Uhr abends, gekleidet in eine graue Leinwandhose, weißes Kamisol und einen braunen Regenrock, sein Haus in der Osterstraße verließ und seither nicht mehr gesehen wurde.

Dem niedersächsischen Landeshistoriker Georg Schnath, der sich wie kein Zweiter der Klärung des Falles Königsmarck angenommen hat, ist es jedoch zu verdanken, dass wir heute so detaillierte Kenntnisse über die Hintergründe des höfischen Skandals besitzen, den die Affäre Königsmarck auslöste.

Obwohl ich mich bei der Arbeit an diesem Roman weitestgehend auf seine Forschungsergebnisse gestützt habe, weiche ich dennoch zugunsten der Handlung in wesentlichen Punkten davon ab. Im Folgenden möchte ich versuchen, Wahres von Erdachtem zu trennen.

Das erste Abenteuer, das Marie und Antoine gemeinsam bestehen, findet im Jahr 1670 statt. Philipp Christoph von Königsmarck verschwand vierundzwanzig Jahre danach. Mit dem vorliegenden Roman nehme ich die Geschichte der beiden jedoch schon drei Jahre später wieder auf. Um meinen Helden ihre jugendliche Frische zu erhalten, habe ich das Verschwinden des Grafen also um einundzwanzig Jahre vorverlegt und mich daher der Nennung sämtlicher Jahreszahlen enthalten. Die politischen und gesellschaftlichen Verhältnisse, die in diesem Buch beschrieben werden, orientieren sich jedoch an den Gegebenheiten des Jahres 1694. Auch die Jahreszeit stimmt mit den historischen Fakten nicht überein. Ich konnte der Versuchung nicht widerstehen, die Handlung des Romans vor dem glamourösen und geheimnisvollen Hintergrund des höfischen Karnevals ablaufen zu lassen, den die illustren Welfenbrüder, Georg Wilhelm, Johann Friedrich und Ernst August, seit den Sechzigerjahren des 17. Jahrhunderts alljährlich im Leineschloss gefeiert haben. Auch schien mir eine Schilderung des barocken Hannover in seiner Glanzzeit während der Regierung des Herzogs und späteren Kurfürsten Ernst August und seiner geistvollen Gemahlin Sophie ohne eine Würdigung der schillernden Pracht, die der Hof in den Wochen des Karnevals entfaltete, unvollständig.

Den Plan einer Flucht, auf den ich mich im Verlauf der Handlung immer wieder beziehe, hat es so nicht gegeben. Zwar haben Königsmarck und Sophie Dorothea eine bleibende Verbindung angestrebt und, um dieses Ziel zu erreichen, eine Flucht aus Hannover als letzte Möglichkeit durchaus in Erwägung gezogen, man kann jedoch davon ausgehen, dass der Graf in der Nacht seines Verschwindens nicht die Absicht hatte, dieses Vorhaben in die Tat umzusetzen.

Laut Georg Schnath hat sich Folgendes zugetragen: Königsmarck ist nach einem Stelldichein mit Sophie Dorothea im Leineschloss von den Hofkavalieren Klencke, Eltz, Stubenvol und Montalban gestellt und getötet worden. Sein Leichnam wurde in einen mit Steinen beschwerten Sack gesteckt und im Mühlenkolk, der an der Westseite des Leineschlosses anstieß, versenkt.

Der Historiker stützt sich dabei vor allem auf die Berichte von Otto Mencken, der zum Zeitpunkt von Königsmarcks Verschwinden als dänischer Gesandter am Hof des Herzogs Anton Ulrich in Wolfenbüttel weilte und als Vertrauensmann des Herzogs über ausgezeichnete Informationsquellen verfügte. Dem Gesandten zufolge war es Don Nicolò, dessen Feindschaft zu Köngsmarck allgemein bekannt war, der den tödlichen Streich führte.

Dass die Männer vom Kurhannoverschen Hof mit dem Auftrag ausgesandt wurden, Königsmarck zu ermorden, lässt sich heute nicht mehr belegen. Wahrscheinlich ist aber, dass sein Tod vom Hof billigend in Kauf genommen wurde, wofür die Belohnung steht, die an Montalban in Form der von mir beschriebenen Schuldverschreibung gezahlt wurde. Was die drei anderen Täter anbelangt, so machten zumindest Wilken von Klencke und Philipp Adam von Eltz bedeutende Hofkarrieren, was als Belohnung für ihre Beteiligung am Komplott gegen Königsmarck angesehen werden könnte. Einzig Johann Christoph von Stubenvol scheint keinen Vorteil aus der Affäre gezogen zu haben.

So viel zum Tathergang.

Über die Rolle, die Klara Elisabeth von Platen in dieser düsteren Kabale spielte, kann ich nur Vermutungen anstellen. Wahr ist, dass Königsmarck vor seiner Beziehung zu Sophie Dorothea eine Affäre mit der siebzehn Jahre älteren Gräfin hatte. In seinen Briefen an die Kurprinzessin gibt er zu, dass er die Gräfin »carressiert« habe. Auch finden sich im Königsmarck-Briefwechsel etliche Hinweise auf den leidenschaftlichen Hass, den die beiden Damen füreinander empfanden. Die Ursache hierfür ist sicher durch die beiderseitige Eifersucht erklärbar, die sich an Königsmarck entzündete. Vermutlich hat Klara Elisabeth von Platen von dem Komplott gegen ihren ehemaligen Liebhaber gewusst und dieses gedeckt. Dass sie ihrem Gemahl den maßgeblichen Hinweis zur Ergreifung Königsmarcks geliefert hat, ist möglich, aber nicht beweisbar und in diesem Fall nur eine Erfindung von mir.

Im Folgenden möchte ich noch einiges zu den von mir im Roman beschriebenen Hauptfiguren sagen, von denen außer meinen Helden Antoine und Marie sowie dem Schlosstrabanten Jasper alle historische Persönlichkeiten sind.

Über das Schicksal von Philipp Christoph von Königsmarck lässt sich nicht viel mehr sagen, als dass kurz nach seinem Verschwinden eine Flut von Gerüchten einsetzte, die sein Andenken bis zum heutigen Tag lebendig gehalten haben. Diverse Funde seiner sterblichen Überreste, die zu verschiedenen Gelegenheiten bei Umbauarbeiten am und im Leineschloss aufgetaucht sein sollen, lassen sich wohl am ehesten – auch hier halte ich es mit dem Historiker Schnath – damit erklären, dass das Schloss auf dem Gelände eines alten Minoritenklosters mit angrenzendem Friedhof errichtet wurde.

Nach der Unglücksnacht, in der ihr Geliebter spurlos verschwand, weilte Sophie Dorothea noch sechzehn Tage im Leineschloss. Am 27. Juli wird mit Zustimmung ihres Vaters, des Herzogs Georg Wilhelm, und des Kurfürsten Ernst August das in Szene gesetzt, was später in den Prozessakten ihres Scheidungsverfahrens als böswilliges Verlassen bezeichnet werden soll. Unter starker militärischer Bewachung verlässt die Equipage der Kurprinzessin in den frühen Morgenstunden das Leineschloss. Angeblich befindet sie sich auf der Flucht zu ihren Eltern. Im Amtshaus von Ahlden wird sie festgesetzt und verbringt den Rest ihres Lebens bis zu ihrem Tod am 13. November 1726 in Gefangenschaft.

Ihren Gemahl Georg Ludwig muss man von einer aktiven Beteiligung an dem Überfall freisprechen. Am 11. Juli war er Gast seiner Schwester Sophie Charlotte, der Kurfürstin von Brandenburg, in Berlin und kehrte erst nach Sophie Dorotheas vermeintlicher Flucht ins Leineschloss zurück. Die Rolle, die er in dieser Angelegenheit zu spielen hatte, war eine denkbar ungünstige. Obwohl unschuldig, wurde er als gehörnter Ehemann von der Öffentlichkeit sofort zum Hauptverdächtigen gestempelt. Sein Ruf hat indes keinen nachhaltigen Schaden genommen. 1698 folgte er seinem Vater als Kurfürst nach und bestieg 1714 den Thron von England. Zeit seines Lebens hatte er jedoch ein äußerst schwieriges Verhältnis zu seinem Sohn, was manche darauf zurückführen, dass dieser ihn an seine verhasste Gemahlin erinnerte. Tatsächlich wurde ihm auch von einer französischen Wahrsagerin geweissagt, dass er Sophie Dorothea um kein Jahr überleben würde. Georg Ludwig starb am 22. Juni 1727.

Aurora von Königsmarck war jahrzehntelang eine gefeierte

Schönheit und eine der prominentesten Erscheinungen des Hochbarock. Voltaire bezeichnete sie als die berühmteste Frau zweier Jahrhunderte. Hinlänglich bekannt ist, dass sie die Mätresse August des Starken war und mit ihm einen Sohn hatte, den legendären französischen Feldherren Moritz von Sachsen. Dass sie die Mätresse Peters des Großen war, entspricht dagegen nicht der Wahrheit. Zwar ist sie dem Zaren auf der ersten seiner beiden Europareisen 1698 in Dresden vorgestellt worden, aber dass sie ihm als Reisebegleitung und Mätresse zur Verfügung stand, ist ein Produkt meiner Fantasie. Das gilt auch für die Anwesenheit des Zaren zum Zeitpunkt der in meinem Buch geschilderten Ereignisse.

Auf die Feindschaft zwischen Klara Elisabeth von Platen und Sophie Dorothea bin ich bereits eingegangen. Unwahr ist, dass die mächtige Mätresse des Kurfürsten Alkoholikerin war. Zumindest habe ich in dem Quellenmaterial, das mir für die Recherche zu diesem Buch zur Verfügung stand, nichts darüber gefunden. Obwohl mich bei der Lebensweise, die die Mätresse eines Herrschers in Kauf nehmen musste, um ihre Stellung zu halten, eine wie auch immer geartete Sucht kaum verwundern würde. Nachdem 1698 ihr kurfürstlicher Liebhaber gestorben war, zog die Gräfin Platen sich vom Hof zurück und starb zwei Jahre später.

Anton Ulrich von Braunschweig-Wolfenbüttel wird trotz der Vorbehalte, die er seiner Hannoverschen Verwandtschaft gegenüber empfand, gelegentlich Gast im Leineschloss gewesen sein. So zum Beispiel auch während des Karnevals im Jahre 1688. Dass er zum Zeitpunkt von Königsmarcks Verschwinden in Hannover weilte, ist ebenfalls eine Erfindung. Auch habe ich bei der Zeichnung seines Charakters meiner Fantasie freien Lauf gelassen. Dass er sich im wahren Leben einer so derben Sprache befleißigte, wie er es in meinem Roman tut, ist nicht anzunehmen. Anton Ulrich war ein Förderer und Mäzen der Künste. Er holte Leibniz an seinen Hof und baute die von seinem Vater gegründete Herzog-August-Bibliothek zu einer der umfassendsten und berühmtesten Sammlungen Europas aus. Vor allem aber ist er der Nachwelt als einer der bedeutendsten deutschen Barockdichter in Erinnerung geblieben.

Gottfried Wilhelm Leibniz in einem historischen Unterhaltungsroman gerecht werden zu wollen, hieße vermutlich, den Rahmen zu sprengen. Ich habe gar nicht erst den Versuch unternommen, und es war auch nicht mein Anliegen. Jedoch konnte ich den berühmtesten Mann am Hofe Ernst Augusts auch nicht gänzlich unerwähnt lassen. Dass Leibniz neben seinen unzähligen Tätigkeiten in Hannover eine Zeitlang auch die Chiffre von verschlüsselten diplomatischen Postsachen auflöste, habe ich der Leibnizbiographie »Der berühmte Herr Leibniz« des Journalisten Eike Christian Hirsch entnommen. Dass er verschlüsselte Briefe Königsmarcks an Sophie Dorothea bearbeitet hat, ist natürlich frei erfunden.

Die interessanteste Figur in dem Drama um Philipp Christoph von Königsmarck und die schöne Kurprinzessin von Hannover war meiner Meinung nach das stille, unscheinbare, leicht verwachsene, ältliche Hoffräulein Eleonore von dem Knesebeck. Jahrelang hat sie unter höchstem persönlichem Risiko die Liebesaffäre ihrer Herrin gedeckt, Briefe befördert und geheime Treffen organisiert. Was hat sie dazu bewegt, sich einem solchen Risiko auszusetzen? Die Frage danach hat mich schließlich dazu inspiriert, aus ihr die Täterin zu machen. Im wirklichen Leben war Eleonore von dem Knesebeck wahrscheinlich nicht so düster wie in meinem Buch, aber nicht minder abenteuerlich. Nach der Unglücksnacht wurde sie verhaftet und während eines Verhörs tatsächlich mit Folter bedroht. Danach hielt man sie drei Jahre auf Burg Scharzfels im Harz gefangen, bis ihr 1697 auf den Schultern des Dachdeckers Hans Veit, der von ihrer Familie bezahlt wurde, die Flucht aus einem zwanzig Meter hohen Turm gelang. Den Rest ihres Lebens verbrachte Eleonore von dem Knesebeck damit, an verschiedenen Stellen Wiedergutmachung für das an ihr begangene Unrecht zu fordern. Ihre Spur verliert sich im Ungewissen. 1727 war sie nachweisbar tot.

Das berühmteste Zeugnis der Affäre Königsmarck sind die Briefe des Grafen und der Kurprinzessin. Ihre Geschichte ist kaum minder dramatisch und ereignisreich als die ihrer Verfasser. Die Textmasse verteilt sich auf 73 Briefe der Prinzessin und 209 Briefe Königsmarcks. Wer Näheres über die Korrespondenz erfahren möchte, findet im Anhang einen entsprechenden Literaturhinweis.

Sargon Youkhana
Oktober 2008

Literaturauswahl

Andreae, Fr. Wilh.: Chronik der Residenzstadt Hannover. Hildesheim 1859

Burschel, Peter: Söldner im Nordwestdeutschland des 16. und 17. Jahrhunderts. Göttingen 1994

Dörries, Bernhard; Plath, Helmut: Alt-Hannover. Geschichte einer Stadt in Zeitgenössischen Bildern. Hannover 1951

Hering, Sabine; Meierhof, Gudrun: Die unpässliche Frau. Sozialgeschichte der Menstruation und Hygiene 1860-1985. Pfaffenweiler 1991

Hirsch, Eike Christian: Der berühmte Herr Leibniz. Eine Biographie. München 2001

Jütte, Robert: Ärzte, Heiler und Patienten. Medizinischer Alltag in der frühen Neuzeit. München 1991

Kindermann, Heinz: Theatergeschichte Europas. Band III, Das Theater der Barockzeit. Salzburg 1959

Klessmann, Rüdiger (Red.): Herzog Anton Ulrich von Braunschweig. Leben u. Regieren mit der Kunst; Ausstellung zum 350. Geburtstag von Herzog Anton Ulrich. Herzog Anton Ulrich Museum Braunschweig 1983

Krauss-Meyel, Sylvia: Die berühmteste Frau zweier Jahrhunderte. Maria Aurora von Königsmarck. Regensburg 2002

Malortie, Carl Ernst von: Der Hannoversche Hof unter dem Kurfürsten Ernst August und seiner Gemahlin, der Kurfürstin Sophie. Hannover 1847

Meschkat-Peters, Sabine (Red.): Ehrgeiz, Luxus & Fortune. Hannovers Weg zu Englands Krone. Historisches Museum Hannover 2001

Schnath, Georg: Geschichte Hannovors im Zeitalter der neunten Kur und der englischen Sukzession 1674–1714. Hildesheim und Leipzig 1938

Schnath, Georg: Der Fall Königsmarck. Leben, Ende und Nachlass des Grafen Philipp Christoph Königsmarck im Licht neuer Funde. Hannover 1953

Schnath, Georg: Der Königsmarck-Briefwechsel. Korrespondenz der Prinzessin Sophie Dorothea von Hannover mit dem Grafen Philipp Christoph Königsmarck 1690 bis 1694. Hildesheim 1952

Schnath, Georg: Sophie Dorothea und Königsmarck. Die Ehetragödie der Kurprinzessin von Hannover. Hildesheim 1979

Schnath, Georg: Das Leineschloss. Hannover 1962

Schnath, Georg: Eleonoe v. d. Knesebeck, die Gefangene vom Scharzfels. In: Niedersächsisches Jahrbuch für Landesgeschichte, Bd. 27. Hannover 1955

Schuster, Eduard: Kunst und Künstler in den Kurfürstenthümern Calenberg und Lüneburg in der Zeit von 1636 bis 1727. Hannover 1905

Wallbrecht, Rosenmarie Elisabeth: Das Theater des Barockzeitalters an den Welfischen Höfen Hannover und Celle. Hildesheim 1974

Walter, Jürgen: Sophie Dorothea Kurprinzessin von Hannover. Ein höfischer Skandal. Mühlacker 2006

Westernhagen von, Dörte: Und also lieb ich mein Verderben. Göttingen 1997

Zeidler, Paul Gerhard: Elisabeth von Platen. Eine deutsche Pompadour. Berlin 1921

Danksagung

Die Forschungsergebnisse des niedersächsischen Landeshistorikers Georg Schnath (†) waren mir bei der Recherche zu diesem Buch eine große Hilfe, ebenso der Roman »Und also lieb ich mein Verderben« der Autorin und Journalistin Dörte von Westernhagen.

Dr. Wolf-Dieter Mechler vom Historischen Museum Hannover sei gedankt für die Geduld, mit der er meine E-Mail-Anfragen umfassend und schnell beantwortet hat.

Dank gebührt ebenfalls Alexander Simon von der Literarischen Agentur Simon. Lieber Alexander, fünf Jahre arbeiten wir nun schon zusammen. Es war mir immer eine Freude.

Während der Arbeit zu diesem Roman habe ich wertvolle Unterstützung und Zuspruch von Freunden erfahren!

Sarah Höflich-Petri danke ich für das Feuerwerk an Ideen und Anregungen, das sie stets auf Spaziergängen für mich parat hielt. Björn Firnrohr ein Dankeschön für die Kritik. Ich weiß, das ist eine undankbare Aufgabe. Mila Lippke verdient Dank für die Hilfestellung bei der Entwicklung des Plots sowie für ihre konstruktive Kritik am fertigen Manuskript. Dein Elan, liebe Mila, ist einfach unglaublich und hat mich immer wieder angefeuert. Bedanken möchte ich mich ebenfalls bei Hannelore Dumas, deren Französischkenntnisse hilfreich waren und die beim »letzten Schliff« einen langen Atem bewies.

Zum Schluss danke ich meinem Freund Karsten, ohne den nichts geht. Ihm ist dieses Buch gewidmet.

Sargon Youkhana
Im Labyrinth der Lilien

Originalausgabe
Historischer Kriminalroman. www.list-taschenbuch.de
ISBN 978-3-548-60800-6

Paris im Jahre 1670. Antoine de Montagnac ist beim Sonnenkönig in Ungnade gefallen. Nur unter einer Bedingung darf er nach Versailles zurückkehren: Er soll diskret den rätselhaften Tod von Henriette Stuart, der Schwägerin des Königs, aufklären. Machtkämpfe, Sittenverfall und Korruption bestimmen das Leben am Hof von Louis XIV. und gemeinsam mit dem Bauernmädchen Marie gerät Antoine in einen Sog aus Intrigen, Mord und schwarzen Messen.

List Taschenbuch

L321

Mila Lippke
Der Puppensammler

Historischer Kriminalroman. www.list-taschenbuch.de
ISBN 978-3-548-60824-2

Cecilie, eigensinnige Tochter aus gutem Hause, flieht vor der Verlobung mit Baron zu Staufenfels. Sie will Medizin studieren – doch das ist für eine junge Frau Ende des 19. Jahrhunderts ein schier aussichtsloser Traum. Statt an der Uni landet sie als Hilfskraft im Leichenkeller eines Berliner Gerichtsarztes. Eines Tages taucht eine Frauenleiche auf, die sich von allen anderen Toten unterscheidet: Sie ist schön, wie eine Puppe geschminkt. Eine Suche nach dem Mörder beginnt, die Cecilie in die Abgründe der menschlichen Seele blicken lässt.